# 古典文獻研究輯刊

## 三十編

## 第 16 冊

### 金代詩文與佛禪研究

孫宏哲 著

國家圖書館出版品預行編目資料

金代詩文與佛禪研究／孫宏哲 著 -- 初版 -- 新北市：花木蘭
文化事業有限公司，2024〔民 113〕
序 4+ 目 2+234 面；19×26 公分
（古典文學研究輯刊　三十編；第 16 冊）
ISBN 978-626-344-915-2（精裝）
1.CST：金代文學 2.CST：佛教文學 3.CST：文學評論
820.8                                                        113009669

ISBN-978-626-344-915-2

9 786263 449152

古典文學研究輯刊
三十編　第十六冊　　　　　　　　　ISBN：978-626-344-915-2

## 金代詩文與佛禪研究

作　　者　孫宏哲
總 編 輯　杜潔祥
副總編輯　楊嘉樂
編輯主任　許郁翎
編　　輯　潘玟靜、蔡正宣　美術編輯　陳逸婷
出　　版　花木蘭文化事業有限公司
發 行 人　高小娟
聯絡地址　235 新北市中和區中安街七二號十三樓
　　　　　電話：02-2923-1455／傳真：02-2923-1452
網　　址　http://www.huamulan.tw 信箱 service@huamulans.com
印　　刷　普羅文化出版廣告事業
初　　版　2024 年 9 月
定　　價　三十編 20 冊（精裝）新台幣 50,000 元　　版權所有·請勿翻印

# 金代詩文與佛禪研究

孫宏哲 著

## 作者簡介

孫宏哲，1973 年生，蒙古族，遼寧省建平市人。現任職於內蒙古民族大學文學與新聞傳播學院。文學博士，教授，碩士生導師，科爾沁學者。主要從事文化詩學、禪學與詩學、遼金元文學與文化研究。發表核心期刊論文十餘篇，著作三部。主持或參與國家社科項目三項、省部級項目六項。獲得內蒙古自治區高等教育學會優秀論文獎一等獎（自治區教育廳，2018 年），智慧教學之星（教育部在線教育研究中心，2018 年），優秀青年骨幹教師（2015 年），優秀教學獎、優秀碩士學位論文指導教師（內蒙古民族大學，2019 年）等獎項。

## 提　　要

　　金源一代文學植根於漢文化與北方民族文化的交叉點，金代作家染佛習禪，其文學創作受佛禪浸淫的程度，並不遜於兩晉以來任何一個朝代。不研究金代文學與佛禪的關係就不能正確認識和評價金代文學。深深浸染佛禪的金代文學已經不僅僅是佛教中國化的一個表現方面，更是中國北方各民族文化互相交流融合，並最終成為中華文化組成部分的重要表徵。

　　《金代詩文與佛禪研究》從文化、社會的角度，運用文學的外部規律與內部文本細讀相結合的方法全面研究金代詩文與佛禪之間的關係，將共時性與歷時性相結合，按作家身份將其放置在世俗與宗教兩個不同的社會，分別分析上至皇室貴族下至文人士大夫，再到詩僧、道士的涉佛詩文創作，全面考察不同時期的金代作家、作品，深入細緻地分析金代作家的佛禪情結以及作品的佛禪意蘊，展現佛禪對金代作家心靈的浸潤，金代作家對佛禪的獨特解讀及其現實性期待，從而揭示出佛教禪宗影響了金代作家的思想，豐富了金代文學表現的內容和方式，催發了金代重要的文學批評觀念，對金代文學乃至整個中國文學以及文學思想的建構與發展具有重要意義。著作將為佛禪與金代詩文的進一步研究提供助益。

2019 年國家社科基金重大項目《歷代北疆紀行文學文獻的整理與研究》子課題《遼宋金元北疆紀行文學文獻整理彙編》（課題編號：19ZDA281）階段性研究成果

內蒙古哲學社會科學規劃 2019 年第一批基地專項課題草原文學理論研究基地項目「宋遼夏金北疆紀行文學研究」（課題編號：2019ZJD045）階段性研究成果

# 序

王樹海

　　孫宏哲博士的畢業論文《金代詩文與佛禪研究》行將版行面世。淹遲至今，主要原因是作者之於學術精美至善的追索所致。孜孜矻矻，「如琢如磨」，孫宏哲博士是一個學術上的完美主義者。

　　攻讀博士學位前孫宏哲已是備受學生喜愛的高校教師。教育同仁期盼的勝境是能講會寫，孫宏哲的課堂講授，搖人心旌；書面文字，燦若雲霞，是那種「以文字做佛事」的學者。該著述涉及的領域在既往的歲月幾曾是禁區，甚或是雷區，新時期以來得以從容自如地研究，然而，因為積澱不夠，文獻蒐裒困難等原因，從事研討者亦嫌人跡罕逢。近些年的景象有改觀，孫宏哲博士就職的大學，湧現出一批有志之士，僅就隊伍來看，已初具規模，所得成果已蔚然大觀，且在海內外生發了影響，此間孫宏哲的加盟讓科研團隊益加壯大，學術功業業已歷歷可數，斑斕悅目。

　　著述者內典閱讀量之大，涉及面之廣，讓人放心；之於佛家基本理論和古典文論沉潛之深，理會之精微，使人心折。一句以詩論詩談禪七言律絕的引用，連同美學闡釋，頓然使人覺得徵引者的詩學工夫，佛禪涵養的廣大、深湛：「詩為禪客添花錦，禪是詩家切玉刀」。金代詩論家、文學家元好問對詩禪關係的表述道理透闢，文學意味十足，不僅在當時產生了影響，獲得了認同，也令千載一下的讀者、學問大家欽佩首肯，足見孫宏哲博士選材論證的學術眼光。

　　該著作的一大亮點是對佛家敘事文本——塔銘的精緻詮解，使人們對這一特殊的文學樣式有了更加深入的瞭解，對於一種文學體裁的產生和社會生活的關聯度有了更加真切、清醒的認識。佛家「八相成道」的種種行狀催生了金代塔銘的秋月華章，亦使「八相成道」的結構調動了一切敘事藝術手段，塑造了理想高僧群像，功莫大焉。

　　金代文人士大夫與佛禪是該書的重點節目，選取了趙秉文、李純甫、元好問、王寂、史肅、完顏璹、耶律楚材等一系列代表作家、文人士大夫之詩文創作，分門別類進行個案研究，論證別致、論點精策，結論贏人。例如書中王寂的一首六言偈頌：

　　　　心動萬緣飛絮，
　　　　心安一念如冰。
　　　　過去未來見在，
　　　　待將那個心澄。

　　這是借詩偈闡釋佛家義理，也是王寂鬥機鋒，逞辯才的一種機緣。正如孫宏哲研判後指出的那樣：「若能契悟一切法本『無生』，清淨之心人人本自具足，一念心歇，便擺落萬緣，心境兩空，破邪顯正，回歸『本來』，回歸於自然逍遙的生命源頭，自然就不必特意強求『澄心』了。此短頌溝通了般若學與佛性論，突出了自性自度，自心覺悟。」這是閃爍著感覺光輝的文字，也是放射著理性光芒的概括性語言。

　　本著述有關釋家第一聖諦「苦諦」的況味尤為深刻。在佛家看來，「苦」是人生的基調底色，生存的基礎則是「苦」築就的。人生有八苦：「生、老、病、死、憂悲惱、怨憎會、恩愛別離、所欲不得」，無時不在，無所不在。「苦」的原委見「集諦」，擺脫「苦」的方法、途徑究「滅諦」、「道諦」。從茲開始，方可悟解佛家諸多理論，萬千「說法」。書中呈示的諸多公案豐饒，卻無一不合「法」，無一不中的，佛法廣大無垠，禪理恒久的吸引力會隨著讀閱的量和不斷穎悟的質，讓學人獲得從容、自如。

　　書中這種從容、自如的會心傳達隨處可見。說到完顏璹的《西江月》：

　　　　一百八般佛事，
　　　　二十四考中書。
　　　　山林城市等區區，
　　　　著甚由來自苦。
　　　　過寺談些般若，
　　　　逢花倒個葫蘆。
　　　　少時伶俐老來愚，
　　　　萬事安於所遇。

　　詞章有感於時人濟濟佛事，熱衷於功名，然而不管山林隱士抑或廟堂官宦，一樣微不足道，不足掛懷。少時聰明，亦不能除縛消惱，老來稱愚而一念心歇，破除法我二執，心物雙泯，「萬事安於所遇」，不住一切，隨緣任運，灑脫無拘礙，正是解縛超越的佛禪境界。

　　禪機入詩，佛理入詩，以詩說禪，以詩證禪者，書中拈出諸多勝例。如：「水底遊魚真見性，樹頭語鳥小參禪。平生習氣蓮華社，一炷香前結後緣。」（史肅《方丈坐中》）雪岩老人的《遊圭峰草堂》：「竹外西山總是泉，馬蹄無處避蒼煙。圭峰面目真如在，何必林間去學禪。」是說真如佛性遍在，眼下萬物俱能顯現，摒除自惑自縛，就會在春雲秋水，光風霽月中領略永恆的本真自性。所謂青青翠竹，鬱鬱黃花，都是自性真如，就是這個意思。書中理性總結的「師心說」、「圓成說」、「詩禪會通說」等等，都是嚴整有序的理論表述，連接著生意盎然的具象物事相互發明，讀來生動活潑，一片神行，讓人滿心歡喜。

　　該書第四章論述金代全真道「援禪入道」及其文學體現，是十分必要的，它之於該著作主旨命意的圓滿實現，此章的作用不容小覷。大名鼎鼎的丘處機順應潮流吸收佛教禪宗「眾生皆有佛性」的觀念，提出了「凡有七竅皆可成真」的理念，從而形成了參同佛家心性理論的「內丹」說。在組織上也確立了「三教融合」的立教原則。主張「三教合一」、「識心見性」、「性命雙修」、「功行雙全」，構建了新的全真教理論體系。創教祖師王重陽在《臨江仙·目貽》一詞中說得形象得體：「三教幽玄深遠好，仍將妙理經營。麒麟先悟仲尼觥，青羊言尹喜，舍利喚春鶯。」他在《爇心香》中自稱「謔號王風，實有仙風，性通禪釋貫儒風」。在讓人獲得閱讀喜悅的同時，又使人大開眼界。

　　專著的出版，將會使作者在新的高度新的平臺上與更多的讀者學人廣結善緣，彼此傾心相與，增益心智，為人類的遠景、願景做功德。孫宏哲的讀博，成就一樁師生緣，此間得宜結識了她的夫君，文化地理攝影家劉丕勇先生和正在華東師大就讀的令愛劉澄。多次學術活動中增進了友誼，加深了憶念，實乃一段可寶可珍視的緣分，未來日子裏大家在各地忙碌，讓祝福思念「越陌度阡，枉用相存。契闊談宴，心念舊恩」，只好聊託於序了。

王樹海

時於吉林大學世紀三棟「直諒多聞齋」

戊戌蒲月初九日

目
次

# 緒　論

## 一、研究現狀

　　金源一代文學植根於漢文化與北方民族文化交叉點，作家染佛習禪、創作受佛禪浸淫的程度並不遜於兩晉以來任何一個朝代。自 1980 年代以來，隨著國內學術環境逐步寬鬆，研究者無須再迴避宗教對文學的滲透與影響，使得從文學發展的外部規律之一——宗教文化的視角切入以研究金代文學成為可能。佛禪與金朝文學關係研究遂成為金代文學研究的新課題之一。迄今為止，學界在佛禪與金代文學研究方面產生了一些重要成果，打破了以往多從哲學和歷史學視角研究金代佛教的局面。其中一些研究成果具有開創意義，帶有填補空白性質。以下予以分類擇要論述之。

### （一）金代作家佛禪思想研究

　　學界以大量歷史文獻、宗教文獻和文學文本為基礎，就金代若干重要作家的佛學思想、觀念進行了個案考察。研究主要集中在趙秉文、李純甫、元好問、耶律楚材、萬松行秀等人身上。

#### 1. 趙秉文

　　張博泉的論文《趙秉文及其思想》（《學習與探索》，1985 年第 3 期，第 135～139 頁）是一篇較早的專門成果，認為趙秉文尊儒家道統以求三教合一。夏宇旭，汪澎瀾的《試論趙秉文的修身思想》（《吉林師範大學學報》（人文社會科學版），2003 年第 3 期，第 24～26 頁）論述了佛老思想對趙秉文的影響。方旭東《儒耶佛耶：趙秉文思想考論》（《學術月刊》，2008 第 12 期，第 51～

57 頁）對劉祁《歸潛志》所言趙「陽儒陰釋」和楊雲翼、元好問推崇趙秉文為「金季儒宗」的看法進行了細緻的辨析，認為趙秉文力主道學，在大是大非問題上明確奉行儒家準則，儒家身份無可懷疑，但其對佛老具有開放的心態，贊同佛教某些理論。王昕的博士學位論文《趙秉文研究》（黑龍江大學，2011 年）之第一章第二節「趙秉文的佛老心態」探討了在金代「三教合一」的思潮影響下趙秉文作品的佛道表現，對趙秉文的心態進行了解析。

## 2. 李純甫

主要成果首推胡傳志的《李純甫佛學二題》（《佛教與遼金元文化國際學術研討會論文集》，香港：香港能仁書院，2005 年 10 月，第 192～199 頁），其論文探討了李純甫的《鳴道集說》及其與耶律楚材的關係。而後封樹禮的《李純甫佛學思想初探》（《遼寧工程技術大學學報》（社會科學版），2009 年第 6 期，第 621～623 頁）以李純甫現存著述為主要內容，結合耶律楚材等人的著述，分四個方面探討了李純甫的佛學思想：一、自報自得的因果論；二、淡化空有對立、強調自性空寂的空觀；三、不離世間法的出世法；四、尊異求同，三教合一，佛學為主。喬紅、史野的《李純甫儒學思想初探》（《社會科學戰線》，2006 年第 2 期，第 25～30 頁）以《鳴道集說》為主要依據，對李純甫儒學思想進行了探討，作者在文章第三部分「儒學與佛學」的論述中指出李純甫不滿於宋儒拘泥於門戶之見，反對宋儒對佛學思想的排斥，真心傾倒與推崇佛學，以佛釋儒，以儒證佛，並分析其出世傾向的原因。第四部分「大道合一」則討論李純甫的學術理想，即將儒釋道融會貫通，合而為一，將佛學的位置提升到儒道之上，以佛學統攝儒道學說。符雲輝的博士論文《〈諸儒鳴道集〉述評》（復旦大學，2007 年）第三章「李純甫對《諸儒鳴道集》的響應」，從「李純甫批評諸儒闢佛」、「文本反映出的佛教對道學的影響」、「諸儒出入佛教」三個方面評述了李純甫關於佛教影響道學的看法。相類的論述還有顧偉康《空門名理孔門禪——李純甫〈鳴道集說〉的時代特色》（怡學主編《遼金佛教研究》，北京：金城出版社，2012 年 10 月，第 146～161 頁）、閆孟祥《李純甫思想研究的幾個問題》（怡學主編《遼金佛教研究》，北京：金城出版社，2012 年 10 月，第 233～255 頁）等論文。

## 3. 元好問

關於元好問佛禪思想的研究，主要有姚乃文《元好問與佛教》（《五臺山研究》，1986 年第 4 期，第 11～15 頁）、楊國勇《元好問對中國宗教史的貢獻》

（《中國史研究》，1995 年第 1 期，第 116～125 頁）、李正民《元好問研究論略》（李正民著《元好問研究論略》，北京：社會科學文獻出版社，1999 年 8 月）以及狄寶心、任立人《元好問對佛教文化的弘揚兼蓄》（《忻州師範學院學報》，2000 年第 4 期，第 15～18 頁）等成果，其中狄寶心、任立人之文較有代表性，文章從三方面作了闡釋。首先，元好問高度評價佛家大乘教義「眾生無邊誓願度」的大慈大悲；其次，元氏肯定佛教人士的無私奉獻、百折不撓的敬業精神；再次，元好問重視佛教人士對文學的貢獻，多角度觀照並高度評價禪對詩的幫助。

### 4. 耶律楚材

代表性的成果主要有兩篇論文，一是么書儀《面對佛道二教的耶律楚材》（《文學評論》，2000 年第 2 期，第 33～42 頁），探討了耶律楚材與佛道二教的人事史實與思想矛盾。指出了其趨近佛門的原因以及佛教在其行為出處上的影響。二是張勇《論湛然居士的和諧佛教觀》（《民族文學研究》，2009 年第 2 期，第 141～147 頁），認為耶律楚材提倡禪宗內部融合、禪教融合，乃至「三教融合」。此外還有方滿錦《耶律楚材行儒佛拒全真之探索》（《佛教與遼金元文化國際學術研討會論文集》，香港：香港能仁書院，2005 年，第 239～270 頁）、葉憲允《耶律楚材的佛門淵源》（怡學主編《遼金佛教研究》，北京：金城出版社，2012 年，第 287～293 頁）等。

### 5. 萬松行秀

萬松行秀是金代文學與佛禪關係領域唯一得到重點討論的佛教高僧。劉曉《萬松行秀新考——以〈萬松舍利塔銘〉為中心》（《中國史研究》，2009 年第 1 期，第 123～130 頁）、程群、邱秩浩《萬松行秀與金元佛教》（《法音》，2004 年第 4 期，第 19～26 頁）、賴功歐《遼金時期的曹洞宗》（怡學主編《遼金佛教研究》，北京：金城出版社，2012 年，第 52～59 頁）、昌蓮《略論萬松行秀的禪學思想》（怡學主編《遼金佛教研究》，北京：金城出版社，2012 年，第 266～286 頁）等，這些論文考察了萬松行秀的生平、著述，剖析其融合各宗、會通禪教的思想特點及影響。陳堅《貓又無，爭甚狗？——萬松行秀評「南泉宰貓」》（怡學主編《遼金佛教研究》，北京：金城出版社，2012 年，第 258～265 頁）一文介紹了萬松行秀對禪宗公案「南泉斬貓」的綿密闡釋，並對其闡釋內容與特點進行了認真討論，認為《從容錄》作為「禪門雙璧」之一的聲名並非浪得，亦可見出曹洞禪法的特色。

## （二）佛禪思想影響下的金代文學文本研究

關於此問題的探討也是通過金源代表作家的文本考察實現的。

關於趙秉文的詩文與佛禪思想關係之探討，主要有以下幾篇論文。田玉琪和吳松山的《趙秉文詩歌創作的佛禪意蘊》（《佛教與遼金元文化國際學術研討會論文集》，香港：香港能仁書院，2005 年，第 131～138 頁）討論了趙秉文詩中蘊含的佛理，認為這是其觀察世界、體悟人生的重要方式。而張毅慧《論趙秉文詩歌中的儒道佛思想》（《山西煤炭管理幹部學院學報》，2009 年第 2 期，第 113～114 頁）則梳理了佛家思想在趙秉文詩作中的滲融現象。

關於李純甫的詩文與佛禪思想關係之探討，主要有以下幾篇論文。張晶《李純甫的佛學觀念與詩學傾向》（《佛教與遼金元文化國際學術研討會論文集》，香港：香港能仁書院，2005 年，第 182～191 頁）提出：是李純甫佛學思想促使其形成了其有悖於正統儒家文學思想的詩學觀念；劉潔的《李純甫的詩學觀念及其禪學淵源》（《北方論叢》，2010 年第 4 期，第 11～13 頁）則認為李純甫「詩無定體」、「惟意所適」的詩學主張深受禪學「以心為師」、「遊戲三昧」思想的影響，是北朝以禪喻詩理論的重要發展，具有深刻的現實批判意義。胡文川的碩士論文《李純甫怪奇詩風的內涵及形成原因》（山西大學，2011 年）論述了李純甫的佛學思想與怪奇文風的關係。而劉達科《李純甫與孔門禪》（《沂州師範學院學報》，2012 年第 4 期，第 21～23 頁）歷數孔門禪稱謂的由來，並界定其內涵，梳理了李純甫的佛學思想、文學理論與孔門禪的關係及與其他孔門禪居士的關係。

作為金代重要文學家，元好問詩文中具有濃厚的佛禪意蘊，學界對此亦有深入研究，產生了很多成果。程亞林《〈答俊書記學詩〉錢說獻疑——兼論元好問的詩禪觀》（《武漢大學學報》，1989 年第 6 期，第 65～69 頁），李獻芳《元好問〈續夷堅志〉與金末元初宗教》（《中國文學研究》，2002 年第 3 期，第 22～25 頁），李正民、牛貴琥《試論佛教對元好問的影響》（《民族文學研究》，2005 年第 3 期，第 19～25 頁），狄寶心《元好問的生平思想與詩詞創作》（《沂州師範學院學報》，2005 年第 6 期，第 64～67 頁），劉丹、宋國慶《從元好問看宗教與文學的互動關係》（《長春工業大學學報》（社會科學版），2007 年第 4 期，第 83～85 頁）等。其中李正民、牛貴琥之論文，從對生命價值的珍惜與關愛，對生命意義的體悟與發揮，對詩禪關係的闡釋與實踐等三方面論述了元好問對佛教的獨特體認，充分肯定了元好問突破儒家傳統的忠、節觀念，夷、

夏大防，對於元好問歌頌嚴實其人活民救命之功，稱揚一些戒殺保民的蒙古權貴，金亡不死，又上書耶律楚材保護 54 位金源名士，希望蒙古統治者善待、任用他們，以及元好問謁見忽必烈，請之為儒教大宗師、免儒戶兵賦等等驚世駭俗的行為，李正民、牛貴琥認為這與元好問推崇佛教眾生平等、濟世救人的宗旨是緊密相聯的，元好問是從佛家思想中獲得了精神力量和勇氣。

對於著名的女真詩人完顏璹，學界也從佛禪文化的角度作了認真的考察，比如周惠泉《金代女真族詩人完顏璹簡論》（《社會科學戰線》，1985 年第 2 期，第 261～268 頁）就討論到完顏璹事佛，以及其與參禪有關的詩作《自題寫真》。姜劍雲、孫昌武的《論完顏璹創作中的佛禪意蘊》（《河北大學學報》（哲學社會科學版），2003 年第 2 期，第 30～34 頁），採用文本細讀之法，分析了完顏璹作品中濃厚的佛禪意蘊。論文認為其詩作表現了詩人對佛禪的體悟，隨緣自適的心態以及淡泊功名之心、幽隱閒逸之趣。論文還從政治、個人、文化等三方面探討了完顏璹詩文佛禪意蘊生成的複雜原因。

關於金源文學其他作家的涉佛研究，還有：

段玉明《萬松行秀〈請益錄〉研究》（《宗教學研究》，2012 年第 4 期，第 97～105 頁）是對萬松作品的文本研究，認為其顯著特色在於廣徵博引、述多作少，不限宗門、兼收並蓄、解釋細微、開示綿密。崔廣彬《金代佛教發展述略》（《黑河學刊》，1996 年第 5 期，第 113～116 頁）論及萬松行秀與金代文人名士的往來。

另外，張培峰《宋代士大夫佛學與文學》（《宗教文化出版社》，2007 年 4 月）一書中簡單論述了由宋入金的宇文虛中創作的幾首涉佛詩作；邢東風《關於朱弁的追跡調查》（怡學主編《遼金佛教研究》，北京：金城出版社，2012 年 10 月，第 98～133 頁）以朱弁碑為基礎研究了朱弁與佛教的關係；孫宏哲《金代文學家王寂文學創作的佛禪意蘊》（《求索》，2013 年第 3 期，第 132～134 頁）認為王寂是金代儒家文人士大夫容受佛禪的典型個案，他在思想深處接受了佛教，將佛教生活化、生命化體現於詩文創作。通過論述王寂詩文創作的佛禪意蘊展現佛禪與文學創作之間的互動與互塑。詹航倫《王勃〈釋迦佛賦〉丁暐仁作考》（《文學遺產》，2006 年第 1 期，第 142～145 頁）對王勃《釋迦佛賦》實為丁暐仁所作進行了深入辨析；王樹林《金末詩僧性英考論》（《南通大學學報》（社會科學版），2010 年第 5 期，第 87～97 頁）考述了性英的生平、詩文作品，認為其詩「多寫幽隱清修生活、抒發金亡黍離之感，詩境清幽枯

寂，風格淡遠，有晚唐風」。張琴《論金朝詠寺酬僧詩》（《太原師範學院學報》（社會科學版），2010 年第 5 期，第 64～67 頁）將詠寺酬僧詩分為三大類型，分別表達嚮往淨土、崇信佛禪，感懷世事，抒發情志，以及文人士大夫與僧侶的情誼。孫宏哲《文士禪心與金代寺院遊觀詩》（《黑龍江民族叢刊》，2012 年第 5 期，第 112～116 頁）論述與寺院相關的金代文士寺院遊觀詩作直接反映了佛禪對金詩的滲透溶浸及顯著影響，展現了金代文士豐富的心靈世界。

李舜臣《遼金元佛教文學史研究芻論》（《武漢大學學報》（人文科學版），2012 年第 2 期，第 14～17 頁）則是一篇專門論述金代僧侶文學的成果。論文首先界定佛教文學的內涵；其次，作者從兩方面概括了遼金元佛教文學研究史的獨特價值和意義。作者分析了目前遼金元佛教文學的研究缺憾之一是佛教的塔銘、懺悔、頌讚、偈頌、拈古、頌古、評唱等文體幾乎未有涉及，雖然這類文體並不缺乏想像、虛構、韻味等文學因子。所以文章提出研究者應該樹立起將僧侶的文學創作視為其宗教活動一部分的整體意識，這樣才能準確把握僧侶的文字般若，彰顯出佛教文學的意義。同時還要在表現內容、情感特徵等方面，關注最便於表達佛教思想和自家風氣的佛教文學典型文體偈頌、語錄、舉古、拈古、評唱、代語、別語等僧侶們獨創的文體，以及佛禪獨特詭譎的語言策略。

將金代佛教作為一種聯繫著的、深刻的文化現象來考察、解讀的論文，主要有姜劍雲《金代佛寺禪院碑記之文化內涵》（《佛教與遼金元文化國際學術研討會論文集》，香港：香港能仁書院，2005 年，第 84～96 頁）、夏廣興《地獄信仰——從佛典記載到宋金元寶卷》（《佛教與遼金元文化國際學術研討會論文集》，香港：香港能仁書院，2005 年，第 172～181 頁）、都興智《金代女真人與佛教》（《北方文物》，1997 年第 3 期，第 67～71 頁）、賴功歐《遼金時期的曹洞宗》（怡學主編《遼金佛教研究》，北京：金城出版社，2012 年，第 52～59 頁）、李玉用《略論金代佛道思想的融合》（怡學主編《遼金佛教研究》，北京：金城出版社，2012 年，第 194～208 頁）、王公偉《〈禮念彌陀道場懺法〉與遼金時期的淨土思想》（怡學主編《遼金佛教研究》，北京：金城出版社，2012 年，第 224～232 頁）等。

至於一些金代文學研究的著述，如詹航倫《金代文學思想史》（成都科技大學出版社，1990 年 4 月）、張晶《遼金詩史》（東北師範大學出版社，1994 年 12 月）和《遼金元詩歌史論》（吉林教育出版社，1995 年 12 月）、周惠泉

《金代文學論》（東北師範大學出版社，1997 年 12 月）、胡傳志《金代文學研究》（安徽大學出版社，2000 年 5 月）、王德朋《金代漢族士人研究》（中國社會科學出版社，2006 年 2 月）等，對佛禪與作家、文學創作關係也有所涉及。

（三）宏觀研究

關於佛禪與金源文學關係的宏觀考察，學界也不乏有影響的成果。具體有：

孫昌武的《佛教在遼金元文化中的地位與影響——佛教與遼金元文化國際學術研討會上的總結發言》（《佛教與遼金元文化國際學術研討會論文集》，香港：香港能仁書院，2005 年，第 279～287 頁）有不少從宏觀角度闡釋佛禪與金朝文學關係的言論，其中特別強調了佛教作為漢族先進文化的載體，是推動遼金元時期「北方新興民族接受中原先進文化的紐帶」，是「促成民族和睦與融合的重要力量」，能「有效地吸引和團結各族民眾」。另外還闡釋了遼金元僧人的詩文創作成就突出，是文學遺產的重要部分，「遼金元這一特殊歷史時期的僧人創作更有非同尋常的意義和價值」；居士佛教的發達，「對於推動文化、文學的發展起了多方面的作用」。

劉達科先後發表了一系列探討佛禪與金代文學關係的論文，諸如：《遼金詩文話語與佛禪》（《晉中師範學院學報》，2009 年第 6 期，第 10～14 頁）、《佛禪與遼金文人》（《江蘇大學學報》（社會科學版），2009 年第 6 期，第 32～40 頁）、《佛禪話語與金代詩學》（《社會科學戰線》，2009 年第 12 期，第 131～136 頁）、《遼金文學中的佛禪話語》（《沂州師範學院學報》，2010 年第 1 期，第 13～16 頁）、《佛禪與金朝文學的藝術表現》（《太原師範學院學報》（社會科學版），2010 年第 2 期，第 62～68 頁）、《金詩中的佛禪意蘊》（《齊魯學刊》，2011 年第 1 期，第 114～118 頁）、《遼金詩僧與僧詩》（《江蘇大學學報》（社會科學版），2012 年第 1 期，第 45～51 頁）、《金朝全真禪法及其文學體現》（《忻州師範學院學報》，2010 年第 6 期，第 1～3 頁）等等，這些論文最終成為其專著《佛禪與金朝文學》（江蘇大學出版社，2010 年 12 月）的主要內容。

《佛禪與金朝文學》是學界論述佛禪對金朝文學影響的第一部專著，標誌著金代文學與佛禪關係研究在宏觀研究方面取得了重要進展。作者運用闡釋學和文獻學的方法，從宏觀視角整體性地把握佛禪與金朝文學的關係，並對有關現象深入細緻的考察、梳理，舉例繁富、分析細密，將整體研究與個案研究結合，宏觀研究與微觀研究結合，力求深入而系統、全面而準確地描述金代文

學與佛禪關係的本來面貌。在具體寫作上，以佛禪對文人作家的影響、佛禪對文學創作的影響和佛禪對文學批評的影響為三大主幹，大體上涵括了佛禪對金文學影響的基本內容，對佛禪在金朝文壇的影響和意義作了較全面、系統的考察。對於該書，周惠泉《拓展金文學研究疆域的思考——從〈佛禪與金朝文學〉談起》（《社會科學戰線》，2011 年第 6 期，第 277～278 頁）和姜劍雲《中國古代文學研究的重要創獲——〈佛禪與金朝文學〉評介》（《遼東學院學報》（社會科學版），2011 年第 6 期，封二）分別給予了中肯的評價和高度的讚揚。認為「這是一部在金文學研究方面進行大膽嘗試和收穫頗豐的學術專著，對推動金文學研究有著明顯的意義。」〔註 1〕「堪稱一部有突出學術價值和明顯的前沿意義的中國古代文學研究專著……有著明顯的填補學術空洞的效應……《佛禪與金朝文學》對於解決宗教與文學的關係和北方民族政權下文學研究中的問題，都有著十分明顯的啟發或先導意義」，「是其筆路藍縷、開拓奮進的結晶、肇端發微之功甚著。」〔註 2〕

綜上所述，佛禪對金朝文學全面滲融，無論是在作家隊伍、文學文本、文學思想還是在創作方法、審美特徵等方面，都你向金代文學提供了大量的文化資源，使金代文學的內涵得以豐富、昇華。可以預見，隨著時間的推移，佛禪與金代文學這一研究課題的價值和意義必將日益明顯而深入，對於金代文學的研究將產生更大的推動作用。

## 二、研究意義與研究方法

《金代詩文與佛禪》這部專著的寫作在以上所述的學術基礎上進行，從文化、社會的角度，用文學的外部規律與內部文本分析相結合的方法，研究金代詩文與佛禪的關係。將共時性與歷時性相結合，按作家身份的不同將其放置在將世俗與宗教兩個不同的社會分野，分別分析上至皇室貴族下至官僚士大夫，再到詩僧、道士的詩文創作，全面考察不同時期的金代作家、作品，力圖深入細緻地分析金代作家的佛禪情結以及作品的佛禪意蘊，展現佛教禪宗對金代作家心靈的浸潤，金代作家對佛禪的獨特解讀和現實性期待，揭示出文學與佛教禪宗的關係，為在佛禪與金代詩文的進一步研究提供助益。

---

〔註 1〕周惠泉《拓展金文學研究疆域的思考——從〈佛禪與金朝文學〉談起》，社會科學戰線，2011 年第 6 期，277 頁。

〔註 2〕姜劍雲《中國古代文學研究的重要創獲——〈佛禪與金朝文學〉評介》，遼東學院學報（社會科學版），2011 年第 6 期，封二。

# 第一章　金代皇族涉佛文學創作

　　金代是由北方新興民族——女真族在北中國建立的政權，女真統治者在大力提倡、接受漢族先進文化的過程中，佛教作為漢族先進文化的載體，成為女真族學習、接受的主要內容。女真族所受佛禪文化影響日漸加深，直接推動了「華化」進程。金代從金太祖收國元年（1115 年）到金哀宗天興三年（1234 年）享國 120 年的過程中，女真皇族作為在社會和文化發展中具有特殊的引領和示範作用的社會階層，逐步創造了獨特而頗有成就的皇族文化，其中接受佛禪文化、以詩詞形式進行涉佛文學創作引人注目。作為金代特殊的社會階層，金代皇族在宗教文化方面對社會具有非同一般的影響力。從海陵王完顏亮、金世宗完顏雍、金章宗完顏璟到密國公完顏璹，金代皇族對佛禪的接受呈現出從最初具有政治利用、宗教政策宣傳之深層意圖，到理解逐步深入，最終成為皇族成員自身精神生活和生命體驗的重要部分，成為其化解生存苦悶、提升人生境界的有效手段這一特點。金代皇族涉佛詩文創作是金代最高統治者加強文化思想統治，促進民族融合等政治策略的組成部分，也是女真皇族接受漢民族先進文化，「華化」逐步加深的重要體現。女真皇族作為當時北方新興民族接受高度普及與發展的漢傳佛禪文化，融入民族性格與特徵，在客觀上使女真族與中原漢民族彼此緊緊聯繫在一起，在思想文化方面對於民族和睦與融合，最終形成中華民族大家庭具有積極的意義和巨大作用。對女真皇族涉佛文學創作的深入分析也將有助於對金代皇族的思想與形象的全面認識。

# 一、金代皇族成員傾向佛禪的原因

## （一）文化環境的影響

佛教自東漢傳入中國以來歷久不衰。經過數百年發展演變，唐代形成了本土化的宗教「禪宗」，與道教並立，成為中國文化不可分割的一個有機組成部分，對中國的思想觀念、社會生活、文化藝術產生了深遠的影響。晉宋以來，中國的思想領域就已經出現了儒釋道三教思想融合的潮流，到了宋金時期，則演變為三教合一的局面。金朝女真民族入主中原後迅速漢化，全面接受了先進、發達的中原文化，在思想文化方面則廣泛繼承儒釋道思想。金代統治者尊孔重教，以儒興國，但並不過分壓制佛教的發展，金代統治者扶持、崇信佛教，遠勝過北宋。同漢族知識分子一樣，掌握佛禪義理也是女真知識分子必備的文化修養。不論作為帝王、皇族成員，還是作為有著深厚文化修養的人士，海陵王完顏亮、金世宗完顏雍、金章宗完顏璟、密國公完顏璹等人都是佛教文化的倡導者和接受者，深受佛教文化環境的影響，在其思想價值觀念、生活方式、文學創作等方面有所體現。

## （二）家族成員的濡染

金代女真統治者固然以佛教加強社會思想統治，但帝王、貴族歷來尊崇佛教，接受佛理的狀況也是真實的。作為宗教崇拜，金朝皇室禮佛之行為見前文所述，而對佛禪之理的掌握，到完顏璹的祖父金世宗完顏雍這一代已經相當成熟。前文已經詳述金世宗與玄悟玉禪師之間《減字木蘭花》的詩詞唱和以及闡明的虛空隨緣、自在無礙的佛禪之理。金世宗治國治民推崇並取得「國家閑暇，廓然無事」的狀態與其《減字木蘭花》闡釋的佛理正相切合。完顏璹的父親完顏永功也與應州僧人交遊，甚至曾因之處事不當而被解職。〔註1〕作為皇族一員，完顏璹受祖父世宗完顏雍、父親完顏永功影響，「參禪於善西堂，名曰『祖敬』」〔註2〕也是自然而然的現象。

---

〔註 1〕〔元〕脫脫等撰《金史》，北京：中華書局，1975 年，第 1903 頁，列傳第二十三世宗諸子。文中云：應州僧與永功有舊，將訴事於彰國軍節度使移剌胡剌，求永功手書與胡剌為地。胡剌得書，奏之。上謂宰臣曰：「永功以書囑事胡剌，此雖細微，不可不懲也。凡人小過不治，遂至大咎。有犯必懲，庶幾能改，是亦教也。」……於是永功解職。

〔註 2〕閻鳳梧編《全遼金文》，太原：山西古籍出版社，2002 年，第 3234 頁。

## （三）與高僧及師、友之間的交流

完顏亮、完顏雍、完顏璟等金代帝王召見並與之交流的遐齡益壽禪師、玄悟玉禪師、萬松行秀等僧人不但深具佛學修養，而且德行高潔，具備相當高的文學修養。皇族成員完顏璹、完顏從郁交往的也是京師名僧。皇族成員的老師和與之交遊的士大夫都是當世頂尖的知識分子，這些人絕大多數都頗具佛學修養，如趙秉文、元好問等人。在內廷，在禪寺，在府中，佛禪義理都是這些人的談資。在交流切磋中，皇族成員既受到佛禪義理的沾溉，加深了對佛教的理解，又受到其人格、學養的濡染。

## 二、金代帝王對佛禪態度的兩面性及其賜僧詩、與僧侶唱和詩詞

### （一）完顏亮對佛教的兩種態度及其賜僧詩

完顏亮（1122～1161 年），原名迪古乃，字元功。金太祖完顏阿骨打之孫，完顏宗幹之次子，金代第四任皇帝，也被稱為海陵王。他全面接受過封建漢文化的影響和教育。完顏亮延續金初限制佛教發展的統治政策，嚴格控制僧侶數量，甚至在正隆元年（1156 年）十月癸巳，詔「禁二月八日迎佛」〔註3〕。

《金史》列傳第二十一《張通古》所載更能表明完顏亮對佛教的態度：

> 會磁州僧法寶欲去，張浩、張暉欲留之不可得，朝官又有欲留之者。海陵聞其事，詔三品以上官上殿，責之曰：「聞卿等每到寺，僧法寶正座，卿等皆坐其側，膚甚不取。佛者本一小國王子，能輕捨富貴，自修苦行，由是成佛，今人崇敬。以希福利，皆妄也。況僧者，往往不第秀才，市井遊食，生計不足，乃去為僧，較其貴賤，未可與薄尉抗禮。閭閻老婦，迫於死期，多歸信之。卿等位為宰輔，乃復效此，失大臣體。張司徒老成舊人，三教該通，足為儀表，何不師之。」召法寶謂之曰：「汝既為僧，去住在己，何乃使人知之？」法寶戰慄，不知所為。海陵曰：「汝為長老，當有定力，今乃畏死耶？」遂於朝堂杖之二百，張浩、張暉杖二十。〔註4〕

這段話表明，海陵王將僧侶視為或畏死，或遊食的鄙賤之人，對尋常僧侶及世俗教徒的佛教信仰頗為懷疑、甚至是鄙視的。他斥責尊高僧而逾禮失體的大臣，杖責自矜其位的高僧。

---

〔註3〕〔元〕脫脫等撰《金史》，北京：中華書局，1975 年，第 107 頁。
〔註4〕〔元〕脫脫等撰《金史》，北京：中華書局，1975 年，第 1861 頁。

　　但是作為女真族最高統治者，完顏亮因政治需要必須借助宗教力量統攝社會人心，所以仍然維持了對佛教的禮儀以及護持的態度，對真正有德行的佛教高僧也相當尊重。體現出金代統治者對佛教及僧侶態度的兩面性。完顏亮是用漢文進行創作的第一位女真詩人，金代皇族涉佛文學創作也恰是自海陵王完顏亮始。他御賜遐齡益壽禪師一首七言古詩，是金代文學史上女真最高統治者第一次以詩的形式讚頌禪家高僧的大德高行：

> 古人修隱上遊訪，涉水登山步林莽。
> 禪衣露濕煙霞明，掛杖橫拖風月爽。
> 餐霞服氣度春秋，白雲秋水空悠悠。
> 有時危坐入禪定，不關名利輕王侯。
> 湯湯逝水盡東流，塵寰萬慮皆為空。
> 識得浮生這四景，百般伎倆總銷融。
> 頓息塵緣坐來靜，劈破鴻蒙見真性。
> 常生不死度流年，萬古高風起人敬。〔註5〕

　　這首詩出自金正隆元年朝議大夫、文華殿大學士馮國相奉海陵王完顏亮之詔撰寫的《遐齡益壽禪師塔記》（正隆元年），文中記載了海陵王完顏亮與北京上方山兜率寺九十多歲的空寂禪師之間的佛禪交集。天德、貞元年間（1149～1155年），上「聞其德昧」，「連詔者三」，空寂禪師應詔入都。「上甚悅之，欽師戒行，就宮供養，遂開闡《護國仁王般若尊經》。九旬克備，辭歸，賜號遐齡益壽禪師」，〔註6〕並賜七言古詩一首贊其高行。空寂禪師於正隆元年（1156年）丙子季秋甲子示寂，完顏亮降旨遣祭，賜白鏹三百兩，為之建塔樹碣。

　　《護國仁王般若尊經》與《法華經》、《金光明經》並稱為護國三經，此經是講說仁王見眾生痛苦，生起憐愍之心，因此施予自在力保護眾生，使一切世間有情到達涅槃彼岸，安穩康樂。海陵王特意挑選燕京地區首屈一指的九十高壽的得道高僧在宮中供養三月，念誦闡釋的經文內容，也有向世人昭示自己作為帝王施行仁政，守土護民的政治意圖。完顏亮看到了遐齡益壽禪師所展現的生命存在的更高境界與形態，因而作品所流露的對高僧餐霞服氣、不關名利的敬重是真誠的，對禪宗劈破鴻蒙、頓息塵緣的理解也是到位的。

---

〔註5〕梅寧華《北京遼金史蹟圖志》（下），北京：燕山出版社，2004年，第286頁。
〔註6〕梅寧華《北京遼金史蹟圖志》（下），北京：燕山出版社，2004年，第286頁。

完顏亮還有一首感慨盛衰興亡之詩《過汝陰作》：

> 門掩黃昏染綠苔，那回蹤跡半塵埃。
> 空庭日暮鳥爭噪，幽徑草深人未來。
> 數仞假山當戶牖，一池春水繞樓臺。
> 繁花不識興亡地，猶倚闌干次第開。〔註7〕

汝陰自古為軍事重鎮，失去汝陰則江南不保。晉滅東吳、侯景滅梁、隋滅南朝陳國、北宋滅南唐都在這裡發生著名戰事。詩人作為一代軍事家，身處自古兵家必爭之地，回想著朝代興亡更替，過去的血與火都隨歲月湮滅，甚至看到從前經過此處留下的痕跡，時間相距不遠卻也已經消失殆盡，心中更平添感慨，而此刻正是空庭日暮，幽徑草深，鳥兒爭鳴，繁花似錦，詩人以自然的靜謐、永恆與真實反襯著人世間的喧囂、短暫與虛幻。詩人不用禪語而能自然流露佛禪理趣和超脫曠達的精神。完顏亮固有的雄鷙豪邁、猛悍倔強、霸氣蒸騰的一代梟雄形象，因這首詩所流露出的英雄莫名孤獨與蒼涼情緒，對英雄偉業轉眼成空的歷史與現實的體認，而具有了更豐滿、更真實的面目。其作為女真一代雄主的偉大抱負與生命衝力，促使其力圖收拾山河、整頓乾坤，卻由於沒有體現歷史的必然要求而造成這種野望實際上的不可實現，最終出師未捷身先死的悲劇結局，也就更激起人們的深深思索。

### （二）完顏雍對佛教的立場、佛禪修養及與僧侶唱和詞

金世宗完顏雍（1123～1189年），本名烏祿，金太祖之孫，完顏宗輔之子，金第五位皇帝，一代治世名君。他以一個政治家的立場對待佛教，為了社會的繁榮和穩定，允許佛教有限度地發展，宣示自己不盲目信奉佛教、不佞佛的立場，譴責梁武帝、遼道宗「其惑深矣」〔註8〕，諭宰臣「人皆以奉道崇佛設齋讀經為福，朕使百姓無冤，天下安樂，不勝於彼乎」，在他身上又顯示出佛教福報思想的影響。金世宗諭宰臣曰：「爾等居輔臣之任，誠能匡國家，使百姓蒙利，不惟身享其報，亦將施及子孫矣。」〔註9〕。金世宗晚年更加尊崇佛教，喜歡遊寺、飯僧。他規定有三件事不許臣下進諫，其中就有「飯僧」一件。〔註10〕

---

〔註7〕薛瑞兆，郭明志編《全金詩》，天津：南開大學出版社，1995年，第一冊，卷二八，第355頁。

〔註8〕〔元〕脫脫等撰《金史》，北京：中華書局，1975年，第141頁。

〔註9〕〔元〕脫脫等撰《金史》，北京：中華書局，1975年，第199頁。

〔註10〕董克昌《大金詔令釋注》，哈爾濱：黑龍江人民出版社，1993年，第448頁。

金世宗僅存於世的唯一詞作《減字木蘭花·賜玄悟玉禪師》就是與玄悟玉禪師唱和之作。此詞純為佛理詞，是金代文學史上第一次由女真皇族以詞這種文學形式與禪家宗師談禪說理。從詞作內容來看，金世宗對佛教禪宗的義理有相當程度的瞭解，而且對佛教禪宗的教義也有較深入、恰當的理解與把握，顯示了深厚的漢文化學養和造詣，在金代皇族與佛禪關係史上書寫了重要一筆。

金世宗所賜玄悟玉禪師《減字木蘭花》詞云：

> 但能了淨。萬法因緣何足問。日月無為。十二時中更勿疑。　　常須自在。識取從來無掛（罣）礙。佛佛心心。佛若休心也是塵。〔註11〕

玄悟玉禪師同樣以《減字木蘭花》詞牌做了答詞。詞云：

> 無為無作。認著無為還是縛。照用同時。電卷星流已太遲。　　非心非佛。喚作非心猶是佛。人境俱空。萬象森羅一境中。〔註12〕

御賜高僧詞作，高僧也作詞與之唱和，這不僅僅是信眾與高僧的個體交流，因人物身份的特殊，這次佛禪交集具有了別樣的意義。這是女真立國以來，金代帝王首次與高僧相互以佛理詩詞唱和，這不但代表了金代統治者在政治層面上全面接受佛教，與佛教上層關係融洽，而且代表了金代帝王作為少數民族統治者，在文學文化水平上迅速提高到可以與佛教高僧站在同一層面上，這實在是意義重大的一件事。

世宗曾經在手心寫下「非心非佛」四個字向玄悟玉禪師展示。「非心非佛」乃是馬祖禪法，沿續慧能以來的「識心見性，自成佛道」的宗旨，又具備自己的鮮明個性。「即心是佛——非心非佛——不是心，不是佛，不是物」，把「即心是佛」與「三界唯心」、一切皆是心法結合起來，昭示眾生達到覺悟的依據。此乃洪州禪法的一個重要特色。從詞作所闡釋的佛理可知，金世宗受到洪州禪的影響，強調「無為」、「了淨」而得自在，然而強調「非心非佛」之旨，還未達上層。而玉禪師則先表示認同「非心非佛」，然後更進一步闡釋、啟發，「認著無為還是縛」，「照用同時」即將人我雙雙奪去之時，我法二執一律剷除。要「人境俱空」，也即達到無心執著，不用分別，自然解脫。玉禪師的詞作，強調了「道不用修」、「平常心是道」。這裡的「道」指佛道、覺悟解脫之道，是指大乘佛教所奉的最高真理。而它的最高意義（第一義諦），是超言絕象的真

---

〔註11〕唐圭璋編《全金元詞》，北京：中華書局，2000年，上冊，第27頁。
〔註12〕唐圭璋編《全金元詞》，北京：中華書局，2000年，上冊，第27頁。

如、法性、佛性，也就是禪宗所說的「自性」、「心」。「即心是佛——非心非佛
——平常心是道」是馬祖道一的佛性思想體系，簡練有力，內在邏輯演義十分
嚴密，成為道一思想與實踐的總綱領。而在修行實踐方面主張「道不用修」，
或者說「任心修為」。這樣，金世宗的詞作與玉禪師的詞作相互應和，共同宣
說了禪宗的理論主張，聯繫帝王在社會上的強大影響力這一因素，不難想像，
這一政治領袖與佛教宗師交流互動必然在社會上廣為流傳，對禪宗廣布和文
壇也會產生影響。

### （三）完顏璟遊幸仰山棲隱禪寺以及與萬松行秀的文學交流

金章宗完顏璟，金世宗完顏雍之嫡孫，金顯宗完顏允恭之嫡子。自幼習漢
字經書，受漢文化影響頗深，精於書法繪畫，詩詞音樂，是金統治者中文化水
平最高者。章宗有七絕《宮中》云：「五雲金碧拱朝霞，樓閣崢嶸帝子家。三
十六宮簾盡卷，東風無處不揚花。」劉祁《歸潛志》卷一讚譽為「真帝王詩也」。
〔註13〕雅韻風流，在帝王詩中是少有的佳品，透露出盛世氣象。在位 20 年，
文治燦然。

金章宗對佛教的態度也可以從控制、防備和尊崇、利用兩方面去理解。
明昌元年（1190 年）正月戊辰，「制禁自披剃為僧道者」〔註14〕。這說明金
章宗執政早期仍然注重控制佛教僧侶人數，以免僧侶佛學水平下降，遊食之
人增多，社會勞動力減少。明昌二年（1191 年）二月壬辰，「敕親王及三品
官之家，毋許僧尼道士出入」。這又是防止僧侶與勳貴勾結，造成政治動盪的
手段。明昌三年（1192 年）癸巳，準尚書省所奏，令僧尼「自今以後並聽拜
父母，其有喪紀輕重及尊屬禮數，一準常儀。」這表明金章宗認同唐開元二
年唐太宗對僧尼不拜父母親屬是「為子而忘其生，傲親而循於末」的行為，
敗壞公序良俗，不利教化。明昌五年（1194 年）戊寅，章宗問輔臣諸處孔子
廟的情況時與平章政事完顏守貞談到「僧徒修飾宇像甚嚴」，其原因在於「僧
道以佛、老營利，故務在莊嚴閎侈，起人施利自多，所以為觀美也。」〔註15〕
這樣的評價完全與佛家「像教」理論背道而馳，指斥其以營利自多為目的。
這是金章宗站在最高統治者的立場，針對孔廟不興、佛道觀美而不利國家所
進行的判斷。

---

〔註13〕劉祁撰，崔文印點校《歸潛志》，北京：中華書局，1983 年，第 3 頁。
〔註14〕〔元〕脫脫等撰《金史》，北京：中華書局，1975 年，卷十，第 213 頁。
〔註15〕〔元〕脫脫等撰《金史》，北京：中華書局，1975 年，卷十，第 234 頁。

　　金章宗對佛教除了政治控制與防備，也對佛教尊崇、利用，在春水、秋獮
的途中駐蹕寺院，勢必與佛教中人有交集。章宗與金元之際曹洞宗高僧萬松行
秀之間宗教與文學交流尤其值得重視。

　　李仝《萬松舍利塔銘》載：

　　　泰和六年（1206 年），（萬松行秀）復受中都仰山棲隱禪寺請。是歲，
　　　道陵（即章宗）秋獮山下，駐蹕東莊。師以詩進，上喜。翌日，臨幸
　　　方丈，改將軍堝為獨秀峰，蓋取師名。留題而去。……八年……復
　　　主萬壽。庚寅（1230 年），御賜佛牙一，仍敕『萬松老人焚香祝壽』，
　　　重之不名也。〔註 16〕

　　據《佛祖歷代通載》：

　　　　金明昌四年（1193 年），詔請萬松長老於禁庭升座，帝親迎禮，
　　　聞未聞法，開悟感慨，親奉錦綺大僧祇支，詣座授施。后妃、貴戚
　　　羅拜拱跪，各施珍愛以奉供養，建普度會，施利異常。……章宗駕
　　　遊燕之仰山，御題有『金色界中兜率景，碧蓮花裏梵王宮』之句。
　　　〔註 17〕

　　章宗遊幸仰山棲隱禪寺，「師以詩進」之事，在《釋氏新聞序》裏記載得
更為詳細：

　　　　而後章廟秋獵於山，主食輩白師曰：「故事，車駕巡幸本寺，必
　　　進珍玩，不然，則有司必有詰問。」師責之曰：「十方檀信布施，為
　　　出家兒，余與若不具正眼，空食施物，理應償報。汝不聞木耳之緣
　　　乎？富有四海，貴為一人，豈需我曹之珍貨也載？且君子愛人也以
　　　德，豈可以此瑕纇君主乎？」因手錄偈一章，詣行宮進之。大蒙稱
　　　賞，有「成湯狩野恢天網，呂尚漁磯浸月鈎」之句，誠仁人之言也。
　　　翌日，章廟入山行香，屢垂顧問，仍御書詩一章遺之，師亦泊如也。
　　　〔註 18〕

　　這段記載中萬松行秀「手錄偈一章」在《佛祖歷代通載》卷二○，承安二
年丁巳（1197 年）條中詳細錄出：

　　　蓮宮特作梵宮修。聖境還需聖駕遊。

〔註 16〕《邢臺縣志》（嘉慶），國家圖書館藏本，第七卷。
〔註 17〕念常《佛祖歷代通載》，北京圖書館古籍珍本叢刊本，第二十卷。
〔註 18〕〔元〕耶律楚材著，謝方點校《湛然居士文集》，四部叢刊本，第一三卷。

雨過水澄禽泛子。霞明山靜錦蒙頭。

成湯也展恢天網。呂望稀垂浸月鉤。

試問風光甚時節。黃金時節桂花秋。

《佛祖歷代通載》與《釋氏新聞序》所記之詩作略有出入。

章宗完顏璟遊幸仰山之御題乃是一首七律：

參差雲影幾千重，高出雲鬟迥不同。

金色界中兜率景，碧蓮花裏梵王宮。

鶴驚清露三更月，虎嘯疏林萬壑風。

試拂花箋為摩寫，詩成任適自非工。〔註19〕

　　這樣，金章宗與一代名僧萬松行秀完成了別具意義的詩歌唱和。萬松行秀摒棄了庸俗的向帝王「進珍玩」之舉，而以「君子愛人也以德」目章宗，所進詩作有將章宗暗比為一代英主成湯之意，身邊的朝臣也像身懷治世才略的一代名臣呂尚那樣，甚至是自己就是那等待遇合聖君的賢臣。詩作中霞明山靜，雨過水澄，桂花飄香的聖境描寫，既是對聖君駕臨美好氛圍的襯托，更是對章宗治國有方，境內一片祥和的讚頌。而文學修養頗高的章宗不但對萬松「以詩進」的雅行很認同，而且準確領會了萬松行秀詩中意旨，所以才會大加讚賞，才會「屢垂顧問」，「御書詩一章遺之」。章宗的七律描繪的仰山之境，已經不僅是對自然之境的描繪，而是蒙上了明顯的佛教色彩，是對佛教聖山的摹寫。仰山高出雲鬟、參差雲影、清露疏林、明月松風，都呈現出佛教境界的靜寂與崇高，這也正是對佛教高僧大德的巧妙襯托，傳達了褒揚之意。作詩任適而非工，如同佛法之修持，佛在自心，不必著力外求，自然明心見性。這是章宗寓佛理於作詩之行為，巧妙自然。

### 三、完顏璹與佛禪的深度交集

　　完顏璹（1172～1232年），是金世宗完顏雍之孫，越王完顏永功之子，累封至密國公。本名壽孫，金世宗賜名字仲實，字子瑜，自號樗軒老人。「平生詩文甚多。自刪其詩，存三百首，樂府一百首，號《如庵小稿》。」〔註20〕現存完整詩詞51首。金代完顏皇族成員中以完顏璹的文學創作最豐富、成就最高。即便與金代其他眾多漢族、渤海族作家相比，完顏璹的文學地位也是相當

〔註19〕《順天府志》，北京大學出版社影印本，1983年，第271頁。

〔註20〕〔元〕脫脫等撰《金史》，北京：中華書局，1975年，第1905頁。

突出的。完顏璹的詩詞作品滲透了濃烈的佛禪意味，飽含了因個人遭際而帶來的對「生苦」的感歎，進而以佛禪之理滲透於對歷史、世事、人生的觀照之中，言說自己的佛禪體悟，表現出淡泊自適之心。

## （一）對「生苦」之嗟歎

完顏璹深得中華文化之精髓，風度儒雅，才學、德行出眾。「少日師三川朱巨觀學詩、龍巖任君謨學書，真積日久，遂擅出藍之譽。」「字畫得於蘇、黃之間」〔註21〕，完顏璹得到朱瀾、任詢這種特出之士的教誨、影響，「真積日久」，以女真人的民族身份超越其師，可算成就非凡。完顏璹涉獵廣博，「於書無所不讀」。他所收藏的法書名畫連箱累篋，量巨質精，是內廷以外第一人。這必然使之具有深厚的藝術修養和高超的藝術鑒賞力。《如庵詩文敘》云「公資稟簡重，而至誠接物，不知名爵為何物。〔註22〕雖然貴為國公，又是金廷宗室貴族的身份，在於漢族文士的交往中，「舉止談笑真一老儒，殊無驕貴之態」〔註23〕。完顏璹在政治上頗具抱負，有強烈的政治責任感。「以《資治通鑒》為專門。馳騁上下千有三百餘年之事，其善惡是非、得失成敗，道之如目前。穿貫他書，考證同異，雖老於史學者，不加詳也。」〔註24〕天興壬辰（1232年）三月，汴京被圍攻，國勢倉皇。金哀宗以曹王訛可作為人質向蒙古大軍求和，時年已經六十一歲的完顏璹覲見金哀宗，「請副之，或代其行」〔註25〕。完顏璹在國家危急存亡之秋能挺身而出，說明對國家、民族強烈的政治責任感至老未變。

完顏璹雖然以其才學品行獲得士大夫們的普遍讚譽，劉祁稱其「可謂賢公子矣」〔註26〕，元好問也讚譽其為「百年以來宗室中第一流人也」〔註27〕，但鬱鬱四十餘年不能行其志，一生備受拘束。金章宗完顏璟即位後，對有可能對其皇權構成威脅和挑戰的皇族成員進行了嚴密控制。完顏璹為金世宗妃張氏所生越王永功之庶長子，張氏所生另一子鎬王完顏永中又犯下謀逆大案，永功一支為其所累，四十餘年形同幽囚。在嚴酷的政治環境中，勉強保全自身，是無法有所作為的。其《自戲》詩云：

〔註21〕閻鳳梧編《全遼金文》，太原：山西古籍出版社，2002年，第3234頁。
〔註22〕閻鳳梧編《全遼金文》，太原：山西古籍出版社，2002年，第3234頁。
〔註23〕閻鳳梧編《全遼金文》，太原：山西古籍出版社，2002年，第3234頁。
〔註24〕閻鳳梧編《全遼金文》，太原：山西古籍出版社，2002年，第3234頁。
〔註25〕〔元〕脫脫等撰《金史》，北京：中華書局，1975年，第1905頁。
〔註26〕〔金〕劉祁《歸潛志》，北京：中華書局，1983年，卷一，第4頁。
〔註27〕〔金〕元好問《中州集》，北京：中華書局，1962年，第272頁。

借來羸馬鈍於牆，馬上官人病且尪，

無用老臣還有用，一年三五度燒香。〔註28〕

他只能「日日閉窗下」、「閒眠畫景虛」，做「世間幽隱者」，〔註29〕「日以講誦吟詠為事」〔註30〕。完顏璹本是「宗室之貧無以為資者」〔註31〕，南渡後生活拮据，落魄更甚。其《沁園春》詞道出其苦況：

壯歲耽書，黃卷青燈，留連寸陰。到中年贏得，清貧更甚，蒼顏明鏡，白髮輕簪。衲被蒙頭，草鞋著腳，風雨瀟瀟秋意深。淒涼否，瓶中匱粟，指下忘琴。

一篇梁父高吟。看谷變陵遷古又今。便離騷經了，靈光賦就，行歌白雪，愈少知音。試問先生，如何即是，布袖長垂不上襟。掀髯笑，一杯有味，萬事無心。〔註32〕

詩人壯年忍受黃卷青燈的清苦，以圖用世而未得。衣食匱乏的清貧，唯有隨遇而安方能保全其身心。只有想到王圖霸業終將逝去，所有功名事業並不能永駐，詩人深深體會到由佛教「萬法皆空」的教義，徹底否棄，徹底看空，才獲得心靈解脫。

在對生苦的反覆嗟歎中，完顏璹甚至認同北宋皇族趙德麟乃是自己前身的說法，在封建時代普通民眾普遍具有的前生觀念中融入深切的個人身世之感。《自題寫真》詩云：

枯木寒灰亦自神，應緣來現胙公身。

只緣苦愛東坡老，人道前身趙德麟。〔註33〕

詩中肯定並欣賞別人稱自己的前生是趙德麟。趙德麟即趙令畤（1061～1134年），初字景貺，改字德麟，自號聊復翁。宋太祖次子燕王德昭之玄孫。元祐中簽書潁州公事。時蘇軾為知州，薦其才於朝。後坐元祐黨籍，被廢十年。完顏璹與趙德麟均為皇室貴冑，頗有文才，喜愛文物收藏，也同樣在政治道路

---

〔註28〕 薛瑞兆，郭明志編《全金詩》，天津：南開大學出版社，1995年，第三冊，卷八四，第122頁。

〔註29〕 薛瑞兆，郭明志編《全金詩》，天津：南開大學出版社，1995年，第三冊，卷八四，第116頁。

〔註30〕 〔元〕脫脫等撰《金史》，北京：中華書局，1975年，第1905頁。

〔註31〕 閻鳳梧編《全遼金文》，太原：山西古籍出版社，2002年，第3234頁。

〔註32〕 唐圭璋編《全金元詞》北京：中華書局，2000年，上冊，第45頁。

〔註33〕 薛瑞兆，郭明志編《全金詩》，天津：南開大學出版社，1995年，第三冊，卷八四，第118頁。

上坎坷失意，有志難伸。在金代的佛教文化環境中，前世為趙德麟的觀念，幫助完顏璹拉近了自己與佛教之間的心理距離，幫助他緩解了殘酷的現實人生所帶來的壓力與磨難。有關前世的想法為完顏璹開闢了一個現實與理想的緩衝區，構築了一個積極而有韌性的一生。

## （二）以佛禪之理滲透於對歷史、世事、人生的觀照之中

完顏璹對佛禪義理領會深入，許多題材的詩詞作品都滲透著佛禪之理。他的詠史詩糅合了佛教「無住」思想，借詩詞抒寫了王朝末世的憂患意識，混合著歷史深處和心靈深處的悲慨之音，最終則是以圓覺了義作為解脫的方式。

其《朝中措》詞云：

> 襄陽古道灞陵橋，詩興與秋高。千古風流人物，一時多少雄豪。
>
> 霜清玉塞，雲飛隴首，楓落江杲。夢到鳳凰臺上，山圍故國周遭。〔註34〕

詩人縱覽襄陽古道、鳳凰臺、灞陵橋、玉門關，這些歷史上有名的地方在分屬過不同王朝之後，如今又分別為南宋、金、西夏所有，在時空交錯中體驗著那裏的幻夢，思考著歷史的風雲變幻、感慨著家國的興亡更替，體驗著人事不常而江山依舊、自然永恆的道理。

《青草碧》：

> 幾番風雨西城陌，不見海棠紅、梨花白。底事勝賞匆匆，政自天付酒腸窄。更笑老東君，人間客。
>
> 賴有玉館新翻，羅襟醉墨。望中倚欄人，如曾識。舊夢回首何堪，故苑春光又陳跡。落盡後庭花，春草碧。〔註35〕

這首詞完全可以理解為國勢日益蹙迫，風雨飄搖的一種隱喻。詞作寫出了繁華不再、勝賞匆匆，舊夢不堪回首的刻骨蒼涼。那種淡淡的廢墟意識充滿了超越感傷的精神深度。那就是《金剛經》所云「一切有為法，如夢幻泡影，如露亦如電」〔註36〕的經義。

在尋求對治人生煩惱苦痛的心理感受時，完顏璹力圖通過改變主觀認識和精神狀態，以寂滅自身的塵勞妄念，自靜其心來獲得心靈的撫慰和心理的平衡，培養佛家特有的清淨寂默、無染無著、無待無求的本然心性。

---

〔註34〕唐圭璋編《全金元詞》，北京：中華書局，2000年，上冊，第45頁。
〔註35〕唐圭璋編《全金元詞》，北京：中華書局，2000年，上冊，第45頁。
〔註36〕賴永海主編，陳秋評譯注《金剛經》，北京：中華書局，2010年，第10頁。

《如庵樂事》：

> 人間最美安心睡，睡起從容盥漱終。七卷蓮經爇沉水，一抔湯
> 餅潑油蔥。

> 因循默坐規禪老，取次拈詩教小童。炕暖窗明有書冊，不知何
> 者是窮通。〔註37〕

「如庵」是完顏璹所居之屋，詩中寫的是在如庵生活的情況，其中著重表達的是詩人心向佛門、讀經參禪、自適自樂的心情。如庵炕暖窗明，生活安心舒適，手上有書可讀，心願已足，別無他求。不必追究自己的命運為何窘迫，如何暢達。完顏璹在此處表達了自己讀經參禪的體悟：不為貪愛所驅使，不在生死之河中漂流沉溺，欲望當體即空，運用遠離分別念，歸向真如的不二法門，破除相對觀念，獲得心靈的超越，生命的解脫自在。

其《西江月》詞曰：

> 一百八般佛事，二十四考中書。山林城市等區區。著甚由來自苦。

> 過寺談些般若，逢花倒個葫蘆。少時伶俐老來愚。萬事安於所遇。

〔註38〕

此詞是詩人晚年所做。歷盡滄桑的完顏璹，對人生世事參悟更深。以冷靜清醒的眼光看待現實，字裏行間明白地表達了作者對於世事人生隨遇而安的態度。上闋感慨於當時世人熱衷於佛事，熱衷於功名，認為不管身處山林做隱士，還是居於廟堂之上為官，都一樣微不足道，不足掛心。年少時聰明，不能消除纏縛，所以滋生無數煩惱。老來愚癡，實際是一念心歇，大徹大悟。破除了我法二執，心物雙泯。「萬事安於所遇」，不住一切，隨緣任運，灑脫無拘，從容自在。詞作語詞平易通俗，與表現的心物解脫、超越無礙的境界正相合。

## （三）直接談禪佛理，表現佛禪體悟

完顏璹的題畫詩中有兩首談說佛禪之理。其一為《題紙衣道者圖》：

> 紫袍披上金橫帶，杖藜拖來紙掩襟。

> 富貴山林爭幾許，萬緣唯要總無心。〔註39〕

---

〔註37〕薛瑞兆，郭明志編《全金詩》，天津：南開大學出版社，1995年，第三冊，卷八四，第118頁。

〔註38〕唐圭璋編《全金元詞》，北京：中華書局，2000年，上冊，第45頁。

〔註39〕薛瑞兆，郭明志編《全金詩》，天津：南開大學出版社，1995年，第三冊，卷八四，第121頁。

　　紙衣道者，即克符道者，臨濟義玄之法嗣，唐末五代初僧。詩人看到紙衣道者的畫像聯想到禪宗哲理，有感而發。以貧富、貴賤之分來概括人世間諸如大小、美醜、善惡、聖凡等等一切二元相分的觀點。「無心」並非沒有心識，而是指離卻妄念的真心，不被外物束縛，不黏滯於外物，毫不著意，一切聽任自然。體證無心，方能安心，這是禪宗最基本體驗。詩人深明「無心是道」的佛心禪韻，嚮往和追求的是掃除疑情妄念，蕩除我法，一切皆空，超然解脫的境界。

　　其二為《釋迦出山息軒畫》：

　　　　厖眉袖手出岩阿，及至拈花事已訛。

　　　　千古雪山山下路，杖藜無處避藤蘿。〔註40〕

　　釋迦出山，指的是釋尊在菩提樹下悟道後再入紅塵度世化導。詩作表現佛陀出山的目的和意義在於等待一切眾緣，隨緣度化一切眾生，並闡釋禪宗人人皆具佛性、人人皆可成佛的基本拈提，同時認為自性與一切諸有相併無分別，反本還原時不能離開世間一切現象。欲念既然避無可避，不如斷除清淨意念，在欲行禪，在塵出塵，煩惱也空，涅槃也空，了悟此心本來清淨。

　　完顏璹還有七絕《對鏡二首》，也是直接言說佛理：

　　　　鏡中色相類吾深，吾面終難鏡裏尋。

　　　　明月印空空受月，是他空月本無心。

　　　　明明非淺亦非深，何事癡人泥影尋。

　　　　照見大千真法體，不關形相不關心。〔註41〕

　　這兩首詩以鏡中色相本為虛空為例，並用月喻來印證空觀，論述參禪者不可生幻心，執幻成真，沉迷自性，應當遠離幻化虛妄的境界，行般若觀照，層層遣除，當體即空。自性本來清淨，光輝明潔的自性猶如精明皎皎的古鏡照徹大千世界，映現萬法之「形容」，照於萬物，接於萬物而不染，在圓覺妙心中心花發明，達到脫落了一切相對觀念的光華燦爛的華嚴一真法界。這首詩談說以圓覺妙心超越一切對立的佛理，蕩漾著不二圓融、玲瓏剔透的意趣。

　　《華亭》：

---

〔註40〕薛瑞兆，郭明志編《全金詩》，天津：南開大學出版社，1995年，第三冊，卷八四，第120頁。

〔註41〕薛瑞兆，郭明志編《全金詩》，天津：南開大學出版社，1995年，第三冊，卷八四，第122頁。

世尊遺法本忘言，教外別傳意已圓。

只履攜將蔥嶺去，不妨來上月明船。〔註42〕

此詩引用了禪宗公案世尊「拈花微笑」、達摩「只履西歸」，化用了唐代秀州華亭船子德誠禪師示法詩偈「千尺絲綸直下垂，一波才動萬波隨。夜靜水寒魚不食，滿船空載月明歸。」〔註43〕這表明完顏璹對佛教文化的熟習。完顏璹以詩的形式表達認同禪宗教外別傳之旨，對「隨順世緣無掛礙，涅槃生死等空花」（《宗範・顯喻》）禪悟境界的理解。

## 四、其他皇族成員的涉佛詞作

金代皇族成員中完顏從郁《西江月・題邯鄲王化呂仙翁祠堂》一詞和冀國公主《朝中措・遊靈源山》一詞都顯現出詞人融合佛道兩家思想的傾向。

完顏從郁，字文卿，本名瑪，字子玉，衛紹王改賜焉。完顏從郁與萬松行秀有交遊。李全《萬松舍利塔銘》：「（泰和六年）十月，雪岩凶問至，師（萬松行秀）將命駕，執事僧阻之，以大義必不可已，完顏文卿時在座，再拜歎服。」〔註44〕可見完顏從郁對萬松身為佛教中人，為老師雪岩善滿千里奔喪，「不俟駕而行」這種重情重義的品行非常讚賞。

完顏從郁《西江月・題邯鄲王化呂仙翁祠堂》：

壁斷何人舊字，爐寒隔歲殘香。洞天人去海茫茫。玩世仙翁以往。

西日長安道遠，春風趙國臺荒。行人誰不悟黃粱，依舊紅塵陌上。

〔註45〕

「黃粱」在這裡是指人世間的榮華富貴、欲望追求都如夢一般，短促而虛幻，轉眼成空。佛道兩教「紅塵」指紛紛攘攘的俗世生活。詩人慨歎那些俗世中人儘管已經洞悉、了悟世間的實相，明知「我生乃虛幻」卻不能做到「無我」，依舊在婆娑世界名利之路上奔忙。

金代冀國公主詞《朝中措・遊靈源山》：

倦遊蹤跡查無憑，寥落過山城。客館瀟瀟夜雨，披襟鳳燭青熒。

〔註42〕薛瑞兆，郭明志編《全金詩》，天津：南開大學出版社，1995年，第三冊，卷八四，第122頁。

〔註43〕〔宋〕普濟著，蘇淵雷點校《五燈會元》，北京：中華書局，1984年，第275頁。

〔註44〕《邢臺縣志》（嘉慶），國家圖書館藏本，第七卷。

〔註45〕唐圭璋編《全金元詞》，北京：中華書局，2000年，上冊，第53頁。

追思往事，十年一夢，堪笑堪驚。冉冉隙駒光景，依依嚼蠟心情。
〔註46〕

「嚼蠟」語出《楞嚴經》卷八：「我無欲心，應汝行事，於橫陳時，味如嚼蠟。」〔註47〕詞人在羈旅之中，瀟瀟夜雨，難以成眠。時光流逝迅捷，回顧以往的人生道路，彷彿夢幻一場，感到可笑又心驚。此刻只感到世味如嚼蠟，完全失去了逐名逐利的欲念和興致。

金代女真皇族尊崇佛教，熟知佛禪義理，其涉佛文學創作經歷了由帝王贈僧人詩發展到以詩詞與僧人酬唱，在談說佛理之時脫不掉宣傳、應酬的底色，再到皇族成員真正將佛禪思想意識融入生命本體，並以此消解人生痛苦，超然解脫，並將之體現在文學創作當中這樣一個發展過程，皇族對佛教文化接受和理解的逐漸深入，佛教成為皇族文化生活和個體生命不可或缺的重要部分，這也是女真皇族漢化逐步加深的重要表徵。佛教思想文化連同其他中華文化對金代女真皇族的浸潤，使其逐步融入中華民族大家庭，為最終的民族融合提供了思想文化基礎。

---

〔註46〕唐圭璋編《全金元詞》北京：中華書局，2000年，上冊，第596頁。
〔註47〕賴永海主編，賴永海，楊維中譯注《楞嚴經》，北京：中華書局，2010年，第326頁。

# 第二章　金代文人士大夫與佛禪

佛禪對金代文人士大夫的影響巨大，有時甚至是根本性的。社會上的佛教氛圍，文人士大夫的仕途境遇，家族、詩友、前賢的影響，與佛教人士的交往等等因素，使得許多官僚士大夫、詩人、作家、學者都自覺不自覺地與佛禪結緣，存在著不同程度的濡慕佛禪的傾向與表現。文人士大夫們或多或少地創作過涉及佛禪內容的作品，他們的文學批評觀念亦有佛禪影響的因子。

## 一、始覺空門興味長——習染佛禪之緣由

佛禪是金代文人士大夫人生哲學、社會活動、日常生活的重要組成部分，使文人士大夫在政治生活和日常生活中深刻感受矛盾苦痛之時，為其提供解脫的途徑，給了他們諸多鼓舞和支持。究其原因，可歸結為以下幾種：

### （一）社會濃厚熾烈的佛教氛圍

佛教東傳，從東漢至唐，再經北宋，已經充分中國化，成為中華文化的重要組成部分，金代滅遼伐宋，所繼承的文化傳統中有近千年佛禪思想的豐厚歷史積澱。遼代佛教傳播廣泛，上京、中京地區尤為興盛，燕雲地區自遼所統治以來就有崇佛之風，佛寺眾多。遼天祚時釋行鮮作《涿州雲居寺供塔燈邑記》云：「自炎漢而下，迄於我朝，城邑繁富之地，山林爽塏之所，鮮不建於塔廟，興於佛像。」〔註1〕遼興宗、道宗、天祚三朝更有佞佛之舉，致有「遼以釋廢」的說法。金占遼故地，自然受其奉佛影響。而宋代佛教也成為包括文人士大夫在內的廣大民眾的重要宗教信仰。《宋會要輯稿·道釋一》稱北宋時期全國寺

〔註1〕閻鳳梧編《全遼金文》，太原：山西古籍出版社，2002年，第632頁。

院多至四萬餘，僧尼人數達四十三萬。「宋代佛教可以說是在周世宗廢佛而『佛法極衰』後，繼盛唐而起的佛教中興和發展。廟堂之上，有帝王的扶持，士大夫的推崇。文苑中又有名人學士的唱和應答；民間百姓頂禮膜拜，更有學者陽儒陰釋，暢談性命天道之學……有宋一代佛教熾如烈火，禪宗更是爭奇鬥妍，色彩紛呈。」〔註2〕宋金戰爭使北宋十餘萬人被金所掠奪，其中自然不乏佛教信徒。金還索掠北宋僧人和佛教典籍。「金人來索詳通經教德行僧，開封府即令拘諸院禪僧等，每院不下十餘人，解赴金人軍前」〔註3〕，南宋確庵、耐庵編《靖康稗史》之二《翁中人語》言金人將《藏經》、《道經》書板索掠出城。北宋藏經、僧侶、佛教信徒入金，為金朝佛教的發展與興盛又添助力。金代繼續實行開放的文化政策，以儒學為主體，兼容佛道。在女真統治者的支持下，佛教日漸隆盛，自上而下崇佛風氣較盛，成為一種社會風尚。金代皇帝們從以教輔政的目的出發有限度地支持佛教發展，尤其是金世宗、金宣宗更是對佛教興趣濃厚，上行下效，這些帝王統治下的金代社會更興起了崇佛之風。儒生們通過科舉考試進入仕途，他們大多一生以儒教為本，但同時也不可避免地受到佛教的沾溉，表現在日常生活和文學活動中，這也是當時的普遍現象。大定、明昌時期幾位頂尖文化名流趙秉文、李純甫、王庭筠、元好問都崇佛或接受佛學滋養，頗有佛學修為，不排斥佛教。舉凡金代文人士大夫幾乎都能論說佛理，運用佛禪典故，而念經、抄經、飯僧、設齋、祈福等涉佛活動更成為文人士大夫生活常態。金代既有少數精研佛理、悟道甚深之文人士大夫，也有隨分逐風，似是而非，以談禪說理作為文名的點綴的附庸者。佛禪不但使遊寺訪僧、談說禪理成為金代文人士大夫的日常生活內容中必不可少的重要部分，而且對金代對文人的思維模式、價值觀念、審美趣味等方面都產生了深刻影響。這種影響在金代文人作為「社會人」的個體處在特定生存時空中，加上複雜的個體因素綜合作用，滲透於文人生命的深層，並呈現於文學創作活動中。

### （二）文人士大夫艱難險惡的仕途境遇

首先，金代女真政權對漢族文人士大夫執行雙重標準。漢人見疏，忠直之士不得用，用不得久。金朝以女真族為統治民族，女真人在科舉考試、官員遷轉等方面得到格外優待，這使得女真貴族佔據了官僚集團絕對優勢。由於強烈

---

〔註2〕麻天祥《中國禪宗思想發展史》，長沙：湖南教育出版社，1997 年，第 50 頁。
〔註3〕李澍田主編，傅朗雲編注《金史輯佚》，長春：吉林文史出版社，1990 年，第 304 頁。

的民族偏見和政治偏見，漢族士子想要讀書仕進相當艱難。《大金國志》卷七載，天會十年，粘罕主持科舉的情況：

> 粘罕試舉人於白水泊，磁州胡礪為魁。是舉也，粘罕密誡試官，不取中原人，故是歲止試詞賦，不試經義。礪係被擄，以知制誥韓昉燕人也，用昉鄉貫，故誤取之。……是歲，胡礪之餘，中原人一例黜之，故少年有作賦譏者，其暑云：「草地就試，舉場不公，北榜既出於外，南人不預其中。」由是士子之心失矣〔註4〕。

漢族進士即便能夠進入官僚集團，升遷之路遙遙，且面臨諸多困難。都興智先生曾以大定十三年之後漢進士與女真進士升任宰相情況清單比對，在《金代的科舉制度》一書中曾對此深入分析，一般女真進士及第不到20年可達到宰執之位，漢進士則需要30年甚至更長時間。〔註5〕由此得出漢進士與女真進士釋褐授官的巨大差別。劉祁《辨亡》一文云：「偏私族類，疏外漢人，其機密謀謨，雖漢相不得預。人主以至公治天下，其分別如此，望臣下盡力難哉！」〔註6〕貞佑南渡後蒙元大軍壓境，形勢危急，貞佑三年二月丁酉，宣宗才頒詔不得在升遷問題上執行雙重標準：「詔諸色人遷官並視女真人，有司妄生分別，以違制論」〔註7〕。

其次，文人士大夫深受當路者抑制，難於馳騁其志，在朝中沒有重權，身受棰杖，處境尷尬。劉祁《辨亡》一文曾談論：

> ……由高琪執政後，擢用胥吏，抑士大夫之氣不得伸，文法棼然，無興復遠略；大臣在位者，亦無忘身徇國之人，縱有之，亦不得馳騁；……故當路者惟知迎合其意，謹守簿書而已；為將者，但知奉承近侍以偷榮幸寵，無效死之心；佞臣貴戚，皆據要職於一時，士大夫一有敢言、敢為者，皆投置散地。此所以啟天興之亡也。末帝……暗於用人，其將相止取從來貴戚。〔註8〕

---

〔註4〕〔宋〕宇文懋昭撰，崔文印校正《大金國志校正》，北京：中華書局，1986年，第115～116頁。

〔註5〕都興智《遼金史研究》，北京：人民出版社，2004年，第64頁。

〔註6〕〔金〕劉祁撰，崔文印點校《歸潛志》，北京：中華書局，1983年，卷十二，第137頁。

〔註7〕〔元〕脫脫等撰《金史》，北京：中華書局，1975年，卷十四，本紀第十四《宣宗上》，第306頁。

〔註8〕〔金〕劉祁撰，崔文印點校《歸潛志》，北京：中華書局，1983年，卷十二，第136～137頁。

南渡之後朝廷用人亦出現嚴重問題：

> 宰執用人，必先擇無鋒芒、軟熟易制者，曰「恐生事」故正人
> 君子多不得用，雖用亦未久，遽退閒，宰執如張左丞行信，臺諫官
> 如陳司諫規、許司諫古、程、雷御史，皆不能終其任也。〔註9〕

劉祁對此現象闡述了自己的見解，並指出了國家不能獎養挈提人才，將沒有可依賴之大臣的嚴重後果：

> 國家養育人材當如養木，彼梗枏豫章之才材，封殖之，護持之，
> 任其長成，一旦可以為明堂太室之用。如或牛羊齧之，斧斤伐之，
> 則將憔悴慘淡無生姿，或枯槁而死矣，又安能有干霄拂雲之勢邪？
> 士大夫亦然。國家以爵祿導之，以語言使之，精神橫出，材氣得伸，
> 銳於有為，然後得為我用。倘繩以文法，索過求瑕，為之則有議，
> 言之則有罪，將括囊袖手，相招為自全計矣，國家何賴焉？余先君
> 嘗為言，如屏山之才，國家能獎養挈提使議論天下事，其智識蓋人
> 不可及。惟其早年暫欲有為、有言，已遭催折，所以中年縱酒，無
> 功名心，是可為國家惜也。嗚呼，自非堅剛不拔之志，超世絕倫之
> 人，其遇憂患、遭廢黜而不變易者，鮮矣哉。〔註10〕

文人士大夫想要有為、有言，卻橫遭催折，極易熄滅贏得生前身後名的欲望之火，由積極仕進變成優游出世。李純甫就是典型，他「喜談兵，慨然有經世志……當路者以迂闊見抑……中年，度其道不行，益縱酒自放，無仕進意。得官未嘗成考，旋即歸隱。居閒，與禪僧、士子游，惟以文酒為事。」〔註11〕冀禹錫云：「大才自古無高位」，又云「醉鄉廣大寬留地，仕路崎嶇小作程。」〔註12〕興定四年六十三歲的趙秉文竟因誤糧草事被杖責四十：「興定初朮虎高琪為相，惡士大夫，有罪則以軍儲論加箠杖，在位者往往被其苦。俄命趙公攝南京轉運司，未幾，果坐誤糧草事，當伏。既奏，宣宗曰：『學士豈當箠邪？』高琪曰：『不然無以戒後。』遂杖四十，公大憤焉。」〔註13〕歲月艱難，文人

---

〔註 9〕〔金〕劉祁撰，崔文印點校《歸潛志》，北京：中華書局，1983年，卷七，第70～71頁。

〔註10〕〔金〕劉祁撰，崔文印點校《歸潛志》，北京：中華書局，1983年，第139頁。

〔註11〕〔金〕劉祁撰，崔文印點校《歸潛志》，北京：中華書局，1983年，卷一，第6頁。

〔註12〕〔金〕劉祁撰，崔文印點校《歸潛志》，北京：中華書局，1983年，第18頁。

〔註13〕〔金〕劉祁撰，崔文印點校《歸潛志》，北京：中華書局，1983年，卷八，第89頁。

士大夫難遣一腔懷才不遇的憤懣，只能借助談禪說道，批閱文史以排遣胸中的鬱塞難平。

再次，文人士大夫一般並不擅長爾虞我詐的官場權謀和持久繁瑣的吏事，拙於務實性行動而多空茫的願望與姿態。文人士大夫眼中，官場乃是「仕者往往爭錐刀，既角而齒寧非饕」〔註14〕的險惡之地。在這方面王寂是典型個案。王寂父親以上六世祖王晝乃宋魏國文正公王旦之從弟。王晝之父晉公手植三槐於庭，寄託後世子孫位達公卿，光大門楣的願望。王家遂被稱為「三槐王氏」。這對王寂既是動力，也是負擔。王寂作為背負重望的世家子弟，違背自己的本性，為貧出仕，終日在官場戰戰兢兢，卻仍然不免以衰朽之年慘遭政治風雨的摧折。他因自身拙直的個性不善在官場逢迎，覺得自己根本不適合官場生活，「吾生賦拙直，浪許近骨鯁。與物例多忤，所動坐愆眚。」〔註15〕「老夫為政拙，雅志與時乖。」王寂將自己比作「倦鳥」、「疲駑」。〔註16〕「狂直」、「孤清」的病竹，「生死挺然終抱節，榮枯偶而本無心。比肩恥與蒿萊伍，強項不容冰雪侵。」〔註17〕王寂以登覺花島路途中的艱險形象地比喻他對自己仕途的觀感：「中流未濟成離驪，船頭西向旗角東。雲奔霧湧白浪卷，一葉掀舞洪濤中。平生行止類如此，……」〔註18〕還以嵇康煆隱避世反見譖於鍾會之典故，感歎官場險惡，動輒得咎，自己如履薄冰。「江湖佳處多網罟，側足恐為人所制。……而今韜晦竟不免，使我追傷收寒涕。」〔註19〕《金史·河渠志》記載，大定二十六年（1186），王寂受誣陷救災失職，被貶蔡州，沉重的政治打擊在王寂心中掀起狂瀾，留下深深創痕。又以六十歲的高齡按部遼東，行役勞勞，薄宦天涯。以平均三日巡查一地的密度行走天涯，艱難地完成著他的使命。「山

〔註14〕薛瑞兆，郭明志編《全金詩》，天津：南開大學出版社，1995年，第一冊卷三〇，第385頁，《上周仲山少尹壽》。

〔註15〕薛瑞兆，郭明志編《全金詩》，天津：南開大學出版社，1995年，第一冊卷三〇，第379頁《小兒難夫子辨並引》。

〔註16〕薛瑞兆，郭明志編《全金詩》，天津：南開大學出版社，1995年，第一冊卷三一，第391頁，《蔡州》。

〔註17〕薛瑞兆，郭明志編《全金詩》，天津：南開大學出版社，1995年，第一冊卷三一，第401頁，《次韻郭解元病竹二首。

〔註18〕薛瑞兆，郭明志編《全金詩》，天津：南開大學出版社，1995年，第一冊，卷三〇，第382頁，《覺花島並引》。

〔註19〕薛瑞兆，郭明志編《全金詩》，天津：南開大學出版社，1995年，第一冊，卷三〇，第384～385頁，《轍中斃龜並引》。

長水遠苦愁人，不覺秋風驚鬢綠。」〔註20〕「蹤跡年來遍朔南，消磨髀肉困征驂。」〔註21〕終日奔波勞苦，風雨寒熱的侵凌，憂愁怨懟的煎熬，使其身心疲憊。

早在金熙宗時期，文人士大夫就因不善官場權謀而橫遭禍患。田毅之黨事就是明證：

> 田毅剛正好評論人物……松年、許霖、曹望之欲與毅相結，毅拒之，由是構怨。故松年、許霖構成毅等罪狀，勸宗彌誅之，君子之黨熄焉」〔註22〕。

「田毅黨事起，臺省一空」〔註23〕，眾多賢能忠正的文人士大夫無辜受株連，他們的慘痛遭遇給後繼文人士大夫留下可怕的陰影，對金代政治局面也產生了惡劣影響，可謂後患無窮。金章宗指出：「蓋自田毅黨事之後，有官者以為戒，惟務苟且，習以成風」〔註24〕。許多文人士大夫隱於朝而求得自安、自足，在朝中處事畏縮不前，明哲保身。王寂意欲學習白居易「中隱」，即半官半隱，既在物質上獲得保障，又在心理上拉開與政治生活的距離，這恰是維摩詰的生活模式，是唐以來居士的理想生活。符合佛家「外不著相，內不著空，於相離相，於空離空，內外圓融」（《金剛經》）的主張。王寂自稱為「謬人」，「心如堅石，形如槁木」，與木石有忘年莫逆之歡，是因為「絕意於世」而「世亦無所事」。〔註25〕被貶官出守蔡州，「終日兀然，如坐井底。閉門卻掃，謝絕交親。」〔註26〕只與來訪的文伯起在握臂促膝之際，「談有說空」，可見王寂對佛禪之理興趣之深。「至領會將無同處，了不知賓主誰何。顧此樂豈可與俗兒

---

〔註20〕 薛瑞兆，郭明志編《全金詩》，天津：南開大學出版社，1995 年，第一冊，卷三〇，第 383 頁，《客中戲用龍溪借書韻》。

〔註21〕 薛瑞兆，郭明志編《全金詩》，天津：南開大學出版社，1995 年，第一冊，卷三三，第 421 頁。

〔註22〕 〔元〕脫脫等撰《金史》，北京：中華書局，1975 年，卷一百二十五，第 2716 頁，《蔡松年傳》。

〔註23〕 〔元〕脫脫等撰《金史》，北京：中華書局，1975 年，卷一百二十五，《蔡松年傳》，第 2716 頁。

〔註24〕 〔元〕脫脫等撰《金史》，北京：中華書局，1975 年，卷八十九，《孟浩傳》，第 1981 頁。

〔註25〕 閻鳳梧編《全遼金文》，太原：山西古籍出版社，2002 年，第 1442 頁，《三友軒記》。

〔註26〕 閻鳳梧編《全遼金文》，太原：山西古籍出版社，2002 年，1447 頁，《與文伯起帖二首》。

語耶？」在王寂「改官」,「餘人例皆旅退」的人生逆境中,與友人暢談佛理,從而獲得開解,消除煩惱,獲得暫時寧靜。

　　金代的文人士大夫欲顯身揚名,光宗耀祖,一定得將才幹「貨與帝王家」,捨此別無他途。一旦在仕途上飽受挫折,其入世精神與人格獨立、自由在社會實踐系統中的深刻矛盾勢必使之面臨深刻的思想衝突,飽嘗精神的苦痛。如何在理想與現實之間,在精神世界內部,化解追求、掙扎無果而導致的內心煩惱、矛盾、怨憤,成為擺在金代文人士大夫面前的迫切問題,此時佛禪自然成為文人士大夫個體生命的助力。

### （三）家族、師友、前賢的影響

　　金代文人士大夫或學佛、奉佛,或以佛禪為消遣、解脫的手段,或研習佛學,從中汲取思想創作養分,除了上述社會、仕途之原因,家族、詩友、前賢的影響不可忽視。下面以王寂、李純甫、性英為例著重分析。

　　金代中期王寂的家族具有深遠的佛學背景。上文提到,王寂出身於著名的官僚士大夫家族「三槐王氏」,這個家族與佛教關係相當密切,代代都有信佛的官僚型居士,如王旦、王隨。王寂的父親王礎則更是「夙植善根,奉法甚謹」,「從香林比丘悟柔傳出世法,飯蔬衣褐,翛然如僧」。〔註27〕父親王礎對王寂影響深遠。他抑豪強,恤民眾,治有聲跡;變陋俗,有活人之功;遠權要,有知人之明;敢於剛直抗上,為民請命。這樣一位廉明有政聲的官員卻在「尋常出其下者,踵相躡臺省」〔註28〕的情況下久居下僚,而能怡然處之。十四年退居林下,淡泊自定。王寂《上大人通奉壽三首》稱父親王礎「月旦人材口不談,市朝冰炭飽經諳。平生拙宦魚千里,投老退休僧一庵。」〔註29〕從二十七歲登第後到八十三歲去世,日頌金剛經,「中間雖大寒暑風雨不廢也。易簀之際,澡浴振衣,置經於首,合首加額,趺趺以終。香聞滿室,信宿乃滅,人以謂戒定之報。」〔註30〕

---

〔註27〕薛瑞兆,郭明志編《全金詩》,天津:南開大學出版社,1995 年,第一冊,卷六,第 83 頁。

〔註28〕閻鳳梧編《全遼金文》,太原:山西古籍出版社,2002 年,第 1451 頁,《先君行狀》。

〔註29〕薛瑞兆,郭明志編《全金詩》,天津:南開大學出版社,1995 年,第一冊,卷三二,第 408 頁。

〔註30〕閻鳳梧編《全遼金文》,太原:山西古籍出版社,2002 年,第 1448 頁,《書金剛經後》。

王寂叔父淵公更是出家的有道高僧：

> 淵公者，蓋予祖父之孽子也。早年祝髮，聽天親、馬鳴大論幾
> 三十年，所往攜鈔疏不下兩牛腰。一日頓悟，向上路，遂語諸僧友
> 曰：「佛法無多子，元不在言語文字。」乃以平生所業，束置高閣。
> 自是遍歷叢林，求正法眼藏，又數十年，今已罷參矣。但不得一見
> 為恨，乃作詩為他時夜話張本。〔註31〕

王寂成長於這種家庭，熟知、心儀佛禪義理，勢所難免。王寂被命名為
「寂」，本身就帶有佛禪因子。玄奘法師曾譯涅槃為「圓寂」。「寂」為永離一
切煩惱生死之意。雲門宗僧契嵩（1007～1072年）自號寂子，其《鐔津文集》
中的《寂子解》寫道：「寂子者，學佛者也，以其所得之道，寂靜奧妙，故命
曰寂子。」〔註32〕以王寂家庭所具有的佛學背景，為王寂取名「寂」絕非世俗
「寂靜」之意，而是寄予了永離一切煩惱生死，不被煩惱生死所困擾，獲得一
種純善純美的莊嚴解脫的意蘊和祝福。

此外，王寂還受到前人如白居易佛禪思想影響。其所作《題中隱軒》云：

> ……賣身買名何太錯。我則願師白樂天，終身衰衰留司官。伏
> 臘粗給憂患少，妻孥保暖身心安。況有民社可行道，隨分歌酒陶餘
> 歡。經邦論道不我責，除書破賊非吾干。折腰束帶莫恥五斗粟，猶
> 勝元載胡椒八百斛一朝事敗竟赤族，嗟爾安得為孤犢。塵靴汗板莫
> 厭時奔走，猶勝李斯相秦印如斗。一朝禍起遭鞭柸，卻思上蔡牽黃
> 狗。況知富貴不可求，僥求縱得終身憂。不如中隱軒中日日醉倒不
> 省萬事休。〔註33〕

《題香山寺》議論白居易：「黃卷既能探妙理，青衫安用拭餘潸。」〔註34〕
既然已明佛理，就應知道世間一切皆虛幻不實，也就不必為自己天涯淪落而落
淚了。

熄滅一切功名利祿的欲望後，王寂體會到易足則無求，無求則心安。其《易

〔註31〕薛瑞兆，郭明志編《全金詩》，天津：南開大學出版社，1995年，卷三三，第
420～421頁。

〔註32〕〔日〕高楠順次郎等編《大正藏》，東京：大正一切經刊行會，1924～1934年，
第686頁。

〔註33〕薛瑞兆，郭明志編《全金詩》，天津：南開大學出版社，1995年，卷三〇，第
389頁。

〔註34〕薛瑞兆，郭明志編《全金詩》，天津：南開大學出版社，1995年，卷三二，第
408頁。

足齋》云：「吾愛吾廬事事幽，此生隨分得優游。窮冬夜話蒲團暖，長夏朝眠竹簟秋。一榻蠹書閒處看，兩盂薄粥飽時休。紅旗黃紙非吾事，未羨元龍百尺樓。」〔註35〕《探春二首》：「安排詩酒相追逐，聊慰天涯倦客魂。」〔註36〕除了隨分優游的過生活，王寂還手書金銀字《金剛經》，受持誦讀。「以余散施善知識，歡喜奉行，成就第一稀有之法。庶可感通佛祖，升濟幽明，一切有情，同沾勝利。」〔註37〕這一切表現出王寂沾溉佛禪淵源有自。

耶律楚材之父耶律履是金代中期的顯宦，元好問《尚書右丞耶律公神道碑》稱其通六經百家之書，而《元史‧耶律楚材傳》言楚材博極群書，旁通天文、地理、律曆、術數及釋老、醫卜之說，可見他生長於文化世家，同他的父親一樣，對釋老之書是熟悉的。耶律楚材《〈琴道喻五十韻以勉忘憂進道〉序》中稱自己幼而喜佛，在雲岩寺遊玩時還親手種植松柏。這不能不說與家庭影響有關。

李純甫則主要受到師友的影響。元好問云：「屏山學佛，自舜元發之」。〔註38〕屏山即李純甫。史肅，字舜元，是金代名進士，名宦，優於政事。史肅對佛教頗有興趣，並能在個體生活中將儒釋很好地結合。其《感興》詩云：「居貧偶從仕，學道不忘家。」〔註39〕《雜詩二首》云：「禪心已作黏泥絮」〔註40〕，語出北宋詩僧妙總大師道潛《子瞻席上令歌舞者求詩戲以此贈》：「底事東山窈窕娘，不將幽夢囑襄王。禪心已作沾泥絮，肯逐春風上下狂。」〔註41〕史肅是借道潛柳絮黏泥之喻說自己禪心已定，歸於沈寂，不復波動。有《讀傳燈錄》、《登憫忠寺》、《方丈坐中》、《復齋》等涉佛詩作都表現學佛讀經，訪寺酬僧，淨化身心。其中《復齋》恬淡悠遠，禪意深長，頗得理趣：

〔註35〕薛瑞兆，郭明志編《全金詩》，天津：南開大學出版社，1995年，卷三一，第403頁。

〔註36〕薛瑞兆，郭明志編《全金詩》，天津：南開大學出版社，1995年，卷三一，第399頁。

〔註37〕閻鳳梧編《全遼金文》，太原：山西古籍出版社，2002年，第1448頁，《書金剛經後》。

〔註38〕〔金〕元好問，《中州集》，北京：中華書局，1959年，卷五，第228頁。

〔註39〕薛瑞兆，郭明志編《全金詩》，天津：南開大學出版社，1995年，卷九九，第388頁。

〔註40〕薛瑞兆，郭明志編《全金詩》，天津：南開大學出版社，1995年，卷九九，第389頁。

〔註41〕〔明〕釋正勉，性通同輯，文淵閣四庫全書集部八，總集類《古今禪藻集》，卷十二，第1416冊，0437c頁。

居士年來一復齋，馴庭鳥雀絕驚猜。

雨添窗下硯池滿，風揭床頭書卷開。

身似臥輪無伎倆，心如明鏡不塵埃。

紛紛寵辱人間世，付與浮雲任去來。〔註42〕

「身似臥輪無伎倆，心如明鏡不塵埃」化用了《五燈會元》六祖慧能大鑒禪師的兩則偈頌。「（神秀）書一偈曰：『身是菩提樹，心如明鏡臺，時時勤拂拭，莫使惹塵埃。』……盧（即慧能）自秉燭，請別駕張日用於於秀（即神秀）偈之側，寫一偈曰：『菩提本無樹，明鏡亦非臺，本來無一物，何處惹塵埃？』」〔註43〕「嘗有僧舉臥輪禪師偈曰：『臥輪有伎倆，能斷百思想。對境心不起，菩提日日長。』祖聞之曰：『此偈未明心地，若依而行之，是加繫縛。』因示一偈曰：『慧能沒伎倆，不斷百思想。對境心數起，菩提作麼長！』」〔註44〕慧能之偈展現的是南宗禪觀點，即眾生俱有佛性，自心是佛，不假外求。《復齋》詩中「不塵埃」、「沒伎倆」即是無妄相外塵，無念無住，無人無法，諸法空寂，能所俱泯。史肅之詩，正是禪者以煩惱即是菩提，了無分別，才超脫人間榮辱，住煩惱而不亂，閒看詩書，興來落筆，俗世一切不再縈懷。

其《方丈坐中》詩云：

紙本功名直幾錢，何如付與北窗眠。

詩書作我閒中地，風月知人醉裏天。

水底遊魚真見性，樹頭語鳥小參禪。

平生習氣蓮華社，一炷香前結後緣。〔註45〕

此詩更是直接運用質樸清新的詩語，抒寫自身歷經磨難，早已厭倦追求功名利祿的生活，在詩書風月中自由無拘，在山水自然中見性得道，表現物我兩忘，自性如如的情狀，生動闡釋了佛禪見性之說，展露其由儒而釋的精神世界。可以想見，李純甫是受史肅的禪學修養吸引、感召，進而通過遍讀佛書而悉其精微，加之自身仕途偃蹇之因素才逐步由儒入釋的。

---

〔註42〕薛瑞兆，郭明志編《全金詩》，天津：南開大學出版社，1995年，卷九九，第389頁。

〔註43〕〔宋〕普濟著，蘇淵雷點校《五燈會元》，北京：中華書局，1984年，卷第一，第52頁。

〔註44〕〔宋〕普濟著，蘇淵雷點校《五燈會元》，北京：中華書局，1984年，卷第一，第56頁。

〔註45〕薛瑞兆，郭明志編《全金詩》，天津：南開大學出版社，1995年，卷九九，第386頁。

其他如元好問《木庵詩集序》記載性英禪師弱冠時作舉子，受高憲影響由儒入釋：「與高博州仲常遊，得其議論為多，且因仲常得僧服。」〔註46〕高憲「自言於世味澹無所好。唯生死文字間而已。」〔註47〕詩作《焚香六言》四首其一云「洗念六根塵外，忘情一炷煙中」。〔註48〕應是高憲這種避世出世的思想影響了遊於其門的性英。趙秉文與性英之間也是相互信賴的師友。正大年間（1224～1232 年）京師文人士大夫們大多與性英交往，除了談論切磋詩藝，談禪也必不會少。耶律楚材欽佩他的至交李純甫：「屏山先生幼年作排佛說，殆不忍聞。未幾翻然而改，火其書作二解以滌前非。所謂改過不吝者，余於屏山有所取焉。後之人立志未定，惑於初年者，當以此數君子為法。」〔註49〕

## （四）佛教人士對文人士大夫的影響

金代儒釋合流是社會大趨勢，儒釋人物交往愈加頻繁。佛教宗師以其深厚的佛學、儒學素養吸引儒門文人士大夫。耶律楚材稱雲門宗大聖安寺長老澄公和尚「神氣嚴明，言詞磊落，予獨重之。故嘗訪以祖道。屢以古尊宿語錄中所得者扣之澄公」，澄公又引見楚材拜萬松行秀為師，「萬松老人者，儒釋兼備，宗說精通，辯才無礙」〔註50〕，其參學之際，使楚材覺得「平昔所學，皆塊礫耳！」〔註51〕而萬松所著《從容庵錄》使楚材「如醉而醒，如死而蘇，踊躍歡呼，東望稽顙，再四披繹」，〔註52〕萬松行秀周圍聚集了一批金朝遊宦京師的文人士大夫，其中以李純甫，趙秉文最為著名。

其他與少林住持性英交往的一批京師文人士大夫有李汾、楊弘道、魏璠等人，其中以元好問最著名。大定中進士、名士，官至禮部郎中的趙渢，字文孺，號黃山，萬松行秀《萬松老人評唱天童覺和尚拈古請益錄》第二則《臥輪伎倆》

〔註46〕閻鳳梧編《全遼金文》，太原：山西古籍出版社，2002 年，第 3249 頁。
〔註47〕〔金〕元好問《中州集》，北京：中華書局，1959 年，上冊，260 頁，卷五《高博州憲》。
〔註48〕〔金〕元好問，《中州集》，北京：中華書局，1959 年，卷五，第 261 頁。
〔註49〕〔元〕耶律楚材著，謝方點校《湛然居士文集》，北京：中華書局，1986 年，第 280 頁，卷十三，《書金剛經別解後》。
〔註50〕〔元〕耶律楚材著，謝方點校《湛然居士文集》，北京：中華書局，1986 年，第 191 頁，卷八，《萬松老人評唱天童覺和尚頌古從容庵錄序》。
〔註51〕〔元〕耶律楚材著，謝方點校《湛然居士文集》，北京：中華書局，1986 年，第 191 頁，卷八，《萬松老人評唱天童覺和尚頌古從容庵錄序》。
〔註52〕〔元〕耶律楚材著，謝方點校《湛然居士文集》，北京：中華書局，1986 年第 191 頁，卷八，《萬松老人評唱天童覺和尚頌古從容庵錄序》。

云：「黃山趙文孺親覲圓通善國師，嘗作頌曰：『妄想元來本自真，除時又起一重塵。言思動靜承誰力，子細看來無別人。』公每遇先亡追薦之辰，手書佛經，篤信君子，近代無處其右者。」〔註53〕趙渢以「黃山趙文孺居士」的身份，被列為廣善入室弟子，記載於《續指月錄》、《五燈嚴統》、《續燈正統》等禪史，可見佛教宗師對儒家文人士大夫影響之巨大。

綜觀文人士大夫之行止與作品就會發現，親近、習染佛禪的文人士大夫一般對佛禪持實用主義的態度。他們生活在金代社會佛教氛圍中，或者在仕途偃蹇之時學佛參禪，目的在於緩解儒釋矛盾，超越儒家積極入世的思想藩籬，從社會事功轉向個體心靈，獲得精神解脫，增強自身生存能力，提升自己的人生境界，或者搜摘佛書語錄以資談柄，表現自己的學問與文化修養。露電浮生中，在佛禪精神的輔助與指引下，文人士大夫尋味著現實人生的真諦與妙理，其文學創作也因濡染佛禪而增添了超逸、通脫的魅力，豐富了文化內涵，彰顯出佛禪與文人、佛禪與文學創作之間的交流與互動。

## 二、徘徊在兩極之間——排佛與護法

金代文人士大夫對佛教所持的立場基本可以分為排斥與護持兩個方面，但需要注意的是似乎不能簡單地根據金代文人士大夫對佛教的態度不同而劃分成所謂贊輔派、反對派和中間派，因為他們並不是針鋒相對的，而是交叉兼容，邊界並不十分清晰。隨著時勢不同，境遇不同，同一個文人士大夫對佛教的立場與態度也會發生變化，甚至相互矛盾。這與金代三教融合的時代大趨勢儒佛兩種思想文化已經不是尖銳對立狀態，而是走向融合互補有密切的聯繫。儘管不少士大夫有濃厚的佛道思想，但觸及最根本的問題時，又堅定不移地站在儒家立場。士大夫普遍有一個共識：佛老之教可以用於個人修習，可作為「安身」之道，但不應該喧賓奪主。而如果越過儒教而成為舉國侍奉的國家性宗教，恰恰違背儒家士大夫的根本理念。金代以儒立國，廟堂之上儒家佔據絕對優勢，多數金代文人士大夫在面臨儒佛之辨時都能保持儒家理性態度和人本主義精神，對佛教持懷疑與排斥的態度。然而，正是由於儒家佔據絕對正統地位，金代文人士大夫自然無需與佛道二家反覆辯難，因而反對派沒有形成系統的

---

〔註53〕〔宋〕正覺拈古，〔元〕行秀評唱《萬松老人評唱天童覺和尚拈古請益錄》，藏經書院《新編卍續藏經》，臺北：新文豐出版股份有限公司，第 117 冊，中國撰述，禪宗語錄通集部，第 0814 頁。

排佛理論，目前可見的金代排佛理論也沒有超出前代論辯的範圍和水平。而在護法方面，金代文人士大夫中除卻出現了李純甫那樣個別的由儒入釋並因而遭到儒門士大夫「環而攻之」的激烈護法之人，也有諸如趙秉文之流，雖保持儒家立場，但有深厚的佛學修養，有諸多護法行為和言論。從他們的文學作品來看，金代文人士大夫的基本思想方向是反佛多於對佛的普遍信仰與護持，但我們依然能夠找出其深深浸染佛教思想的大量證據。

## （一）金代文人士大夫的排佛

金代反佛的文人士大夫站在儒家立場上公開攘斥佛教，以理性主義精神和人本主義精神否定、拒斥佛教。他們攻擊佛教離物而語道，空言虛妄，溺於怪誕，違背倫常，「修飾祠宇，丹刻輪奐，無所不至」。〔註54〕窮極侈靡，消耗社會財富，僧侶不修福慧而貪圖世俗聲名，進而調侃、反對贊輔派文人士大夫。

黨懷英於大定十九年所寫的《重建郯國夫人殿碑》，對比為孔子夫人修建一殿積年而僅成的艱難情況，而發出了這樣的議論：「今夫浮屠，無夫婦，絕父子，廢人倫。其空言幻惑，且不足以為教。然貪得畏死者奔走敬事，至傾其家貲，非有命令賦之也。而其雄樓傑閣，窮極侈靡，僭越制度，耗蠹齊民，有司者不以禁。而吾夫子之宮，教化所從出，而有司乃以為不急。……吾獨患夫悖人倫者，方起而害名教，……」〔註55〕黨懷英斥責佛教違背社會倫常，以空言幻惑人心，而崇信佛教之人則為「貪畏而惑於異端者」，並指出佛教崇修殿閣，大興寺宇，「窮極侈靡，僭越制度，耗蠹齊民」，妨害名教，擾亂社會政治秩序，獵民之財以奉其身，「不足以為教」。這些論述是從政治、經濟、哲學、倫理諸多方面否定了佛教。黨懷英在大定二十四年所寫的《重修天封寺碑》也表現了以唯物主義理念拒斥佛教唯心主義的思想傾向，反映出金代文士士大夫對佛教種種神通、怪異之事通常並不採信的態度：「黨懷英下第歸，醉臥僧榻，夜半夢有人警示：『前路通矣，何為醉且眠？』老僧告知此為伽藍神，甚是靈異。常以未來之事警示人。寺中僧童有不力者，必以疾痛苦之，至悔謝乃止。」〔註56〕黨懷英卻「漠然未之信」。隨後的議論中更強調興廢成壞都在於

---

〔註54〕閻鳳梧編《全遼金文》，太原：山西古籍出版社，2002 年，第 2032 頁，《濟陽縣創建先聖廟碑》。

〔註55〕閻鳳梧編《全遼金文》，太原：山西古籍出版社，2002 年，第 1499 頁。

〔註56〕閻鳳梧編《全遼金文》，太原：山西古籍出版社，2002 年，第 1500 頁。

人，做事、入道必須專勤、精進，頗有唯物主義理念：「凡有為之法，其興廢成壞，固自有數。然其興而成之，則必在人。今越（指僧法越）之於茲（指重修天封寺），緣用心既專，致力既勤，故能廢者復興，而壞者復成。蓋專則一，勤則精，精一而可以入道，況其餘乎？誠進而不已，其於道未可量也。後之人如是之專且勤，守其已成而無使弊壞，則善矣。不然，其不為神所苦者幸焉，況其道乎？嗚呼！佛之所以為佛，亦曰精進而已哉！」〔註57〕

施宜生認為佛教憑藉宏麗的寺宇，偶像來聳動世人，佛教徒通過捨身飼虎，割肉貿鴿這種傷害身體的行為來證明崇信，不如儒家簡便易行，符合人性，儒家中庸之道才是社會安定發展的根本之道。其《漁陽重修宣聖廟碑》云：「嗚呼！吾先聖之道，何道也？中庸而已。所謂「天命之謂性，率性之謂道，修道之謂教」是也，豈老與佛之道哉？」〔註58〕《漁陽重修宣聖廟碑》又言：「傳之者則自仲尼，其設教豈在高堂大廈，黼黻偶人以驚天下，與浮屠氏較優劣哉？故曰：『其君用之，則安富尊榮，其子弟從之，則孝悌忠信。』孝悌忠信，愚夫愚婦皆可知而行者，非有損肌膚飼虎狼之為難能也。」〔註59〕這段議論明顯表現出施宜生對佛教的排斥態度。

雷淵於元光三年所作《嵩州福昌縣竹閣禪院記》記載僧人福汴謁見雷淵，丐文以為之記，雷淵反感他劇談山川之聖，並毫不隱瞞想按照自己的想法寫：「吾儒者也，談一浮屠居之勝，不若考其山川風俗之所以然；記一夫之勤惰，不若推本道術興廢之由。」〔註60〕雷淵在文中沒有隨分說好話，甚至還不留情面地抨擊浮屠氏在百姓貧窮無立錐之地的情況下，「天壤之間，山林佳處，皆為佛老者流之所專」，「茲殫天下之美，而浮屠氏終日享之」。「方鼓其師之說，擅其膏腴，占其名勝。飽食暖衣，若子若孫，交手付界。夫道之不行，吾徒實任其責，而若等實享其利且任其責者，固負負而無可言。至於享其利，亦當力求其所以然，庶幾不自愧云。」〔註61〕

金代也有文人士大夫對詩僧持不認同甚至貶斥態度。樂詵甫《中京龍門山乾元禪寺杲公禪師塔銘並序》云：

> （杲公禪師）惟以坐禪為樂。少語而寡合，無求而樂施，篤實

---

〔註57〕閻鳳梧編《全遼金文》，太原：山西古籍出版社，2002年，第1500～1501頁。
〔註58〕閻鳳梧編《全遼金文》，太原：山西古籍出版社，2002年，第1109頁。
〔註59〕閻鳳梧編《全遼金文》，太原：山西古籍出版社，2002年，第1120頁。
〔註60〕閻鳳梧編《全遼金文》，太原：山西古籍出版社，2002年，第2761頁。
〔註61〕閻鳳梧編《全遼金文》，太原：山西古籍出版社，2002年，第2761頁。

含光，鼎新其德。…與夫洗去蔬筍氣味，雕肝鏤腎，搜索奇字，竊

用古人之言，合於六藝，求知士大夫以取詩聲者，固有間矣。〔註62〕

在讚頌杲公禪師的同時指斥詩僧不能靜念三寶，慈濟四生，謹守僧侶本分，「求知士大夫以取詩聲」，不能做到無欲無求、篤實修行。

手握公器的在朝士大夫則對僧人嚴加管束，禁止僧徒遊貴戚之門。王翛然就因僧人犯禁而嚴厲責罰。此人「性剛嚴，臨事果決，吏民憚其威，雖豪右不敢犯。宣宗譽之為『極有風力者』」〔註63〕劉祁《歸潛志》記載：

金朝士大夫以政事最著名者曰王翛然……後知大興府，素察僧

徒多遊貴戚家作過，乃下令，午後僧不得出寺，街中不得見一僧。

有一長老犯禁，公械之。長老者素為貴戚所重，皇姑某國公主使人

詣公請焉。公曰：「奉主命，即令出。」立召僧，杖一百，死。〔註64〕

這一事件也被記載於金史：

明昌二年，改知大興府事。時僧徒多遊貴戚門，翛惡之，乃禁

僧午後不得出寺。嘗一僧犯禁，皇姑大長公主為請，翛曰：「奉主命，

即令出之。」立召僧，杖一百死，京師肅然。〔註65〕

僧人得貴戚所重，竟敢觸犯政令，藐視朝廷官員，王翛然制裁僧人雖有過激之嫌，卻反映出被儒者之服的金代士大夫對僧徒不能精進戒律，篤修佛法而肆意介入世俗生活甚至是政治生活的極端反感以及儒家士大夫所感受到的佛教影響力的持續壓力。

在朝士大夫從國家安全穩定的角度擔憂民間政治敵對勢力與佛教勾結在一起產生惡果，隱隱已有限制佛教發展之意向。世宗朝大名府僧人智究借佛教之名與奸黨勾結發動暴亂，時任尚書左丞的石琚建言：「南方無賴之徒，假託釋道，以妖幻惑人。愚民無知，遂至犯法。」〔註66〕使世宗對佛教產生了「杜之以漸」的想法。

擔心崇奉佛教導致嚴重後果的士大夫也不乏其人。

〔註62〕閻鳳梧編《全遼金文》，太原：山西古籍出版社，2002年，第3572頁。

〔註63〕〔元〕脫脫等撰《金史》，北京：中華書局，1975年，第2317頁，卷一百五，列傳第四十三《王翛傳》。

〔註64〕〔金〕劉祁撰，崔文印點校《歸潛志》，北京：中華書局，1983年，第82頁。

〔註65〕〔元〕脫脫等撰《金史》，北京：中華書局，1975年，第2316頁卷一百五，列傳第四十三《王翛》。

〔註66〕〔元〕脫脫等撰《金史》，北京：中華書局，1975年，第1961頁，卷八八，《石琚傳》。

> 烏古孫仲端本名卜吉，字子正。承安二年策論進士。宣宗時，
> 累官禮部侍郎。……正大五年十二月，……會議降大軍事，及諍太
> 后奉佛，涉亡家敗國之語，上（哀宗）怒，貶同州節度使。〔註67〕

由此可見，儒家士大夫寧可冒著得罪最高統治者被貶謫的風險也要進言，防止在上位者奉佛而導致亡家敗國。

文人士大夫認為僧徒是浮食之輩，損害社會，建議以「得中」的方式對待佛教：

> 上（宣宗）復問曰：「僧道三年一試，八十而取一，不亦少乎？」
> 對曰：「此輩浮食，無益有損，不宜滋益也。」上曰：「周武帝、唐武
> 宗、後周世宗皆賢君，其壽不永，雖曰偶然，似亦有因也。」對曰：
> 「三君矯枉太過。今不毀除、不崇奉，是為得中矣。」〔註68〕

宣宗暗示毀佛之君遭到果報，不能得壽，張暐則勸諫宣宗實行「得中」的佛教政策。

金代排佛的文人士大夫還攻擊、諷刺了佛教徒焚身灼臂等繳福、干譽的行為。天德三年，自號紫雲居士的張曦在《潞州長子縣重修聖王廟記》云：「聖人以道事神，以德動天，豈若流俗輕生之徒，焚身灼臂，以繳福於神，干譽於人哉！」〔註69〕

在金代，佛教得政治體制的支持，在社會實踐系統中頗行其道，但在朝的文人士大夫被儒者之服而北尊胡法卻不能得到認可。「儒者不可只談佛法，蓋為孔子地也。」〔註70〕這一點，連佛門中人也認識得很清楚。大慧宗杲禪師曾經勸導逃儒歸於釋的張九成開導學人應隨宜說法，使儒釋殊途同歸，否則「左右既得把柄」〔註71〕。身為儒門士大夫，公開宣揚佛教只會成為別人的把柄，受到攻擊和責難。文士士大夫或許可以出於對佛教知識的好奇心、興趣和獲得必要的修養而研究佛教的教義並對佛教給予適當的尊重，但是他們不應當放

---

〔註67〕 〔元〕脫脫等撰《金史》，北京：中華書局，1975年，卷一百二十四，列傳第六十二忠義四，第2702頁。

〔註68〕 〔元〕脫脫等撰《金史》，北京：中華書局，1975年，卷一百六，列傳第四十四《張暐》，第2328頁。

〔註69〕 閻鳳梧編《全遼金文》，太原：山西古籍出版社，2002年，第1397頁。

〔註70〕 〔宋〕馬永卿《元城語錄》卷上，清雍正元年鈔本。

〔註71〕 御定孝經衍義，文淵閣四庫全書，卷八十五，大慧宗杲《與張侍郎書》，又見，朱熹《朱文公集》卷七十二《雜學辯·張無垢中庸解》。

棄他們作為儒家弟子社會倫理秩序守護者的角色。一旦身在孔子之地，被儒者之服卻大談葛藤語，就會引起不滿。李純甫對佛教的高度評價則超越了儒門士大夫所能容忍的底線，因而引起圍攻。

> （李純甫）嘗論以為宋伊川諸儒，雖號深明性理，發揚六經、聖人心學，然皆竊吾佛書者也。因此，大為諸儒所攻。〔註72〕

> 屏山南渡後，文字多雜禪語葛藤，或太鄙俚不文，迄今刻石鏤板者甚眾。余先子嘗云：「之純晚年文字半為葛藤，古來蘇、黃諸公亦語禪，豈至如此？可以為戒。又多為浮屠作碑記傳贊，往往詆訾吾徒，諸僧翕然歸向，因集以板之，號屏山翰（林）〔墨〕（據明抄本及聚珍本改）佛事，傳至京師，士大夫覽之多慍怒，有欲上章劾之者。」先子嘗謂曰：「此書胡不斧其板也？」屏山曰：「是向諸僧所鏤，何預我耶？」後屏山歿，將板其全集，闇闇為塗剔其傷教數語，然板竟不能起，今為諸僧刻於木，使傳後世，惜哉。〔註73〕

> 興定間，再入翰林，時趙闇闇為翰長，余先子為御史，李欽止、欽叔、劉光甫俱在朝，每相見，輒談儒佛異同，相與折難。久之，屏山因以禪語解「中庸那著無多事，只怕諸儒認識神」。先子和之，亦書其後云：「談玄政自伯陽孫，佞佛真成次律身。畢竟諸儒扳不去，可憐饒舌費精神。」〔註74〕

> 蓋屏山嘗言：「吾祖老子，豈敢不學老莊？吾生前一僧，豈敢不學佛？」故先子及之。屏山覽之，大笑，且曰：「扳字如何下來？」先子曰：「公羊諸大夫扳隱而立之是也。」〔註75〕

從這些記載可知，諸儒攻訐李純甫所言宋伊川諸儒之學竊佛書，憤怒於李純甫借佛教碑記傳贊詆訾儒教之人，甚至要上章彈劾。劉祁之父劉從益讓李純甫「斧其板」，即是不贊同李純甫傷儒教之語，純甫不能堅持為自己的佛教立場辯護，卻推脫是諸僧所為，與自己無關。而同樣深受佛教影響的趙秉文也為他「塗剔其傷教數語」，這些都發生在諸儒強硬維護儒教的行動之下。

〔註72〕〔金〕劉祁撰，崔文印點校《歸潛志》，北京：中華書局，1983年，第105頁。
〔註73〕〔金〕劉祁撰，崔文印點校《歸潛志》，北京：中華書局，1983年，第119頁。
〔註74〕〔金〕劉祁撰，崔文印點校《歸潛志》，北京：中華書局，1983年，第105～106頁。
〔註75〕〔金〕劉祁撰，崔文印點校《歸潛志》，北京：中華書局，1983年，第105～106頁。

文人士大夫們甚至因佛教信仰而調侃李純甫：

> 及其（李純甫）屬疾，蓋酒後傷寒，至六七日發黃，遍身如金，迄卒，色不變，醫所謂酒疸者。交遊因戲之曰：「屏山平日喜佛，今化為丈六金身矣。」而張介夫祭文直云：「公（不）必乘雲氣、騎日月，為汗漫之遊，不然，則西方之金仙矣。」〔註76〕

對於身為儒家士大夫，頗有才華卻尊崇佛教，愛好譯經潤文的現象，宋九嘉（？～1233年）表示了極大的憾恨之情。中州集云：

> 飛卿（宋九嘉）不喜佛法，自言平生有三恨，一恨佛老之說不出於孔氏前，二恨辭學之士多好譯經潤文，三恨大才而攻異端。其題蓮社圖詩云：「惟有淵明挽不來。」蓋自況耳。〔註77〕

宋九嘉在儒佛問題上還常跟與自己交情甚好卻篤信佛教，對佛教推崇備至的李純甫爭辯。「性不喜佛，雖從屏山遊，常與爭辯。」〔註78〕《歸潛志》還記載其「在關中時，因楊煥然赴舉，書與屏山薦之，曰：『煥然，佳士，往見吾兄，慎無以佛老乃嫚之也。』屏山持之，示交遊以為笑。」宋九嘉向李純甫推薦楊煥然，也許擔心楊煥然不能贊同佛老之說，懇請李純甫不要因為自己所愛得不到呼應贊同而輕忽怠慢這位佳士。

金代恪守儒家立場的文人士大夫，即便是受到交誼深厚的老友勸誘，也依然能堅守而不動搖，並申說自己的理論。

劉祁父子與趙秉文交誼深厚，屢次受趙秉文勸誘學佛。「然公以吾家父子不學佛，議小不可，且屢誘余，余亦不能從也。」結果是趙秉文「以吾父子不學二家恐其相疵病」，採用言語和書信解釋和勸誘：

> 嘗謂余曰：「學佛老與不學佛老不害其為君子；柳子厚喜佛，不害為小人，賀知章好道教，不害其為君子；元微之好道教，不害為小人。亦不可傳以學二家者為非也。」〔註79〕

> 已而，余亦歸淮陽，公又與余書曰：「甚不可輕毀佛老二教，墮大地獄則無及矣。聞此必大笑，但足下未知大聖之作（乎）〔為〕（據聚珍本改）耳。」余答書曰：「若二教，豈可輕毀之？自非當韓、歐之（任）〔世〕（據明抄本改），豈可橫取謗議哉？自非有韓、歐之智

---

〔註76〕〔金〕劉祁撰，崔文印點校《歸潛志》，北京：中華書局，1983年，第106頁。

〔註77〕〔金〕元好問《中州集》，北京：中華書局，1959年，第11頁。

〔註78〕〔金〕劉祁撰，崔文印點校《歸潛志》，北京：中華書局，1983年，第11頁。

〔註79〕〔金〕劉祁撰，崔文印點校《歸潛志》，北京：中華書局，1983年，第107頁。

　　豈可漫浪為哉？君子者，但知反身則以誠，處事則以義，若所謂地
　　獄則不知也。」〔註80〕

　　面對趙秉文之婉轉勸誘，劉祁申明不會對佛老二教橫取謗議，但知堅持儒家君子立場，反身則以誠，處事則以義，完全不理會趙秉文墮大地獄的佛教學說。

　　劉祁還通過對儒道佛三家的解讀再次申明了自己的儒家立場，作為儒門中人，劉祁最不能認同佛道兩教的根源在於其離物而語道，還斥責為佛教所誘的士大夫：

　　　　余嘗觀道藏書，見其煉石服氣以求長生登仙，又書符咒水役使鬼
　　神為人治病除祟，且自立名字、職位云。主管天條而齋醮祈禳，則云
　　能轉禍為福。大抵方士之術，其有無誰能知？又觀佛書，見談天堂、
　　地獄、因果、輪迴，以為人與禽獸無異。且有千佛萬聖，異世殊劫，
　　而以持頌、布施則能生善地。大抵西方之教，其有無亦誰能知？因思
　　吾道，天地日月照明，山河草木蕃息，其間君臣、父子、兄弟、夫婦，
　　禮文粲然，而治國治家煥有條理。賞罰絀陟立見。榮辱生死窮通，互
　　分得失，其明白如此，豈有惑人以不可知之事者哉？而世之愚俗，徒
　　以二氏之詭誕怪異出耳目外，則波靡而從之，而飲食起居日在吾道中
　　而恬不自知，反以為尋常者，良可歎也。嗚呼，愚俗豈可責邪？而士
　　大夫之高明好異者往往為所誘，不亦悖哉！〔註81〕

　　儒家士大夫之所以對李純甫採取環而攻之的態度，對其他贊輔派人士不能認同，進而進行批評的著眼點在於他們認為儒教禮文粲然，治國煥有條理，而佛老渲染不可知之事，詭誕怪異出耳目外，只是迷惑人罷了。李純甫等贊輔佛教諸人混淆道德，不能認清作為一個在朝士大夫、一個儒家弟子本該有的社會倫理責任，他們對佛教產生的濃厚興趣以及作出至高無上的評價使之削弱了他們對儒教的忠誠。

### （二）金代士大夫的護法

　　金代文人士大夫的護法通常表現為他們對佛教採取支持和信仰的態度，公開發表關於佛教的肯定性的言論，駁斥各種排佛主張，浸染佛教，研習佛教經典，遵照佛法修持的行為，對保護、支持、發展佛教起正面作用。

---

〔註80〕〔金〕劉祁撰，崔文印點校《歸潛志》，北京：中華書局，1983年，第107頁。
〔註81〕〔金〕劉祁撰，崔文印點校《歸潛志》，北京：中華書局，1983年，第141頁。

　　金代士大夫無意於佛教種種神通、怪異以及佛教儀式的表層內容，而是看重具有哲學意味佛理禪思，那些佛學修養深厚的文人士大夫通過深入研習佛教經典，認識到佛理精微，浩大無邊，並高度評價佛教乃為恢宏妙道。李純甫「三十歲後，遍觀佛書，能悉其精微」〔註82〕，認為佛教可以「發精微之義於明白處，索玄妙之理於委曲中」，而學士大夫之所以「誣為怪誕，垢為邪淫」只是由於「畏其高而疑其深」罷了。〔註83〕他為宣揚佛法而撰寫佛學著作，主要有《釋迦文佛贊》、《金剛經別解》、《楞嚴別解》、《屏山翰墨佛事》、《屏山內稿》等，這些著作或注解佛經，或為佛徒撰寫碑記傳贊，其間談論儒道佛三家，有不少贊輔佛教而詆訾儒教之語，尤其是興定四年所寫《重修面壁庵碑》中所言：

> 學至於佛，則無可學者，乃知佛即聖人，聖人非佛，西方有中國之書，中國無西方之書也。吾佛大慈，皆如實語，發精微之義於明白處，索玄妙之理於委曲中。學士大夫猶畏其高而疑其深，誣為怪誕，詬為邪淫……〔註84〕

　　諸如此類的言論，雖為禪客所重，但引起了儒門中人的極大不滿。

　　此外，從教理層面支持佛教的還有泰和五年進士，官至太尉的趙良，他在《重修潤國禪院碑》一文中評價佛教為「恢宏妙道」「教理極淵深」「覺群倫冥昧之心」〔註85〕。

　　金代文人士大夫看到了佛教熾傳中國，得到普遍崇信的歷史與現實。大定元年李思孝《新修妙覺寺碑》云：

> 吾人仰之若神明，伏之如風草。……故十里之鄉，百家之邑，必有浮屠焉。〔註86〕

元好問《竹林禪院記》云：

> 佛法之入中國，至梁而後大，至唐而後固。寺無定區，僧無限員。四方萬里，根結盤互；地窮天下之選，寺當民居之半，而其傳

---

〔註82〕〔金〕元好問《中州集》，上海：中華書局上海編輯所，1959年，上冊，第219頁。

〔註83〕〔金〕劉祁撰，崔文印點校《歸潛志》，北京：中華書局，1983年，第8頁，卷一《重修面壁庵記》。

〔註84〕閻鳳梧編《全遼金文》，太原：山西古籍出版社，2002年，第2616頁。

〔註85〕閻鳳梧編《全遼金文》，太原：山西古籍出版社，2002年，第2111頁。

〔註86〕閻鳳梧編《全遼金文》，太原：山西古籍出版社，2002年，第1531頁。

特未空也。予行天下多矣，自承平時，通都大州若民居、若官寺，初未有宏麗偉絕之觀；至於公宮侯第，世俗所謂動心而駭目者，校之傳記所傳，曾不能前世十分之一。南渡以來，尤以營建為重，百司之治，或僑寓於編戶細民之間。佛之徒則不然，以為佛功德海大矣，非盡大地為塔廟，則不足以報稱。故誕幻之所駭、艱苦之所動、冥報之所讋、後福之所徼，意有所向，群起而赴之。富者以貲，工者以巧，壯者以力，咄嗟顧盼，化草萊為金碧，撞鐘擊鼓，列坐而食，見於百家之聚者乃如此。其說曰："以力言者，佛為大，國次之。」吁，可諒哉！〔註87〕

元好問慨歎佛教興盛甚至達到「佛為大，國次之」的程度，並歸因於以「誕幻之所駭、艱苦之所動、冥報之所讋、後福之所徼」所產生的號召力之強，引起各色人等都加崇奉，「富者以貲，工者以巧，壯者以力」，有若信才有若果。

金代文人士大夫對竺乾之法大行於世的原因做出了闡釋。

首先，佛教有濟世輔治利物之功。姚孝錫大定四年所作《重雕清涼傳序》云：「象教流行於中土，派別雖異，濟世利物之功，未始不同。」〔註88〕朱阜亨大定三年作《單州成武縣南魯村廣嚴院碑》：「匪維啟闢玄門，實亦助興國化。」奚牟大定三年作《敕賜興國寺碑》：「是道也，妙用無為，隨機應物，深戒乎殺盜邪非，惟務以慈悲喜捨。雖至愚聞之，猶可以遷善遠罪，有識者行之，（闕文）未達真理，亦有君子之行矣，於超登彼岸者，不為少矣。推其所以，豈非輔治之本歟？」〔註89〕這些言論都肯定了佛教濟世利物，助興國化，遷善遠罪，是輔治之本。

其次，文人士大夫認為佛徒志節可嘉。元好問《威德院功德記》中云：

浮屠氏之入中國千百年，其間才廢而旋興、稍微而更熾者，豈無由而然？天下凡幾寺，寺凡幾僧，以鄉觀鄉，未必皆超然可以為人天師也。唯其死生一節，強不可奪；小大一志，牢不可破，故無幽而不窮，無高而不登，無堅而不攻。雖時有齟齬，要其終則莫不沛然如湍流之破堤防，一放而莫之御也。〔註90〕

---

〔註87〕閻鳳梧編《全遼金文》，太原：山西古籍出版社，2002年，第3205頁。
〔註88〕閻鳳梧編《全遼金文》，太原：山西古籍出版社，2002年，第1569頁。
〔註89〕閻鳳梧編《全遼金文》，太原：山西古籍出版社，2002年，第1573頁。
〔註90〕閻鳳梧編《全遼金文》，太原：山西古籍出版社，2002年，第3203～3204頁。

　　元好問將佛教幾經波折仍能熾傳中國的根本原因歸結為佛徒強不可奪之「節」，牢不可破之「志」。

　　士大夫們承認佛教「勸善懲惡，可以助邦國之治。」〔註91〕佛教有助於世道人心，其禍福果報等學說與人心實際切合，故而能鼓動、拯濟、調解群俗之心，必然在金代社會上廣泛流行，對世俗社會起到濟世利物之功用，能夠發揮儒教禮樂約束人心的功用，這一點得到金代文人士大夫充分肯定，這為佛教存在於以儒立國的金代提供了充足的理由，並為士大夫確立了儒佛融合的立場。

　　元好問高度讚揚佛教運大悲智慈濟有情，容有同異，道量宏闊，願力堅固：

> 瞿氏之說，又有甚焉者。一人之身，以三世之身為身；一心所念，以萬生所念為念。至於沙河法界，雖仇敵怨惡，品匯殊絕，悉以大悲智而饒益之。道量宏闊，願力堅固，力雖不足而心則百之。有為煩惱賊所燒者，我願為法城塹；有為險惡道所梗者，我願為究竟伴；有為長夜暗而閣者。我願為光明炬，有為生死海所溺者，我願為大法船。若大導師大醫王，微利可施，無念不在。在世諦中，容有同異；其惻隱之實，亦不可誣也。〔註92〕

　　面對反佛文人士大夫對佛教興修寺宇，耗費社會財富的批判，也有人做出各種辯解。在這些論述裏，有從激發信仰，增加信力之社會功效角度闡釋的，也有借助佛理闡釋的。觀如居士朱弁（？～1144年）作《西京大普恩寺重修大殿碑》，闡明崇修塔廟、興建寺宇的功用：

> 示現佛菩薩境界，蓋將誘接群生、同歸於善，其為功德，詎可測量哉？……晬容壯穆，梵相奇古。慈憫利生之意，若登於眉宇；秘密拔苦之言，若出於舌端。有來瞻者，莫不欽肅，五體投地，一心同聲。視此幻身如在龍華會上百寶光明中，其為饒益，至矣大矣，不可得而思議矣！〔註93〕

---

〔註91〕閻鳳梧編《全遼金文》，太原：山西古籍出版社，2002年，第2099頁，馮仲端《均州靈泉禪院碑》。

〔註92〕閻鳳梧編《全遼金文》，太原：山西古籍出版社，2002年，第3211頁，元好問《龍門川大清安禪寺碑》。

〔註93〕閻鳳梧編《全遼金文》，太原：山西古籍出版社，2002年，第1065～1066頁。

武州寧遠縣丞安泰於明昌五年所作《汾州平遙縣慈相寺修造記》稱佛教有三法，心法、教法之外就是「像法」，對於像法他是這樣表述的：

> 像法，建塔廟、設儀相、幡花、香火，嚴飾供養，使人睹相生善。始自如來欲涅槃時，阿難親受其說。至東漢明帝夢見金人，遣使天竺，圖畫其像，因起寺於洛陽，像乃傳於中國。三者之中，像為易從，故達人君子，莫不用之以化其俗。後世因之，日遠日甚。……惰者捐力，齋者施財，悍夫瞻而色柔，童子睹而意肅。生則傾產奉施之，死則舉族哀祈之。心念口言，罔非在佛。噫！人有歐之以法令，協之以鞭棰，而逋懸欠負、強梁桀驁者，終不能無及，蹈佛宮、睹聖像而迴心向道。如是像法於人，豈小補哉。」〔註94〕

皇統九年，臨汾縣令張邦彥所作《增修金堆院碑》記載了僧義海勤敏無怠，將金堆院修繕甚美，但對自己所為「竊有所病」，並且以禪義質疑：

> 夫佛祖之法，以空虛寂滅為宗，安樂戀著為戒，衲衣乞食，岩棲木槁，坐進此道，無所擇也。後世末學乃始飾其廬，美其服，甘其食，範金聚土，像設於其前，鳴魚擊鼓，講說於其後，齊民下士怵之以禍福，因以發其遷善遠罪之心，權也。顧獨無大善知識，議無之後乎？〔註95〕

張邦彥為之開解，他連用三個比喻申說「飾亦何病」：

> 「夫道一而已矣，有本斯有末，有源斯有流。盤盂不陳，曷以知樂之和？玉帛不將，曷以知禮之節？言語文章不載諸簡編，學校庠序不設於邦國，曷以明聖人之教也？」吾儒固爾。〔註96〕

這是肯定佛教以寺宇、像設、禍福之說為權變，達到發民眾遷善遠罪之心的目的。他認為儒家同樣也需要採取陳簠簋、將玉帛、言語文章、學校庠序等種種手段達到教化民眾，使其知禮樂，明聖教的目的。在這一點上儒釋之道是相同的。而張邦彥以自身「欲修縣學而未成」來對比禪師「不持一錢，捐軀奮議，主張教法於空山荊棘間，乃克有就如此」，從而感到「愧於師也厚矣」。這是對佛家禪師傳法之虔誠及佛徒行動力、佛教巨大影響力的極大讚譽，從另一角度顯示了儒家士大夫對佛教的贊輔態度。

---

〔註94〕閻鳳梧編《全遼金文》，太原：山西古籍出版社，2002 年，第 1990～1991 頁。
〔註95〕閻鳳梧編《全遼金文》，太原：山西古籍出版社，2002 年，第 1319 頁。
〔註96〕閻鳳梧編《全遼金文》，太原：山西古籍出版社，2002 年，第 1319 頁。

　　大定十年朝奉大夫、行太常博士、騎都尉郭長倩所作《梵雲院碑》為修建寺宇尋找了理論依據：

> 竊以為出家丈夫，以一瓶一缽，為雲水閒人，林棲谷飲，被褐懷玉可也。況沙門之法，屏營山梵，行乞取足，日中受供，林下託宿，故昔人把茅蓋頭，或以斷薪續禪床，亦何用窮土木之妖，自苦心志而勞筋骨也？然有為無為，為己為人者，當相須而行。古人云：「我若一向舉揚宗乘法，堂前草深一丈。」所以名山大川、通都巨邑、佛剎相望者，必有大才智之士，志在出世為人者，悉力而成勝緣也。今永通與其徒，能於末法中作佛事，蓋欲以法平（注：梵雲院創立者）知見之香，普薰斯人也，其志願不偉歟！〔註97〕

　　所謂「宗乘」是佛教術語，指「各宗所弘之宗義及教典」。〔註98〕「我若一向舉揚宗乘法，堂前草深一丈。」這句話一方面是說要堵斷學人的妄想，不向外求。另一方面是說有些宗義不是人人都能接受的，如果一味闡釋宗義，那就沒有人來了，堂前的草要長一丈深。但於末法中作佛事，則需要「相須而行」。修建寺宇是普薰斯人的有效手段。

　　金代文人士大夫樂於承認佛教大德的崇高性，對聖人境界的追求，讚賞他們禪學修為深湛，營建寺宇淳質精苦，有廉潔品質。皇統二年進士，陝西西路轉運使丁暐仁所作《釋迦成道賦》以賦的形式敘寫釋迦成佛過程，讚頌佛祖厭棄美色，全拋有漏身心，修六年而得道，並闡釋了「無為之法相」、「萬法歸空」〔註99〕等基本教義。最後表明「我今迴向菩提，一心歸命圓寂」〔註100〕的志向。通篇鋪采摛文，華妍繽紛，甚合讚頌佛祖成道之祥瑞，充滿宗教的神聖氣氛。

　　耶律楚材《萬松老人評唱天童覺和尚頌古從容庵錄序》中云萬松行秀囊括五派，「獨得大自在三昧。抉擇玄微，全曹洞之血脈，判斷語緣，具雲門之善巧；拈提公案，備臨濟之機鋒。溈仰、法眼之爐鞴兼而有之，使學人不墮於識情、莽鹵、廉纖之病，真世間之宗師也」〔註101〕。稱讚萬松：「其參學之際，

〔註97〕閻鳳梧編《全遼金文》，太原：山西古籍出版社，2002年，第1334～1335頁。
〔註98〕丁福保編纂《佛學大詞典》北京：文物出版社，1984年，第758頁。
〔註99〕閻鳳梧編《全遼金文》，太原：山西古籍出版社，2002年，第1238頁。
〔註100〕閻鳳梧編《全遼金文》，太原：山西古籍出版社，2002年，第1239頁。
〔註101〕〔元〕耶律楚材《湛然居士文集》，北京：中華書局，1986年，第294頁，卷一三《萬松老人萬壽語錄序》。

機鋒罔測，變化無窮，巍巍然若萬仞峰莫可攀仰，滔滔然若萬頃波莫能涯際。瞻之在前，忽焉在後，回視平昔所學，皆塊礫耳！」〔註102〕萬耶律楚材在萬松門下「杜絕人跡，屏斥家務，雖祁寒大暑，無日不參。焚膏繼晷，廢寢忘食者幾三年，誤被法恩，謬膺子印」〔註103〕，這說明耶律楚材已經成為萬松行秀門中弟子，他的法號和道號湛然居士從源也是萬松親賜。

趙揚讚頌洪濟院法師法清有才幹，心力優游，能起大緣事。曾在隆冬脫纊服救助因遭賊剽掠，單衣凍瀕死的宦遊之士，「不問姓名去」，「好施有義風」「其操蘊真廓落僧也」。並議論道：

> 浮屠氏辭天倫、解世網、遺得喪、外生死，放身澹泊之場，息意枯槁之地，視萬物之投其前者，俱不足以汩其心。一旦使之立事，則操守必專，專則所得精，而無不成。至如惠休之於詩，懷素之於書，一行之於數，考其能事，皆奇絕後世，無復加其大者。至於立雪斷臂、飼虎投身，而終能成其所謂佛之道者，沉營建之細事哉。〔註104〕

張天佑《圓公馬山主塔記》贊性圓禪師廉潔自苦，樂然為之：

> 監寺十餘年，財物過手豈可數記？無一錢私於己，而囊橐空空，布衲之外，羊皮一被而已。人服其公，咸為景仰。……安其於韜光晦跡，苦己勞形，躬自化導，以瞻清眾，樂然為之，蓋本志也。〔註105〕

為訪求師德庵居住持，使佛業弗墜：

> 躬冒炎暑，履寒霜，不憚千里之勞……席不暫安，僅能滁老。……時當酷暑，天地如爐，師不以青山淥水、高堂大廈、披襟而坐、清風滿懷為自安計，又惶惶於塵埃之間。南渡大河，抵嵩洛，搜請宗伯，不克而還，幾為水所溺，曾不之恤，因是抱病，尚不遑寧處。〔註106〕

〔註102〕〔元〕耶律楚材《湛然居士文集》，北京：中華書局，1986年，第191頁，卷八《從容庵錄序》。
〔註103〕〔元〕耶律楚材《湛然居士文集》，北京：中華書局，1986年，第191頁，卷八《從容庵錄序》。
〔註104〕閻鳳梧編《全遼金文》，太原：山西古籍出版社，2002年，大定七年，第1129頁，《潞州潞城縣常村重建洪濟院記》。
〔註105〕閻鳳梧編《全遼金文》，太原：山西古籍出版社，2002年，第1772頁。
〔註106〕閻鳳梧編《全遼金文》，太原：山西古籍出版社，2002年，第1773頁。

　　此外，張瑜於大定四年撰寫並書提額的《解州安邑縣□篆□慈雲院記》評價禪師圓公法師看重於其行純德重，仁義多情的一面〔註107〕。保德州刺史兼知軍州事王繪於大定二十八年撰寫《大聖院記》評價智通和尚為人質直精嚴，其佛教事業福佑一方……〔註108〕如此等等。金代文人士大夫對僧徒的評價往往是看重人格遠高於信仰因素。這也仍然繼承了北宋以來的趨勢。

　　孝僧盡孝雙親也繼續得到金代文人士大夫的肯定和讚揚。如同前代，佛教在僧侶孝養雙親這一點上也在某種程度上可以向滿足社會生活的倫理需要做出讓步。金代文人士大夫已經不必去探討僧人盡孝是否違背佛教出世觀念。元好問為孝僧法雲寫《墳雲墓銘》：「遭歲饑，乃能為父母輓車，就食千里。母亡，廬墓旁三年，號哭無時。父歿亦然。山之人謂之『墳雲』，旌其孝也」，並記敘了「庵旁近雨雪皆成花，大如杯碗狀」和「寺西岩石間出一泉」這些所謂「純孝之報」，進而表達儒家士大夫的觀點：「世之桑門以割愛為本，至視其骨肉為路人。今師孝其親者乃如此！然則學佛者亦何必皆棄父而逃之，然後為出家邪？」。〔註109〕

　　為社會公共醫療事業做出貢獻的僧侶也得到了文人士大夫的讚賞。元好問應少林性英禪師所請著《少林藥局記》，從青州希辨始諸禪剎有藥局寫起，詳細記敘少林自東林誌隆住持始有藥局，「取世所必用療疾之功博者百餘方，以為藥，使病者自擇」，性英住持少林後改變了僅僅免費施藥的局面，性英懂得醫理，早年曾「一囊閭里藥，六尺水雲筇」，又慎重選擇僧德、僧浹「靖深而周密，又廉於財」，「十百輩有不可得者」主持藥局，這兩位主治醫生「時節、州土無不適其當，炮炙、生熟無不極其性」，因而德與浹固亦盡其伎矣」，「固得所使矣」。元好問還讚揚了性英所著醫書《大醫王》，稱其「能了知味因，斷除病本」，即能夠了知藥物功性，進行病理診斷。〔註110〕充分肯定了性英禪師擇人得當，施藥救民，發揚了佛家醫藥文化。

　　他們還以高僧大德弟子們能克盡其師之道，嘉其精神，樂於為寺院、禪師作碑記塔銘。中順大夫、翰林修撰同知制誥、上騎都尉趙揚「喜福興與廣（法清弟子）刻心銳事，無違師囑，克終其業，是固可傳」，於大定七年為之

〔註107〕閻鳳梧編《全遼金文》，太原：山西古籍出版社，2002年，第1571頁。
〔註108〕閻鳳梧編《全遼金文》，太原：山西古籍出版社，2002年，第1137頁。
〔註109〕閻鳳梧編《全遼金文》，太原：山西古籍出版社，2002年，第3120頁。
〔註110〕閻鳳梧編《全遼金文》，太原：山西古籍出版社，2002年，第3206頁。

作《潞州潞城縣常村重建洪濟院記》〔註111〕，前進士王去非「嘉其（戒師和尚）師資相得，協心戮力，共成佛事」，於大定十四年為之作《平陰縣清涼院碑》〔註112〕。文人士大夫排斥的是禪僧「受檀越供養，不修福慧，飽食而嬉，晝夜以無為」，對「勤修梵行，共扶教門」〔註113〕的禪僧是褒獎支持的。對僧侶以自殘等特異的手段進行的請託，文人士大夫更是無法拒絕。「公（趙秉文）既致仕，苦人求書，大書牓於門。有一僧將求公作化疏，以釘釘其手於公門，公聞，遽出，禮之，為作疏且為書也。」〔註114〕

　　除了受僧徒請託撰寫寺院碑記，高僧塔銘，表現了對佛教事業的尊重、支持與關注之外，金代各個時期都有不少文人士大夫對佛教禪宗懷有真切的虔誠的感情，在政治生活失意時用佛教觀念淨化、解脫自己，在日常生活中親身進行佛教修行實踐，或是拜佛祈禱，或是讀經寫經，繪製佛像，或是觀覽寺院，與僧人交遊，欣賞詩僧詩才斐然，相與推激，使之蜚聲詩壇，或是抒寫表達佛教義理、禪悟的詩文，表現出深深受到佛禪浸染。這一方面內容在下文專門論述，此不贅述。

　　值得注意的是，金代文人士大夫護法方式與程度是有差別的，以李純甫與趙秉文護法的巨大差異最為引人注目。上文已經談到，李純甫不顧自己的官僚身份熱烈宣揚佛教的至高無上，甚至要以佛學思想為基礎融攝儒學，為堅持自己的觀點，不惜以一人獨抗文人士大夫的圍攻，甚至幾近遭來彈劾的惡果。元好問所撰《清涼相禪師墓銘》中記載李純甫還公開護持佛教名僧，如清涼寺西岩德禪師之輩。〔註115〕

　　不同於李純甫的護法方式，趙秉文護法則表現得藏頭露尾，溫和許多。劉祁曾經這樣評價趙秉文：

> 趙閒閒本喜佛學，然方之屏山，頗畏士論，又欲得扶教傳道之
> 名，晚年，自擇其文，凡主張佛老二家者皆削去，號滏水集。首以
> 中和誠諸說冠之，以擬退之原道性，楊禮部之美為序，直推其繼韓、
> 歐。然其為二家所作文，並其葛藤詩句另作一編，號閒閒外集。以
> 書與少林長老英粹中，使刊之，故二集皆行於世。余嘗與王從之言：

〔註111〕閻鳳梧編《全遼金文》，太原：山西古籍出版社，2002年，第1129頁。
〔註112〕閻鳳梧編《全遼金文》，太原：山西古籍出版社，2002年，第1124頁。
〔註113〕閻鳳梧編《全遼金文》，太原：山西古籍出版社，2002年，第1124頁。
〔註114〕〔金〕劉祁撰，崔文印點校《歸潛志》，北京：中華書局，1983年，第107頁。
〔註115〕閻鳳梧編《全遼金文》，太原：山西古籍出版社，2002年，第3116頁。

「公既欲為純儒，又不捨二教，使後人何以處之？」王丈曰：「此老所謂藏頭露尾耳。」〔註116〕

趙秉文學佛相當深入，有著虔信佛教之人的種種表現：

> 又深戒殺生，中年斷葷腥，嘗謂余曰：「凡人欲甘己之口舌而害生物，彼性命與人何異也？」……嘗曰：「吾生前是一僧。」又曰：「吾生前是趙抃閱道。」蓋閱道亦奉佛也。〔註117〕

即便如此，趙秉文還是畏懼士論，在自選作品集中刪掉涉佛之作，得扶教傳道之聲名。又不捨涉佛之作，借助少林住持性英使之同樣刊行於世。這兩人奉佛之舉的對比，昭示著在金代儒家佔據絕對主導地位，佛教並不適合作為士大夫公共生活的一部分。文人士大夫應該充分認清自己身處孔子之地，是儒家體制內的一員，在公共生活中必須用儒家思想和語言處事，以此表達忠誠，回應社會期待。

## 三、金代文人士大夫濡染佛禪的文學表現

唐代之後至北宋時期儒釋道三教已經普遍出現了大發展和大融合，作為一種獨立的宗教精神，士大夫佛學已經真正產生。在此背景和基礎之上，同樣作為某種程度上的社會發展中堅力量與道德擔當，金代少數民族政權統治下的士大夫階層在適應社會需要，回答社會與時代問題時，發展出具有自身特色的士大夫佛學。

佛教對文人士大夫的文學影響集中表現於兩大方面：一、創作內容方面，金代文人士大夫涉佛文學創作集中於寺院遊觀詩和寺院塔銘書寫中，從中可以體現其對佛禪話語的運用，對佛禪義理的領悟，凝聚佛禪文化特質，體現金代文人士大夫儒釋人生觀的整合與交融。二、創作理念方面，金代文人士大夫在文學思維、詩學觀念上亦沾溉佛禪，在創作論、作品論、詩歌本質論等方面都表現了佛禪的深刻影響。以下首先從創作內容方面加以闡釋。

### （一）涉佛之詩——文士禪心與金代寺院遊觀詩

人存於天地之間，生年不滿百而「萬般將不去」，自然有「人會如何活下去，為什麼活，活得怎麼樣」這種人生意蘊問題的思考。生活於封建時代特定社會制度與文化傳統規定下的金代文人士大夫沒有保持獨立人格的充分條

---

〔註116〕〔金〕劉祁撰，崔文印點校《歸潛志》，北京：中華書局，1983年，第106頁。
〔註117〕〔金〕劉祁撰，崔文印點校《歸潛志》，北京：中華書局，1983年，第106頁。

件，終其一生都陷於是非善惡、得失窮達的彌天大網，求而不得與既得之後又憂患失去的苦痛，逐物迷己與迷己逐物循循相因，昭示著人生的殘酷與無奈。

「名尋道人實自娛」〔註118〕，金代文人士大夫為暫時拋卻俗世煩惱，娛興遣懷而遊寺院，訪名僧，實為倦客之遊，在遊賞訪僧的過程中，放下分別與執著、攬奇探勝、灑落身心，與禪僧交遊、參禪問道，以期獲得寧靜、實現超越。他們所作的寺院遊觀詩，詩情禪意俱佳，凝聚著佛禪文化特質，多維度多層次地體現文人士大夫豐富的心靈世界，體現了儒釋人生觀的整合與交融。以下從以下四個方面加以論述：

### 1. 寺院特定物境引起的佛禪之思

山秀如花，水清而聖。包含了宗教目的，經過慎重選擇的寺院常建於山清水秀之處。幽谷嵐雲、茂林修竹，清泉幽鳥，充滿天地氤氳之氣；佛殿莊嚴、鍾磬長鳴，香煙繚繞，與佛界淨土環境氛圍暗合。那些深受佛禪思想文化影響的知識精英們駐足、棲身寺院之時，仕途蹭蹬、人情冷暖、家國風雨等等都促使其產生人事易逝，無常幻滅的人生體悟。寺院特定的物境奪盡了文士的紛紜念慮，他們往往借助詩歌抒寫禪觀禪解，表達禪機禪趣，創作出許多值得玩味的作品。

### （1）人事易逝，無常幻滅

光陰迅速，時序更遷。剎那剎那，一念不住。世上一切緣生群品，都會隨著歲月的流逝而衰頹泯滅，沒有任何東西具有恆常的意義。金代文士借寺院遊觀詩表達了這種人事易逝，無常幻滅的人生體悟。

張子羽《宿寶應》：「徂年能幾時？變滅等驚霧。〔註119〕詩人感歎流年如逝水，表達色界變滅如風驚霧起，馳蕩不休的體認。李庭《遊廣勝寺東岩》在百念灰寒的老境中，於廣勝寺東岩看到「寒藤枯木生蒼苔」、「驚波深瀉如奔雷」幽勝峻潔之景，而此地的百年名剎廣勝寺一炬而成灰燼，金碧已變蒿萊。詩人不禁感慨「世間興廢豈足道，會看窮壞論三災。短生乘化不暫駐，須臾變化隨風埃。心知所歷皆夢境，題詩漫識吾曾來。下山一笑便陳跡，但見白塔蒼煙堆。」〔註120〕「三災」乃佛教所謂劫末所起的三種災害。《俱舍論・分別世品》云：

---

〔註118〕〔宋〕蘇軾撰，王文浩輯注，孔凡禮點校，《蘇軾詩集》，中華書局 1982 年版，第 316 頁，卷七《臘月遊孤山訪惠勤惠思二僧》。

〔註119〕薛瑞兆，郭明志編《全金詩》，天津：南開大學出版社，1995 年，第一冊，卷三，第 40 頁。

〔註120〕薛瑞兆，郭明志編《全金詩》，天津：南開大學出版社，1995 年，第四冊，卷一四五，第 458 頁。

刀兵、疫癘、飢饉為小三災，起於住劫中減劫之末「於劫減位有小三災者」；風火水為大三災，起於壞劫之末。〔註121〕三災造成貧窮偏僻之地，世間興廢變化總在須臾之間。生命匆促而萬事不由人，不如隨順自然。詩人倚欄清坐之時，「當體即空」的佛禪觀念如冰雪涵於靈臺，使其覺悟眼前所見、身之所歷都如同夢境一般，如下山回望，唯蒼煙白塔而已。不由洗盡塵念，灑然無慮。

楊宏道《重到靈巖寺》寫五十年後重到名剎靈巖寺，濃露荒煙之中耕墾先塋，看到當年的林泉勝境已不復存在。來不及感歎興廢，也無心慶幸「猶存」，因為興衰存亡不過是歷史的一個「剎那」，一個「偶然」罷了。〔註122〕

另外如：楊宏道《古寺》：「荒陂廢佛寺，古殿依閒雲。殘僧杖錫去，卻駐防河軍。〔註123〕趙秉文《宿王佐寺》「鞍山柘木事茫茫，猶記同遊宿上方。老大重尋窗下宿，殘經掛壁故人亡。」〔註124〕等等

這些詩作中古寺衰殘疏落之景與人生無常的深長慨歎融為一體。詩人感歎流年，撫今追昔，深切體味塵世歷經滄桑之變，勝景難常，萬事俱空，正切合佛教「諸行無常」的法理。

（2）懷疑、否定功名的價值

「人生能作幾時客」（趙秉文《馬頭山清居院》）〔註125〕，明瞭世間「苦空無常」之理，文人士大夫自然對自身「人間行路是，處處多炎蒸。」（劉汲《西巖歌》）〔註126〕、「窮通常傍人」（楊宏道《玉泉院》）〔註127〕「身世窮通皆幻影」（楊雲翼《上白塔寺》）〔註128〕有了清醒的認識，並對任人操縱、受

〔註121〕〔唐〕普光述《卍續藏經》第84冊，中國撰述大小乘釋論部，俱舍論記分別世間品，第十二卷，第0469頁。

〔註122〕薛瑞兆，郭明志編《全金詩》，天津：南開大學出版社，1995年，第三冊卷一○八，第491頁。

〔註123〕薛瑞兆，郭明志編《全金詩》，天津：南開大學出版社，1995年，第三冊卷一○六，第467頁。

〔註124〕薛瑞兆，郭明志編《全金詩》，天津：南開大學出版社，1995年，第二冊卷七二，第492頁。

〔註125〕薛瑞兆，郭明志編《全金詩》，天津：南開大學出版社，1995年，第二冊卷七一，第467頁。

〔註126〕薛瑞兆，郭明志編《全金詩》，天津：南開大學出版社，1995年，第一冊卷三七，第479頁。

〔註127〕薛瑞兆，郭明志編《全金詩》，天津：南開大學出版社，1995年，第三冊卷一○六，第467～468頁。

〔註128〕薛瑞兆，郭明志編《全金詩》，天津：南開大學出版社，1995年，第三冊卷八三，第109頁。

人擺佈，服從於上位者的權力意志，不能自主的人生道路產生了懷疑與否定。

曹之謙《閒中作》：「雄雞啼一聲，驚起五更睡。出門何擾擾，競逐名與利。冥冥車馬塵，白日暗城市。蕭條蓬蒿居，獨有犧皇地。高情杳秋雲，靜性凝止水。俯仰天地間，澹然無一事。」〔註129〕那早早就被雞叫聲驚醒，匆匆出得家門，擾擾攘攘地追名逐利之人充斥著城市的街道，他們所乘車馬在疾馳中激起的煙塵竟然使白天都變得昏暗了。與此形成強烈對比的是在蕭條之地隱居之人，靜寂的心性，杳遠的逸興，如同秋日長空中的雲彩，如同凝然不動的一泓清水。放下了塵世紛擾，放下了名利之心，俯仰於天地之間，澹然自處，無一事掛礙。

趙秉文《金河寺》：「何處人間六月秋，金河寺外水西頭。坐分遊客青天幕，醉倒詩仙白玉舟。萬里南風雙老鬢，百年心事一沙鷗。王侯螻蟻俱塵土，一笑從來萬事休。」〔註130〕人間六月，南風萬里，青天淡雲下，詩人與同遊者在金河寺外水邊列坐暢飲，一醉方休。這一生經歷過來，心情慢慢都歸於平淡了。世間位尊權重的王侯也好、微不足道的螻蟻也罷，不過都歸於塵土，以佛禪慧眼觀之，從來就沒有什麼是真實恒常的。萬法緣聚而生，緣散而滅，空無自性。一切執著是妄，一切分別是幻，又何必纏縛於心。離開妄念幻想，對此付之一笑，才能獲得當下清淨啊。

任熊祥《遊靈巖留題》寫在方山靈巖寺殆非塵寰的絕景佳境之中，「翻思平生事，宦途歷險艱」，羨慕高飛鳥倦而知還，而自己不知何時能謝絕冠蓋，與之相伴青山白雲間。〔註131〕胡光謙《遊延祚寺用前人韻二首》「羨君利祿身非戀，笑我雲山志未酬。欲學林下高眠客，萬緣銷盡更何求。」〔註132〕在寺院孤巖接雲，冷月怒濤的境界中，詩人感到「回首煙霞應笑我，人間官職倍徒勞」，〔註133〕應逃離紛紛俗累。人生短暫，瞬間白頭，而宦途艱險，俗累紛紛。

〔註129〕薛瑞兆，郭明志編《全金詩》，天津：南開大學出版社，1995 年，第四冊卷一三〇，第 268 頁。

〔註130〕薛瑞兆，郭明志編《全金詩》，天津：南開大學出版社，1995 年，第二冊卷七一，第 469 頁。

〔註131〕薛瑞兆，郭明志編《全金詩》，天津：南開大學出版社，1995 年，第一冊卷六，第 83 頁。

〔註132〕薛瑞兆，郭明志編《全金詩》，天津：南開大學出版社，1995 年，第一冊，卷九，第 134 頁。

〔註133〕薛瑞兆，郭明志編《全金詩》，天津：南開大學出版社，1995 年，第一冊，卷二十九，第 360 頁，李晏《遊龍門回投超化寺二首》。

煙霞笑我癡狂，山林勸我歸休，文士寺院詩普遍表達了宦海疲憊的感受、忘懷長期仕宦生涯累積的傷痛以及歸家休歇的期望。文士的雲山之志也好，銷盡萬緣的理想也罷，這種對功名、仕宦價值的懷疑與否定無疑與苦空無常、歸家穩坐、正本還源的佛禪理念是分不開的。

（３）人情冷暖，世態炎涼

盧天賜兩首僧寺題壁詩：「當年門外客如雲，投刺紛紛恐後聞。今日羈懷寄僧舍，灞陵誰識舊將軍。」「野寺重來感慨多，其如冷暖世情何。相看不改舊時態，惟有亭亭窣堵坡。」〔註134〕則道盡了世態炎涼。在僧寺回想起自己得意之時賓客如雲，現如今寄身僧舍，與當年為灞陵尉所辱的李廣將軍一樣，誰人識得，哪個理睬？遭受的只有輕慢侮辱罷了。只有那矗立的佛塔靜靜面對著我，不因我窮達毀譽而改變態度，依然舊時模樣。一默一聲雷，佛塔雖不言語，卻如雷轟頂般開示著我：忘懷世間得失、冷暖，泯滅二元心識的揣度妄想，摒落世俗意義的思量分別，超越對立，空諸所有，領悟寧靜淡泊的意境。

（４）家國風雨飄搖

有金一代，其興也忽，其亡也速。不少文士目睹、身遭「四海疲攻戰」的國家衰亡過程，「花殘從雨打，蓮轉任風飄」〔註135〕的處境更滋生了文士無常幻滅之感。

元好問《會善寺》：「白塔沉沉插翠微，魏家宮闕此余基。人生富貴有遺恨，世事廢興無了期。勝概只今歸鷲嶺，煙花從昔繞龍墀。長松想是前朝物，及見諸孫賦黍離。」〔註136〕元好問《丹霞下院同仲澤鼎玉賦》詩云：「千年香火丹霞老，滿眼興亡白水閒。壯志自憐消客路，深居誰得似禪關。」〔註137〕

元好問在會善寺見「魏家宮闕此余基」，想像從前「煙花從昔繞龍墀」的盛況，如今國家又面臨與前朝同樣的滅亡命運，「及見諸孫賦黍離」。只有長松悄然佇立，默默見證著歷史的興衰。詩人弔古懷今，感慨興廢。「覆巢之下，

〔註134〕 薛瑞兆，郭明志編《全金詩》，天津：南開大學出版社，1995 年，第三冊，卷八八，第 170 頁。

〔註135〕 薛瑞兆，郭明志編《全金詩》，天津：南開大學出版社，1995 年，第四冊，卷一四二，第 423 頁，段成己《和答木庵英粹中》。

〔註136〕 薛瑞兆，郭明志編《全金詩》，天津：南開大學出版社，1995 年，第四冊，卷一二○，第 108 頁。

〔註137〕 薛瑞兆，郭明志編《全金詩》，天津：南開大學出版社，1995 年，第四冊，卷一二○，第 111 頁。

安得完卵」，詩人身處「滿眼興亡」的境遇，在丹霞下院，想到壯志難酬，前途黯淡，不禁心生自憐之感。又有哪個文士能如禪門修道者那樣身居禪院，對世事廢興了無掛礙，毫不動心呢？

李俊民《資聖寺壁》：「是誰將壁疥，盡可著紗籠。今代無詩史，何時入國風？」〔註138〕題壁之作儘管以碧紗珍重籠之，但畢竟無人為金代作詩史，何時才能流傳後世！表現對國家覆滅後一代燦爛文化行將消亡的憂患痛楚之情。

金末這個充滿了衰亡苦難的時代本身為佛教的滲透提供了根本條件。文士的興亡之情昇華為具有普遍意義的幻滅之感，詩作中人事的代謝，美好的湮滅，輝煌的消逝，都充滿了成、住、壞、空四相遷流的空觀。

2. 痛苦的消解——與僧交往，羨僧慕禪之作

金代文士如元好問、冀禹錫等人是用「我本寶應僧，一念墮儒冠。」〔註139〕或「禪房未歸客」〔註140〕來表明自己對佛禪的親近與認同，表現羨僧慕禪的情懷的。文人士大夫「白日紅塵往復還」，在「才得雲林半日閒」〔註141〕之際，常與寺院僧人接觸、交流，創作禪偈、談禪說理，與僧唱和，交流清修心得，以此表達禪悅之心。

徐守謙因寺主潭公稽顙再四，復成昔日「竹徑通幽處，禪房花木深」次以十韻題壁詩之前五首。〔註142〕其中點明文人遊寺、願與僧人結下閒因緣的理由在於「樂此林泉深幽處」「須信仙凡夢不同」。「晚晴僧話渾無事，茶罷吟餘坐聽鳩」的悠然閒靜亦令人嚮往。雲藏佛骨，草隱秋聲，雨印莓苔，雲昏香火，野花影裏竹徑通幽之處，禪房靜寂，自然而然產生「清虛絕六根，俯仰靜萬慮。身世總空花，禪心作泥絮。」〔註143〕的感受。

〔註138〕薛瑞兆，郭明志編《全金詩》，天津：南開大學出版社，1995年，第三冊，卷九一，第239頁。

〔註139〕薛瑞兆，郭明志編《全金詩》，天津：南開大學出版社，1995年，第四冊，卷一一四，第32頁，元好問《寄英禪師師時住龍門寶應寺》。

〔註140〕薛瑞兆，郭明志編《全金詩》，天津：南開大學出版社，1995年，第四冊，卷一二九，第255頁，冀禹錫《僧房》。

〔註141〕薛瑞兆，郭明志編《全金詩》，天津：南開大學出版社，1995年，第四冊，卷一二四，第187頁，元好問《登珂山寺三首》之三。

〔註142〕薛瑞兆，郭明志編《全金詩》，天津：南開大學出版社，1995年，第三冊，卷九六，第335頁。

〔註143〕薛瑞兆，郭明志編《全金詩》，天津：南開大學出版社，1995年，第三冊，九六，第335頁。

　　困擾於客塵煩惱的文士常將人生失意與得意、痛苦與欣悅的情懷、參悟的佛禪之理抒寫於遊歷寺院、與禪僧交往的詩作中。金代文士以禪語、禪典入詩，抒寫禪機禪理的詩作相當多，反映了佛禪浸潤金代文學的態勢與深度。

　　（1）以禪語、禪典入詩

　　李純甫《天遊齋》「丈人未始出吾宗，莫靡波流盡太沖。七竅鑿開無混沌，六根消落盡圓通。法身兔角聲聞外，塵世牛毛夢幻中。誰會天遊更端的，瘦梅疏竹一窗風。」〔註144〕六根指眼、耳、鼻、舌、身、意，從心理與物理的媒介功能上說，稱為六根，是六識用來接觸六塵的工具。自從無始以來的一切罪業，均由六根所造。人之流轉於生死輪迴的苦海之中，就是由於六根不曾清淨。六根消落是指佛教主張的六根清淨。「圓通」，遍滿一切、融通無礙，指聖者妙智所證的實相之理。由般若智所體證的真如，圓滿周遍，作用自在，且周行於一切，稱為「圓通」。〔註145〕六根清淨即可體證真如，融通無礙。兔不生角，「兔角」喻必無之事。《楞嚴經》卷一：「無則同於龜毛兔角，云何不著？」謂證得自性，成就一切功德之身。「法身」也稱「佛身」，就像兔生角不會有形地存在，它存在於人的聲聞之外，不生不滅，無形而隨處現形。紅塵俗事如牛毛瑣細繁多，但都如夢如幻，不具自性，不可依恃。

　　李俊民《宿海會寺同孫講師明上人趙叔寶劉巨濟夜酌二首》有「尋僧問劫灰」〔註146〕。「劫灰」一語出自南朝梁慧皎《高僧傳》卷一《漢洛陽白馬寺竺法蘭》，「世界終盡劫火洞燒，此灰是也。」詩作還引用白兔銜經典故，香岩擊竹悟道，龐蘊問道馬祖之公案，乃是李俊民歷經喪亂，與僧人談有說空，共話無生之語。

　　楊雲翼《光林寺》「因緣多自成三宿，物我終同付八還。」〔註147〕「三宿」，佛家有出家人不三宿桑下，以免妄生依戀之說。「八還」即世間諸變化相，各還其本所因處，凡有八種，稱為」八還」。楞嚴經卷二載「八還辨見」典故。阿難不知『塵有生滅，見無動搖』之理，而妄認緣塵，隨塵分別，如

---

〔註144〕薛瑞兆，郭明志編《全金詩》，天津：南開大學出版社，1995年，第三冊，卷八七，第160頁。

〔註145〕吳言生《禪宗詩歌境界》，北京：中華書局，2002年，第157頁。

〔註146〕薛瑞兆，郭明志編《全金詩》，天津：南開大學出版社，1995年，第三冊，卷八九，第196頁。

〔註147〕薛瑞兆，郭明志編《全金詩》，天津：南開大學出版社，1995年，第三冊，卷八三，第108頁。

來遂以『心』、『境』二法辨其真妄。八還辯見，即以所見八種可還之境，而辯能見之性不可還。佛家此理論指出塵塵逐逐，為煩惱窠臼者，都是心目為咎。人心，機也。機如不息，眾生妄見，生個別與群見之異同，循聲逐色，依舊沉淪。只要心物齊觀，物我終同，方知萬象盡為能量之互變。而此能變之自性，寂然不動。

金代文士寺院遊觀詩中禪語禪典不勝枚舉，此不一一贅述。

（2）以禪機禪理入詩

除圓熟運用禪語、佛典外，金代文士對佛理的認識亦為不淺。禮佛贊佛，體現禪機禪趣作品亦不在少數。讀者從中可以看出金代詩人與佛禪的關係。

史肅《方丈坐中》：

> 紙本功名直幾錢，何如付與北窗眠。
> 詩書作我閒中地，風月知人醉裏天。
> 水底遊魚真見性，樹頭語鳥小參禪。
> 平生習氣蓮華社，一炷香前結後緣。〔註148〕

此詩證悟當下即在的生命情境。閒覽詩書，醉享風月，在水底遊魚、樹頭語鳥這些自然、自由的物象上見性參禪。「隨處解脫，應用現前」〔註149〕關注、回歸當下，在隨緣適性中領略佛法深意，達到無住生心之境。

趙秉文《少林》：

> 只麼西來坐面牆，更無一法付神光。
> 少林自有吹毛物，三十六峰如劍鋩。〔註150〕

此詩高拔峻潔，塵視萬象，破除言教，直指悟心，體現了「一切現成，本來無事」的禪學思想。玄妙莫測的佛祖境界本來就在行住坐臥、山山水水之中。不必黏滯迷戀聖境佛祖，回歸於平凡世界才是了悟。甚至也不必有了悟意念，產生新的執迷。

雪岩老人《遊圭峰草堂》：

> 竹外溪山總是泉，馬蹄無處避蒼煙。

〔註148〕薛瑞兆，郭明志編《全金詩》，天津：南開大學出版社，1995 年，第三冊，卷九九，第 384 頁。

〔註149〕〔明〕圓極居頂《續傳燈錄》，大正新修大藏經本，臺北：新豐文出版公司，1990 年，卷第十一，《棲賢澄湜禪師法嗣定山惟素山主》。

〔註150〕薛瑞兆，郭明志編《全金詩》，天津：南開大學出版社，1995 年，第二冊，卷七二，第 485 頁。

　　　　圭峰面目真如在，何必林間去學禪。〔註151〕

　　佛性遍在，圭峰自然山水處處顯現真如，只要摒除情迷自惑，以澄湛之心去感悟，就會在春水秋雲，光風霽月中領略永恆絕對的自性。佛法一切現成，真如本體遍在；佛性本來現成，禪悟主體的佛性原本自足。何必捨近求遠，入叢林參禪問道？

　　史肅《登憫忠寺閣》言僧眾移山聚土建憫忠寺閣，制作艱辛使「六丁」陰神為之愁，詩人登上層梯來此淨宇，所想的乃是「能除分外見，寸木即岑樓。」〔註152〕闡釋了應震斷知性、邏輯的鎖鏈，息機忘見，破除法我二執，遠離聖凡、善惡、美醜、大小等分別情識的不二禪觀。劉中《龍門石佛》：

　　　　鑿破蒼崖已失真，又添行客眼中塵。

　　　　請君看取他山石，不費工夫總法身。〔註153〕

　　闡釋真如理體不離棄現象界，立處皆真，萬法存在之處即體現出真實的本性，一切現成，不假他覓。參禪者應處處提撕，時時悟道。不黏滯於外物，不被外物所縛，泯絕千差，聽任自然，處於不執著，不滯礙的自由境界。

　　金代文士於寺院所寫佛理詩是詩人作為創作主體將心靈放置於寧靜幽邃的情境，在特定的自然環境、宗教氛圍影響下，產生了特定的聯想，獲得了超常感悟。詩作幽情禪理交融，以詩意化的悟道方式表達了對世界的認識與思考。

### 3. 浸染佛禪感悟的山水之美

　　文人習禪的境界高下參差不等。有的在詩中明白運用禪語、禪典，闡釋禪理，有的則將禪理禪機融於自然山水的描寫當中，如水中鹽味，色裏膠青。形意相融，滿含禪意的寺院山水詩顯現出禪門心性別樣的風光與趣味。

### （1）閒靜空寂的境界營構

　　端坐青山之下，飄然白雲之間的寺院從來都是文人心靈解脫、安頓之所。釋曉瑩《羅湖野錄》記載烏巨行禪師詩偈頌：溪聲廣長舌，山色清淨身。八萬四千偈，明明舉似人。在山光、雲影、幽泉、竹徑、月色、松濤之中澄懷觀道，

---

〔註151〕薛瑞兆，郭明志編《全金詩》，天津：南開大學出版社，1995 年，第三冊，卷九九，第 382 頁。

〔註152〕薛瑞兆，郭明志編《全金詩》，天津：南開大學出版社，1995 年，第三冊，卷九九，第 387 頁。

〔註153〕薛瑞兆，郭明志編《全金詩》，天津：南開大學出版社，1995 年，第三頁，卷八〇，第 64 頁。

將禪思禪悟融於寺院靜謐明潔、清淨淡遠的山水風物自然美的感性形式，空靈微邈，即物即真、圓滿自足，展現了觸目菩提、空閒靜寂、澄澈玲瓏的佛禪意境。讀者既可從富有畫意的美景中得到審美愉悅，又可從中探究禪趣玄理，引發出對人生和社會的深層思考。

金代文士寺院遊觀詩突出寺院山水「空閒靜寂」的主要特徵和最動人處，將佛理禪意巧妙地融合於寺院山水之中，禪境與詩境達到了美學的統一。詩人忘卻紅塵紛擾，隨遇而安，摒心絕慮，心靜如空，對寂靜清幽、絕無人間煙火氣的林泉進行般若靜觀，直覺體驗山林之樂，從而進入閒靜空寂的禪境。

眾多寺院遊觀詩描寫了這種閒靜空寂的境界。如趙亮功《甘露寺》：「鄭南峰下寺，泉石間疏篁。飛雨度山閣，閒雲生野塘。簷前松子落，廚際柏煙香。別後聞鍾磬，山陰空夕陽。」〔註154〕靜謐內斂，生機遠出。楊之修《海會寺宴集，以禪房花木深為韻，得房字》：「碧玉千竿蔭蘚牆，水聲山色近禪房。一軒疏雨僧棋靜，滿榻清風客夢長。隔葉幾聽溪鳥弄，媚盤尤覺野蔬香。賦詩把酒龍泉上，共掃餘花坐晚涼。」〔註155〕

「月白風恬，山青水綠，法法現前，頭頭具足」〔註156〕與文慶的體物超悟一樣，這些詩作自然物象靜謐明潔，完滿自足，悉皆真如、自性的顯現，並且巧融至理，蘊含佳趣，似乎不經意地表現著把握現境，隨緣任運的思想，傳達著佛語梵音，是對處處是道的體認。詩人灑落恬淡，心情怡悅，氣象平和，以無染之素心作即物即真的感悟，自然觸目會道。

（2）超越空靈的審美觀照

大乘佛法不待分析壞滅色、心諸法，而直接體達因緣所生法，如夢如幻，並無實性，洞察當體即空，即是體空觀。《心經》云：「色不異空，空不異色。色即是空，空即是色。」〔註157〕《維摩詰經·不二法門品》云：「色即是空，非色滅空，色性自空。」〔註158〕提倡修道者體悟色彩斑斕的感性世界緣起性空、遷變流轉、當體即空，以般若慧眼勘破緣生幻相，不為色相所染，保持心

〔註154〕薛瑞兆，郭明志編《全金詩》，天津：南開大學出版社，1995年，第一冊，卷九，第137頁。

〔註155〕薛瑞兆，郭明志編《全金詩》，天津：南開大學出版社，1995年，第一冊，卷二十九，第362頁。

〔註156〕〔宋〕普濟著，蘇淵雷點校《五燈會元》，北京：中華書局，1984年，第一冊，卷十五，第1013頁。

〔註157〕賴永海主編，《心經》，北京：中華書局，2010年，第127頁。

〔註158〕賴永海主編《維摩詰經》，北京：中華書局，2010年，第146頁。

境空明澄澈。金代詩人中趙秉文的詩作集中體現了由自然清景洞察當體即空。

趙秉文《重午遊冠山寺》〔註159〕一詩描繪了晉趙形勝,詩人把酒臨風,憑高送遠,夕陽萬里,長天上飛鳥裔裔,悠閒自在;地下深林冥冥,白天也像日暮般幽暗。白雲青嶂之景殆非人間所有。詩作以「明朝卻望題詩處,城樓惟見煙中竿」結尾。儘管自然清景令詩人心胸灑然,明朝回首,體會到的卻是一片虛無。彷彿昨日種種並不曾存在過,如同夢幻一般虛無縹緲,如今所能見到的,只是遠處煙靄之中若隱若現的寺院旗桿罷了。

趙秉文此類詩不僅此一首,另外如《蘭若院》〔註160〕:《重九登會禪寺冷翠軒》〔註161〕等詩作都表現了一幅清麗之景、一場賞心樂事之後立刻轉為虛無,乃是從色中悟空,從繁華中悟虛妄。

其他如楊宏道《玉泉院》〔註162〕:「雞鳴出門去,溪流醒夢魂。據鞍一回首,但見翠浪翻。」趙元《早發寶應,龍門道中有感》〔註163〕:「山僧送客行東,回首雲僚夢寐中。人語咿呦村店火,帽簷敧側石門風。伊川遠映春冰綠,少頂先攪曉日紅。為問年來幾還往,只應烏鵲識衰翁。」也體現了當體即空的思想。

金代文士所作寺院遊觀詩描繪現量呈現的清新之境和對其內在的意蘊和真諦的直覺體驗,不著痕跡地展露著詩人佛禪感悟,體現深邃的禪意,體現出其入世而出世,出世而入世,隨處作主,立處皆真,既在俗世投入必要的熱情,又在佛禪天地俯仰自得,不失本心的虛明澄澈,創造出空靈渾融的詩境。

### 4. 深受佛禪影響的藝術表現特質

在藝術表現方面,金代文士的寺院遊觀詩還通過體現佛禪精神內核的意象選擇、鋪陳誇張的表現手法、深受小乘禪數學影響的邏輯結構安排等手段使其寺院遊觀詩表現出獨特的藝術特質。

---

〔註159〕薛瑞兆,郭明志編《全金詩》,天津:南開大學出版社,1995年,第二冊,卷六七,第413頁。

〔註160〕薛瑞兆,郭明志編《全金詩》,天津:南開大學出版社,1995年,第二冊,卷七一,第469頁。

〔註161〕薛瑞兆,郭明志編《全金詩》,天津:南開大學出版社,1995年,第二冊,卷六七,第402頁。

〔註162〕薛瑞兆,郭明志編纂全金詩》,天津:南開大學出版社,1995年,第三冊,卷一〇六,第467~468頁。

〔註163〕薛瑞兆,郭明志編《全金詩》,天津:南開大學出版社,1995年,第三冊,卷九五,第328頁。

　　寺院遊觀詩是文人士大夫「身在白雲鄉」，〔註164〕，不覺「放開塵眼頓超凡」〔註165〕的產物。它常常精心描繪清澄幽寂的意境，有時在此物境中放置一個安然入眠的形象，更增加了寺院詩灌注佛理精義的豐神意趣。

　　「身外豈知真佛計，忙中聊復定心田。那堪更著瀟瀟雨，妝點清虛助客眠。」〔註166〕「寂寂鐘魚柏滿軒，午風輕揚煮茶煙。西堂竟日無人到，只許山人借榻眠。」〔註167〕詩人息卻機心，超越了俗世紛擾，安睡於午風輕揚中、瀟瀟夜雨下的禪院，沉醉於清幽闃寂之中，傳達出參禪者灑脫安詳的悟心，此安然入睡之人以及使之安然入睡之境正是圓融和諧之境的絕佳寫照。明確了斷滅妄念，獲得自性妙明真心並不在於逞弄機巧，向外馳求，而是應當迴光返照，外不著相內不動心，既不溺於斷滅空，又不黏於躁動境，從而獲得澄明心境，達到心國太平。

　　《阿毗曇心論》：「心不孤生，有數相應。」《俱舍論》「心須不孤生，必緣外境。」《雜阿含經》「法不孤生，仗境而起。」這說明必須基於一定的客觀條件才能運用禪法、感悟禪理。禪悟應講究方法，遵循一定的思維邏輯。金代有的寺院遊觀詩以景物形象指引讀者，經過潛回流轉，最終進入靜寂空明的境界，情感發展的邏輯線索清晰可辨。其抒情結構、鋪排方法分明反映著詩人身受小乘禪數學思維邏輯形式的影響。如《重午遊冠山寺》、《和琅琊萬壽寺》等詩。筆者試以傾心佛學的一代大家趙秉文《重九登會禪寺冷翠軒》〔註168〕剖析之。

　　　　北風吹倒磨雲峰，凜然雙角蟠白龍。
　　　　邊城雪花大如席，黃花紅葉誰為容。
　　　　會禪西軒作重九，登高望遠開心胸。
　　　　煙嵐卷盡暮山碧，冷雲萬里迷玄穹。

〔註164〕薛瑞兆，郭明志編《全金詩》，天津：南開大學出版社，1995年，第一冊，卷三五，第457頁，麻秉彝《題廣勝寺》。
〔註165〕薛瑞兆，郭明志編《全金詩》，天津：南開大學出版社，1995年，第一冊，卷三五，第456頁，任瀛《贈雲禪師》。
〔註166〕薛瑞兆，郭明志編《全金詩》，天津：南開大學出版社，1995年，第三冊，卷九六，第334頁，楊天衢《海會寺宴集，以「禪房花木深」為韻，得「禪」字》。
〔註167〕薛瑞兆，郭明志編《全金詩》，天津：南開大學出版社，1995年，第一冊，卷三九，第513頁，宗道《寶岩僧舍》。
〔註168〕薛瑞兆，郭明志編《全金詩》，天津：南開大學出版社，1995年，第二冊，卷六七，第402頁。

山北花豬大如馬，割鮮飲食如長虹。

酒酣起舞望兩寺，烏驚踏雪催長松。

天底日落望不盡，一徑何處來樵蹤。

君不見七金山下打圍處，貂裘風帽寒蒙茸。

跑風駿馬下平野，迎霜老兔咻榛叢。

歸來得雋詫朋友，臨風一飲輕千鍾。

歡餘勝地兩蕭瑟，百年聚散如飛蓬。

明朝卻望登眺處，城中唯見白雲封。

第一層次寫詩人為邊城壯闊蒼涼的景色所感，形成了對物境的心理需求。第二層次寫身歷山水，描寫景物。情緒由外境轉移，進入平靜狀態。詩人在第三層次客觀描繪重陽時節佛寺及周邊物境，使其以自在形式進入詩境，體現「無相」、「無知」的生命本體意義，創化出靈境。接著在第四層次從現實認識上升到理念，用理語揭示物境所蘊含的抽象意致，「顯法相以明本」，以「智渡」返照自身，得「圓常大覺」而獲解脫。最後，詩人由遊賞去慮滌煩，達到心境空明。至此，全詩以五個層次貫連一氣，構成細密嚴整、周遍圓融的境界。

這五個層次與參禪入悟的過程是相應的。尤其是詩人在俯仰顧盼之時，歡欣感歎之際，以變換的角度和手法展示了「登高望遠，開闊心胸——酒酣起舞，氣如長虹——歡餘蕭瑟，聚散飛蓬」種種情緒的張弛起伏，迂迴婉轉，細膩周到地表現了情感活動的每一步，從而具有十足的抑揚迴蕩之美。這又符合參悟過程靈活地因心因境用法的要求，而這種情感既有「心緣外境」，與形象相應相涵的一面，又有「感物而非物」，「妙盡無名」的空靈之美。

除此而外，藝術表現的手段和技巧方面，金代寺院詩有的充滿了極度誇張和奇幻想像。這與佛禪典籍運用新穎比喻、鋪陳誇張、離奇想像等手法宣揚佛理相溝通、相關聯。通過此種手法將此岸世界與彼岸世界相交融，創造瑰奇、恢弘、深沉的宗教氛圍與藝術效果。如趙秉文《登雞鳴山頂題永寧寺》：

鳥道盤雲上碧霄，渾河衣帶瞰洪濤。

閻浮國土迷花藏，忉利天宮跨妙高。

塵世幾回擒走鹿，長竿何代釣靈鼇。

打頭半世蓬茅底，九萬天風散鬱陶。〔註169〕

---

〔註169〕薛瑞兆，郭明志編《全金詩》，天津：南開大學出版社，1995 年，第二冊，卷七三，第 504 頁。

　　詩人登臨紀勝，絕頂鳥瞰，遊目四騁，窮極狀態：盤雲鳥道，直入碧霄，一帶長河，滾滾洪濤。接著借閻浮國土、忉利天宮、妙高（須彌山之意譯）、九萬天風等超自然的比喻意象和塵世擒走鹿，長竿釣靈鼇的不凡想像，重構出一個飛動神異，雄奇縱恣的世界。

　　另有許安仁《遊法輪院》：

> 太行岡嶺橫漫漫，撐空一帶雲霞間。
>
> 巨鼇背負九州島島出，重重山上復有山。〔註170〕

　　此詩作亦是以誇飾和奇想極言太行高聳峻拔，富有奇幻色彩。

　　作為金代寶貴的文化遺產，金代文士的寺院遊觀詩是值得珍視的。它代表了金代文士試圖以禪宗的心性證悟消解人生的熱望與恥辱、痛苦與無奈，治心養氣，即世間求解脫的修養方式。文人士大夫在儒家的重社會道德責任之外，在時代環境、個人境遇等因素作用之下，根據自己的人生需求，在另一個層面上選擇佛禪，用以及時排空「欲求無限」的心靈毒素，調適身心、消彌分裂與異化，回歸人的本性與良知，解決人生價值、意義問題。寺院遊觀詩是集中展示了金代文士儒佛人生觀、價值觀的文化整合與文化交融。時至今日，這一份珍貴的現實人生智慧與內在人生修養仍會給人們帶來啟發，帶來教益。

## （二）涉佛之文——敘事學視角下的金代高僧塔銘

　　金代文人士大夫與佛禪之緣，不僅表現於遊寺訪僧，以詩筆抒寫在佛禪之地體會到的身心安然的禪悅之味，還表現在出於濡慕佛禪之情，感於高僧之德，受皇帝指派或僧人請託而撰寫的高僧塔銘之中。

　　在文學與佛教關係研究領域，金代文人士大夫撰寫的釋氏志幽之文——高僧塔銘溝通金代佛教與文學的橋樑，是值得研究的一種涉佛文體，在傳達當時佛教文化特色之外體現了獨特的文學魅力。每一篇高僧塔銘，都是以高僧的宗教、實踐歷程為內容，是修行者的生命實踐史，提供了足以垂範後世的修行典範。其中的敘事成分，更能體現佛教徒葬塔銘特殊的書寫模式。

　　金代文人士大夫撰寫高僧塔銘，是在特定時代背景和歷史事實的基礎上，經由想像與藻飾，將高僧修行實踐史料選擇、安排、銜接、重建而形成富於時間次序的情節連貫起伏的生命故事。其間必須考慮史料選擇運用的標準，情節

〔註170〕薛瑞兆，郭明志編《全金詩》，天津：南開大學出版社，1995年，第一冊，卷三五，第455頁。

發展的完整性、合理性、高僧角色的塑造，控制讀者對塔主的印象等等方面，包含諸多塔銘作家的主觀因素，從這個角度而言，金代高僧塔銘是具有文學意義與價值的文本。

筆者以金代文人士大夫撰寫的高僧塔銘為研究對象，在對金代高僧塔銘數據進行彙集整理的基礎上，從敘事的角度入手，從敘事結構、敘事視角、高僧形象等三個方面來建構金代高僧塔銘的敘事研究，以和拓展金代高僧塔銘研究的多元面向，豐富金代高僧塔銘作為文學文本的價值多樣性。

1. 金代文人士大夫所撰高僧塔銘地域分布與文本流傳

根據《全遼金文》、《全金石刻文輯校》中所載，金代文人士大夫所撰高僧塔銘共有三十二篇。從現存石刻和史料看，從金熙宗皇統二年（1142）一直到元定宗元年（1246 年），金代文人士大夫為高僧撰寫塔銘不絕如縷。這反映了金代社會漸趨安定，佛教興盛，寺宇眾多，有條件為高僧刻石以頌功存史；自熙宗開始皇室接納、信仰佛教，金代皇權有限度地支持佛教發展；文人士大夫與佛教人士交流頻繁。

| 序號 | 高僧塔銘 | 作 者 | 年 代 | 出 處 | 地域分布 |
|---|---|---|---|---|---|
| 1 | 長清靈巖寺妙空禪師塔銘 | 張岩老 | 皇統二年 | 《全金石刻文輯校》35～36 頁，《全遼金文》1303 頁 | 山東長清 |
| 2 | 濟南府十方靈巖禪寺第九代住持定光禪師塔銘 | 李魯 | 皇統二年 | 《全金石刻文輯校》36～38 頁，《全遼金文》1298 頁， | 山東長清 |
| 3 | 浦公禪師塔記 | 登仕郎□□陽府□□□□ | 天德二年 | 《全金石刻文輯校》76～77 頁 | 陝西耀州 |
| 4 | 大金故慧聚寺嚴行大德閒公塔銘並序 | 劉長言 | 貞元元年 | 《全金石刻文輯校》82～83 頁 | 北京房山 |
| 5 | 遐齡益壽禪師塔記 | 馮國相 | 正隆元年 | 《全金石刻文輯校》94 頁 | 北京仰山 |
| 6 | 天竺三藏吽哈囉悉利幢記 | 耶律履 | 大定五年 | 《全金石刻文輯校》133～134 頁，《全遼金文》1723 頁 | 不詳，原文地址為「棣」，三學寺 |

| 7 | 翁同山院舍利塔記（圓覆法師靈塔） | 孫設 | 大定九年 | 《全金石刻文輯校》156～157頁，全遼金文1602頁 | 天津薊縣盤山 |
|---|---|---|---|---|---|
| 8 | 長清縣靈巖寺寶公禪師塔銘 | 翟炳 | 大定十四年 | 《全金石刻文輯校》186～187頁，（作者誤為程炳）《全遼金文》1650頁 | 山東長清 |
| 9 | 王山十方圓明禪院第二代體公禪師塔銘碑 | 邊元勳 | 大定十五年 | 《全金石刻文輯校》196～197頁 | 山西太原交城王山圓明寺 |
| 10 | 西庵院崇智禪師塔銘 | 梁朗 | 大定十八年 | 《全金石刻文輯校》227頁，《全遼金文》1708頁 | 河北張家口 |
| 11 | 汝州香山觀音禪院慈照禪師塔銘 | 鄭子聃 | 大定十九年 | 《全金石刻文輯校》232～233頁，《全遼金文》1413頁 | 河南寶豐 |
| 12 | 圓公馬山主塔記 | 張天佑 | 大定二十二年 | 《全金石刻文輯校》253頁，《全遼金文》1771頁 | 河南林州餷峪 |
| 13 | 中都顯慶院故蕭蒼嚴靈塔記 | 許珪 | 大定二十七年 | 《全金石刻文輯校》300～301頁 | 北京豐臺區 |
| 14 | 長清縣靈巖寺才公禪師塔銘 | 徐鐸 | 大定二十七年 | 《全金石刻文輯校》304頁，《全遼金文》1891頁 | 山東長清 |
| 15 | 中都潭柘山龍泉禪寺言禪師塔銘 | 祖敬（完顏璹） | 大定二十八年 | 《全金石刻文輯校》308～309頁 | 北京門頭溝潭柘寺 |
| 16 | 大安山龍泉峪西石堂尼院第二代山主超師塔銘 | 涿郡石經義藏 | 大定二十九年 | 《全金石刻文輯校》314頁 | 北京房山大安山鄉 |
| 17 | 東京大清安禪寺九代祖英公禪師塔銘並序 | 楊訥 | 大定二十九年 | 《遼東文獻徵略》金毓黻編輯 059～061頁，民國十六年七月，印刷者，吉林永恆印書局，發行者東三省各大書莊 | 遼寧省遼陽 |
| 18 | 勝嚴寺禪師塔銘 | 楊恕道 | 明昌元年 | 《全金石刻文輯校》331～332頁 | 遼寧省遼陽 |

| 19 | 濟州普照寺智照禪師塔銘 | 趙渢 | 明昌七年 | 《全金石刻文輯校》383～384 頁 | 山東濟寧普照寺 |
|---|---|---|---|---|---|
| 20 | 利州精嚴禪寺蓋公和尚行狀銘 | 趙秉文 | 承安五年 | 《全金石刻文輯校》417～418 頁，《全遼金文》2384 頁 | 遼寧凌源 |
| 21 | 石經山雲居寺故提點法師靈塔（謙公法師靈塔銘） | 趙仲先 | 泰和元年 | 《全金石刻文輯校》424 頁 | 北京房山雲居寺 |
| 22 | 汝州香山秀公禪師塔銘 | 李□□ | 泰和七年 | 《全金石刻文輯校》469～470 頁，《全遼金文》2688 頁 | 河南寶豐 |
| 23 | 中都竹林禪寺清公和尚塔銘 | 張□ | 至寧元年 | 《全金石刻文輯校》519～520 頁 | 北京房山區上方山 |
| 24 | 中京龍門山乾元禪寺杲公禪師塔銘並序（慧杲塔銘） | 樂誗甫 | 興定二年 | 《全金石刻文輯校》536～537 頁，《全遼金文》3572 頁 | 河南洛陽乾元寺 |
| 25 | 大金重修京兆府咸寧縣義安院符秦國師和尚塔碑記 | 劉渭 | 興定二年 | 《全金石刻文輯校》537～538 頁 | 陝西省杜曲鎮護國道安寺 |
| 26 | 清涼相禪師墓銘 | 元好問 | 正大二年 | 《全金石刻文輯校》558 頁，《全遼金文》3116 頁 | 山西省五臺山清涼寺 |
| 27 | 墳雲墓銘 | 元好問 | 正大四年 | 《全金石刻文輯校》562 頁，《全遼金文》3119 頁 | 河南南陽靈山報恩寺 |
| 28 | 華嚴寂大士墓銘 | 元好問 | 正大八年 | 《全金石刻文輯校》574～575 頁，《全遼金文》3118 頁 | 河南汝州普照寺、華嚴寺，廣陽大聖寺、舞陽宏教寺 |
| 29 | 告山贇禪師塔銘 | 元好問 | | 《全遼金文》3134 頁 | 山東兗州普照寺 |
| 30 | 徽公塔銘 | 元好問 | | 《全遼金文》3135 頁 | 河北成安縣元符寺。河南輝縣白雲寺 |

| 31 | 渾源州永安禪寺第一代歸雲大禪師塔銘 | 陳時可 | 丙午　元定宗元年 | 《全遼金文》3711 頁 | 山西大同 |
|---|---|---|---|---|---|
| 32 | 開元寺重公大師壽塔銘 | 宋壽隆 | | 《全遼金文》3785 頁 | 河北邢臺 |

### 2. 金代高僧塔銘的敘事結構

　　金代文人士大夫所撰寫的高僧塔銘，在敘事結構上與前代一脈相承，即並不顧及高僧個人的生命情節，而是將高僧豐富的宗教生命實踐記錄簡化並納入到已經定型的敘事結構中。在幾乎所有金代高僧成道歷程敘述結構中，都能夠看到佛陀八相成道的影子，金代文人士大夫正是經由這種模式化、典型化的敘述結構表明了高僧存在的宗教意義和歷史意義。

　　所謂佛陀「八相成道」，即佛陀以成道為中心，從始至終示現八種相狀，即示降兜率—入胎—住胎—出胎—出家—成道—轉法輪—入滅。由高僧這個敘述對象決定，金代高僧塔銘基本承襲佛陀八相成道的敘事結構高僧塔銘的敘事成分可以總結出以下幾個部分，或增或減：（一）出身世系，（二）出生瑞現，（三）形貌性格，（四）捨俗出家，（五）修持求道，（六）化度行道，（七）臨終遷化。

　　楊義認為「敘事作品……從落筆之時就已經隱隱約約或頭頭是地道感覺到，這一字一句，一節一章在全局中的位置、功能和意味著什麼。也就是說，所謂落筆，就是把作者心中的『先在結構』加以分解、斟酌、改動、調整和完善，賦予外在形態，成為文本結構。……先在結構賦予文本結構以對世界、世界的意義和形式的體驗，文本結構則以其有限的形式讓人們解讀其難以限量的潛在意義。」〔註171〕「所謂拼湊，也不是隨意湊合，而是根據作者的人間哲學和結構的內在邏輯，對四面八方、日積月累的生活素材進行幻化、深化和典型化，從而形成富有質感、生命感和文化深度的藝術形象和藝術世界。」〔註172〕佛陀乃是僧侶求法的終極典範，歷代高僧無不遵循佛陀修持佛法而成道之路不斷修證，寂滅方休。因而撰寫高僧塔銘的文人士大夫必然按照久已形成的佛陀成道過程的敘述結構規範擇取高僧求道之行實，而擇取行的實經由再加工進入塔銘寫作後，又會形成新的敘事結構，進而影響高僧形象的

---

〔註171〕楊義《中國敘事學》北京：人民出版社，1997 年，第 36 頁。
〔註172〕楊義《中國敘事學》北京：人民出版社，1997 年，第 44 頁。

塑造。從金代高僧塔銘敘事結構形態來看，並非一成不變，而是適應高僧生命個體的獨特性而適當增減協調敘事成分，敘事環節體現出參差、曲折、變化。

按照金代高僧塔銘高僧成道的故事情節敘事的結構安排，可以將其分為以下幾種模式：

（1）結構完整型

完整結構型是指高僧塔銘對高僧生前事蹟的撰述情節完整，包含上文所言八個環節，塔銘篇幅相對較長。以下以邊元勳《王山十方圓明禪院第二代體公禪師塔銘碑》〔註173〕為例。

| 敘事結構 | 金代高僧塔銘 |
|---|---|
| 出身世系 | 師青州之嫡孫，磁州之驥子也。俗姓郭氏，太原交城縣卻波社里人。家世業農，富累千金。……後值兵革，父喪母亡，居產蕩盡，師與兄俱鞠於族人。 |
| 出生瑞現 | 師生之夕，白氣充廬 |
| 形貌性格 | 髫年居圓覺邑，覽裴□序，性深信人。時與群兒牧牛郊坰，則聚砂成塔而禮，敷草為座而禪，見者無不驚異。而里人加以□境試之，調譴屢至，師終無喜慍，但呼空王佛而已。 |
| 捨俗出家 | 弱冠出俗，禮當縣汾陽裏口眾院淨慧大德為師，訓名覺□。 |
| 修持求道 | □統三年，誦經通，授僧服。詢諸耆舊，知母不死，乃哀歎曰：「吾幼不天，長□緇流，豈可終遺吾親哉。」遂誓於神明，願求母四方，不計寒暑，期必得之。不半載，行至趙，果獲母所在。時母年耆頤，寄食它人。師購負□□，菽水重歡，增輝桑梓。人謂師之孝，感動天而天弗違矣。於是囑兄終養，□下行腳。初謁定林開禪師，林舉僧問曰：「地□□之，且道彼悟處。」師云：「悟與不悟，總不干它。」林云：「實則得。」□云：「和尚眼在甚處。」林彈指□□。師云：「□將石火。」當天明遂行。至衛，禮浮圖山平禪師。一日，觀佛牙次，師□：「此何佛牙。」山云：「請尚座與它安名。」師云：「蓋天蓋地。」□便休去。又至南京法雲禪師處。一日，因雨入室，雲問：「簷前滴雨聲。」師便擷掌。雲口：「□□麼□且道落甚處。」師又擷。云云：「一夜落花雨，滿城流水香。」師云：「雲收□出時如何。」雲呵呵大笑。師作禮而出。又至東平謁普照月禪師。照問：「世尊拈花，迦葉微笑，章旨如何。」師便撼禪床。照乃豎起拂子。師口：「□□如何。」□乃掛起拂子，便出。明日，照又問：「昨日公案且止，今日事作莫。」口繞禪床一匝，便出。照云：「已有三千棒口。」師云：「□尚道甚麼。」照拈棒便打。師以手承云：「和尚年尊，恐煩神用，且容轉身通氣。」拂袖便口。照云：「只恐□是玉，是玉也太奇，別有機緣。」 |

〔註173〕王新英輯校《全金石刻文輯校》，長春：吉林文史出版社，2012 年，第 196～197 頁。

| | |
|---|---|
| | 末至靈巖寶和尚處。執侍久之，巖□：「如何是空劫前自己。」師云：「無人□得□。」□云：「□存向背，已落今時。不犯功勳，子何不道。」師擬裰對。巖云：「待汝開口，堪作甚麼。」且□。它日入室，巖口速道。師云：「向上一路，千聖不傳。」巖云：「畫餅不充饑。」自後室中多口不會。巖遷住仰山，問師：「是所□□□□□佛祖無因識得渠，汝作其生會。」師不對而出。山執之云：「汝其急口對我耶。」師云：「鶴騰霄漢出銀籠。」山□：「又向何處去。」師拱而立。山云：「子將謂別有邪。」師遂下拜。從此孜孜問道，不問寒暑，師事寶公。初□□□□仰山，終口大明。三棲叢林，曾無異意。一日，入水僚，睹掛柱香□然頓徹目。述偈曰：「大盡三十日，小盡□□十九。木人來借問，石女遙招手。四維上下雪漫漫，溪花嫩竹和煙柳。」明乃□可，洞山宗風，玉線金□□□室中最□□細。師以道望軼群，升為座首。且禪宗禮制，指□□□□綱矣。正隆五年重幾日，辭大明，時□三十有九。明以玉環贈及，其頌曰：「十年同在釣魚船，倚岸隨流但信緣。今□獨攜勾線去，萬重山裏□頭邊。」囑送達曙。 |
| 化度行道 | 至離城，遂過上黨遁跡□□山屬南北兵踞，寺中僧徒口難解散，金界祇園，鞠為茂草。師□覽勝概，訪惶止息。芟梗疏泉，頓還舊貫。六年，鄉中淄素願開發耳目，拳拳懇請。師因感睦州省母，翻然而來棲息是山。未久，訪道之士雲臻鱗集，罍魚粥鼓。香雲燈月，儀設具備。□□法味，無不厭飫。是刹創自漢乾佑間，續有信公開山於皇統，雖粗加增修，而未有名額。大定二年，朝遷賜號曰十方圓明禪院。師為營建普光堂、明秀軒、觀音西堂、牲壽僚、涅槃堂，甃門膏腴幾三百畝。五年，受太原府運官債、僧道錄疏請出世，為國開堂。續受汾陽節使烏公之請，兼領天寧禪寺。是刹乃無業佛院之故基，至師十三代也。歷□年深，淨土蕪沒。師盡志竭力，□故為新，刻塑瑞像及觀音三士，盛為莊嚴。觀□□自河東禪客罕遊之地，專尚講學，所謂北律者也。自師倡導，汾晉禪流可與江左比。 |
| 臨終遷化 | 復十一年，退居天寧。十三年七月，有僧智□者，欲遷治開山信公先師靈塔。師笑謂曰：「且止，候九□，當與予同葬。」至九月二日，果□成，沐浴跏趺而逝。留偈頌曰：「住世五十三年，更無一法留傳。誰信強名曰道，又言玄之又玄。入海泥牛消息斷，嘶風木馬我不然。」茶毗之日，白雲滿山，香風馥郁，現舍利無數。十五日，門人建舍利塔，面院西□□以□□之側□公亦預焉。從治命也，壽五十三，僧臘三十四。嗣法二人，曰圓光、善□。□眾九人。董華岩、般若二會，問道者二千餘人。有《語錄》一編，《華岩規兼帶集》一編，現行於世。 |

這樣一篇幅較長的高僧塔銘，嚴格承襲佛祖八相成道的敘事結構，從高僧出身、出世、出家、學法、化度到臨終等模式加以敘述，呈現了高僧不同於世俗社會的求道者形象。塔銘開頭交代覺體禪師的出身世系「父喪母亡，居產蕩盡，師與兄俱鞠於族人」，這說明塔主是平凡之人，沒有出身優勢，聯繫到後來的得道情節，就起到了警醒後世凡夫俗子法可以學，亦可以經經修行而成聖。接著敘述出生瑞現「師生之夕，白氣充廬」，這不凡的徵兆顯現覺體禪師

與佛教因緣前定，這種宿命式的緣分更易於激發信眾的共鳴，同時也便於展開以後的情節。覺體禪師不凡的出生徵兆與後來的修持求道之間形成了因與果的關係。上文對覺體禪師「性深信人」、「聚砂成塔而禮，敷草為座而禪」的心性描述，與其出生瑞現一道證明了覺體的生命特質——慕佛向道。之後一系列情節果然按照既定軌道發展了，覺體捨俗出家，將心力付諸求法之實踐修持求道。在求道這一環節出現了鬥機鋒和口占偈頌，證明覺體修行得法的境界，而覺體這些頗具神秘性的師徒對答和成道偈、示法偈呈現了般若智，具有啟發學人，警示世人的效果。化度行道是覺體禪師證道後普度眾生，追求完滿的體現。最後覺體預知自己歸期，留下遺偈。圓寂異象的描繪又證明了覺體的道果。這篇塔銘敘述了凡俗之人歷經修行終能成聖的故事，結構完整，情節安排緊密，環環相扣。

由於篇幅較一般塔銘為長，作家可以從容地在重點情節上將敘事速度變慢，描述因之會愈加細緻，使事件愈加完整，高僧特質就愈加鮮明突出。邊元勳這篇塔銘，從出生世系到臨終遷化，情節的每個節點都有詳細描寫，加上神異情節的描述，使塔銘更增添了吸引人的力量。

《中都竹林禪寺清公和尚塔銘》〔註174〕，登仕郎□□陽府□□□□《浦公禪師塔記》〔註175〕都屬於這種類型。

也有的塔銘將高僧生命歷程壓縮得極為簡略，每一階段都稍加敘述，並不展開，雖然情節結構完整，但造成高僧形象並不鮮明突出。如《大安山龍泉峪西石堂尼院第二代山主超師塔銘》〔註176〕：

> 法名善超，姓劉，武清縣田口里人。年二十九落髮，禮都城五華院開座主為師。皇統中，登戒品□花□□□□□明□觀清安大士，輔弼臨潢先山主益師，開山建院，助力居多。大定二十四年三月二十六日，以疾示化於西石堂院，壽八十有五。具戒門人圓通，為師崇建石塔，以藏靈骨於本院之陽。嗚呼！山主平生謙光老實，仁愛慈恕。山居五十餘年，誠諦之操，初無改節。此由天縱，不假外飾而已。於是，歸崇者浸廣，信向者弘多。其於荷眾精勤，惟恐行願不備。故得山門整飭，日愈月隆。門人圓通，繼主院事，慎終如始，

---

〔註174〕王新英輯校《全金石刻文輯校》，長春：吉林文史出版社，2012年，第519頁。

〔註175〕王新英輯校《全金石刻文輯校》，長春：吉林文史出版社，2012年，第76～77頁。

〔註176〕王新英輯校《全金石刻文輯校》，長春：吉林文史出版社，2012年，第314頁。

或轉茂於前。次門人圓信、圓明、圓行，皆蚤世。義藏瞻風峭行為
久。銘曰：……

這篇塔銘引人注意之處在於情節順序的變化，將塔主性格放置於一生簡
略行跡之後，對形象刻畫不無裨益。這表明只要能順應人物、情節的內在有機
聯繫，塔銘是可以適當調整敘述結構的。像這樣運用補敘完善人物形象塑造的
敘述方式，較為典型的塔銘還有元好問《清涼相禪師墓銘》〔註177〕。相禪師
關於身處亂世而外生死之論以及因路峻石滑身陷危境而能以「學禪四十年，腳
跟乃為石頭所堪」之語徐徐應對，確乎凸顯了高僧風神。

另外，金代文人士大夫所撰寫的高僧塔銘與僧侶撰寫的塔銘略有不同。除
了上述提到的三篇，其餘皆不敘出生瑞現，而代之以幼有佛緣；還有多篇提到
高僧能預知死期，示寂時有祥瑞，中間求道、傳法化度情節偶有神異描寫，即
便如此，這類情節也有不同程度的弱化。這也許說明儒家知識分子雖然多不承
認高僧生來非凡，卻能以歷經修行得成道果表達對佛教信力的期待，並迎合、
吸引世俗大眾。

### （2）重修持求道型

趙秉文《利州精嚴禪寺蓋公和尚行狀銘》〔註178〕在極短的篇幅中集中在
圓蓋禪師棄律而禪，隱居求法方面，其他部分一帶而過，顯然甚嘉修持求道的
志行：

> 張其姓，諱圓蓋，永昌阜俗人。十九棄俗而僧，甘棄律而禪，
> 參玉泉名公□安寶公。以機緣不契，退而歎曰：「大丈夫擔荷佛祖未
> 生前大事，直須全身放下始得。」遂退居靈巖佛髻山，結茅棲隱者
> 數載。山空無人，以水流雲飛為受用。久之，梅子將熟，詣北京謁
> 微公求證。公初不許，既而不參而參，無得而得。一日，舉黃龍心
> 正不妄動話，師以頌舉，似有鐵樹開花之語。公曰：「可矣，汝其行
> 乎！」大定六年，始開堂於精嚴，繼席松林靈感。明昌六年五月，
> 預告終期，跏趺而逝。荼毗之日，瑞彰舍利，戒定力也。俗壽六十
> 有四，僧臘三十。師行峻而方，故學者遵其道而憚其律，所居不過
> 一二載，尋返歸隱，晚得瓊嗣。銘曰……

〔註177〕閻鳳吾編《全遼金文》，太原：山西古籍出版社，2002年，第3116頁。
〔註178〕王新英輯校《全金石刻文輯校》，長春：吉林文史出版社，2012年，第417～
　　　　418頁。

其他如趙渢《濟州普照寺智照禪師塔銘》〔註179〕言智照禪師，祖敬（完顏璹）《中都潭柘山龍泉禪寺言禪師塔銘》〔註180〕政言禪師，徐鐸《長清縣靈巖寺才公禪師塔銘》〔註181〕惠才禪師，他們雲遊四方，求師問道。在成道過程中，師徒之間接機問答，機鋒迅捷，聞所未聞，使人人心服。所述之多首開悟偈和示法偈富於理趣，燦然照人，又云其著錄豐富，皆行於世，能充分表明禪師達到證悟，又有啟發、激勵、點醒世人，傳播佛教的功效。

（3）重化度行道型

金代高僧塔銘中高僧化度集中於像教、遜讓等方面。高僧傾盡所有，竭力苦行營建寺宇，增光祖焰，以成像教；不貪圖名利，再三辭讓住持之位，歸隱山間。這是踐行佛教捨我利他的精神。張天佑《圓公馬山主塔記》〔註182〕性圓禪師是其中典範。尤其是應法溫之請，著力改變寶嚴寺凋敝蕭索狀況後，面對舊僧志泉等人拂法溫獻寺之旨，詣民曹而毀其施之舉動，能做到犯而不校，歸讓數四，不與相爭；歷經艱辛，完葺嘉祐院，訪求師德；十餘年行監寺之職，廉潔自律，無一錢中飽私囊……化度行道，德範垂之後世。相對而言，其修持求道這方面就敘寫簡略。這是為了突出高僧德範，而將敘述重點有目的有意識的轉移的結果。

（4）突出個體特色型

有時塔銘作家並不需要在篇幅短小的塔銘中對敘述塔主一生宗教實踐經歷孜孜以求，更高明的敘述策略是通過選取特殊事蹟、重要貢獻，以突出特色的方式凸顯僧侶形象，通過著力經營，使之更鮮明，更動人。

元好問撰寫的《墳雲墓銘》，主要敘述了釋法雲在饑荒年月守護贍養雙親，突出了「孝僧」的特色：「南陽靈山僧法雲，往在鄉里時，已棄家為佛子。遭歲饑，乃能為父母輓車，就食千里。母亡，廬墓旁三年，號哭無時。父歿亦然。山之人謂之『墳雲』，旌其孝也。元光二年冬十二月夜中，僧給詣師求講《法界觀》，明旦出門，見庵旁近雨雪皆城華，大如杯碗狀。居民聞之，老幼畢集，其在磚瓦上者，皆持去。文士為賦詩道其事。又山之東水泉不給用，講學者患

---

〔註179〕王新英輯校《全金石刻文輯校》，長春：吉林文史出版社，2012年，第383~384頁。

〔註180〕王新英輯校《全金石刻文輯校》，長春：吉林文史出版社，2012年，第308~309頁。

〔註181〕閻鳳梧編《全遼金文》，太原：山西古籍出版社，2002年，第1891頁。

〔註182〕王新英輯校《全金石刻文輯校》，長春：吉林文史出版社，2012年，第253頁。

之。一日，寺西岩石間出一泉，眾謂純孝之報也。世之桑門以割愛為本，至視其骨肉如路人。今師孝其親者乃如此！然則學佛者亦何必皆棄父而逃之，然後為出家邪？……」〔註183〕故事相當短，卻是高僧塔銘中少見的單一從「純孝」的角度彰顯了僧侶德範。而法雲的形象也經由「純孝」這種精神變得富於意蘊和光彩。讀者不會再注意法雲的師承，門派，弟子，而只會將「純孝」的印象留存於腦海中，難以忘懷，這無疑會對其產生示範作用，這樣塔銘就起到了使信眾向善之目的。而作家元好問也藉由此傳達了儒家學者的觀點，即希望沙門孝親，以適應中土人情。

另有張天佑所撰《圓公馬山主塔記〔註184〕》集中筆力敘寫性圓禪師富有才幹，廉潔不爭；劉渭所撰《大金重修京兆府咸寧縣義安院符秦國師和尚塔碑記》〔註185〕則突出高僧道安博物多聞，深識遠見。

綜合以上分析可知，金代高僧塔銘中的塔主一生宗教實踐經歷較少曲折，因而塔銘敘事情節比較單純，常常按照時間順序依次展開，形成連貫的故事。從敘事結構整體而言，完全可以簡化為解脫和化度兩個層面。解脫是指高僧舍俗出家，求道修持，化度則是高僧弘傳佛法，普度眾生。這兩者充分體現了高僧最重要的生命特徵，成為高僧塔銘基本敘述元素。讀者看到金代高僧塔銘，就會憑藉已有的閱讀經驗對其產生相應的閱讀期待視野，並在閱讀行為中與塔主的宗教實踐情節進行比照，進而對高僧這一群體，而非個人，進行宗教性、文學性解讀，自覺或不自覺地領會高僧們的精神示範作用。

### 3. 金代塔銘的敘事視角與敘事時序

敘事視角是研究敘述性作品一個重要關注點。在敘事性作品中，「視角指敘述者或人物與敘事文中的事件相對應的位置或狀態，或者說，敘述者或人物從什麼角度觀察故事。」〔註186〕視角的意義在於它是「一個敘事謀略的樞紐，它錯綜複雜地聯結著誰在看，看到何人何事何物，看者和被看者的態度如何，要給讀者何種『召喚視野』」〔註187〕作為敘事性作品，金代文人士大夫所撰寫的高僧塔銘是通過描寫高僧一生宗教實踐經歷來達到勉勵後進，教化信眾，以

〔註183〕閻鳳吾編《全遼金文》，太原：山西古籍出版社，2002年，第3119頁。
〔註184〕王新英輯校《全金石刻文輯校》，長春：吉林文史出版社，2012年，第253頁。
〔註185〕王新英輯校《全金石刻文輯校》，長春：吉林文史出版社，2012年，第537～538頁。
〔註186〕胡亞敏《敘事學》，武漢：華中師範大學出版社，2004年，第19頁。
〔註187〕楊義《中國敘事學》，北京：人民出版社1997年，第191頁。

教輔政的目的，所以塔銘作家是以其特定的敘事視角，通過不同的敘述方式，組織那些與高僧求法、行道等相關的情節，化為完整的高僧宗教實踐故事，塑造高僧有道者的形象，傳達道德評價。即便塔銘作家總是力圖以中正、客觀、節制的話語敘述故事，但這些敘事視角、敘事方式、對高僧的評價，作家對佛教的態度等等，都不可避免會帶上諸多塔銘作家主體的因素，影響著塔銘呈現，因而有必要瞭解、分析塔銘作家包括敘事視角在內的敘事策略。

### （1）敘事視角

胡亞敏將敘事視角的類型劃分為非聚焦型，內聚焦型和外聚焦型。非聚焦即零度聚焦，敘述者全知全能，可以從所有角度觀察被敘述的故事，並可以任意移動位置，通常稱之為全知視角。內聚焦則是敘事者作為故事中的人物，身處故事之中，從其一人或幾人的視角展開故事，這種視角也被稱為限知視角。外聚焦型視角是敘事者嚴格從外部角度客觀呈現故事、人物、環境，缺乏人物思想、情感的表現，也可以稱之為客觀視角。〔註188〕

金代文人士大夫所撰寫的高僧塔銘往往採取第三人稱全知視角來敘述故事，敘述者的視角不受限制，可以從任何一個角度觀察所敘述的故事，把握人物所作所為、所思所感因而可以全面展現高僧一生修行實踐。但是，塔銘的敘事視角並非一成不變，而是隨情節轉換進行視角的相應轉變，以增加高僧塔銘的藝術表現場域。個別片段運用限知視角，使讀者隨著人物的視點來推展故事，這樣敘事視角就更具有延展性。金代文人士大夫寫作的高僧塔銘中，敘事者就常常會直接介入文脈，中斷故事，對高僧進行個人言行的評論；或將其作為敘事者身份隱藏起來，通過操縱故事、塑造人物、強化敘事話語等種種手段，評論高僧行誼。塔銘作家通常很少描寫人物心理活動，一般經由敘事者這個中介進行描述，或以人物自身的言行舉止來表現其性格。以下分別加以論述。

### ① 全篇第三人稱非聚焦型

受塔銘文體的規約，金代高僧塔銘在視角的運用上一般採用第三人稱非聚焦型。有的塔銘整篇一以貫之，沒有視角的轉換。以下以翟炳《謙公法師靈塔銘》〔註189〕為例加以評析。

這篇塔銘按照塔銘的結構模式先從謙公禪師的出身世系著筆，然後寫其

---

〔註188〕胡亞敏《敘事學》武漢：華中師範大學出版社，2004 年，第 24～36 頁。
〔註189〕王新英輯校《全金石刻文輯校》，長春：吉林文史出版社，2012 年，第 424 頁。

形貌性格：「自童稚間，不留鬘髮，天賦淵靜，性樂空門。」〔註190〕這些描寫暗示了塔主與佛門因緣。因父母察覺他異於常人，准許其於石經山雲居寺出家，禮禪師坦白上人為師，訓法名義謙。「十五歲受戒，下後隨方德習妙悟。講經說法，聽者忘歸。看《華嚴經》百部，寸陰不輟，中年以來，參禪入道，遇柏山寶老，禪教雙通。」〔註191〕謙公法師求道修持非常勤勉，且沒有門戶之見，順應時代潮流，禪教都有相當的造詣。在化度行道階段，「師至日，改律為禪，罄巾錫衣，口化隨心。施者重修廊宇，別建僧庵，西序東廚，煥然頂新，皆參道力，特誘惑華嚴。經邑門徒，眾僅數千，供給齋糧，未曾有闕。香廚飲膳豐餘，安居二九載矣。法師高超凡聖，平昔無分文貯蓄。」〔註192〕謙公以華嚴禪法度人，且品格清廉，得到信眾崇信。後忽示微疾，留偈而逝。

　　塔銘作家敘謙公禪師之事，從頭至尾是從第三人稱非聚焦型的視角進行書寫，敘事者全知全能，掌控著整篇塔銘的敘事脈絡。這樣的情況在金代塔銘作家創作的高僧塔銘中不在少數。

　　② 局部第一人稱內聚焦型

　　金代高僧塔銘雖然一般在敘事視角方面整體上採用第三人稱非聚焦型，但在行文中會根據實際情況局部採用其他視角類型。以下分析局部第一人稱內聚焦型的視角運用。

　　元好問《清涼相禪師墓銘》〔註193〕先以第三人稱非聚焦型的視角類型將宏相禪師一生行止按照時間順序敘述完畢，接著作家又補述自己與宏相禪師之間的交集。「初予未識師。有傳其詩與文來者，予愛其文頗能道所欲言，詩則清而圓，有晚唐以來風調，其深入理窟，七縱八橫，則又於近世詩僧不多見也。及其登堂，香火間有程沂州戲名幡，問之侍者，云：『師與程遊甚款，歿後歲時祀之。』予用是與之交。嘗同遊蘭若峰，道中談避寇時事，師以為凡出身以對世者，能外生死，然後能有所立。生死雖大事，視之要如翻覆手然，則坎止流行，無不可者。此須從靜功中來，念念不置，境當自熟耳。」此部分文中時有省略主語「予」的現象，卻經由自己的視角敘述與宏相禪師神交、相識、交遊、談說生死大事，肯定其詩文水平，讚賞其詩文特色。這是作者元好問作

〔註190〕 王新英輯校《全金石刻文輯校》，長春：吉林文史出版社，2012 年，第 424 頁。
〔註191〕 王新英輯校《全金石刻文輯校》，長春：吉林文史出版社，2012 年，第 424 頁。
〔註192〕 王新英輯校《全金石刻文輯校》，長春：吉林文史出版社，2012 年，第 424 頁。
〔註193〕 閻鳳吾編《全遼金文》，太原：山西古籍出版社，2002 年，第 3116 頁。

為敘事者加入了敘事,目的是通過自己的視角塑造宏相禪師形象。此時敘事者與作家達到了暫時的統一。

敘事性作品在實際的行文操作中採取的視角類型的轉換,被稱為視角的流動。在塔銘這種敘事性文體中,作家有時根據行文的需要轉換視角類型。這篇塔銘緊接下來就用同行登山人的第三人稱內聚焦型視角敘述相禪師遇險而自若,印證他所談說的佛理。敘述這個情節之後又回到第一人稱內聚焦型視角,寫自己得到相禪師邀請習靜度夏,卻聽到了師歿的噩耗,「惜予欲叩其所知而不及也」。〔註194〕依據傳達了尊敬、惋惜和懷念的心情。這樣,《清涼相禪師墓銘》就有了視角的流動,提高了塔銘的藝術表現力。

張天佑所撰的《圓公馬山主塔記》敘事過程常常中斷,作家以敘事者的身份對高僧的言行進行了多次評價:「寶公倚賴如此,師未嘗有矜色。……監寺十餘年,財物過手豈可數計?……奈何師於拈錘豎佛之事終非所願,其於韜光穢跡,苦己勞形,躬自化導,以贍清眾,樂然為之,蓋本志也。……師素喜舍,犯而不校,肯與渠爭?……是能革故鼎新,終成先父之志;迴光返照,即契古佛之心。苟無改轍之□,豈有效顰之□?……真大丈夫之灑脫也……」〔註195〕這些在敘述性圓禪師言行之後所發出的議論,雖然沒有人稱,但明顯是塔銘作家張天佑作為敘事者發出的,是敘述者的聲音,是「吾見」、「吾以為」。這些觀點、評價揭示了性圓禪師高尚的志行和德範,飽含作者即敘述者的感情,為塔銘增添了感染後學和信眾的效果。

③ 局部第三人稱內聚焦型

元好問《清涼相禪師墓銘》一文有部分採用了第三人稱內聚焦型視角,在敘述了宏相禪師與元好問在登山路上談論對生死大事的看法,宏相禪師闡明自己的觀點之後,接著敘述由於是雪後登山,石峻路滑,宏相禪師翻折而墜,直下數十尺,「同行者失聲而莫能救」,幸有大樹阻礙才沒有出事。而相禪師「神色自若,徐云:『學禪四十年,腳跟乃為石頭所勘。』聞者皆大笑,然亦歎『境熟』之言,果其日用事而不妄也!」〔註196〕這段敘述又是一個變化了的視角,即同行者的視角。從同行者的視角看相禪師遇險而神色自若,完全不受驚擾,

---

〔註194〕閻鳳吾編《全遼金文》,太原:山西古籍出版社,2002 年,第 3118 頁。

〔註195〕王新英輯校《全金石刻文輯校》,長春:吉林文史出版社,2012 年,第 253 頁。

〔註196〕閻鳳吾編《全遼金文》,太原:山西古籍出版社,2002 年,第 3116 頁。

甚至以幽默之語待之。這樣就從同行者這第三人稱內聚焦型視角突出了相禪師的禪者風範，更好地完成了相禪師的形象塑造。

另外，元好問《告山贇禪師塔銘》也採用了這種視角進行敘述。這篇塔銘的塔主告山贇禪師與作家元好問並無交集，元好問是應好友汴禪師之請為其師作文。因為從無交誼，元好問沒有採用全知全能的非聚焦型的視角，而是在整個文章的大部分大膽採用了第三人稱內聚焦型的視角，是由與作家交好的汴禪師向敘述者敘述贇禪師的行實，評價其師性格，並請託元好問撰寫塔銘，而元好問也根據汴禪師的孤峻自拔，必來自其師的理念寫下了贇禪師塔銘。

④ 局部第三人稱外聚焦型

《大安山龍泉峪西石堂尼院第二代山主超師塔銘》是部分採用第三人稱外聚焦型視角的典型。這篇塔銘以極快的敘事速度客觀地概述了善超禪師一生行實，刻意隱藏了敘事者的聲音，幾乎沒有主觀性的敘述：「法名善超，姓劉，武清縣田□里人。年二十九落髮，禮都城五華院開座主為師。皇統中，登戒品□花□□□□□明□覩清安大士，輔弼臨潢先山主益師，開山建院，助力居多。大定二十四日三月二十六日，以疾示化於西石堂院，壽年八十有五。……」〔註197〕這段敘述行文匆匆，只是平實道來，如同檔案裏的枯燥的記錄，不帶有任何評定之意。讀者閱讀至此，對塔主留下的印象無疑是模糊的。而下文就運用了第三人稱內聚焦型的敘事視角敘寫了塔主的性格，評價了他的德行，由此讀者才會對塔主的形象漸次清晰。

（2）敘事時序

歷史是敘事行動與敘事內容結合，透過時間的可斷性而連續出來的圖景，而這些敘事行動與敘事內容應該還可以根據需要從不同的點做不同的聯結，以形成不同的歷史圖景。那麼，現存的歷史記載就不是唯一的事實了。從這個角度而言，歷史也是一種創作，其中必隱含作者因素和人為建構因素，這打破了一貫的歷史觀。

敘事文本中的時間可以稱為敘事時間，而故事發生發展的自然時間可以稱為歷史時間。敘事文本中的時間是不同於歷史時間的。作家可以通過不同排列組合方式將歷史時間重新安排、組合，轉化成為敘事時間。這樣敘事性作品中就會出現多種時間組合方式，因而形成順敘、倒敘、插敘、補敘、預敘等不同的敘事時序。

---

〔註197〕王新英輯校《全金石刻文輯校》，長春：吉林文史出版社，2012年，第314頁。

　　高僧塔銘作為敘事性文本，必然存在按照時間順序而連貫形成的因果關係，高僧的一生一般並非作家親眼所見，而是塔銘作家站在現在的時間點，串連高僧過去的歷史，過去的言行，虛構、加工以而成的。對於歷史人物所進行的理解、建構和描寫，都與作家對敘事時序的騰挪調度密切相關。

　　金代高僧塔銘一般都是按照時間先後順序安排、展開情節，塔主從出生到遷化，每一結構點與其他前後的結構點之間都具備時間上的連貫性。但是仍有作家匠心獨運，突破順敘刻板單調的敘述時序，將時序打亂，穿插調度，形成活潑跳脫的敘事節奏，其中最為常見的敘事時序是倒敘、補敘、預敘。

　　① 倒敘

　　倒敘就是倒轉敘事時序，金代高僧塔銘最常見的倒敘就是將塔主圓寂之環節提至文章開頭。例如張岩老《長清靈巖寺妙空禪師塔銘》〔註198〕文本開頭先敘述門弟子禮源等葬妙空禪師於本山之西，接著敘述禪師受信眾崇奉的盛況，此後再依次敘述妙空禪師的出身—形貌—出家—修行—化度—遷化等整個生命過程。這樣倒轉敘事時序，一則交代了寫作塔銘的緣起，是因「熟師之貌，愛師之義」，又因「師名聞（下缺）緇素迎送者，肩摩接踵，光顯宗門」妙空禪師是一方名僧，深受崇信，值得尊敬。二則也激發了讀者的好奇。這樣一位道價甚高的禪師究竟是何來歷，有何德範，如何修行，如何證道等等，都會引發讀者關注。李魯敘述《靈巖寺定光禪師塔銘》也是以定光禪師寂滅，寺內僧眾「共念先師疇昔交契之厚，誰如公者？」應侍者請託而寫下塔銘。一般只要是開頭交代受人請託而寫作塔銘，都是倒轉了敘事次序。

　　② 補敘

　　補敘是先按照時間順序將塔主從出生至遷化過程敘述完成之後，再追敘塔主曾經的某事，一般起加強塑造塔主形象的作用。這類情節通常以「初」、「又」引出，有時也不寫。李魯《濟南府十方靈巖禪寺第九代住持定光禪師塔銘》〔註199〕就是將定光禪師從出生至遷化過程敘述完成後，詳細補敘了定光禪師夙出佛門，性不積財，待人以誠等等情節，將形象塑造得更豐滿。《大安山龍泉峪西石堂尼院第二代山主超師塔銘》〔註200〕也是如此。

〔註198〕王新英輯校《全金石刻文輯校》，長春：吉林文史出版社，2012年，第35～36頁。

〔註199〕王新英輯校《全金石刻文輯校》，長春：吉林文史出版社，2012年，第38頁。

〔註200〕王新英輯校《全金石刻文輯校》，長春：吉林文史出版社，2012年，第314頁。

③ 預敘

預敘是通過某些宿命般的情節暗示人物未來。塔銘中有許多這樣的預敘。其原因大概是塔主是佛教高僧，為了證明其夙有佛緣，所以用出生瑞現、圓寂異象、預知大限、向人託夢、特殊經歷等等充滿隱喻意味的情節，顯示高僧生命個體的高遠的精神走向以及與世界的某種神秘聯繫，使高僧神聖化，提升塔銘的思想空間，激發信眾的興趣和共鳴，起到促進佛教傳播的效果。

塔銘中高僧的出生、形貌性格的描寫都異於凡俗之人，這樣的描寫具有發展情節的功能，預示著他們慕佛向道，與佛契合，最終會走上修行證道之路。《中都竹林禪寺清公和尚塔銘》：「母趙氏夜□夢異僧錫食，用己腹娠從生。自幼戲不群，多眠少語，不茹葷腥，口觀聖教，掌而藏之，令效藝業殊無所從。」慶清禪師出家、修行、化度、遷化，留下遺偈：「三十二年電掣了無，一法施設口須更話。玄微只與諸方無別，臨行踢碎虛空匝地。清風（下缺）」[註201]高僧出生瑞現、形貌性格與修行證道有著因與果關係，兩者結合起來，構建了緊密的敘述結構。臨終偈頌體現了高僧了悟佛法，生命境界與道合一。

高僧能預知自己的歸期，事先做好安排，圓寂之前從容不迫，留下證道的遺偈，這是他們了悟佛法的證明。《濟南府十方靈巖禪寺第九代住持定光禪師塔銘》定光禪師塔銘對自己將逝世有強烈預感。「野蜂集於寢室，鴉鵲百數，悲鳴上下。暑氣炎猛之時坐化，居六日，仍如始逝。茶毗得五色舍利百餘粒。」[註202]其前身乃是靈巖寺延珣禪師，塔銘有「意捨浮華，情耽定慧」之語，與故人孫力智彥周夢中所見相符：「師故人孫力智彥周聞師示滅，亟走諸山，宿道中，夢師若平生，來告曰：『山僧兩來靈巖矣。』即指其藏骨所在。驚寤，見□□□光燦然，移時方滅。既抵寺，僧或告寺有故延珣禪師塔，其銘文有『意捨浮華，情耽定慧』之語，良符彥周之夢」。[註203]

元好問《徽公塔銘》作家作為敘述者，敘述了自己在徽公圓寂之前遊冠山大覺寺，聶帥庭玉指似予：「此寺即徽上人落髮處也。渠已老，故瞻枌榆，有終焉之志，且夕往迎之矣。」時殿後一大松，盤礴偃蹇，高出塵表，予拊而愛之。庭玉又言：「此松先有虬枝，及地而起，畫工往往貌之以為圖。此夏忽為大風所折，松今非向比矣。」予私念言：「成都石筍折，隨有當之者。上人其

〔註201〕王新英輯校《全金石刻文輯校》，長春：吉林文史出版社，2012年，第520頁。
〔註202〕王新英輯校《全金石刻文輯校》，長春：吉林文史出版社，2012年，第38頁。
〔註203〕王新英輯校《全金石刻文輯校》，長春：吉林文史出版社，2012年，第38頁。

不歸乎？」及到大名，而師之逝已三日矣。這是以松樹虯枝被大風吹斷，預示了澄徹禪師的遷化。

《王山十方圓明禪院第二代體公禪師塔銘碑》寫到覺體禪師預知自己的歸期：

有僧智□者，欲遷治開山信公先師靈塔。師（覺體禪師）笑謂曰：「且止，候九□，當與予同葬。」至九月二日，果□成，沐浴跏趺而逝世。〔註204〕

此類情節的敘述，令讀者油然而生神秘莫測的感受，加之信眾固有的前生觀念，必然對此報以相信的態度，進而激發佛教信仰。

以目前所見，金代文人士大夫創作的金代高僧塔銘中尚沒有插敘這種敘述時序的運用實例，暫不論。這種現象也從某種角度證明了金代高僧塔銘行文章法上具有固定模式，其穩定性不會被隨意突破。

### 4. 金代塔銘中的高僧形象

金代文人士大夫創作的高僧塔銘是為了以教輔政，勉勵後覺，激發信眾。在這種寫作目的的支配下，必須向大眾提供一個值得仿傚的宗教家的生命典範。文人士大夫以僧侶為寫作對象，通過敘述高僧的出身世系，形貌、性格特徵，伴隨瑞現的出生、捨俗出家，修持求道，化度行道，臨終遷化等等一系列宗教生活實踐歷程，加入虛構、想像等藝術手段，致力於刻畫佛陀法教的踐行者——高僧的聖者形象。如此看來，塑造高僧典範就成為塔銘最為重要的任務。塔銘是否成功的關鍵就在於人物典型的刻畫是否生動。

就人物敘事而言，金代塔銘中塑造的高僧形象有的與前代高僧形象一脈相承，有的則反映了金代高僧特有的質量。本文以下就從人物敘事的角度，首先探討金代塔銘作家塑造高僧形象的藝術手段，其次按照高僧呈現的求法、化度等行為的差異和特色，將高僧劃分出若干類型。

### （1）塑造高僧形象的藝術手段

在敘事性作品中，作家塑造人物形象，通常是通過描寫人物的外貌、性格、思想、語言、行動、心理等手段。受塔銘這種文體所限，金代高僧塔銘幾乎涉及不到人物心理描寫。所以，根據金代高僧塔銘文本的實際情況，分為如下幾個方面加以討論。

### ① 外貌形象描寫

塔銘是釋氏志幽之文，無論是所志之人，還是所志之文，都與佛教密切相

〔註204〕王新英輯校《全金石刻文輯校》，長春：吉林文史出版社，2012年，第197頁。

關。文人士大夫寫作塔銘，描繪高僧外貌形象的時候必然牢記這一點。佛教認為外在之相表現內在修行功德。評價、判斷佛徒修持成就位階的標準之一就是「相好莊嚴」的程度。作為功德圓滿的最高體現，佛典中對佛陀的外貌描寫就表現出身色端嚴的特徵，還呈現三十二相八十種好。其他佛菩薩也被描寫為「相好莊嚴無等倫」。此外，中國自古以來就認為人物的外貌與其精神是緊密相連的，是人物精神的外在體現，並由此形成了形神觀。品評人物的時候由「形」而觀「神」，描繪外貌的時候也注重表現人物的風神。由於受佛教文化和中國審美文化雙重影響，金代文人士大夫在描述高僧形象的時候，總是力圖將高僧的外貌與其內在的修行功德聯繫在一起。

金代高僧塔銘常常在交代塔主出身家世之後描繪人物的外貌形象。其目的是為了表現高僧的性格，因而雖然對此沒有精雕細刻，卻能通過不多的筆墨反映出高僧性格特點，令讀者印象深刻。如果高僧形貌殊異，必然特別加以強調，以此襯托塔主獨特的性格特質，雖然僅僅勾勒幾筆，著墨不多，卻使讀者印象深刻。

例如：普照寺智照禪師「顏貌奇偉，器宇宏廓」〔註205〕，靈巖寺定光禪師「姿貌魁偉」〔註206〕靈巖寺寶公禪師「師自童卯，挺立不群，骨相有異。」〔註207〕性圓禪師「堂堂然七尺之偉，眉宇俊秀，風姿峻整」〔註208〕

由於撰寫塔銘的金代文人士大夫大多並不與所撰之高僧有直接接觸，所以基本沒有涉及到直接的外貌描寫，卻有幾個例子是側面描寫外貌形象的。如上文所說靈巖寺寶公禪師，通過青州希辨的反映來側面寫寶公的風神：「辨（青州希辨）一見而奇之，口口口之龍象也。」雖然沒有直接寫外貌如何，但卻寫出了寶公的精神氣質。同樣的側面描寫還有元好問《徽公塔銘》澄徽禪師「真一見師（澄徽），知其不凡」〔註209〕

---

〔註205〕王新英輯校《全金石刻文輯校》，長春：吉林文史出版社，2012 年，第 383 頁，《濟州普照寺智照禪師塔銘》。

〔註206〕王新英輯校《全金石刻文輯校》，長春：吉林文史出版社，2012 年，第 37 頁，《濟南府十方靈巖禪寺第九代住持定光禪師塔銘》。

〔註207〕王新英輯校《全金石刻文輯校》，長春：吉林文史出版社，2012 年，第 186 頁，《長清縣靈巖寺寶公禪師塔銘》。

〔註208〕王新英輯校《全金石刻文輯校》，長春：吉林文史出版社，2012 年，第 253 頁，《圓公馬山主塔記》。

〔註209〕閻鳳吾編《全遼金文》，太原：山西古籍出版社，2002 年，第 3135 頁。

這些對高僧殊勝儀表的描述，肯定了他們將會承擔如來家業，化導眾生，而這種奇偉的相貌，卓爾不群的氣質也使信眾見之忘俗，成為感召信眾的一種心理因素，而且令後世讀者產生高山仰止之情。

器宇軒昂、儀形峭拔這些先天形質圓滿出眾的行儀是修行功德的一種示現，不需言教就能達成感化眾生的目的，可令讀者產生嚮往之情，但也可以產生遙不可及的距離感，因此金代塔銘中，並非所有高僧都形貌出眾，也有顏貌陋劣的高僧。道安禪師「容貌甚陋」，「眾見形貌不稱，咸輕辱之」，只有佛圖澄「見而奇之，與語竟日」，晉孝武皇帝稱其「器識倫通，風韻標朗」〔註210〕。而《符秦國師塔碑》通篇突出道安禪師博物多聞，見識深遠，為時賢所重。由此可見，外在形貌與內在修為並不一定總成正比。對世俗大眾而言，相好莊嚴當然更能激起信眾的欣羨之情。而那些看似外貌平庸，甚至醜陋之輩，卻身懷異稟，經過苦修，一樣能夠成為高僧，這足以破除學人對於外部形貌的偏好與執著，也越發能夠增加信眾的宗教實踐動力。

② 思想性格描寫

金代塔銘作家一般直接描述和評論高僧的性格特徵，刻畫人物性格，多是作家質，例如：善浦禪師「天姿醇厚」〔註211〕嚴行大德閒公「剛毅有志，略切於行道而疾惡如仇」〔註212〕覺體禪師「覽裴□序，性深信人。時與群兒牧牛郊垌，則聚砂成塔而禮，敷草為座而禪，見者無不驚異。而里人加以□境試之，調謔屢至，師終無喜慍，但呼空王佛而已。」〔註213〕。法贇禪師「沉默自守，不以文字言語驚流俗。」〔註214〕徽公禪師「弱不好弄，行值塔廟，如欲作禮然。」〔註215〕性圓禪師「夙悟生知，異於凡童，聚沙嬉戲便有佛性……

---

〔註210〕王新英輯校《全金石刻文輯校》，長春：吉林文史出版社，2012 年，第 538 頁，《符秦國師塔碑》。
〔註211〕王新英輯校《全金石刻文輯校》，長春：吉林文史出版社，2012 年，第 77 頁，《浦公禪師塔記》。
〔註212〕王新英輯校《全金石刻文輯校》，長春：吉林文史出版社，2012 年，第 82 頁，《大金故慧聚寺嚴行大德閒公塔銘并序》。
〔註213〕王新英輯校《全金石刻文輯校》，長春：吉林文史出版社，2012 年，第 196 頁，《王山十方圓明禪院第二代體公禪師塔銘碑》。
〔註214〕閻鳳吾編《全遼金文》，太原：山西古籍出版社，2002 年，第 3134 頁，《告山贇禪師塔銘》。
〔註215〕閻鳳吾編《全遼金文》，太原：山西古籍出版社，2002 年，第 3135 頁，《徽公禪師塔銘》。

遇物慈善，處己介潔。文章兼子美之奇，翰墨盡元章之美。」〔註216〕道安禪師「執勤服勞，曾無怨色。性篤精嚴，戒行無闕。」〔註217〕善超禪師「平生謙光老實，仁愛慈恕。山居五十餘年，誠諦之操，初無改節。此由天縱，不假外飾而已。於是，歸崇者浸廣，信向者弘多。其於荷眾精勤，惟恐行願不備。」〔註218〕從以上敘述描寫來看，這些評斷或許滲透著作家主觀意願甚至些許美化的成分。

高僧並非千人一面，他們的性格也有個人特殊習氣，例如：靈巖禪寺定光禪師未出家前「性豪邁，喜施與，好鷹犬，馳騁田獵，割鮮染輪，不忘旦旦。鄉人畏愛，以任俠（下缺）」〔註219〕出家後精嚴齋戒，平治心地，其師說他「器識遠大」，讓他遊方以廣學。一般住持都性情淵靜，倦於應接，而定光禪師卻「玄學淵深，勤於接物，初機請□，□□忘倦。」「特喜賓客，一時名卿巨公慕其道行，莫不願為友」〔註220〕這些顯示出定光禪師雄豪、好客，善於交際，行動力很強，很有氣魄的性格特徵。

元好問作為敘述者評論清涼相禪師的性格：「予嘗論師之為人，款曲周密而疾惡太甚。人有不合理者，必大數之，怫然之氣不能自掩。平居教學者：『禪道微矣，非專一而靜，則決不可入。世間學，謾廢日力耳！』及自為詩，則言語動作，一切以寓之，至食息頃不能忘。此為不可曉者。」〔註221〕評價相禪師為人殷勤誠摯，周到細緻，但不同於定光禪師的通達，認為「世間萬事欲一一如法，則無有是處」，相禪師是過於不能容忍惡人或壞事，只要別人做了不對的事情，他就痛加斥責，忿怒不已。平時教別人學禪要專一而靜，自己卻因為作詩著魔得食飯睡覺不能忘，一舉一動都想著。敘述者不由得評論他讓人不能理解。相禪師的性格不像一個修行者，倒像是詩人。

〔註216〕王新英輯校《全金石刻文輯校》，長春：吉林文史出版社，2012 年，第 253 頁，《圓公馬山主塔記》。

〔註217〕王新英輯校《全金石刻文輯校》，長春：吉林文史出版社，2012 年，第 537 頁，《大金重修京兆府咸寧縣義安院符秦國師和尚塔碑記》。

〔註218〕王新英輯校《全金石刻文輯校》，長春：吉林文史出版社，2012 年，第 314 頁，《大安山龍泉峪西石堂尼院第二代山主超師塔銘》。

〔註219〕王新英輯校《全金石刻文輯校》，長春：吉林文史出版社，2012 年，第 37 頁，《靈巖禪寺定光禪師塔銘》。

〔註220〕王新英輯校《全金石刻文輯校》，長春：吉林文史出版社，2012 年，第 38 頁，《靈巖禪寺定光禪師塔銘》。

〔註221〕王新英輯校《全金石刻文輯校》，長春：吉林文史出版社，2012 年，第 559 頁，《清涼相禪師墓銘》。

　　有時，塔銘作家還借助側面描寫表現高僧的思想性格。府帥都運劉公評價定光禪師「一時尊宿，德行純備，無如師者。」〔註222〕元好問作為敘述者借評價龍興汴禪師評價其師法贊禪師「意其孤峻自拔如此，必有所從來」〔註223〕，是說汴禪師孤峻自拔的質量來源於法贊禪師。

　　由於塔銘文體所限，作家在篇幅上無法展開，作為塔銘的作者，文人士大夫與高僧又一般沒有直接接觸，也就無法進入到高僧思想深處，進行細緻地描寫，塔銘作家一般只注意交代高僧性格的基本特徵，在行文中沒有機會深入挖掘高僧的思想，讀者只有從塔銘作家對高僧生平經歷的描述中，才可揣摩出人格特質，從而進行更深入的體察。

　　即便如此，讀者也應該知道，高僧塔銘是作家僅憑相關史料和他人介紹而瞭解高僧的生平經歷，然後依據個人判斷鎔裁而成。讀者所看到的其實是塔銘作家對高僧的理解，是作家塑造出來的高僧形象，並不一定與實際的高僧本人相符。

　　在受到塔銘體裁和篇幅局限，難以深入闡述高僧內在思想感情的情況下，塔銘作家一般只能採取白描手法作為典型的敘事方式，勾勒高僧思想特徵。

　　西庵院崇智禪師「志樂釋門，卓然不可奪，……既遊諸方，聽學不倦，諸經律論，悉精究焉。而後棲息禪林，間於西京西堂。後歸雷首顯老，磁州寶老，造形悟道，所謂人中蓍龜，佛法中龍象也。」〔註224〕這一段寫的是崇智禪師有志於佛學，孜孜不倦，遊方參學的形象和精神。塔銘作家沒有任何形容和烘托，而是以簡括、精練、質樸之筆寫出。

　　《長清縣靈巖寺才公禪師塔銘》惠才禪師住持靈巖寺，「寺之重門及御書羅漢之閣薦獻之殿，歲壞月隳，瓦毀桷腐，無以風雨。師乃規其廣而易之，即其舊而新之。是功也，談笑而成，其堅致可支十世。」〔註225〕寺院損壞程度之深及惠才禪師「談笑而成」之才幹，以及功成之效果，僅僅通過寥寥幾筆，傳神如在目前。

---

〔註222〕王新英輯校《全金石刻文輯校》，長春：吉林文史出版社，2012年，第37頁，《靈巖禪寺定光禪師塔銘》。

〔註223〕王新英輯校《全金石刻文輯校》，長春：吉林文史出版社，2012年，第559頁，《清涼相禪師墓銘》。

〔註224〕王新英輯校《全金石刻文輯校》，長春：吉林文史出版社，2012年，第227頁，《西庵院崇智禪師塔銘》。

〔註225〕王新英輯校《全金石刻文輯校》，長春：吉林文史出版社，2012年，第305頁，《長清縣靈巖寺才公禪師塔銘》。

　　個別塔銘在表現高僧的思想、禪法體悟方面著墨較多。如妙敬禪師「演蒼嚴□經講玄談妙義，並及義學擢為上也。曷以釋五蘊之真空，侶清風投其萬竅，演三乘之奧義，如皓月照於千潯。內持禪律若烝霜而冬雪，外奉尊慈如夏雨而春風。」〔註226〕完顏璹為政言禪師撰寫塔銘，在表現言公思想方面，是通過其求學參訪和為人講學表現的：「時浩公僧錄居南京講《唯識論》（原文為「諭」，疑有誤），師徑謁之。摳衣請益，抉擇性相，造理深至。浩公知師偉器，居無幾何，命師主席，義學雲集，疑難鋒起。師應答如流，人人心服，聞所未聞。於是師甫年二十一，諸方聆風景仰，競請橫經，決人之疑，過於卜筮。初講《唯識因明論》，又取《上生經》，交相發明，兼傳大乘戒，凡十有二年。」〔註227〕唯識論論證三界的本源是阿賴耶識，都是「唯識所變」，認為「萬法唯識，識外無境」，這是玄奘所創的法相宗的依據之一，屬於大乘佛法。此學說微妙玄通，深不可識，真正有志於佛法之人由此可一窺門徑。《上生經》全稱《觀彌勒菩薩上生兜率天經》，是彌勒淨土信仰所依據主要經典之一，並非大乘佛教。從塔銘所述可知，政言禪師實際具有佛門最精要艱深學問的高僧，向眾生講說《上生經》，大概只是顧及到信眾的層次和興趣。

　　由以上論述可知，金代塔銘承襲中國傳統人物傳記的描寫方式，綜括人物外在事功，而不在每個事件點深入刻畫高僧的心理或思想層面，並不著重對人物思想、靈魂加以表現。在塔銘有限的篇幅內，高僧生命精神方面不能做到深入刻畫，作家只能結合外在事功表現高僧的生命精神，無暇顧及將高僧精神的表現向深層次拓展了。金代塔銘難於更深入地進行塔主精神層面的敘事，結果導致高僧的思想性格並不十分突出，沒有給讀者留下更深刻的印象。讀者心目中的高僧已經不是一個個生動形象的個體，而是一群基本表現相同的一個高僧群體。這既是高僧塔銘的不足，但同時也是高僧塔銘的一個敘事特質。

　　③ 語言的描寫

　　金代高僧塔銘中高僧的語言描寫通常表現在人物對話或經由高僧自述來表現。高僧的性情、心理狀態能通過對話自然地展現。金代塔銘中的敘事者主要以全知視角總攬高僧的一生，客觀地敘述高僧的生平經歷，但也有少量塔銘

---

〔註226〕王新英輯校《全金石刻文輯校》，長春：吉林文史出版社，2012 年，第 300頁，《中都顯慶院故蕭蒼嚴靈塔記》。

〔註227〕王新英輯校《全金石刻文輯校》，長春：吉林文史出版社，2012 年，第 309頁，《中都潭柘山龍泉禪寺言禪師塔銘》。

中出現以人物對話推進情節的情況，這些穿插其中的少量對話往往是具有關鍵性意義的。

《王山十方圓明禪院第二代體公禪師塔銘碑》將敘事焦點集中於覺體禪師與他所參訪的禪師們的機鋒問答，借助雙方問答彰顯禪師的智慧與禪學思想修為，體現人物性格特點。

> 初謁定林開禪師，林舉僧問曰：「地□□之，且道彼悟處。」師云：「悟與不悟，總不干它。」林云：「實則得。」□云：「和尚眼在甚處。」林彈指□□。師云：「□將石火。」當天明遂行。至衛，禮浮圖山平禪師。一日，觀佛牙次，師□：「此何佛牙。」山云：「請尚座與它安名。」師云：「蓋天蓋地。」□便休去。又至南京法雲禪師處。一日，因雨入室，雲問：「簷前滴雨聲。」師便摑掌。雲□：「□□麼□且道落甚處。」師又摑。雲云：「一夜落花雨，滿城流水香。」師云：「雲收□出時如何。」雲呵呵大笑。師作禮而出。又至東平謁普照月禪師。照問：「世尊拈花，迦葉微笑，章旨如何。」師便撼禪床。照乃豎起拂子。師□：「□□如何。」□乃掛起拂子，便出。明日，照又問：「昨日公案且止，今日事作莫□。」□繞禪床一匝，便出。照云：「已有三千棒□。」師云：「□尚道甚麼。」照拈棒便打。師以手承云：「和尚年尊，恐煩神用，且容轉身通氣。」拂袖便□。照云：「只恐□是玉，是玉也太奇，別有機緣。」末至靈巖寶和尚處。執侍久之，巖□：「如何是空劫前自己。」師云：「無人□得□。」□云：「□存向背，已落今時。不犯功勳，子何不道。」師擬裾對。巖云：「待汝開口，堪作甚麼。」且□。它日入室，巖□速道。師云：「向上一路，千聖不傳。」巖云：「畫餅不充饑。」自後室中多□不會。巖遷住仰山，問師：「是所□□□□□佛祖無因識得渠，汝作其生會。」師不對而出。山執之云：「汝其急□對我耶。」師云：「鶴騰霄漢出銀籠。」山□：「又向何處去。」師拱而立。山云：「子將謂別有邪。」師遂下拜。從此孜孜問道，不問寒暑，師事寶公。〔註228〕

伴隨覺體禪師遊方參學的經歷，塔銘作家不斷通過覺體禪師與其他禪師的機鋒問答表現覺體修行證悟的境界和反應智慧，機語靈活、含蓄而怪譎，問

---

〔註228〕 王新英輯校《全金石刻文輯校》，長春：吉林文史出版社，2012 年，第 196～197 頁。

答之間顯示了緊張的矛盾與衝突，答非所問，答問背反，故作誤答，歸根結底，都是在申說佛法就在日用現前，並不需從他處尋覓。後覺讀此超越常識的對話，必然能領會破除對語言的執著的禪旨。

塔銘中常常寫禪師與弟子之間的禪語問答，禪師經叩問測試出弟子的禪學水平，弟子因恰當的應對得到印可。如慈照禪師與其師黨公禪師的一段問答：

> 黨公問曰：「如何是汝自己？」師云：「醃定生薑呷著酢。」又問錦江濯□落色，問汝先遍參知識還□處否。師云：「問□見膽。」黨公首肯之曰：「汝徹矣。」〔註229〕

> （惠才）徑詣文室，見大明，大明曰：「汝若忽遽有何事。」師曰：「意之所得非言可詮。」大明叩之曰：「洞山言切切忌從他覓，又舉馬祖喚作如如，已是變也，若之何不變？」語未畢，師掩耳而出。大明笑曰：「汝入吾室矣。」〔註230〕

也有的塔銘並不寫機鋒問答，而是落筆於禪師與世俗人士的相處，通過問答表現禪師的深識遠見。《大金重修京兆府咸寧縣義安院符秦國師和尚塔碑記》描寫了道安禪師與晉孝武皇帝符堅之間的對話。（符堅）顧謂安曰：「朕將與公南遊吳越，整六師而巡狩，謁虞陵於疑嶺，瞻禹穴於會稽，泛長江，臨滄海，不亦樂乎。安曰：「陛下應天御世，居中土而制四維，逍遙順時，以適聖躬。動則鳴鑾清道，止則神棲無為。端拱而化，與唐虞比隆，何為勞身於馳騎，口倦於經略，櫛風沐雨，蒙塵野次乎。且東南區區，地下氣癘，虞舜遊而不返，大禹適而弗歸。何足以上勞神駕，下因蒼生。《詩》云：「惠此中國，以綏四方。」苟文德足以懷遠，可不煩寸兵而坐賓百越。」堅曰：「非為地不廣人不足也，但思混一六合，以濟蒼生。天生蒸庶，樹之君者，所以除煩去亂，安得憚勞。朕既大運所鍾，將簡天心以行天罰。高辛有熊泉之役，陶唐有丹水之師，此皆著之前典，昭之後世。誠如公言，帝王無省方之文乎。且朕此行以義舉耳，使流度衣冠之冑，還其墟墳，復其桑梓，止為濟難銓才，不欲窮兵極武。」安曰：「若鑾駕必欲親動，猶不願遠涉江淮，可暫駐洛陽，明授聖略，馳檄丹陽，開

---

〔註229〕王新英輯校《全金石刻文輯校》，長春：吉林文史出版社，2012 年，第 233 頁，《汝州香山觀音禪院慈照禪師塔銘》。

〔註230〕王新英輯校《全金石刻文輯校》，長春：吉林文史出版社，2012 年，第 305 頁，《長清縣靈巖寺才公禪師塔銘》。

其改迷之路，如其不庭，伐之可也。」堅不納，乃親帥步騎百萬南伐。壽春之敗，單騎而遁繼而國內大亂，如安所諫焉。〔註231〕

這一段對話雙方都引經據典，苻堅掩蓋了自己的政治野心，帶著一統中國的抱負即將展開震動萬民的戰爭，道安多方勸止，以勞身，擾民，所得不足以抵所失，應以文德懷遠，坐賓百越。在遭到拒絕後，又退一步繼續勸止，讓苻堅暫駐洛陽，招降對手，取得政治上的優勢。結果有沒有被採納。結果戰爭失敗，國內陷入混亂。道安深識遠見，經國之才由此可見一斑。

定光禪師對辦理公事的人說：「世間萬事，欲一一如法，即無有是處。至於處叢林，掌常住錢穀，要當先事潔己，錙銖不欺，非惟目下明白，抑亦過後得力。」〔註232〕這段話有兩點值得注意，其一是定光禪師人情練達，對如何看待、處理人情世事相當有經驗，且有佛門中人獨有的超脫之感。其二是潔己奉公的精神。在申述理由時並不徒唱高調，而是從事功的角度，以現實主義的態度對待。覺體禪師知道母親還活著的消息，哀歎曰：「吾幼不夭，長□淄流，豈可終遺吾親哉。」〔註233〕身已經入空門，但仍然保有孝親的感情。這寫都讓讀者感到，佛門高僧並非與世界疏離，而是鮮活生動，可觸可感的。

文學作品塑造人物形象，應該「人有其性情，人有其氣質，人有其形狀，人有其聲口」，（金聖歎《水滸傳》序三）不同人物應該有體現其性格和文化背景的語言。金代塔銘塑造的高僧形象是真實存在過的人物，如果在描述時能夠模仿其語氣口吻，那麼其性格就會凸顯。不過，塔銘的寫作模式要求內容精省，作家所寫人物語言所傳達的語義作用遠遠超過了表現高僧個人語言特徵的意義。

④ 動作行為的描寫

現實生活中的人總是要通過做各種各樣的事情才能顯現其性格，因而要塑造人物形象，就離不開人物的動作行為描寫。金代塔銘作家善用一連串的動作行為和細節描寫表現高僧的性格特質。

定光禪師在出家之前「好鷹犬，馳騁田獵，割鮮染輪，不忘旦旦」，讀到智望禪師《十二時歌》裏面的報應之說，面熱汗下，茫然謝歸。放黜鷹犬、遊獵之具，杜門飯脫粟，布衣芒履，體膚饑悴，萌生了祝髮之念。證道後因名德

〔註231〕王新英輯校《全金石刻文輯校》，長春：吉林文史出版社，2012年，第538頁。
〔註232〕王新英輯校《全金石刻文輯校》，長春：吉林文史出版社，2012年，第37頁，《濟南府十方靈巖禪寺第九代住持定光禪師塔銘》。
〔註233〕王新英輯校《全金石刻文輯校》，長春：吉林文史出版社，2012年，第196頁，《王山十方圓明禪院第二代體公禪師塔銘碑》。

受推舉擔任寺院住持，他堅決推辭，不惜捧碎官府所齎牒投諸地，令眾人大駭，好在沒有因此而獲罪。作為傳法紹嗣的濟南普照寺住持僧，他開堂僅僅以法乳酬法眾，以免橫生費用。不為自己積累財富，擔任主持所得書付常住為供僧用。特喜賓客，名卿矩公莫不願與為友。他待人以誠，不視貴賤高下其心，還多惻隱之心，數於道路解衣，以遺寒者。又好儲良藥，拯救患難，見有疾苦，如出諸己。最後認為當世僧侶「掛名官府，遂同群氓」，完全不同於昔日「王臣尊禮，為人天師」，住持之位非久居之地，求退席。〔註234〕

作家通過這一連串動作行為和「道路解衣，以遺寒者」的細節描寫，塑造了一個豪爽、慈悲、誠摯、高尚、無私的高僧形象。

性圓禪師從遍讀經書到視之為塵跡，接著敘寫其參訪虎頭和尚；建大明寺，公而不貪；隨侍寶公，先修寺後迎寶公至寶嚴寺；寶公示寂後住持寶嚴，平淡對待寺內鬥爭，歸讓寺院；後重修嘉祐院，四處奔波請來住持僧大明崇老禪師；最後不願擔任嘉祐院住持而就紫山之請。這些行動都被敘述者一兩句評贊點出意義，彰顯了性圓禪師韜光晦跡，苦己勞形，躬自化導，犯而不校，契古佛之心，有大丈夫之灑脫。〔註235〕

一連串的動作行為描寫以讓人目不暇接之勢將高僧各方面德範表現出來，給讀者留下深刻印象。

細節描寫在金代塔銘裏也有例子。惠才禪師「獨掃一室，取上生肇論法界觀，晝夜服習而身之。」「忽一日凌晨聞開禪眾鐘聲，默有所得，悲生悟中，淚下入雨。」〔註236〕慈照禪師作黨公的侍者，「立於其側，幾十餘年，未始有惰容，每夜分乃寢，至於髀肉腫潰，流血盈器，而□隨例入室。」〔註237〕天竺三藏咩哈囉悉利「日受稻飯一杯，座有賓客，分與必遍，自食其餘，數粒必結齋。」〔註238〕

---

〔註234〕王新英輯校《全金石刻文輯校》，長春：吉林文史出版社，2012年，第37～38頁，《濟南府十方靈巖禪寺第九代住持定光禪師塔銘》。

〔註235〕王新英輯校《全金石刻文輯校》，長春：吉林文史出版社，2012年，第254頁，《圓公馬山主塔記》。

〔註236〕王新英輯校《全金石刻文輯校》，長春：吉林文史出版社，2012年，第305頁，《長清縣靈巖寺才公禪師塔銘》。

〔註237〕王新英輯校《全金石刻文輯校》，長春：吉林文史出版社，2012年，第233頁，《汝州香山觀音禪院慈照禪師塔銘》。

〔註238〕王新英輯校《全金石刻文輯校》，長春：吉林文史出版社，2012年，第134頁，《天竺三藏咩哈囉悉利幢記》。

　　細節描寫或者突出了高僧強烈的向道之心，堅持不懈，刻苦精進佛法，或者渲染開悟瞬間高僧的非常狀態，或使高僧顯得神秘，使高僧形象變得鮮明而有血肉情感。可惜這類描寫在金代塔銘中並不多見。

　　有時塔銘作家也借助描述高僧周圍的其他事物，來襯托高僧的德行，例如性圓禪師的德範表現通過其他人物表現出來。

　　《圓公馬山主塔記》記載：四方禪林爭託王公貴戚飛書而來，邀師住院。法溫等卻患師去而復臻前弊，遂具施狀，獻寺於師。師初不受，法溫等率僧俗數百人曳師衣而禮，請久之，方受。……舊僧志泉等拂法溫之旨，詣民曹而毀其施。師……歸讓者數四。法溫自念徒弟不肖，又服師之德，憐師之勤，獨守前盟，執而不變，堅為勸率，遂有拒辭事係有司者兩年。州為申請省部會妙祥例斷，歸於師作十方禪院……濟海等亦獻嘉祐院於師……〔註239〕

　　元好問《徵公塔銘》寫澄徵禪師的禪學水平，是通過虛明的為人和評價：

　　虛明風岸孤峻，特慎許可。師扣請未幾，即以第一座處之。有為虛明言者：「公於徵首座推激過稱，不重加爐錘，則吾恐一軍皆驚將復見於今日矣。」虛明笑曰：「君未之知耳！我二十年不了者渠一見即了，尚待爐錘耶？」〔註240〕

　　金代高僧塔銘表達的內容是高僧求法證道以及修持化度等外部活動，高僧內在思想和感情變化描述簡潔含蓄，讀者只能通過高僧行動揣摩其性格。而且人物多為「扁平人物」，性格單一，一貫到底，很少波折變化。有個別高僧形象的性格富有變化。

　　《圓公馬山主塔記》寫性圓禪師「《大藏》經論不啻萬帙，覽之殆遍。其於《華嚴》奧義尤為精通，敷演玄微，開導愚癡，化所未化，覺所未覺，利物接人，德亦大焉！師一日忽有擔板之悔，回視從來經學，徒為塵跡，遂棄筌蹄，往參閭山蘭陵虎頭和尚。」〔註241〕

　　《濟南府十方靈巖禪寺第九代住持定光禪師塔銘》也記述定光禪師也有從出家之前「好鷹犬，馳騁田獵，割鮮染輪，不忘旦旦」，被鄉人視為任俠之人，到感於佛教報應之說，幡然悔悟，萌生了祝髮之念。〔註242〕

---

〔註239〕王新英輯校《全金石刻文輯校》，長春：吉林文史出版社，2012年，第253頁。
〔註240〕閻鳳梧編《全遼金文》，太原：山西古籍出版社，2002年，第3135頁。
〔註241〕王新英輯校《全金石刻文輯校》，長春：吉林文史出版社，2012年，第253頁。
〔註242〕王新英輯校《全金石刻文輯校》，長春：吉林文史出版社，2012年，第37～38頁。

綜上所述，從高僧的外貌、性格、言語、動作等方面觀照金代高僧塔銘的高僧形象塑造，可以看出，高僧的基本形象，建立在外貌「相好莊嚴」的基礎之上，若沒有對特殊外貌的描寫，則側重異於常人的性格。通常以第三人稱全知角度敘事，側重人物外在描述，較少內在思想心靈的刻畫。金代塔銘高僧形象不以突出個別高僧精神特質為目的，高僧個人不是獨一無二的存在，而是以金代這個特定時代的宗教群體形象不斷迭合於讀者頭腦中，累積出金代高僧的整體形象。最終傳揚高僧宗教實踐精神，而非藝術人物的苦心經營。

（2）金代塔銘的高僧類型分析

金代文人士大夫創作高僧塔銘，其寫作對象一般為有寺院住持地位的僧侶，他們修行有成，頗有德範，對弘揚佛法有一定貢獻，後人為他們撰寫塔銘是為了達到懷念、頌揚高僧，進而勉勵後學之目的。這些高僧群體中的傑出人物並非整齊劃一，千人一面，而是在家世背景、性格特質、師資因緣、修行願力、尋求解脫的修行路徑等內部因素上存在著差異，也有當時社會宗教發展的環境和需求等外部因素影響。下面擬將高僧的性格取向、修行路徑作為分類的標準，通過劃分高僧不同類型，來突顯不同類型高僧的取向和特徵。

① 參悟成道型

中國僧侶所修持的禪法原本有壁觀，念處，頭陀行，天台止觀等幾種，由於中國文化有尚簡的趨向，其他三支漸趨衰落，只有達摩一支，經道信、弘忍、慧能而弘傳於世。禪宗在修行方法上突破「漸修」方式上的繁文縟節，而以免無量之迂迴、直截了當、徑直而度的修行方式獲得迅速發展，得以廣泛弘揚。慧能南宗禪強調直指人心，見性成佛，心即是道，道不用修，通過「頓悟」認識自性本來清淨。由於視禪為實際的人生體驗，而實際的日常生活就是具體修行實踐。這種禪修方式看起來隨緣任運，卻是以更峻烈的手段來修行參悟。習禪僧人必須重視主體自性覺悟力量的開發，以絕對自力成就妙悟。禪師往往經歷一段千辛萬苦的參悟過程才能開悟成道。頓然所悟往往從日常生活中來，許多禪師在日常勞動和生活中，由偶然的機緣觸動，繼而悟入本體，如香嚴智閑以瓦礫擊竹而悟，〔註243〕洞山良價因過河睹影而悟。〔註244〕

---

〔註243〕〔宋〕道元輯，朱俊紅點校，《景德傳燈錄》，海口：海南出版社，2011年，第280頁，卷十一《鄧州香嚴寺智閑禪師》。
〔註244〕〔宋〕道元輯，朱俊紅點校，《景德傳燈錄》，海口：海南出版社，2011年，第438頁，卷十五《筠州洞山良價禪師》。

　　金代塔銘中以禪宗法系僧人為多，習禪仍是當時最普遍的修行法門。塔銘中禪師們參悟的方式和歷程不盡相同。禪師開悟前歷經參訪，刻苦磨練，反覆與師父、同門機鋒問答，最終獲得證信。

　　如慈照禪師。慈照禪師作黨公的侍者，「立於其側，幾十餘年，未始有惰容，每夜分乃寢，至於髀肉腫潰，流血盈器，而□隨例入室。黨公問曰：「如何是汝自己？」師云：「鹻定生薑呷著酢。」又問錦江濯□落色，問汝先遍參知識還□處否。師云：「問□見膽。」黨公首肯之曰：「汝徹矣。」〔註245〕慈照禪師隨侍黨公左右，至於身腫血流，但不憚其苦，苦修不已，獲得了黨公的印可。

　　《王山十方圓明禪院第二代體公禪師塔銘碑》中覺體禪師歷參定林開禪師、浮圖山平禪師、南京法雲禪師、東平普照月禪師、靈巖寶和尚，與他們機鋒問答，顯露佛禪智慧，最終開悟的機緣是看到掛柱香□□然頓徹目，得到印可：

　　一日，入水僚，睹掛柱香□□然頓徹目。述偈曰：「大盡三十日，小盡□十九。木人來借問，石女遙招手。四維上下雪漫漫，溪花嫩竹和煙柳。」明乃□可，洞山宗風，玉線金□□□室中最□□細。師以道望軼群，升為座首。〔註246〕

　　《長清縣靈巖寺寶公禪師塔銘》中寶公禪師的宗教實踐集中在參悟成道。復還……州聞座處性古樸，少許親近，師往□誠問道，座示禪林古德機語。請益猶同素習，侍瓶缽三載。會……云為若白圭飾素，則青煙不迷。嘗見宗匠，適投師意。後，師年十九歲，投本州寂照庵，禮祖榮長……榮一日驀問師：「紙衣道者四料揀話得趣否？師陳機應答，速於影響。榮深肯之。……再四懇請。榮問云：「子將何之？」師云：聞青州希辨禪師傳洞下正法眼藏，演唱燕都萬壽禪寺，……師至燕，辨一見而奇之，□□門之龍象也。師乃異待，請充知藏。辨一日室中問師……恍惚歸堂，頓然大悟。翌日證明，默契其意。辨加以「浡浡然，般若光中流出」之句，沐師俾亡寢……辨以法衣、三頌付之。」〔註247〕除了這些參悟成道的敘述，塔銘中言及其他處極少，給讀者留下深刻印象的只是禪師們刻苦參悟，終得機緣而證悟。

　　② 嚴持戒律型

　　佛教三學是經、律、論，律是佛教三學之一，戒律的制訂，是佛陀依照不

---

〔註245〕王新英輯校《全金石刻文輯校》，長春：吉林文史出版社，2012 年，第 233 頁，《汝州香山觀音禪院慈照禪師塔銘》。

〔註246〕王新英輯校《全金石刻文輯校》，長春：吉林文史出版社，2012 年，第 197 頁。

〔註247〕王新英輯校《全金石刻文輯校》，長春：吉林文史出版社，2012 年，第 186～187 頁。

同人、時、地、事而施設，不同僧團所依循的律書可能不盡相同。自律藏傳譯開始，中土研律高僧試圖依據戒學原理，融合各家說法，找到最適合的律學規範。戒律是佛之家法，正法住世的條件，比丘生活的準則。學戒是一切修行的基礎，如果不修律儀，則難調心性，教法將日見凌夷。講究頓悟的禪宗對於戒律流於外在形式提出強烈質疑，提出了將戒的根本放回到自心，以心為持犯之基，使得戒律作用更普及化。「攝心為戒」的觀念，賦予戒律新的解釋。

金代塔銘中有不少高僧持律精嚴，給人留下深刻印象。

西庵院崇智禪師「聽學不倦，諸經律論，悉精究焉。而後棲息禪林，間於西京西堂。後歸顯老、磁州寶老，造形悟道，……十年未嘗出院，三年不與人交語，遠近無不皈依。」〔註248〕智崇禪師持戒精嚴，執律唯堅，非一般世俗中人能夠做到，一般禪師也難以做到。禪師嚴持戒行使信眾獲得最直接的印象，獲得了信眾景仰。

妙敬禪師「演蒼嚴□經講玄談妙義並及義學擢為上也。曷以釋五蘊之真空，侶清風投其萬竅，演三乘之奧義，如皓月照於千澤。內持禪律若烁霜而冬雪，……性同皎玉而無塵□，論留情心似寒冰而何異。」〔註249〕義學，義理之學，是佛教哲學思想部分。演三乘之奧義，是說妙敬禪師聲聞乘，緣覺乘，菩薩乘，即小、中、大乘教義都精通，可以講解這些義理。妙敬禪師宗說精通，辯才無礙，如皓月照耀千條河流，光達深處。持戒品格如霜雪般無暇，心性如皎玉而了無塵滓。塔銘作家運用了一系列光潤無暇之物比喻妙敬禪師戒行崇高，充滿欽佩敬愛之情。

這種持律嚴謹的修行態度，完全不同於世俗生活，也是信眾對高僧的最直接的印象。這些高僧的人格特質多肅穆嚴毅，嚴謹自律，僧侶本人也因為恪守戒律而成為社會尊重的道德典範。

③　興福宣化型

佛教在中國弘傳的過程中不斷面對本土文化的衝突和質疑，為適應中華文化禮俗，僧團在生活方式、修行方法、佛法弘傳等方面相應的做了相當多的調整。尤其是大悖於倫常的捨俗出家，更是遭到訴病。為了改變世俗對於僧侶只顧山林苦修，無視民間疾苦的印象，在中國出現了以服務眾生為志向，或為

---

〔註248〕王新英輯校《全金石刻文輯校》，長春：吉林文史出版社，2012 年，第 227 頁，
　　　　《西庵院崇智禪師塔銘》。
〔註249〕王新英輯校《全金石刻文輯校》，長春：吉林文史出版社，2012 年，第 300 頁，
　　　　《中都顯慶院故蕭蒼嚴靈塔記》。

推廣佛教生活而出現的法門，諸如誦經、拜懺，俗講，慈善救濟等事業，強調身體力行來實踐成佛之道，以適應世俗世界的要求在民間普及佛教影響力。興福宣化型高僧將自己畢生的精力貫注於以實際的苦修和利他事業，來實踐無我利他的精神，達成宣教或利生的菩薩行願。

另外，宗教高度精神淨化的終極境界，在回到現實社會作廣度宣化時，由教義的探索到教法的弘揚，必須以更具體的操作來尋求大眾的理解和認同。由於中國文化性格歷來重實紬虛，所以如果採取有助於改善人們現實生活、有利於今世與來生的培福積德的行動，更能贏得廣大信眾的共鳴，並且被廣為接受。

累積足夠的福德，也是進一步修行的基礎，興福之本在於利他，但是不同的發心，所修福業層次有別。《宋高僧傳．興福篇》云：「修有多門，行有眾路，大約望檀婆羅蜜多令度無極也。始則人天福行，施食與漿，橋樑義井。次則輪王行中下品善，上品十善者則梵天福行也。一造偷婆（音譯名，漢語「塔」意），二補修故寺，三請佛轉法輪。……」〔註250〕造塔、補修故寺屬於梵天福行，造寺鑄像者因絕不為私而贏得士庶尊敬。

金代高僧塔銘中致力於興福宣化的高僧以《圓公馬山主塔記》中的性圓禪師最為突出。塔銘中有有三次敘述性圓禪師新建寺院和修補故寺，每次修建之後，都由性圓禪師迎接或訪求寺院住持，作為掌管寺院的主僧，他的職責就在於久住護持佛法，那麼性圓禪師所為就是在興福宣化作作梵天福行。

貞元三年，……建議寶公，謀於耆舊，卜道場之地創精舍，而起叢林、振曹洞之宗風，使學佛者知有頓門。偶於城西南隅有隙地六十餘畝，廣設方便，或化或鬻而得之。填凹剪凸，大興土木之功，一時達官、顯宦、豪民、富商願來贊助者不可勝紀。是以堂殿、樓閣、大室、僚舍連亙數百間，不日而成。莊嚴具足，規模壯麗，皆師之智力之所經畫也。寶公倚賴如此，師亦未嘗有矜色。寺成，朝廷賜以大明禪額，雄壓諸方，遂令天下衲子聞風而輻湊，會食者日有千眾。

大定十有一年，隨侍寶公遊我□山寶嚴，僧法溫……因請寶公庵居住持而未之施也。越明年三月，師先到□山寶嚴構木，創營方丈，而迎寶公居焉。

大定十有七年，……嘉祐窳廢過於寶嚴之初，不數年，完葺一新。煽寒灰而再焰，扶危廈之將傾，竭力苦行，孰能繼踵？

---

〔註250〕〔宋〕贊寧著，范祥雍點校《宋高僧傳》，北京：中華書局，1987 年，卷二十六，《唐東京相國寺慧雲傳》第 658 頁。

師又躬冒炎暑，履寒霜，不憚千里之勞，北走攀緝，東走齊魯，費餘百萬，訪求師德，席不暫安，僅能溔老。一至住未周載，雲歸舊山，復虛猊座。時當酷暑，天地如爐，師不以青山淥水、高堂大廈、披襟而座、清風滿懷為自安計，又惶惶於塵埃之間。南渡大河，抵嵩洛，搜請宗伯，不克而還。幾為水所溺，曾不知恤，因是抱病，尚不遑寧處。〔註251〕

後將寺院獻於大明崇老禪師住持，師避席下居。崇老禪師被請住持中都瑞雲寺，師恐嘉祐院又歸於己，遂離去。作者贊「真大丈夫之灑脫也。」

性圓禪師不願拈錘豎拂擔任住持，卻苦己勞形，營建、修繕寺院，歷經艱辛為寺院搜請名僧住持寺院，為此差點搭上性命。這些所作所為有力地推進了寺院建設，其興福宣化之功大矣。

這類高僧身教的感召力遠勝於言教，性格上多質樸，不好繁瑣的理論爭辯，主要是以堅定的信念，無我的奉獻，提供眾生及時切身的幫助，以此化導眾生令入佛道。其對象多數是平民百姓，所受教育有限，不適合艱深經教傳授。簡單易行的法門，顯而易見的成效，實踐同體大悲的精神，更能迅速在民間發揮影響力。

佛教欲普及其信仰，有助於一般百姓接受，從世俗大眾普遍具有因果、來世的觀念，作各種福德，可見佛教對民眾思維的影響力。當然，我們也應該認識到，這樣做並不能使一般信徒真正瞭解佛法真諦，這種向世俗妥協的做法自然而然地有教義被簡化稀釋的危險，也有使佛教走向廣泛世俗化發展的趨勢。

以上關於金代塔銘中對高僧的類型分析，只是就高僧塔銘中側重表現的總體傾向而言，事實上也有塔銘中塑造的高僧幾種特徵都具備，塔銘作家在這幾種特質上使用的筆墨基本相差不多。如《長清縣靈巖寺才公禪師塔銘》中的惠才禪師，《濟州普照寺智照禪師塔銘》中的智照禪師，他們的宗教實踐歷程就包容了參悟成道、嚴持戒律、興福宣化等等活動。

綜上所述，金代塔銘留給後世讀者印象最深刻的是修行有道的高僧突出的人格形象。塔銘作家通過「相好莊嚴」的外貌、性格、具有高度概括性的語言、行動等多方面，展現了高僧們風姿卓然，求道利生的獨特形象。從敘事角度而言，金代塔銘的人物刻畫，其共通性強於獨特性，即是特點也是缺點。

從修行之路來看，有重戒律嚴持其身的，有積極佛典重妙悟的，有致力於

---

〔註251〕王新英輯校《全金石刻文輯校》，長春：吉林文史出版社，2012年，第254頁。

興福宣化,造寺鑄像的⋯⋯從弘傳佛教的效果看,興福宣化的行為因其適應了緩解現實苦難,消災祈福的迫切需求而最能得到信眾響應。

作為佛教實踐的楷模,佛教高僧塔銘從某種角度說可稱之為宗教聖人。高僧塔銘實際就是宗教聖人的故事,這些故事被相信擁有使信眾獲得開悟的內在力量,因此,對這些聖人們的思想行跡進行敘述就有了救度論意義,而不單是歷史記錄的意義。

## 四、佛禪影響金代文人士大夫的典型個案——王寂

金代濡染佛禪深厚之人不少,之所以拈出王寂一人作為討論的對象,是因為王寂崇佛相當具有文人士大夫的典型性。他不同於李純甫強烈推崇佛教,深入理窟,作形而上的高蹈。在儒門學者聚集的圈子裏,李純甫學佛,咄咄逼人,所言所行具有不小的刺激性。他的所學,從佛學得來的最多,其學說的核心——心性之說具有大乘佛教的內涵。他將佛禪思維方式運用到儒道之理中,對理學家所著《諸儒鳴道集》進行公開辯駁,評價理學家並不真正理解佛教,不少說法來自佛老之說,所著《鳴道集說》中集中闡釋自己學習、領悟佛學的思想歷程,還在曹洞宗宗師萬松行秀的激蕩之下經歷過悟入的狀態。除了形而上的東西,李純甫不拘禮法,放浪形骸,談笑玩世,除了仍著書立說,獎掖後進,行為上倒頗有狂禪之風。在「一心還入道,萬物自歸根」的理念下,嘲笑「諸子蠅鑽紙,群雄虱處褌。」同時又縱酒自放,不能做到達身和圓滿。李純甫學佛,可說是理悟而未心悟。這是儒門中人轉入佛教之門的特異狀態,與李純甫性格氣質有莫大的關係。王寂也不同於趙秉文。趙秉文學佛有懦弱書生氣。他頗畏士論,藏頭露尾,害怕因學佛不妥而遭到攻擊,極力保持自己文壇盟主的地位。又不捨佛道二教,將所作與之有關的交付少林住持,詩僧性英版印。平素又愛教人佛教儀軌,勸人學佛。與李純甫的激進和趙秉文之兩面性相比,王寂學佛則如王維,兢兢業業,循規蹈矩,將生活、生命裏的許多東西都與佛教緊緊聯繫在一起,更在思想深處接受了佛教。他的佛教生活化、生命化態度以及容受佛教而體現於詩文創作的狀態,完全可以代表金代典型儒家知識分子。

王寂(1128～1194 年)〔註252〕字符老,號拙軒,天德三年進士,歷任

〔註252〕關於王寂的生卒年,據周惠泉《金代文學家王寂生平仕歷考》文學遺產,1986.6 一文,王寂生於金天會六年(1128),卒於明昌五年(1194),本文依此說。

太原祁縣令、真定少尹兼河北西路兵馬副都總管等職位。大定二十六年（1186年），在王寂 58 歲時因救災不力被貶，任蔡州防禦史，以中都路轉運使致使仕。金章宗明昌五年（1194 年）卒，諡號文肅。王寂詩文俱佳，是金代中期「國朝文派」重要的文學家。《四庫全書總目》稱：「寂詩境清刻鑱露，有戛戛獨造之風；古文亦博大疏暢，在大定、明昌間卓然不愧為作者。」〔註 253〕以往對王寂的研究集中於其生平事蹟的考訂、作品整理、文學創作情況及風格特色研究，但目前學術界還沒有從佛教與文學關係的角度，深入細緻地考察、研究王寂文學創作與佛禪的淵源。因此，本文擬從佛禪與文學關係的視角，探討金代中期文學家王寂文學創作的佛禪意蘊及其成因，期以此展現金代中期士大夫儒釋立場的矛盾與掙扎，佛禪與文學創作之間互動與互塑關係。

## （一）王寂文學創作佛禪意蘊的表現

### 1. 談禪說法

王寂在以佛禪生活為內容的詠寺、酬僧、題畫詩裏，參究禪機，起悟自性，臨機而發，無滯無礙。

> 心動萬緣飛絮，心安一念如冰。
>
> 過去未來見在，待將那個心澄？〔註 254〕

這是王寂見柳河縣僧舍牓曰澄心庵，即以周金綱公案，戲為短頌，既以偈頌形式闡釋佛理，也是王寂鬥機鋒，逞辯才的一種表現，諧謔兼備，發人慧智。「心動」一句指有情眾生由於被無明所縛，被情塵欲垢所蒙蔽染污，傷春悲秋，閒居寂寞，仕愁羈束，終日顛倒妄想，體會不到自然的生機與人生的樂趣。「心安」一句指若能契悟一切法本「無生」，清淨之心人人本自具足，一念心歇，便擺落萬緣，心境兩空，破邪顯正，回歸「本來」，回歸於自然逍遙的生命源頭，自然就不必特意強求「澄心」了。此短頌溝通了般若學與佛性論，突出了自性自度，自心覺悟。

王寂還借題畫談論佛禪義理。他因同昌南城蕭寺僧屋壁間四幅山水作二頌遺主僧智坦：

---

〔註 253〕周仁等整理：《四庫全書總目提要》，海南出版社，1999 年版，第 854 頁。

〔註 254〕薛瑞兆，郭明志編《全金詩》，天津：南開大學出版社，1995 年，第一冊，卷三三，第 426 頁。

畫真猶是妄，何況畫非真。正做夢說夢，知是身非身。

幻出丹青手，今人一念差。如觀第二月，猶見空中花。〔註255〕

這是在說就算畫作即便是表現現實中存在的山水，依照佛家萬法皆為虛妄的觀點，這畫作也是虛妄不實，空無自性的，更何況畫作本來就並不指向真正的真實呢？正如一切夢境並非真實，血肉之軀無常速朽，乃是五蘊和合的假象幻影。〔註256〕同理，「森羅萬象，種種諸法，皆為幻境，都無實體」。宇宙間一切事物，以世俗觀念認識的一切現象均為假相，都是因緣（條件）組成、變化無常，空無自性。故曰人無我，法亦無我。眾生執迷於幻境幻覺產生的幻相，猶如眼翳之人，幻見空中有花，有第二月。王寂此二頌藉畫說法，寓禪理於畫理，指向「就路還家」，找回佛性，找回本來面目的旨意。

「風過即安閒，風來即招颭。青青自真如，塵色終不染。」〔註257〕這首詩是王寂為寶岩寺僧上首溥公四幅墨竹所題詩作之一《題披風》，應係本於《金剛經》「應無所住而生其心」的經義而作。心念不是枯死的，不必閉眼塞耳，逃避塵世，而應是在一切現實生活當中，活潑潑地起動，只是對所思之心、所歷之境沒有絲毫執取，做到「情不附物」，於理上不受一塵，於行上不捨一法，即證得真佛如如，事理不二之境，進入澄澹無礙的境界。

《題船子和尚圖二首》〔註258〕：

雨笠煙蓑三十年，一篙投意便忘船。

何如更擬吳江上，付與兒孫慶有緣。

夜靜風高江水寒，歸船空載月團圓。

須知釣得金鱗後，只是當時舊釣竿。

王寂從船子和尚度化夾山禪師及其《撥棹歌》生發，闡釋了自己的觀點。他認為船子和尚不必在釣得「金鱗」，即與夾山禪師相遇，傳授生平佛理心得之後覆舟而逝，而是應該繼續綸釣舞棹，隨緣度世。因為他所傳佛法未變，只是遇到了夾山禪師這個在應化的法門上，修行層次高的有緣人罷了。傳法本應

---

〔註255〕 薛瑞兆，郭明志編《全金詩》，天津：南開大學出版社，1995 年，第一冊，卷三三，第 421 頁。

〔註256〕 賴永海，高永旺譯，《維摩詰經》，北京：中華書局，2010 年，第 29 頁。

〔註257〕 薛瑞兆，郭明志編《全金詩》，天津：南開大學出版社，1995 年，第一冊，卷三三，第 423～424 頁。

〔註258〕 薛瑞兆，郭明志編《全金詩》，天津：南開大學出版社，1995 年，第一冊，卷三二，第 411 頁。

普付心要，各隨所化。經由禪門大師的導引，有緣人只要向內發掘自家寶藏，開啟自家智慧，便可直達開悟境界。

他有一首題畫詩《跋風柳忘牛圖》〔註259〕：

> 溪風淅淅柳絲柔，柳下蠻童釣晚洲。
> 老牯安行無寸草，遊鰷飽食弄沉鉤。
> 連羈治馬真成虐，挾策尋羊未足憂。
> 何似人牛俱不見，短蓑高掛樹枝頭。

這首看似田園風格濃鬱，抒寫悠然自得情懷的詩作，其實具有很深的佛禪意蘊。佛家常用「牧牛」意象象徵修行。《佛遺教經》云：「汝等比丘，已能住戒，當制五根，勿令放逸、犯人苗稼。」〔註260〕唐代晉明禪師有《牧牛十頌》，宋代廓安師遠有《十牛圖・頌》，都借牧牛談禪，描述禪修境界。王寂此詩與《牧牛十頌》相比較，兩者喻體寓意一致，一脈相承。在《牧牛十頌》中，牛代表妄念，牧童則代表覺觀。妄念如牛，不受控制，需要覺關收攝。經過保任、馴服，妄念消泯，覺關不必用力，意識不起分別，念起即空，人牛俱不見，就達到雙泯的境界，明心見性，修成道果。王寂的《跋風柳忘牛圖》基本也闡釋了這樣的禪修路徑。首聯景象悠然和諧，比喻妄念已經止息。覺關不必用力照管妄念，如同牧童不必管控老牯牛。頷聯是說欲望漸息。雖然沒有要吃的草，老牛仍然安閒；與之形成對比的是遊魚吃得很飽了，還在貪吃，最後被魚鉤釣起。這是無欲與有欲的對比，無欲則安閒，有欲則履危險之境。頸聯中連羈治馬，挾策尋羊，都是比喻通過覺關止息妄念，真成虐，未足憂是指都是有為法，都不是究竟。尾聯「何似人牛俱不見」提出了人我雙泯，有為變無為，此時妄念消泯，覺關也不再需要。人牛不見，短蓑高掛樹枝頭，與《牧牛十頌》裏「人牛不見杳無蹤，明月光含萬象空」異曲同工，都是說明心見性，得大自在之境。

王寂的詩雖然運用的是佛教傳統意象，但物境、情境、禪理融為一體，了無痕跡。說一首富有理趣的好詩。

除此而外，王寂還不無逗趣地「漫作俚語」〔註261〕，運用佛理對畫中形

〔註259〕薛瑞兆，郭明志編《全金詩》，天津：南開大學出版社，1995年，第一冊，卷三一，第400頁。
〔註260〕釋大恩，李經武注，《佛陀遺教經典》，巴蜀書社，2001年版，第8頁。
〔註261〕薛瑞兆，郭明志編《全金詩》，天津：南開大學出版社，1995年，第一冊，卷三四，第438～439頁。

象、生活中的事情議論一番。如看到臥屏上三僧於松下圍棋，臉上滿是煩惱緊張之情，王寂就說「吾聞懶瓚有道者，寒涕不收從垂頤。又聞作止俱是病，況此念念傾人危。」〔註262〕朋友子安之妹尼智相，送小壺十枚，王寂又議論道：「我聞學佛比丘尼，得髓豈能唯得皮。胡為尚有這個在，此著更墜點而癡。何如深種菩提顆，莫望空花結空果。豈知磊落罷參人，倒置逆行無不可。」〔註263〕

這些以闡釋佛禪義理為主題的詩作，深刻表現了王寂佛禪思想的沾溉與影響的程度之深，其在佛禪的浸潤滲溶之下的人生狀態。

## 2. 大量佛禪語彙與故實的運用

王寂廣泛涉獵佛禪典籍，精研佛禪義理，其作品廣泛而深細地運用佛禪語彙與佛禪典故，不但豐富了文學創作的內容和語言，而且使禪理闡述顯得更加通透圓熟。

王寂為寶岩寺僧上首溥公四幅墨竹題詩〔註264〕《題弄晴》：

　　　　橫枝出叢林，獨得回光照。

　　　　慎勿作長竿，寒魚不受釣。

回光照，指觀心自照，但向自己性海尋覓，一旦頓入性海，即超佛地，不必向他處索求。而「寒魚不受釣」則化用唐船子和尚《撥棹歌》「夜靜水寒魚不食」之句。《題洗雨》：「舌本自清涼，西江不用吸。」引用了公案「龐蘊江水」。龐蘊居士參馬祖，問曰：「不與萬法為侶者是甚麼人？」祖曰：「待汝一口吸盡西江水，即向汝道。」人是不能一口吸盡西江水的，馬祖也就不能回答「不與萬法為侶者（即見性成佛之人）是甚麼人」的問題，這則公案是在說明法不可說、本性離言的道理。《題古節》：「求心已無心，斷臂獨立雪。」無心，佛家語。《宗鏡錄》云：「若不起妄心，則能順覺，所以云無心是道」。竹本虛空，故云「求心已無心」。斷臂獨立雪，是說禪宗二祖慧可以「立雪過膝」「斷臂求法」感動初祖菩提達摩，被收為徒。九年後因「得髓」得傳衣缽。斷臂求法，屬於「菩薩行」，是破除「身見」、「我執」，表示為了佛法獻身的精神和智慧。

〔註262〕薛瑞兆，郭明志編《全金詩》，天津：南開大學出版社，1995年，第一冊，卷三三，第433頁。

〔註263〕薛瑞兆，郭明志編《全金詩》，天津：南開大學出版社，1995年，第一冊，卷三四，第438～439頁。

〔註264〕薛瑞兆，郭明志編《全金詩》，天津：南開大學出版社，1995年，第一冊，卷三三，第423～424頁。

　　王寂從寶岩寺上首溥公處得知遼代藥師公主施宅為寺，感其事而作詩，其中有云：「給園與祇樹，千古共高風。」〔註265〕給園，即給孤獨園；祇樹，即祇陀樹。《大唐西域記》卷六云，給孤獨長者願為佛在波斯王太子祇陀（亦譯作逝多）在舍衛城的祇陀林建精舍安居說法。太子戲言『偏金乃賣』，善施聞之，即出金藏隨布地。有少未滿，太子請於空地建立精舍。世尊即告阿難曰：『自今已來，應謂此地為逝多樹、給孤獨園』」。後復以祇園借稱佛寺一類的地方。王寂引用此典故喻指遼代藥師公主施宅為寺，由於主人公都生長於帝王之家，都做出了施捨家園宅邸建立佛教寺院的舉動，特別符合公主的皇家身份，所以典故運用特別貼切。

　　王寂在先父忌日飯僧於禪，在方丈壁間看見維摩居士像，作兩偈贊之：

　　　　不悟維摩其病，卻將天女相猜。

　　　　要識本來面目，化身金粟如來。

　　　　登玉座餘半席，香積飯惟一杯。

　　　　可笑曼殊空利，區區卻為食來。〔註266〕

　　王寂將《維摩詰經》中《文殊師利問疾品第五》、《不可思議品第六》、《觀眾生品第七》、《香積佛品第十》化作兩偈，說明王寂對斷除攀援，離內外二見的「空」、實無所得的菩提智慧，「從無住本，立一切法」的般若思想等深有領悟。

　　另外王寂作品中如「一牛鳴」、「彌天釋」、「得髓」、「向上一路」、「正法眼藏」、「罷參」、「三根椽」、「邏齋」、「白毫」、「真如」、「樹生耳」、「鳩摩羅什翻經席」、「生公說法石點頭」、「虎溪相送」、「懶瓚不為俗人拭涕」等等佛禪語彙與典故，為數眾多，此不贅述。

### 3. 由生之苦難悟入苦諦、空諦

　　「天涯懷抱為誰開，盡寫窮愁入詩軸。」〔註267〕王寂對生之苦難的浩歎猶如長江大河汩汩滔滔，綿綿不盡。這種盡情宣洩生命煩惱與苦痛的做法表面看起來似乎並不適合於一個深受佛禪浸染的士大夫。實際上，以王寂對金剛經、維摩詰經等佛家經義的熟悉和理解，這種做法恰恰體現了對大乘佛教教旨

〔註265〕薛瑞兆，郭明志編《全金詩》，天津：南開大學出版社，1995年，第一冊，卷三三，第423頁。

〔註266〕薛瑞兆，郭明志編《全金詩》，天津：南開大學出版社，1995年，第一冊，卷三三，第433～434頁。

〔註267〕薛瑞兆，郭明志編《全金詩》，天津：南開大學出版社，1995年，第一冊，卷三〇，第384頁，《客中戲用龍溪借書韻》。

的深刻領悟。「諸煩惱是道場，知如實故。」〔註268〕煩惱也是真如實相的體現。「一切煩惱，為如來種，譬如不下巨海，不能得無價寶珠；如是不入煩惱大海，則不能得一切智寶。」〔註269〕佛家極力誇張生之苦難，憂悲惱、怨憎會、恩愛別離、所欲不得、五盛陰諸苦。無論內苦外苦，漫漫人生路上，人總是無能趨避之。詩人緣於對佛法禪理的透闢明徹，由苦的諸般色相悟入苦諦、空諦，發而為詩，其詩由此獲得一種別樣的深妙。

（1）天性拙直，仕途險惡之苦

「吾生賦拙直，浪許近骨鯁」，性格導致王寂「與物例多忤，所動坐愆青。憤世無奈何，空令氣生瘻。」〔註270〕在他眼中，官場乃是「仕者往往爭錐刀，既角而齒寧非饕」的險惡之地，〔註271〕曾以登覺花島路途中的艱險形象地比附對仕途的觀感：「中流未濟成齟齬，船頭西向旗角東。雲奔霧湧白浪卷，一葉掀舞洪濤中。平生行止類如此，……」〔註272〕以嵇康煆隱避世反見譖於鍾會之典故，感歎官場險惡，自己動輒得咎，如履薄冰。「江湖佳處多網罟，側足恐為人所制」〔註273〕、「督責老掾詢聱丞，日畏罪罟空凌兢」。〔註274〕而且工作條件惡劣，公務繁忙。「一行作吏負且乘，簡書夜下催晨興。心勞政拙無佳稱，高枕緩帶吾何曾。年來安東逐斗升，吻膠背汗疲炎蒸。……窮鄉九月河水冰，玉樓凍合衣生棱。氈裘火炕寒不勝，呼吸未免髯珠凝。積憂蓄熱邪上騰，阿堵中有輕雲憑。」王寂細思自己遭造物如此侵陵乃是懲罰自己貪欲，所以竟意欲「屏除嗜欲學山僧」了。〔註275〕

〔註268〕賴永海，高永旺譯《維摩詰經》，北京：中華書局，2010年，第65頁，菩薩品第四。

〔註269〕賴永海，高永旺譯《維摩詰經》，北京：中華書局，2010. 第129頁，佛道品第八。

〔註270〕薛瑞兆，郭明志編《全金詩》，天津：南開大學出版社，1995年，第一冊，卷三〇，第379頁，《小兒難夫子辨並引》。

〔註271〕薛瑞兆，郭明志編《全金詩》，天津：南開大學出版社，1995年，第一冊，卷三〇，第385頁，《上周仲山少尹壽》。

〔註272〕薛瑞兆，郭明志編《全金詩》，天津：南開大學出版社，1995年，第一冊，卷三〇，第382頁，《覺花島並引》。

〔註273〕薛瑞兆，郭明志編《全金詩》，天津：南開大學出版社，1995年，第一冊，卷三〇，第384～385頁，《轍中斃龜並引》。

〔註274〕薛瑞兆，郭明志編《全金詩》，天津：南開大學出版社，1995年，第一冊，卷三〇，第383頁，《拙軒》。

〔註275〕薛瑞兆，郭明志編《全金詩》，天津：南開大學出版社，1995年，第一冊，卷三〇，第383頁，《拙軒》。

（2）為貧而仕，歸隱不得之苦

王寂認為「割棄浮榮，如脫敝履，與夫龍鍾蹣跚，眷戀微祿，推擠不去者，豈可同日而語哉！」〔註276〕嚮往「收拾個，經卷藥爐活計」，與人共話無生的生活。無奈王寂「文章既不一錢值」，又沒借為官漁利，「俸入雖憂，隨手散去，家貧累重，生理索然，汗顏竊祿，則不免鐘鳴漏盡之罪，謀身勇退，則其如啼饑號寒之患，行藏未決，閔默自傷。」〔註277〕，想擺落萬緣，攜妻子山居又無條件，「捨官就養誠所願，百口煎熬食不足。逆行倒置坐迂闊，相負此生惟此腹。」〔註278〕「還家未有立錐地」〔註279〕「我今百指無定止，負捨卻羨循牆蝸。」〔註280〕甚至賭咒發誓地說一定要實現自己的歸隱諾言，要河神監督。〔註281〕

（3）身受讒陷，薄宦天涯之苦

受誣救災失職，大定二十六年（1186 年）被貶蔡州，擔心在皇帝眼中自己已成為微不足道、令人厭惡的「蟣虱臣」。〔註282〕按部遼東，以六十歲的高齡，以平均三日巡查一地的密度艱難地完成著他的使命。行役勞勞，風雨寒熱的侵凌，憂愁怨懟的煎熬，使其身心疲憊。見路邊野花耐凍青，傷其如自己一樣背時失地，「徒有歲寒心」，為此「唏噓淚滿襟」〔註283〕「入室寒蟄鳴破壁，隔窗饑馬齕空槽。年來髀肉渾消盡，一事無成有底勞。」〔註284〕完全喪失了個體獨立性的屈辱感，對人世間各種價值愈來愈深的懷疑與否定，更增添了無窮的生命苦痛與靈魂的破裂感。

---

〔註276〕〔金〕王寂，鴨江行部志，北京：中華書局，2004 年，第 176 頁。

〔註277〕薛瑞兆，郭明志編《全金詩》，天津：南開大學出版社，1995 年，第一冊，卷三三，第 425 頁。

〔註278〕薛瑞兆，郭明志編《全金詩》，天津：南開大學出版社，1995 年，第一冊，卷三〇，第 383 頁，《客中戲用龍溪借書韻》。

〔註279〕薛瑞兆，郭明志編《全金詩》，天津：南開大學出版社，1995 年，第一冊，卷三〇，第 386 頁，《題劉器之秀野亭》。

〔註280〕薛瑞兆，郭明志編《全金詩》，天津：南開大學出版社，1995 年，卷三〇，第 386 頁，《題劉德文樂軒》。

〔註281〕薛瑞兆，郭明志編《全金詩》，天津：南開大學出版社，1995 年，第一冊，卷三〇，第 386 頁，《題劉器之秀野亭》。

〔註282〕薛瑞兆，郭明志編《全金詩》，天津：南開大學出版社，1995 年，第一冊，卷三一，第 393 頁，《初到蔡下已有春意》。

〔註283〕薛瑞兆，郭明志編《全金詩》，天津：南開大學出版社，1995 年，第一冊，卷三三，第 428 頁。

〔註284〕薛瑞兆，郭明志編《全金詩》，天津：南開大學出版社，1995 年，第一冊，卷三一，第 402 頁，《投宿青山院中夜不寐》。

### 4. 深刻懷疑與否定仕宦生涯價值

佛家認為「一切有為法，如夢幻泡影，如露亦如電，應作如是觀。」〔註285〕在佛禪思想影響下，隨著年歲增長，仕途上飽受挫折失意困擾的王寂對仕宦生涯價值的懷疑和否定愈來愈深，「世路窮通端是夢，人情寒熱動如痁。」〔註286〕渴望擺落萬緣的心越來越迫切。他評論達官朱門聲勢烜赫，頤指氣使，同時也承受常人難以想像的「苦楚」：「那知任重責亦重，朝服坐待曉鼓撾。攖鱗逆耳事可畏，四十未過兩鬢華。那知中夜獨不寐，百萬計恐毫釐差。」〔註287〕「才與不才俱是累」〔註288〕、「箕斗虛名將底用」、「名重泰山成底事，一科蓬底見孤墳。」〔註289〕「功名倒挽九牛尾，富貴真成一鼠肝。」〔註290〕「富貴剎那頃，興亡瞬息中。」〔註291〕「畫餅虛名戰蠻觸，黃糧春夢鬧商周。吾衰久矣百念冷，不用三刀兆益州。」〔註292〕飽閱人間世之後，王寂對才華、富貴、功名全部予以否定，流露世事無常、人生空漠、與世不諧、冷眼旁觀的態度。

詩人只是「天涯倦客」〔註293〕希望自己早日像梁鴻那樣掛冠歸隱，「筠窗下，團欒共說無生語。」《漁家傲・夫人生朝》即便留在官位上，也要效法白居易「中隱」：「我則願師白樂天，終身衰衰留司官。伏臘粗給憂患少，妻孥保

---

〔註285〕 賴永海主編，陳秋平譯《金剛經》，北京：中華書局，2010 年，第 112 頁，應化非真分第三十二。

〔註286〕 薛瑞兆，郭明志編《全金詩》，天津：南開大學出版社，1995 年，第一冊，卷三一，第 401 頁，《平夷道中二首》。

〔註287〕 薛瑞兆，郭明志編《全金詩》，天津：南開大學出版社，1995 年，第一冊，卷三〇，第 386 頁，《題劉德文樂軒》。

〔註288〕 薛瑞兆，郭明志編《全金詩》，天津：南開大學出版社，1995 年，第一冊，卷三一，第 396 頁，《題莊子祠堂》。

〔註289〕 薛瑞兆，郭明志編《全金詩》，天津：南開大學出版社，1995 年，第一冊，卷三二，第 406 頁，《題藺相如廟》。

〔註290〕 薛瑞兆，郭明志編《全金詩》，天津：南開大學出版社，1995 年，第一冊，卷三一，第 403 頁，《再過墳下》。

〔註291〕 薛瑞兆，郭明志編《全金詩》，天津：南開大學出版社，1995 年，第一冊，卷三三，第 423 頁。

〔註292〕 薛瑞兆，郭明志編《全金詩》，天津：南開大學出版社，1995 年，第一冊，卷三二，第 416 頁，《兒子以詩酒送文伯起，既而復繼三詩，予喜其用韻頗工，為和五首》之五。

〔註293〕 薛瑞兆，郭明志編《全金詩》，天津：南開大學出版社，1995 年，第一冊，卷三一，第 399 頁，《探春二首》。

暖身心安。」〔註294〕何必做元載，李斯那樣的重臣遭到赤族，鞭枻的下場，富貴不能強求，僥倖求得為自己帶來的卻是終身憂患，倒不如「中隱」，「此生隨分得優游」。窮冬夜話、長夏朝眠，一榻蠹書，兩盂薄粥。〔註295〕易足則無求，無求則心安。

### 5. 在佛門和自然中鎔鑄出世精神

　　王寂在仕途蹭蹬中時刻面對的恰恰是《金剛經》「云何應住，云何降服其心」的問題。破除諸相，滅盡妄心，持守心境的澄明，不生起分別意識，這樣，生命才能獲得靈性的張力。當他與佛門中人殊公接觸，「擁爐諦聽談無上，天雨花隨塵（麈）尾來。」諦聽佛理，就感到漫天花雨紛紛，空門興味悠長。寺院的環境總是呈現出闃寂無聲，清幽靜謐的特點。「斷橋環曲水，蕭寺枕橫波。佛壁書蝸隸，僧窗網雀羅。天高延月久，地潤得春多。」「杏子青青小未黃，綠陰如染可禪房。」「枕簟清和消日永，軒窗明快喜風停。」〔註296〕詩作環境氛圍即清和寧靜，風格閒適淡然。在詩人筆下，佛禪境界的靜淨空寂與世俗世界的齷齪污穢形成了鮮明的對照。自然山水所體現出來的無所不在的佛性召喚著詩人，傳達出詩人心境平靜如止水，進入物我兩忘，湛然常寂的狀態，體會到虛明澄淨的喜悅、解脫之感，表現著詩人在心靈深處體悟著佛法的精微妙理。詩作內在意蘊和精神實質顯而易見受到佛禪影響，實現著精神通脫自由，心靈澄澈超越的意旨，美學內涵得以深化和發展。

　　「高情渺層雲，逸興發幽壑。山色為誰來，秋光無處著。頹紅掛浮屠，漲碧分略彴。……漁歌散汀州，春相隔籬落。屬玉破微茫，斜書灑寥廓。」〔註297〕層雲、幽壑、碧水、佛塔、飛鳥、漁歌……彷彿都以其自性招引著詩人，呼喚著詩人。向他傳達著佛理，表現著悟境。遼闊天空自由飛翔的「屬玉」（即鸚瑪），隨風散落於汀州的漁歌，傳達著對無拘無束生活的嚮往。詩中之「屬玉」，既是活生生的現在，又溝通過去、將來，它是生命與心性的符

---

〔註294〕薛瑞兆，郭明志編《全金詩》，天津：南開大學出版社，1995 年，第一冊，卷三〇，第 389 頁，《題中隱軒》。

〔註295〕薛瑞兆，郭明志編《全金詩》，天津：南開大學出版社，1995 年，）第一冊，卷三一，第 403 頁，《易足齋》。

〔註296〕薛瑞兆，郭明志編《全金詩》，天津：南開大學出版社，1995 年，第一冊，卷三三，第 422 頁。

〔註297〕薛瑞兆，郭明志編《全金詩》，天津：南開大學出版社，1995 年，第一冊，卷三〇，第 377 頁，《題寶泉軒》。

碼，在色相世界穿越時空，體現禪意。王寂此詩緣於其佛法禪理的透闢明徹，傳遞超逸的詩意禪旨。另外如：「午晝葵花潑眼明，綠陰深處轆轤聲。燕泥吹落欺人睡，無賴薰風也世情。」〔註298〕「斷橋環曲水，蕭寺枕橫波。佛壁書蝸隸，僧窗網雀羅。天高延月久，地潤得春多。……」〔註299〕這些詩中的景色並不只是單純的精神轉移，更多的是精神契合，是詩人佛禪精神的象徵。

### （二）王寂受佛禪影響的原因

佛禪是王寂人生哲學、社會活動、日常生活的重要組成部分，佛禪精神深深浸染到王寂作品中。論及生成原因應不外乎如下幾種：

#### 1. 特定的時代、文化背景

金代繼承的文化傳統中有近千年佛禪思想的豐厚歷史積澱，而且自上而下崇佛風氣較濃。佛禪對金代文人的思維模式、價值觀念、生存狀態、審美趣味等方面都產生了深刻影響。這種影響在金代文人作為「社會人」，作為處在特定生存時空中複雜個體的綜合作用下，滲透於文人生命的深層，並呈現於文學創作活動中。

#### 2. 複雜的個體因素

首先，王寂家庭具有佛學背景。王寂父親王礎「夙植善根，奉法甚謹」，「從香林比丘悟柔傳出世法，飯蔬衣褐，翛然如僧」。〔註300〕臨終之際「置經於首，合首加額，跏趺以終。香聞滿室，信宿乃滅。」〔註301〕叔父淵公更是出家的僧人，遍歷叢林，精研佛理已達罷參。王寂以不得一見為恨，曾作詩待他時夜話張本。王寂成長於這種家庭，熟知、心儀佛禪義理，勢所難免。

王寂被命名為「寂」，本身就帶有佛禪因子。玄奘法師曾譯涅槃為「圓寂」。「寂」為永離一切煩惱生死之意。以王寂家庭所具有的佛學背景，為王寂取名「寂」絕非世俗「寂靜」之意，而是寄予了永離一切煩惱生死，不被煩惱生死所困擾，獲得一種純善純美的莊嚴解脫的意蘊和祝福。

〔註298〕薛瑞兆，郭明志編《全金詩》，天津：南開大學出版社，1995年，第一冊，卷三二，第411頁，《納涼蕭寺》。

〔註299〕薛瑞兆，郭明志編《全金詩》，天津：南開大學出版社，1995年，第一冊，卷三三，第421頁。

〔註300〕薛瑞兆，郭明志編《全金詩》，天津：南開大學出版社，1995年，第一冊，卷六，第83頁。

〔註301〕閻鳳梧編《全遼金文》，太原：山西古籍出版社，2002年，第1448頁，《書金剛經後》。

　　然而，任何人生活在世間都將經歷煩惱生死，有誰能夠了脫生死苦惱，驅除煩惱魔障呢！如前所述，王寂拙直的個性不善在官場逢迎，根本不適合官場生活，王寂將自己比作政壇上的「倦鳥」、「疲駑」、〔註302〕「老蠶」、「驚雁」，〔註303〕「狂直」、「孤清」的病竹。作為背負重望的世家子弟，他違背自己的本性，為貧出仕，終日在險惡的官場戰戰兢兢，卻仍然不免以衰朽之年慘遭政治風雨的摧折。他認識到「賣身買名何太錯」〔註304〕，對仕宦生涯價值愈來愈深地懷疑與否定，從而使佛禪成為精神解脫的唯一出路。王寂意欲學習白居易「中隱」，即半官半隱，既在物質上獲得保障，又在心理上拉開與政治生活的距離，這恰是唐代以來維摩詰式的理想生活模式，符合佛家外不著相，內不著空，於相離相，於空離空，內外圓融的主張。綜觀王寂一生行止與作品，其對佛禪持實用主義的態度。他學佛參禪的目的在於增強自身生存能力，提升自己的人生境界。其文學創作運用佛禪思維與表達方式，借詠寺、酬僧、題畫談禪說法，大量參借佛禪話語，因佛門和自然表現佛禪體悟，由生之苦難悟入苦諦、空諦。通過分析王寂文學作品具有濃厚的佛禪意蘊的突出表現及其深受佛禪思想浸潤的成因，展現金代中期士大夫儒釋立場的矛盾與掙扎，揭示佛禪與文學創作之間互動與互塑關係。

　　露電浮生中，在佛禪精神的輔助與指引下，金代文人士大夫尋味著現實人生的真諦與妙理，其文學創作也因濡染佛禪而增添了超逸、通脫的魅力，豐富了文化內涵。而在文學的批評觀念上，佛禪也深深影響金代文士。

## 五、佛禪與金代文人士大夫的文學批評觀念

　　馬克思在《〈黑格爾法哲學批判〉導言》指出，宗教「是這個（顛倒了的）世界的總的理論，是它的包羅萬象的綱領，它的通俗邏輯，它的唯靈論的榮譽問題，它的熱情，它的道德上的核准，它的莊嚴補充，它的藉以安慰和辯護的普遍依據」〔註305〕。宗教作為顛倒的世界觀，無助境遇中人們的「精神鴉片」，

〔註302〕 薛瑞兆，郭明志編《全金詩》，天津：南開大學出版社，1995 年，第一冊，卷三一，第 391 頁，《蔡州》。

〔註303〕 薛瑞兆，郭明志編《全金詩》，天津：南開大學出版社，1995 年，第一冊，卷三一，第 392 頁。

〔註304〕 薛瑞兆，郭明志編《全金詩》，天津：南開大學出版社，1995 年，第一冊，卷三〇，第 389 頁，《題中隱軒》。

〔註305〕 馬克思《馬克思恩格斯選集》第一卷，北京：人民出版社，1995 年，第 1～2 頁。

有其社會基礎和社會功能。在唯心主義盛行的時代，詩學觀念是不可能不受宗教影響的。中國金代文學批評觀念是當時上層建築中的社會意識形態，也受到佛禪這種「總的理論」「包羅萬象的綱領」的影響和制約。佛禪之於金代文學的影響，除了出現典型的深受佛禪思想影響的文人士大夫，流佈於其所創作之詩文，當然也體現於金代文學批評觀念。

### （一）佛禪影響金代文學批評觀念的途徑

佛禪影響金代文學批評觀念的途徑分為直接影響和間接影響兩種途徑。

直接途徑是指批評家受到來自於家庭、師友和與之交往的詩僧的影響。例如影響元好問文學批評觀念的直接路徑就將以上所說的幾個要素全部包含在內，從而成為其最有力的證明。

元好問與佛禪有深度的交集。在家庭影響方面，他所尊崇的生父元德明（1155～1203 年）「自幼嗜讀書，口不言世俗鄙事，樂易無畦畛，布衣蔬食處之自若，家人不敢以生理纍之。累舉不第，放浪山水間，飲酒賦詩以自適。」〔註306〕元德明在長達十五年的時間里居住於東山福田精舍，與恩禪師交契，這種生活與僧侶無異。元德明著有《東岩集》三卷，有些詩作抒發了與禪師的交遊情誼，描繪了靜寂的山中生活圖景，「不事雕飾，清美圓熟，無山林枯槁之氣」〔註307〕，透露出禪味。

《寒食再遊福田寺》：

　　春山寂寂掩禪扉，複嶺盤盤如翠微。

　　布襪青鞋供勝踐，粥魚齋鼓薦玄機。

　　日烘幽徑綠煙暖，風定曉枝紅雨稀。

　　曾是西堂讀書客，不應啼鳥也催歸。〔註308〕

《發冀州留別恩禪師》：

　　池古蓮花淨，窗深檜葉香。

　　何時重攜酒，來宿贊公房。〔註309〕

---

〔註306〕〔元〕脫脫等撰《金史》，北京：中華書局，1975 年，卷一百二十六，列傳第六十四文藝下，第2742 頁。

〔註307〕元好問《中州集》卷十，第526 頁，語出楊叔玉所撰元德明墓銘。

〔註308〕薛瑞兆，郭明志編《全金詩》，天津：南開大學出版社，1995 年，第二冊，卷五九，第268 頁。

〔註309〕薛瑞兆，郭明志編《全金詩》，天津：南開大學出版社，1995 年，第二冊，卷五九，第270 頁。

　　元好問非常珍視這些詩作，生死存亡之際還念念不忘要將之保存好。

　　在師友影響方面，元好問與趙秉文、李純甫相交甚深，此二人都喜佛學，劉祁曾在《歸潛志》（卷九）中記載趙秉文如何將涉佛道之作委託性英禪師結集刊刻，如何愛教人佛教行儀，勸人學佛的情節。〔註310〕李純甫是著名的居士，甚至專門跟隨曹洞宗高僧萬松行秀深入學習過佛法。劉祁曾在《歸潛志》中明確記載李純甫不但以詩文護教，還經常大談佛教，與意見相左之人辯駁〔註311〕。元好問《李屏山挽章二首》稱其「談塵風流二十年，空門明理孔門禪」〔註312〕。與這兩人的交往不能不使元好問受到佛禪影響。

　　在詩禪關係方面更能對元好問產生影響力的是詩僧。元好問與僧人交往甚密，涉及佛教寺僧的詩作四十多首，文近二十篇。在《寄英禪師師時住龍門寶應寺》一詩中稱自己「我本寶應僧，一念墮儒冠」〔註313〕。其中談及詩禪關係的作品也主要存在於元好問與性英禪師、汴禪師、相禪師、俊書記、聰上人等詩僧的詩文贈答中。元好問與性英兄弟論交四十年，與其書信往來，切磋詩藝，讚美他「思與神遇，故能遊戲翰墨道場而透脫叢林窠臼，於蔬筍中別為無味之味。皎然所謂性情之外不知有文字者，蓋有望焉……予嘗以詩寄之云：『愛君《山堂》句，深靖如幽蘭。愛君《梅花》詠，入手如彈丸。詩僧第一代，無愧百年間。』」〔註314〕元好問認可趙秉文對性英的評價「書如東晉名流，詩有晚唐風骨」〔註315〕。元好問所作《清涼相禪師墓銘》評價相禪師「其文頗能道所欲言，詩則清而圓，有晚唐以來風調。其深入理窟，七縱八橫，則又於近世詩僧不多見也。」〔註316〕詩作《寄英禪師師時住龍門寶應寺》評價「清涼詩最圓，往往似方干」〔註317〕。這些言論表明元好問廣泛閱讀過本朝詩僧以及前代風格類似的詩作，深入思考過他們的文學創作，而事實上從金代文學創作來看，元好問兩千多首詩作中也確實有不少反映出他與禪師們的詩文交

〔註310〕〔金〕劉祁撰《歸潛志》，北京：中華書局，1983年，第106～107頁。

〔註311〕〔金〕劉祁轉《歸潛志》，北京：中華書局，1983年，第105～106頁。

〔註312〕薛瑞兆，郭明志編《全金詩》，天津：南開大學出版社，1995年，第四冊，卷一二○，第108頁。

〔註313〕薛瑞兆，郭明志編《全金詩》，天津：南開大學出版社，1995年，第四冊，卷一一四，第32頁。

〔註314〕閻鳳吾編《全遼金文》，太原：山西古籍出版社，2002年，第3249頁。

〔註315〕吳文治編《遼金元詩話全編》南京：鳳凰出版社，2006年，第148頁。

〔註316〕閻鳳吾編《全遼金文》，太原：山西古籍出版社，2002年，第3117頁。

〔註317〕薛瑞兆，郭明志編《全金詩》，天津：南開大學出版社，1995年，第四冊，卷一一四，第32頁。

流，閱讀欣賞過汴禪師、相禪師、俊書記，聰上人等人的詩作，並對他們的詩風、特色給予了評價。

元好問本身在文學上造詣精深，是金代文學的集大成者，金代無人能出其右，即便在整個中國文學史上也是數得上的赫赫人物。在與佛禪關係方面，元好問所受的直接影響來自於他的父親，他與所交遊的朋友、詩僧廣泛深入地接觸，閱讀其作品並與之詩文贈答，無疑會加深元好問對佛教禪宗內涵的認識和領悟。

間接途徑則是來自於前代批評家那些與佛禪觀念相關的文學創作和批評觀念。皎然、司空圖、蘇軾、黃庭堅等人涉佛詩學觀念及文學創作無疑給予金代文人士大夫以薰陶和滋養。元好問、李純甫等人在創作實踐方面都有不少具有佛禪意蘊，佛禪情趣的作品。以下以元好問的作品為例進行闡釋。

《論詩三首》之三：

　　　暈碧裁紅點綴勻，一回拈出一回新。

　　　鴛鴦繡了從教看，莫把金針度與人。〔註318〕

《感興四首》其二：

　　　詩印高提教外禪，幾人針芥得心傳。

　　　并州未是風流域，五百年中一樂天。〔註319〕

《感興四首》其三：

　　　廓達靈光見太初，眼中無復野狐書。

　　　詩家關捩知多少，一鑰拈來便有餘。〔註320〕

《汴禪師自斫普照瓦為研以詩見餉為和二首》：

　　　……

　　　有刀堪切玉，是鏡不名磚。

　　　佛陰渝空劫，書林結後緣。

　　　禪河一勺水，更擬就師傳。〔註321〕

諸如此類的作品，不能不說是受禪宗、禪僧影響的結果。

---

〔註318〕 薛瑞兆，郭明志編《全金詩》，天津：南開大學出版社，1995 年，第四冊，卷一一四，第 223 頁。

〔註319〕 薛瑞兆，郭明志編《全金詩》，天津：南開大學出版社，1995 年，第四冊，卷一二五，第 203 頁。

〔註320〕 薛瑞兆，郭明志編《全金詩》，天津：南開大學出版社，1995 年，第四冊，卷一二五，第 203 頁。

〔註321〕 薛瑞兆，郭明志編《全金詩》，天津：南開大學出版社，1995 年，第四冊，卷一一九，第 85 頁。

據楊國勇先生統計，元好問著作裏涉及僧尼 125 人，寺院庵閣 154 個，佛教宗派涉及禪宗、華嚴宗、律宗、藏傳佛教。元好問還記敘過一些寺院改律為禪，門派消長，寺院作慈善事業等情況，為金代佛教文化做出過貢獻。〔註322〕

所有這些彙集在一起，構成了元好問與佛教、與佛教人物深有牽涉，在文學創作上深入思考過詩禪關係的明證。在此背景之下，元好問是完全有能力探討詩與禪的關係問題的。其他批評觀念的提出者也大致如此。

### （二）佛禪觀念、佛禪話語對金代文學批評觀念的影響

金代涉佛文學批評觀念主要表現為元好問的「詩禪會通說」、李純甫的「師心說」和張建的「圓成說」。三種批評理論滲透佛禪觀念，運用佛禪話語，或從文學本質層面探討了詩禪關係，或以自由無拘來衝擊儒家詩學觀念，或闡釋文章寫作要領，達成寫作的理想狀態，無一不顯示佛禪對金代文學批評觀念的深刻影響。

### 1. 詩禪會通說

元好問認為詩與禪會通互補，在文學本質論層面對詩與禪的關係進行了界定。

元好問《答俊書記學詩》云：

> 詩為禪客添花錦，禪是詩家切玉刀。
>
> 心地待渠明白了，百篇吾不惜眉毛。〔註323〕

後人對此詩的前兩句作出了兩種相反的解讀。錢鍾書將第一句解釋為「言詩於禪客乃贅疣也」〔註324〕，認為禪與詩扞格不兩立。禪人破除文字，無需作詩，否則就是「頭上安頭」，完全多此一舉，沒有必要。將第二句解釋為「正後村（劉克莊）所謂『將將鉛槧事作葛藤看'，須一刀斬斷」〔註325〕這即是說「詩是禪家（須用）切玉刀（斬斷的葛藤）」。程亞林先生則提出相反的解釋。他認為劉禹錫《過鴻舉法師寺院便送歸江陵》一詩的小引和《碧巖錄》中有關文字說明佛禪家用「花錦」一詞有褒貶二義，不可將詩歌一律視為禪家之「贅疣」「葛藤」的同義詞。無論就文本本身釋義還是以文本間的聯繫為背

---

〔註322〕楊國勇《元好問對中國宗教史的貢獻》，《中國史研究》1995 年第 1 期，第 117 頁～124 頁。

〔註323〕薛瑞兆，郭明志編《全金詩》，天津：南開大學出版社，1995 年，第四冊，卷一二六，第 226 頁。

〔註324〕錢鍾書《談藝錄‧以禪喻詩》北京：中華書局，1984 年，第 581 頁。

〔註325〕錢鍾書《談藝錄‧以禪喻詩》北京：中華書局，1984 年，第 581 頁。

景來釋義，元好問這兩句詩都應解釋為：詩能夠為禪客宣揚禪理描述禪事增添光彩，禪能夠使詩人更深入地領悟詩歌創作之理。〔註326〕而李正民、牛貴琥先生也不同意錢鍾書的看法。他們認為應解讀為「禪僧學詩，如錦上添花，使其不只是孤寂枯淡；詩人學禪，如掌握利器，能使困惑迎刃而解。」〔註327〕劉達科先生則認為前兩句裏每一句都含有相反的兩層意思。「詩作先以模棱兩可、似是而非、徘徊於兩端的語言來體現事物的二重性，即禪、詩彼此影響對方的正、反兩個方面。雖然禪家在傳道、悟道時以詩為媒體便會產生錦上添花的效果，但詩在傳達被佛家視為絕對的精神理念而無法用執著於名、相的語言文字準確表述的「一心真如」、諸法實相方面又不能沒有「贅疣」之嫌，就好比在本來已色彩斑斕的絲織品上再增添一些花飾一樣，讓人感覺是多餘的東西；詩的語言文字固然有極強的審美感染力，但對於注重「心傳」而擯斥「耳傳」、「目傳」的禪家來說，也確乃接引門徒、傳授佛法之大忌，自然也是「葛藤」了〔註328〕。這樣的解釋考慮到了詩與禪的同異之處，也注意了詩歌贈答雙方詩人與禪人的身份和立場的不同，更體現了詩歌話語蘊藉的特色，所以這個解釋應該是恰當的。詩的最後一句運用的是禪家典故，洩露秘密就會得麻瘋病，眉毛脫落，「不惜眉毛」就是不惜代價、不顧一切的意思。元好問真誠地向俊書記表示自己也沒有徹底弄清楚詩與禪之間到底存在什麼樣的關係，因而無法給出確切答案，只好等徹悟之後，就會知無不言，言無不盡。

那麼，元好問對詩禪會通說如何表述，對詩與禪，詩家與禪家已經存在哪些認識呢？元好問在《陶然集詩序》中云：

> 方外之學有「為道日損」之說，又有「學至於無學」之說，詩家亦有之。子美夔州以後，樂天香山以後，東坡海南以後，皆不煩繩削而自合，非技進於道者能之乎？詩家所以異於方外者，渠輩談道，不在文字，不離文字，詩家聖處，不離文字，不在文字。唐賢所謂「情性之外，不知有文字」云耳。〔註329〕

---

〔註326〕程亞林《〈答俊書記學詩〉錢說獻疑——兼論元好問的詩禪觀》，武漢大學學報（社會科學版）1989 年第 6 期，第 65～66 頁。

〔註327〕李正民、牛貴琥《試論佛教對元好問的影響》，民族文學研究，2005 年第 3 期，第 24 頁。

〔註328〕劉達科《佛禪話語與金代詩學》，《社會科學戰線》，2009 年第 12 期，第 135 頁。

〔註329〕閻鳳吾編《全遼金文》，太原：山西古籍出版社，2002 年，第 3248～3249 頁。

　　「為道日損」是每天堅持修禪不輟，就會每天都有精進。「學至於無學」，則是經歷長時間積累，最後量變達到質變，瞬間了悟。唐代大慈恩寺沙門窺基所撰《妙法蓮華經玄贊》卷一云：戒、定、慧三，正為學體，進趣修習名為有學，進趣圓滿止息修習，名為無學。這是在講說學道已至頂端，已經圓成，達到修證的最高果位，不需要再修學，無法可學，標誌最後得到解脫。學詩與參禪都必須經歷漸修而頓悟，有技進於道的共同規律。禪師去妄離欲，不斷參究，得機緣而悟道，詩家學習為詩之法，不斷實踐，杜甫，白居易、蘇軾都是在經過生活的磨礪之後，詩藝大進，最終達到「不煩繩削而自合」，漸老漸熟，歸於平淡，圓美自然。前文所述元好問《感興四首》之三「廓達靈光見太初，眼中無復野狐書。詩家關捩知多少，一鑰拈來便有餘」〔註330〕，就形象地表現了漸修之後頓悟的境界。

　　元好問接著從語言觀的角度比較了詩家聖處與禪家聖處，得出兩家對言意關係的不同理解。方外之人談道，「不在文字，不離文字」，即禪家「以心傳心，皆令自解自悟」（《壇經》慧能語），重默傳心印而視語言文字為滯累，主張破除文字，不依靠文字，但出於參禪悟道、傳法弘教的需要，又不得不聊借文字作為到達悟境的舟筏，示現、解悟佛心禪理的工具。

　　詩家聖處在於「不離文字，不在文字」，寫詩要憑藉語言符號，但不能被文字束縛、局限，而應注意文學語言含蓄蘊藉的性質，注意表現出言外之意。文人士大夫和詩僧的創作實踐都表明，詩家語言「不離文字，不在文字」向佛家語言滲透，使中國禪宗語言具有含蓄蘊藉的審美意味；而佛家「不在文字、不離文字」的語言觀滲透於古代中國詩歌語言，則加強了追求「言外之意」、「味外之旨」、「韻外之致」的審美傳統。今人葉維廉表達過類似的觀點，且同樣運用到佛禪話語：「詩提供一種『別趣』，一種不為語言所詮的別趣。詩作為一種存在，不著痕跡，玲瓏透徹，不障，不礙。詩以暗示托出如空中之音、相中之色、水中之月、鏡中之象。那就是說，語言文字在詩中的運用或活躍到一種程度，使我們不覺語言文字的存在，而一種無言之境從語言中湧出。」〔註331〕優秀的詩歌確實是這樣一種存在，玲瓏透徹，不著痕跡，充滿暗示意味，能夠使讀者從詩歌語言中充分領略無言之境，向讀者提供一種超越語言的別趣。

---

〔註330〕薛瑞兆，郭明志編《全金詩》，天津：南開大學出版社，1995 年，第四，卷一二五，第 203 頁。
〔註331〕葉維廉《中國詩學》，北京：生活・讀書・新知三聯書店，1992 年，第 108～109 頁。

禪宗和詩歌的語言都具有形象含蓄的特點，禪宗領會禪理、參究悟道的非邏輯而合邏輯的特點與詩歌表現也相通。兩者之間的區別在於禪宗以心性為本體，借助語言表現禪理，詩歌語言則體用合一。這就是詩與禪在語言文字上的同異所在。

## 2. 師心說

所謂「師心說」，是指由金代文學家李純甫（1177～1223 年）提出的，以佛禪思想為理論來源的，在金代詩學史上頗有影響的文學批評觀念，包括「詩無定體」、「惟意所適」、「字字以心為師」等等主張。此說集中表現在李純甫為劉汲的詩文集《西巖集》所作的序文，元好問以贊同的態度在《中州集》卷二《劉汲傳》中大段引用。

「師心說」這個文學批評觀念是在金代後期文風浸衰，一片浮靡的背景下提出的。當時文壇盟主趙秉文也提出「因事遣辭，形吾心之所欲言者」，但他所強調的是「明王道，輔教化為主」的詩文之意，其實是師法古人，李純甫則是師法自心，更加突出「心」、「意」，而此心此意卻是指不受法度約束的、自由的個性與真情，對傳統的儒家詩學觀念造成了衝擊。

李純甫為劉汲的詩文集《西巖集》所作的序文云：

> 人心不同如面。其心之聲發而為言，言中理為之文，文而有節為之詩。然則詩者，文之變也，豈有定體哉！故三百篇，什無定章，章無定句，句無定字，字無定音，大小長短，險易輕重，惟意所適。雖役夫、室妾悲憤感激之語，與聖賢相雜而無愧，亦各言其志也已矣。〔註332〕

這段話有兩個關鍵。一個是「詩者，文之變也，豈有定體哉！」，以強烈反問的語氣提出自己的主張「詩無定體」。接著以比喻論證的方法展開推理：人心不同猶如人面各異，心不同，其言自然不同。文乃有理之言，詩乃有節之文，因此，文體詩體都是隨心不同，言不同而發生變化，沒有固定的體制。而且回到中國詩歌源頭，從《詩經》那裏印證自己的主張。李純甫看來，《詩三百》就是「惟意所適」的性情之語，言志之語。這就涉及第二個關鍵「惟意所適」。意，此處應指作家的所思所感。「惟意所適」就是提倡作家從自己心中流出自然真情，形之為詩文。李純甫在《為蟬解嘲》中就有「字字皆以心為師」之說。意思與「惟意所適」基本相同，都在強調作家應遵從自己的內心，自由

---

〔註332〕〔金〕元好問《中州集》北京：中華書局，1959 年，上冊，第 76 頁。

地表達自己的所思所感，而不是為繩墨所拘，喪失情性。這樣李純甫的文學批評觀念就可以用「師心說」來界定了。在「師心」的批評理念下，李純甫批駁令他感到可笑的三種重體制而輕情志的文學批評觀念。一、批齊梁以降聲律類俳優、沈宋以下句讀甚俚俗的風氣，二、批晚唐西崑體效李義山用僻事奇字，三、批江西派雕琢剽竊，毫無性情。這些人不睹屈原的真摯憂憤，不知杜詩的典雅渾厚，嘲笑韓退之與白樂天，不知應該從心而發作真情之詩，多麼可笑而悲哀。李純甫所讚賞的，除了《詩經》裏的「悲憤感激之語」，杜甫的「典雅渾厚之氣」，還有黃庭堅「天資峭拔，擺出翰墨畦徑，以俗為雅，以故為新，不犯正位如參禪，著末後句為具眼」〔註333〕。李純甫的「師心說」是對劉勰《文心雕龍・體性》中「各師成心，其異如面」〔註334〕理論的發展，是對金代文學奠基者，金初詞壇盟主宇文虛中（1079～1146年）「語不復鍛鍊，要之皆肺腑中流出」〔註335〕觀念的發揮，是對趙秉文儒家文學功用觀「明王道，輔教化」〔註336〕的反撥。

「師心」這個文學批評觀念由李純甫提出，論證並實踐於詩文創作，每一步都滲透著佛禪的深刻影響。

李純甫本人個性鮮明獨特，自由恣肆，「出禮法外」，在佛學方面造詣非凡。因而能將佛禪心性學說作為自己文學批評理念的立論基石。「詩無定體」，「惟意所適」，「字字皆以心為師」等主張的思想根源，實在與佛教三界唯心、心生萬法之觀念，禪宗專注於主體覺悟，認為人自性完滿，要求破除拘執，本心自然流露的心性理論，以及遊戲三昧的禪宗觀念密切相關。

「詩有參，禪亦有參；禪有悟，詩亦有悟」〔註337〕，文學創作同佛教禪宗一樣是屬於主觀性強烈的精神活動，詩歌創作的目的在於展現作家豐富真實的內心世界，而禪宗強調眾生本覺，自性圓滿，因而可以識心見性、直指人心、自成佛道。這些思想啟發作家發揮其主導作用，重視天性、本真的自然流露。可以說佛禪心性學說是「師心說」理論的一個來源。

---

〔註333〕〔金〕元好問《中州集》北京：中華書局，1959年，上冊，第77頁。

〔註334〕〔南朝梁〕劉勰：《文心雕龍》王志彬譯注，北京：中華書局，2012年6月，第330頁。

〔註335〕〔金〕元好問《中州集》北京：中華書局，1959年，上冊，第4頁。

〔註336〕〔金〕趙秉文《閑閑老人滏水文集》，上海：商務印書館，1937年，第231頁。

〔註337〕顧易生、蔣凡、劉明今，宋金元文學批評史，1996年，第954頁，林昉《〈白雲集〉序》。

「師心說」的另一個佛禪理論來源是「遊戲三昧」思想。六祖《壇經》解說遊戲三昧云:「若悟自性,亦不立菩提涅槃盤,亦不立解脫知見。無一法可得,方能建立萬法。若解此意,亦名佛身,亦名菩提涅槃,亦名解脫知見。見性之人,立亦得,不立亦得,去來自由,無滯無礙,應用隨作,應語隨答,普見化身,不離自性,即得自在神通,遊戲三昧,是名見性。」〔註338〕遊戲之意就是自在無礙;三昧之意就是不失正定。遊戲三昧是不失定意又自在無礙,指自由解脫的禪悅之境。李純甫認為翰墨文章是達到禪悅境界的方便法門。他在《重修面壁庵記》云:

> 梁普通中,有菩提達摩人士自西方來,孤唱教外別傳之旨。……雖狂夫愚婦,可以立悟於便旋顧盼之頃。如分餘燈以燭冥室,顧不快哉!道冠儒履,皆有大解脫門;翰墨文章,亦為遊戲三昧。此師之力也。〔註339〕

李純甫《程伊川異端害教論辯》云:「翰墨文章,亦遊戲三昧;道冠儒履,皆菩薩道場。」〔註340〕文學創作惟意所適又不違背真性,詩無定體而可自由揮灑。這樣,作家可以用自由之筆超越現實束縛,覺解人生,實現遊戲三昧。

李純甫在文學批評觀念上打通詩文與佛禪,呈現禪宗自由無拘的本色。他闡釋自己文學批評觀念,教導後學和評價其他詩人時常常運用佛禪語彙,從中也能一窺其禪學根源和禪學趣尚。例如上文中評價黃庭堅「擺出翰墨畦徑,以俗為雅,以故為新,不犯正位如參禪,著末後句為具眼」一段話。「不犯正位」,出自曹洞宗正偏五位思想。『正』指本體、靜、空、平等、絕對、本覺、真如等;『偏』指事相、動、色、差別、相對、不覺、生滅等。正偏回互,組成五種不同的關係,是為正偏五位」〔註341〕如君為正位,臣為偏位。「不犯正位」是繞道說禪,不直接道出佛法禪機。例如宋釋惠洪(1071～1128年)曾評價匡化《龍牙和尚半身畫像贊》云:「日出連山,月圓當戶。不是無身,不欲全露」之語體現曹洞家風,「不犯正位,語忌十成」,「匠心獨妙,語不失宗」〔註342〕。

---

〔註338〕賴永海主編,尚榮譯注〔唐〕慧能. 壇經. 北京:中華書局,2010 年,頓漸品第八,第 151 頁。

〔註339〕〔金〕劉祁、崔文印點校,歸潛志〔M〕.北京:中華書局,1983 年,卷一,第 8 頁。

〔註340〕閻鳳梧編《全遼金文》,太原:山西古籍出版社,2002 年,第 2622 頁。

〔註341〕吳言生《禪宗詩歌境界》,北京:中華書局,2002 年,第 131 頁。

〔註342〕〔宋〕釋惠洪撰,林間錄卷上,文淵閣四庫全書子部十三,釋家類,第 1052 冊,0808b 頁。

李純甫評價黃庭堅作詩不直接說破詩意，以借代、隱語、暗示來旁敲側擊，曲折含蓄，意正而語偏，不容易讓人勘破。此外，「以故為新」也與禪宗「翻案法」的思維、語言特色有直接的聯繫。而「翰墨畦徑」一語曾經在《新唐書》的《李賀傳》中出現，贊李賀「絕去翰墨畦徑」﹝註343﹞，即李賀能獨樹一幟，打破了詩歌寫作的常規。宋代張元幹《跋蘇昭君〈楚語〉後》所云：「竊竊然追逐前賢步武間，心殫力疲，不能跳脫翰墨畦徑，良可恨耳。」﹝註344﹞，此語段中的「翰墨畦徑」也是此意。李純甫評價黃庭堅確立了許多作詩之法，別人不易跳脫。這種從宋代詩人開始形成規模的詩歌寫作理念和技法也是從禪宗那裏搬來的。以故為新，不犯正位等句子就是在說黃庭堅也是在模範前人，其創作主張和實踐也是從禪宗理念和修禪之法發展而來。這是在強調詩禪相通，也是間接認同黃庭堅「如禪家句中有眼」的詩學主張。

再如劉祁《歸潛志》所云：

> 屏山教後學為文欲自成一家，每曰：「當別轉一路，勿隨人腳跟。」古文多喜奇怪。……晚甚愛楊萬里詩，曰：「活潑剌底，人難及也。」﹝註345﹞

「別轉一路」是從禪宗臨濟十三種句之一「轉身一句」而來。「活潑剌底」則由禪宗「死蛇弄得活」之說翻出，且南宋葛天民《寄楊誠齋》詩裏點出：「參禪學詩無兩法，死蛇解弄活潑潑。」﹝註346﹞李純甫「以故為新」、「別轉一路」、「活潑剌底」都與佛禪有語源聯繫，都是強調創作中使典用事要賦予新內容、新意義。讓前人作品中的死文字和已成為陳跡的死故實活起來，賦於其新的內容和生命力。這種張揚個性，注重創新、反對襲蹈前人，追求藝術獨特性的主張也與禪宗觀念聯繫在一起。

在詩歌創作上，李純甫現存的 33 首詩為「詩無定體」、「惟意所適」「自成一家」的詩學觀念做了最佳注解。他直寫襟懷，惟意所到，豪邁不羈。詩句式參差、韻律多變，意象雄奇，抑仰跌宕，怪奇詭譎，有點兒像禪宗機鋒，氣勢迫人，完全從詩人自心出發，特色鮮明，獨樹一幟。如《為蟬解嘲》：

﹝註343﹞〔宋〕歐陽修撰，新唐書卷二百三，列傳第一百二十八，文藝下，李賀。文淵閣《四庫全書》史部，正史類。

﹝註344﹞張元幹：《蘆川歸來集》卷九，《文淵閣四庫全書》，集部四，別集類三。

﹝註345﹞〔金〕劉祁著，崔文印點校《歸潛志》，北京：中華書局，1983 年，卷八，第 87 頁。

﹝註346﹞《文淵閣四庫全書》集部八，總集類，江湖小集《葛天民小集》，卷六十七。

> 老蜣破衲染塵緇，轉丸如轉造物兒。
>
> 道在矢溺傳有之，定中幻出嬋娟姿。
>
> 金仙未解羽人屍，吸風飲露巢一枝。
>
> 倚仗而吟如惠施，字字皆以心為師。
>
> 千偈瀾翻無了時，關鍵不落詩人詩。
>
> 屏山參透此一機，髯弟蟠兄何見疑。
>
> 此理入玄人得知，髯弟恐我餐卻西山秀，蟠兄勸我吸卻壺盧溪。
>
> 因蟬倩我問渠伊，快掉葛藤復是誰，髯弟絕倒蟠兄嘻。〔註347〕

這首詩「字字皆以心為師」、「關鍵不落詩人詩」兩句是李純甫以禪悟得詩家玄機的法眼之句。以心為師，大膽展露個性，超越前人，方為徹悟。全詩句法參差、意象奇特，率性而為，如禪宗機鋒一般的詩句迫使讀者費盡思量去參破，延長了感知時間，增加了解讀難度，增添了詩作的魅力，充分表現出李純甫的詩學主張和個性風格。

受李純甫影響，尚奇詩派詩人李經也聲稱其創作「措意不蹈襲前人一語」，以「師心」為創作準則。這與李純甫講求新變，自成一家，強調創作主體的獨特審美體驗的詩學主張是一致的。

需要指出的是，李純甫的文學批評主張雖然有其佛禪思想來源，但並不能完全認為與其他儒道兩家就一點沒有聯繫，只是佛禪觀念在文學創作方面的簡單移植。禪宗強調自性體悟的主觀能動性，與儒家本就有相通之處，而且與儒家「物感說」接近，都強調心感物，強調主體心靈的主導作用。只不過「物感說」沒有停留在主體自身，還注意到了物之作用「人心之動，物使之然也。」文學創造要兼顧主體客體兩方面的作用。「師心說」與莊子的心齋、坐忘也有相通之處。李純甫能扣住時代的脈搏，以師心說為文壇弊病開出良方，抓住了文學創作的特性，對於重技巧、重體制，忽視真摯情感和獨特個性的文壇流弊起到了警醒、療救的作用。

### 3. 圓成說

「圓成說」是由金代詩人張建提出的。《中州集》卷七《蘭泉先生張建》小傳中記載張建論詩云：

> 作詩不論長篇短韻，須要詞、理具足，不欠不餘。如荷上瀉水，

---

〔註347〕薛瑞兆，郭明志編《全金詩》，天津：南開大學出版社，1995年，第三冊，卷八七，第159頁。

散為露珠，大者為豆，小者如粟，細者如塵。一一看之，無不圓成，
始為盡善。〔註348〕

「圓成說」影響很大，曾被南宋著名詞人、文學家周密所著《浩然齋雅談》
引述，可做金代文學批評觀念對南宋詩學有影響之明證。「圓成說」在內涵的
豐厚程度上雖然遜於「詩禪會通說」和「師心說」，但亦能體現金代詩學關涉
佛禪。

「圓」之一字，本有周全、完備、宛轉、滑利、運轉無礙之意，漢語中
有圓潤、圓熟、圓滿詞彙，還有佛教用語「圓融」，指沒有矛盾，沒有障礙的
境界。張建所說的「圓成」，指圓滿、美滿，本為佛家術語，是圓滿成就佛果
之意。《楞嚴經》卷一：「發意圓成一切眾生無量功德」〔註349〕。唐代惟勁禪
師《覺地頌》：「性起無生不動智，不離覺體本圓成」〔註350〕。可見佛教追求
修行之「圓成」（成就圓滿）。唐代常達《山居八詠》之七「胡僧論的旨，物
物唱圓成」〔註351〕。現代學者錢鍾書就「圓成」做出過闡釋：「譯佛典者亦
定『通圓』、『圓覺』之名，圓之時義大矣哉。推之談藝，正爾同符。」〔註352〕
佛家「像教」之「相」也以「圓」為尚。宋人受禪學「圓成」之說的啟發，
借「圓成」以標舉詩的至高境界。宋代詩人、批評家吳可《學詩詩》之三：
「學詩渾似學參禪，自古圓成有幾聯？」〔註353〕蘇籀《欒城先生遺言》「使
心如旋床，大事大圓成，小事小圓轉，每句如珠圓」〔註354〕，闡釋了文章寫
作的要領。

「不欠不餘」之語，也出自佛教典籍。《五燈會元》卷一載僧璨《信心銘》：
「至道無難，唯嫌揀擇……圓同太虛，無欠無餘。」〔註355〕當然，「圓成說」
並非將佛教術語簡單地移植到詩歌創作中來，它包括詩歌藝術成就的許多方
面，諸如聲韻、句子、語詞、詩體、意境、意蘊等詩歌創作涉及的各個因素、

---

〔註348〕〔金〕元好問《中州集》（下冊），北京：中華書局，1959年，第334頁。

〔註349〕賴永海主編，賴永海，楊惟中譯注，楞嚴經，北京：中華書局，2010年，第
2頁。

〔註350〕〔宋〕道元輯，朱俊紅點校，《景德傳燈錄》（下冊），海口：海南出版社，2011
年，第1044頁。

〔註351〕《文淵閣四庫全書》集部八，總集類，御定《全唐詩》卷八百二十三。

〔註352〕錢鍾書：《談藝錄·說圓》，北京：中華書局，1984年，第112頁。

〔註353〕《文淵閣四庫全書》集部九，詩文評類《詩人玉屑》卷一。

〔註354〕《文淵閣四庫全書》子部十，雜家類三，雜說之屬。

〔註355〕〔宋〕普濟著，蘇淵雷點校，《五燈會元》，北京：中華書局，1984年，49頁。

各個方面都追求達到「圓成」，即詞理豐腴，形完氣足，充實飽滿，完美無缺的理想狀態。

「圓成說」的理論內核在「圓」。「成」，承前之意，應有成熟、完備、完美等意思。「圓」不僅是佛家語，也是中國古代文學藝術追求的至境之一。早在唐代，白居易在《記畫》中論述清河張敦簡的畫作時，提出過「形真而圓，神和而全」〔註356〕的審美要求。南宋胡仔（1110～1170年）《苕溪漁隱叢話》引宋人王直方《詩話》云：「謝朓嘗語沈約曰：『好詩圓美流轉如彈丸。』故東坡《答王鞏》云：『新詩如彈丸』。又《送歐陽季弼》云：『中有清圓句，銅丸飛柘彈。』蓋詩貴於圓熟也。」〔註357〕南宋嚴羽（1192？～1245？年）《滄浪詩話》謂詩「造語須圓」〔註358〕。清人張英《聰訓齋語》有云：「天體至圓，萬物做到極精妙者，無有不圓。聖人之至德，古今之至文、法帖，以至一藝一術，必極圓而後登峰造極。」〔註359〕這是將「圓」視為美的最高境界。「圓成說」反映了金代文人為矯正風行一時而又頗多缺失的江西詩風而做出的努力。張建提出「圓成說」類似於蘇軾援禪法入詩學。今人張宏生認為宋人吳可言及「圓成」之語，「也就是反對片面在字句上下工夫，提倡『等閒拈出』，這都與蘇軾一脈相承。所以，蘇軾拈出《楞伽》中的傳心之言，在某種程度上，也是有見於當時逐漸形成規模而在他看來又不無缺失的江西風習」。〔註360〕

「圓」是金人詩歌創作美學追求的一個重要方面，也是金人論詩、評詩的基本準則之一。金人使用該範疇時在文字上多有變化。如王若虛在詩作《王子端云「近來陡覺無佳思，縱有詩成似樂天」，其小樂天甚矣。予亦嘗和為四絕》〔註361〕之四中贊唐代大詩人白居易詩「百斛明珠一一圓，絲毫無恨徹中邊」。元好問也多次用「圓」來讚美他人詩作。如：《題椊軒九歌遺音大字後》讚美完顏璹「詩筆圓美」〔註362〕，元好問所撰《元德明小傳》贊元德明詩「清美

---

〔註356〕《文淵閣四庫全書》集部，總集類，欽定《全唐文》卷六百七十六，白居易二十一。

〔註357〕《文淵閣四庫全書》集部九，詩文評類《苕溪漁隱叢話》前集，卷三八，東坡一。

〔註358〕《文淵閣四庫全書》集部九，詩文評類《滄浪詩話·詩法》。

〔註359〕〔清〕葛元煦輯：《嘯園叢書》光緒間葛氏袖珍刻本，《聰訓齋語》卷上。

〔註360〕張宏生，《宋詩：融通與開拓》，上海：上海古籍出版社，2001年，第151頁。

〔註361〕《中州集》此詩題為《王內翰子端詩，近來陡覺無佳思，縱有詩成似樂天」，其小樂天甚矣，漫賦三詩，為白傳解嘲。》》

〔註362〕《文淵閣四庫全書》集部五，別集類四，《遺山集》卷四十。

圓熟」〔註363〕，《清涼相禪師墓銘》中贊清涼相禪師的詩「清而圓」〔註364〕、《寄英禪師，師時住龍門寶應寺》一詩又稱讚相禪師的詩作「清涼詩最圓」〔註365〕，《南鄉子‧幽意曲中傳》將婉轉動聽的歌唱比喻為「一串驪珠個個圓」〔註366〕，在《木庵詩集序》中說性英《梅花》詩「入手如彈丸」〔註367〕，著意仍在圓。

　　以上所論僅僅是金代具有代表性的涉佛文學批評觀念，在佛禪與金代詩學這一研究領域仍然存在更大開發空間。應該說，金代文學批評理論運用了佛禪語彙，浸透著佛禪觀念，展現著佛禪對金代詩學的影響，揭示了佛禪與文學批評理論的密切關係，彰顯了文學批評中豐富的文化內蘊。作為宗教的佛禪雖然屬於唯心主義，並不科學，但佛禪滲透於文學批評觀念中，肯定人的心靈、人的情感和人的智慧，佛禪理念和思維方式對金代詩學影響的積極一面顯而易見。而金代涉佛文學批評觀念與唐、北宋等前代及與金同時代的南宋文學批評家、詩人的涉佛文學批評觀念有千絲萬縷的聯繫，是中華關涉佛禪的文學批評觀念的新發展，這恰好是中華民族大融合在金代文學思想方面的重要體現。

---

〔註363〕　元好問編《中州集》，北京：中華書局，1959 年 4 月，卷十，下冊第 526 頁。
〔註364〕　閻鳳梧編《全遼金文》，太原：山西古籍出版社，2002 年，第 3116 頁。
〔註365〕　薛瑞兆，郭明志編《全金詩》，天津：南開大學出版社，1995 年，第四冊，卷一一四，第 32 頁。相禪師往往住清涼寺。此處「清涼」即是指相禪師。
〔註366〕　唐圭璋編《全金元詞》北京：中華書局，2000 年，上冊，第 94 頁。
〔註367〕　閻鳳梧編《全遼金文》，太原：山西古籍出版社，2002 年，第 3249 頁。

# 第三章　金代詩僧及其創作

　　「詩僧」與「僧詩」是中國古代文學史上獨特的審美現象，從東晉有僧人詩流傳，到唐代出現詩僧一詞，千餘年來伴隨佛教在中國的傳播、演變而長期存在、發展。詩僧群體的存在及其創作活動，與其他文學群體和文學創作活動共同塑造了中國文學的面貌，是文學史上是重要的文學事實，並佔據不可忽視的地位。

　　金代佛教在繼承遼代、北宋佛教的基礎上繼續發展，惜乎國祚短暫，且為少數民族所建立，其文學文化成果本來就因民族偏見不為後世所重，加之受到戰火綿延，朝代更迭的極大影響，金代僧侶之作隨整個金代文學成果一起散佚甚多，後世對金代詩僧及僧詩的研究一直存在空白之處。筆者擬著眼於「詩僧」兼具詩人和僧人雙重身份，從現存各類文獻，包括佛教典籍、碑帖石刻、金詩總集中搜羅彙集金代僧侶詩作，一方面裨補文學總集之遺漏，更藉以揭示金代僧侶詩歌創作的面貌，具體探索金代詩歌與佛教間的交互關係。

## 一、詩僧與僧詩的界定

　　為了確定金代詩僧與僧詩的研究範圍，首先需要對詩僧與僧詩的概念加以界定。關於「詩僧」的界定，不同學者有不同的觀點。儀平策從詩僧與大乘佛教內在的淵源關係及大乘佛教文化精神入手，對詩僧做了廣義上的闡釋，認為詩僧包括出家詩人與在家修行佛教的居士詩人。〔註1〕筆者認為這樣的界定容易造成出家詩人與世俗詩人的混淆，過於空泛。而孫昌武則認為詩僧「不是

---

〔註1〕儀平策《中國詩僧現象的文化解讀》，《山東大學學報》，1994 年第 2 期，第 41
　　　頁。

一般的佛教著作家,也不是普通的能詩的僧人,而專指唐宋時期在禪宗思想影響下出現的一批僧形的詩人……自中唐時期出現,兩栖於文壇與叢林,是禪宗大興所造成的獨特社會環境的產物。」〔註2〕。「詩僧是叢林中以詩為務的畸形人物,他們在禪宗興盛時出現,到北宋禪宗衰落時也隨著消失了。特殊的時代條件造就了他們特殊的生活方式和創作風格,在整個詩壇上佔有特殊的一席地位。後代特別是明、清時期仍多有能詩的僧侶,也被稱為「詩僧」,但與唐宋禪門的詩僧性質上是顯然不同的。」〔註3〕在孫昌武看來,詩僧專指唐宋「披著袈裟的詩人」。這個界定又太過嚴格,很多有詩才的僧人都難以擴入詩僧群體之中,有遺珠之憾。

覃召文《禪月詩魂──中國詩僧縱橫談》則以「詩僧是作詩之釋子」〔註4〕做了概括,胡大濬將詩僧定義為「僧人工於詩者」、「有詩傳世的僧人」,〔註5〕筆者認為這個定義回到了唐宋人使用詩僧的原初概念──釋子工為詩者,可視為能表現詩僧文化特質的較為恰切的界定。從「僧」與「詩」之間的關係以及詩僧所產生的背景出發,區別於世俗詩人,根本身份為僧侶,且能詩、善詩甚或以詩名著稱於世,確乎可稱為「詩僧」。

關於僧詩,似乎只要是僧侶所作之詩即可稱為僧詩,但事實上,學術界對僧詩的界定也一直處於模糊不定的狀態,其焦點在於偈頌類作品是否算作僧詩。以往收錄僧詩的作品集有的收錄僧侶偈頌類作品,如胡震亨《唐音統籤》,而曹寅編《全唐詩》則一篇不收。另外,什麼形式的偈頌類作品可以算做詩也不確定,如陳尚君《全唐詩補編》將四言偈頌類作品剔除,五言偈頌讚銘卻收錄了。薛瑞兆主編的《全金詩》則將當時能搜羅到的金代僧侶偈頌類作品全部收錄。

如果我們從偈頌的發展角度來觀照,就會發現詩化了的各種偈頌類作品都應該視為僧詩。「偈頌」乃是佛典體裁「伽陀」之漢譯,是獨立的韻文,分為別偈和通偈,通常篇幅較短,以四五言為主,也有六言、七言的,體制嚴格,格律固定,與中國傳統詩歌極為相似,受到中國僧人的喜愛,他們常常借偈頌

〔註2〕孫昌武《禪思與詩情》,北京:中華書局,2006年,第316頁。

〔註3〕孫昌武《禪思與詩情》,北京:中華書局,2006年,第328頁。

〔註4〕覃召文《禪月詩魂──中國詩僧縱橫談》,北京:生活‧讀書‧新知三聯書店,1994年,第3頁。

〔註5〕胡大濬《唐代詩僧與唐僧詩述略》(上),《蘭州交通大學學報》,2009年第5期,第1頁。

闡釋佛理，傳法後學。禪宗興起後，禪師所作偈頌完全可以視為詩。在形式上禪詩有古體、近體甚至詞曲，內容上不但闡釋佛理，而且融入說法傳道者的情感，這種寓禪理於形象之中、情理交融的創作手法使禪詩說服力和感染力大大增強。「偈頌」與「詩」已經難以截然分開，可以說，禪詩就是一種哲理詩。

因此，筆者將金代所有能詩之出家僧侶視為「詩僧」，其所作講究節奏韻律的作品皆視為僧詩，包括偈頌體詩歌。

## 二、金代詩僧創作緣由

金代詩僧作詩之由概括起來不外乎個人因素與社會歷史因素兩種。在個人因素之中，還可以大致分為以詩明佛的宗教因素、以詩道情遣懷的藝術因素、以詩才擴大聲名，獲得賜號賜衣的人生動機。這幾種因素往往交織在一起，因時因人有所側重。

### （一）詩僧創作個人因素

#### 1. 以詩明佛的宗教因素

禪僧作詩與帝王、文人士大夫作佛禪交際、留偈於後學和信眾，這都是為了明佛知見，以詩為佛事，將內學與外學結合，借助詩偈宣說佛理。金代高僧塔銘中所記載的僧侶偈頌詩都在此列。

#### 2. 以詩道情遣懷的藝術因素

詩僧借助文學手段，以詩的形式吟詠情性，以詩道情遣懷，表現禪心佛蘊，宗教與塵緣難分，詩情與佛理交融。釋惠才《山居吟》：「山僧樂道無拘束，破衣壞衲臨溪谷。或歌或詠任情足，僻愛山泉伴麋鹿。水泠泠兮漱寒玉，風清清兮動疏竹。閒身悅唱長生曲，石鼎微煙香馥郁。幽居免被繁華逐，贏得蕭條興林麓。大道無涯光溢目，大用無私鬼神伏。知音與我同相續，免落塵寰受榮辱。浮生夢覺黃粱熟，何得驅驅重名祿。」〔註6〕釋性英《歸潛堂詩》：「二陸歸來樂有真，一堂棲隱靜無塵。詩書足以教稚子，雞黍猶能勞故人。瑟瑟松風三徑晚，濛濛細雨滿城春。因君益覺行蹤拙，又為浮名係此身。」〔註7〕這些詩作表現樂道任情，不受紅塵拘束。

---

〔註6〕薛瑞兆，郭明志編《全金詩》，天津：南開大學出版社，1995年，卷一八，第241頁。

〔註7〕薛瑞兆，郭明志編《全金詩》，天津：南開大學出版社，1995年，卷一零二，第423頁。

### 3. 以詩才獲取名利的人生動機

僧侶本應清淨其志，無意於浮名，但對「詩名」卻常縈懷。性英將所作《山堂》、《梅花》二詩寄給元好問，好問稱賞：「愛君《梅花》篇，入手如彈丸。愛君《山堂》句，深靜如幽蘭。詩僧第一代，無愧百年間。」〔註 8〕由元好問將此二詩傳至京師，「閒閒趙公，內相楊公，屏山李公及雷、李、劉、王諸公相與推激，至以不見顏色為恨。」〔註 9〕釋箕詩作《元夕懷京都》「甚為時人所稱」〔註 10〕詩僧因做得好詩一鳴驚人，身價倍增，能與當世名士平起平坐，交遊酬唱，詩名流傳，正是其追求立名的結果。

除了追求聲名，僧侶還以詩才獲得實利。北京上方山兜率寺空寂禪師被完顏亮賜號遐齡益壽禪師，完顏亮見其臨終留偈，又「降旨遣祭，賜白鏹三百兩，為之建塔樹碣。」〔註 11〕而萬松行秀以詩才獲得的聲名和實利都是相當可觀的：「以詩進，上（章宗）喜。翌日，臨幸方丈，改將軍堝為獨秀峰，蓋取師名。留題而去。……八年……復主萬壽。庚寅（1230），御賜佛牙一，仍敕『萬松老人焚香祝壽』，重之不名也。〔註 12〕據《佛祖歷代通載》：「金明昌四年（1193），詔請萬松長老於禁庭升座，帝親迎禮，聞未聞法，開悟感慨，親奉錦綺大僧祇支，詣座授施。后妃、貴戚羅拜拱跪，各施珍愛以奉供養，建普度會，施利異常。」〔註 13〕

### （二）金代詩僧創作的社會歷史因素

僧侶作詩除了個人強大的內驅力，社會歷史因素同樣不容忽視。東晉袁宏《三國名臣序贊》云「時方顛沛，則顯不如隱」〔註 14〕追根究底，正是由於社會政治、經濟、文化狀況沒有充分提供給文人士子實現功業理想的機會，他們才會選擇僧侶這樣一個既不辱先，又可存身的職業。僧德普頗喜字畫、作詩，性格俊爽不羈，「俶儻有機術……嘗為尤虎高琪所重，在軍中論兵。」〔註 15〕

---

〔註 8〕閻鳳梧編《全遼金文》，太原：山西古籍出版社，2002 年，《木庵詩集序》，第 3249 頁。

〔註 9〕閻鳳梧編《全遼金文》，太原：山西古籍出版社，2002 年，《木庵詩集序》，第 3249 頁。

〔註 10〕〔金〕元好問《中州集》，北京：中華書局，1959 年，卷五，第 249 頁。

〔註 11〕梅寧華《北京遼金史蹟圖志》（下），北京：燕山出版社，2004 年，第 286 頁。

〔註 12〕《邢臺縣志》（嘉慶），國家圖書館藏本：卷七。

〔註 13〕念常《佛祖歷代通載》北京圖書館古籍珍本叢刊本：卷二十。

〔註 14〕〔梁〕蕭統編《文選》，上海：上海古籍出版社，1998 年，第 400 頁。

〔註 15〕〔金〕劉祁撰，崔文印點校《歸潛志》，北京：中華書局，1983 年，第 65 頁。

僧圓基「頗能詩，嘗題移剌右丞畫云：『調燮之餘總是閒，閒中遊戲到毫端。而今亦有丹青手，猶在蟠溪把釣竿。』可見其有志也。又，詠柳葉云：『一氣潛通造化中，人間無處不春風。莫嫌冷地開青眼，試看夭桃幾日紅。』」「雖為浮屠，喜與豪士遊。負其才略，有握兵、治民之志，蓋隱於僧者也」〔註16〕亂世動盪，王朝更迭，大道失，大義失而使文人能士逃禪為僧，而詩僧應劫而生，正是末世之兆，乃史之不幸，於詩壇，卻是大幸。

## 三、金代詩僧的地域分布及詩作考

　　筆者對有詩作存世的詩僧的籍貫及駐錫地的統計主要依據如下：清陳衍《金詩紀事》、《北京圖書館藏歷代石刻拓本彙編》、地方志、《全金詩》以及《全金石刻文輯校》等文獻中僧詩作者介紹以及金代僧侶塔銘記載。無籍貫記載但有駐錫地介紹者列出其駐錫地。兩者皆無，則以其詩作所記載的地方志為準。

## 圖表一　金代詩僧地域分布及詩作

| 序號 | 法　名 | 法號、俗姓、出身 | 生卒年 | 籍　貫 | 駐錫地 | 詩作遺存及相關情況 |
|---|---|---|---|---|---|---|
| 1 | 釋可道 | 號香嚴 | | | | 清陳衍《金詩紀事》卷一三：為馬定國六師友之一，錄詩一首《題比陽道邊僧舍》，亦見薛瑞兆編《全金詩》 |
| 2 | 釋惠才 | 俗姓韓 | 1118～1186 | 河南睢陽 | | 《北京圖書館藏歷代石刻拓本彙編》冊四六：徐鐸《惠才禪師塔銘》、《唐國公主祈嗣施貲頌》、《山居吟詩刻石》 |
| 3 | 釋志益 | | 1139～1214 | 山西柏山 | | 《山西通志》（雍正）卷一五九存《參頌》，其歸晉時謁王庭筠，庭筠嘗贈以詩。 |
| 4 | 釋祖朗 | 俗姓李 | 1149～1222 | 天津薊州漁陽 | | 元耶律楚材《湛然居士文集》卷八五《燕京崇壽禪院故圓通大師朗公塔銘》中《臨終留頌》 |
| 5 | 釋皓公 | | | 山東濟州 | 山東濟州普照寺 | 《濟州普照寺照公禪師塔銘》中《傳衣偈》傳衣智照 |

〔註16〕〔金〕劉祁撰，崔文印點校《歸潛志》，北京：中華書局，1983年，第66頁。

| 6 | 釋智照 | 俗姓萬 | 1150～1195 | 山東泰安奉符 | 山東濟州普照寺 | 清張金吾《金文最》卷一一一趙渢《濟州普照寺照公禪師塔銘》錄偈三首 |
|---|---|---|---|---|---|---|
| 7 | 釋寶公 | 俗姓武 | | 河北磁州 | 䃁峪寶巖寺 | 《(民國)重修林縣志》卷一二錄詩一首《題滏陽仰山寺》 |
| 8 | 釋箕 | 人稱箕和尚 | | | | 《中州集》卷五許古《訪箕和尚峴山》詩題注載其詩一首《元夕懷京都》,出衣冠家,與許古交遊。 |
| 9 | 釋行秀 | 俗姓蔡,號萬松野老 | 1166～1246 | 河南懷州河內 | 磁州大明寺,邢州淨土寺、中都萬壽寺、仰山棲隱寺 | 著有《評唱天童覺和尚頌古從容庵錄》、《祖燈錄》、《四會語錄》等。《全金詩》錄詩三首,佚句若干。 |
| 10 | 釋重玉 | | | | | 《從顯宗皇帝幸龍泉寺應制詩》,明昌五年建碑於潭柘寺(去都城西北九十里) |
| 11 | 釋圓基 | 字子初 | | | 南京靜安寺 | 雖為浮屠,喜與豪士如李純甫輩交遊,與倜儻不羈之僧德普相善。能詩,劉祁《歸潛志》卷六稱其「負才略,有握兵治民之志,蓋隱於僧者也。」錄其詩《題伊剌右丞畫》、《詠柳葉》 |
| 12 | 釋和公 | 俗姓段 | | 山西平水 | 平陽大慈雲寺 | 幼習儒業,甫冠應舉。因閱《春秋左氏傳》,悟興衰之不常,遂棄俗出家,退居山林。元耶律楚材《湛然居士文集》卷一三《和公大禪師塔記》)《臨終作頌》 |
| 13 | 釋師偉 | | | | | 《北京圖書館藏中國歷代石刻拓本彙編》冊四七《法門寺真身塔詩刻》《謹賦律詩九韻奉贊法門寺真身寶塔》 |
| 14 | 釋性英 | 字粹中,號木庵,萬松行秀門下弟子 | 1190？～1273？ | | 先後住持洛陽龍門寶應寺、嵩山少林寺、大都仰山棲隱寺、大都歸義寺 | 劉祁《歸潛志》卷一四錄《歸潛堂詩》,《遺山先生文集》卷三七《木庵詩集序》錄《七夕感興》及殘句。元好問《木庵詩集序》云:弱冠作舉子,與高博州仲常遊,得其議論為多。與詩壇名流交,時人固以詩僧目之。 |

| 15 | 釋寶瑩 | 俗姓白，人稱瑩禪師 | | 太原府陜州 | | 《遺山先生文集》卷二四《善人白君墓表》，中州集卷五載：白賁、白華之弟。少時有詩名河東，後出家為僧，以詩筆見推文士間。嘗有詩集行世。《中州集》卷五蕭貢《讀火山瑩禪師詩卷》載詩一首《闕題》 |
| 16 | 釋昭公 | | | 山西太原 | | 《遺山先生文集》卷三七《太原昭禪師語錄引》載：正大初年，嘗屬元好問求趙秉文書虛名墓誌。昭公有語錄，好問為作序引。錄詩《為虛明作塔偈》一則 |
| 17 | 釋法雲 | 俗姓林，字巨濟，當縣化度禪院受業 | 1103～1149（皇統九年），年47 | 泉州同安縣 | 兗州普照寺、濟南府靈巖寺山省差住持傳法第十代禪師 | 《靈巖寺雲禪師塔銘》錄偈一則 |
| 18 | 釋善浦 | 俗姓馮，五代宰相可道六世孫 | 1085～1150（天德2年），年66 | 陝西京兆城東 | 陝西耀州十方妙德禪院，雲門宗僧人，弟子覺道言其六座道場 | 《浦公禪師塔記》錄偈一則 |
| 19 | 釋禪悅 | 俗姓鄭，字天空，號退齡益壽禪師 | 1060～1156（正隆元年丙子），年97 | 北京昌平柳村 | 北京上方山臥雲庵 | 《退齡益壽禪師塔記》錄偈一則 |
| 20 | 釋圓覆 | 俗姓李 | 1085～1169（大定九年甲午），年85 | 燕都（今北京） | 天津薊縣翁同山院 | 《翁同山院舍利塔記》錄偈一則 |
| 21 | 釋覺體 | 俗姓郭 | 1124～1176（大定十五年），年53 | 山西太原交城縣 | 山西太原王山十方圓明禪院 | 《王山十方圓明禪院第二代體公禪師塔銘碑》錄偈二則 |
| 22 | 釋法秀 | | 1143～1198（承安戊午年），年56 | 河南口京鄢陵 | 河南寶豐香峰叢林、大相國寺智海禪院 | 《汝州香山秀公禪師塔銘》錄偈一則 |

| 23 | 釋教亨 | 俗姓王，號虛明 | 1150～1219 | 山東濟州任城 | 五座道場，河南嵩山戒壇寺、韶山雲門寺、鄭州普照寺、林溪大覺寺、嵩山法王寺、中都慶壽寺、嵩山少林寺 | 《虛明禪師塔志》錄偈一則《大金嵩山少林寺故崇公禪師塔銘並序》（1209年）有「都勸緣、住持傳法嗣祖沙門教亨立」 |
|---|---|---|---|---|---|---|
| 24 | 釋義謙 | 俗姓嚴 | ？～1200（承安五年） | 河北范陽 | 北京石經山雲居寺提點法師 | 《謙公法師靈塔銘》錄偈一則 |
| 25 | 釋慧洪 | 字子範 | | 山西 | 山西五臺山鐵勤寺 | 《清涼山志》錄偈一則 |
| 26 | 釋慧滿 | 俗姓崔 | | 山西汾陽 | 磁州大明寺 | 《續指月錄》〔清〕聶先編撰心善整理，巴蜀書社，2005.3 202頁 雪巖慧滿行狀、法語見《續指月錄》卷六第28～29頁，金陵刻經處光緒十二年版；參見《五燈會元續略》卷一上王山體禪師法嗣磁州大明雪巖滿禪師 |
| 27 | 釋志宣 | 字仲徽 | ？～1246（定宗元年丙午） | 廣寧 | 山西渾源永安寺 | 《渾源永安寺第一代歸雲大禪師塔銘》錄偈一則 |

由以上圖表可見，有詩作遺存的金朝詩僧 27 人；從空間維度來看，從事詩歌創作的金代僧侶遍布金朝所轄全境，其中北京（2 人）、山東（3 人）、河北（2 人）、天津（1 人）、山西（8 人）、陝西（1 人）、河南（3 人）等地區，尤其集中在具有政治優越性的京畿地區和山西、山東、河北、陝西等地區擁有傳統佛教文化的名剎大寺，且一般具有一定的身份地位，多為寺院住持、禪宗嗣法僧侶。

僅從現今可查文獻判斷，金代有詩作傳世的僧人及其詩作的總體狀況為：

金代詩僧沒有留存至今、有案可查的詩集，也沒有集團化的發展，形成詩僧集團。有詩傳世的僧人 27 人，其中存詩最多的是詩僧性英，多數僧人僅存零星篇章，殘句若干。以金代詩人作品亡佚的嚴重程度推算，其餘僧人的情況應與此類似，詩作全部亡佚。例如元好問在《寄英禪師，師時住龍門寶應寺》一詩中提到金南渡之後都城開封附近嵩山一帶的詩友中的兩位詩僧：「清涼詩最圓，往往似方干。……濟甫詩最苦，寸晷不識閒。」其中「清涼」是指住持清涼寺的相禪師，元好問為之撰寫《清涼相禪師墓銘》〔註17〕。而「濟甫」則是指僧源，字濟甫。這兩個人在嵩下都是與慕容安行、秦略、張效、崔遵等文士交遊的詩友，寫詩具有特色，且相當勤奮。而元好問被任內鄉令，移居內鄉前留有詩句「十年不見木庵詩，二老相從又一時。」這裡的「二老」是指龍興寺汴禪師和普照寺鑒禪師。這二人也是元好問的佛門詩友。但上述四位詩僧的詩作隨歷史湮滅無聞，沒有遺存只言詞組。上文提到的德普禪師也沒有詩作存世。

雖然從迄今所存文獻來看，金代僧侶詩歌創作的數量、詩藝水平與成就與六朝、唐宋時期無法相提並論，但是作為特定歷史階段和特定地域上中國文學發展的一個有機組成部分，金代僧詩與詩僧仍然顯示出其獨特性與特殊內涵，是中國佛教文學史上不可或缺的一部分，具有一定的文學與文化價值。

## 四、金代詩僧的特徵

### （一）夙備善根，虔心向佛

金代詩僧一般早年即入空門，終身從事宗教活動，萬松行秀、性英更是在中國佛教史、文化史上有著顯著聲名與影響，是其中的代表人物。在高僧塔銘中記載著這些詩僧天性生知，與佛家因緣早契；在多年的修行中專一致志，向道堅貞；有的還具備臨終預知、示現祥瑞、色身變化等奇異的臨終徵象。這些修行因果最終體現在詩僧所做的傳法偈、示法偈、開悟偈、宗綱偈、頌古之中，最終與他們所作之詩歌、偈頌一道，體現著高僧的修行質量、修行道果，展示著他們崇高的生命境界。

詩僧出家因緣一般都體現天性生知的特色。例如善浦禪師「母祿氏夜光貫胸，覺而有娠，祿氏心許出家。」〔註18〕靈巖寺法雲禪師「自襁褓中，聞鐘磬

---

〔註17〕閻鳳梧編《全遼金文》，太原：山西古籍出版社，2002 年，第 3116 頁。
〔註18〕王新英輯校《全金石刻文輯校》，長春：吉林文史出版社，2012 年，第 78 頁，《浦公禪師塔記》。

聲，則合掌抵額；或問以善言，則應對無滯，皆與經語暗合。至□六歲，屢請於父母，欲出家。」〔註19〕體公禪師「師生之夕，白氣充廬」，「髫年……性深信入。時與群兒牧牛郊坰，則聚沙成塔而禮，敷草為座而禪，見者無不驚異。而里人加以□境試之，調謔屢至，師終無喜慍，但呼空王佛而已。」〔註20〕智照禪師「自幼稚時，體貌溫雅如成人，性慕佛道，不問世間榮利事」〔註21〕義謙法師「自童稚間，不留髻髮，天賦淵靖，性樂空門。」〔註22〕詩僧修行專一致志，向道堅貞，勤苦利他的表現，如義謙法師「看《華岩經》百部，寸陰不輟。中年以來，參禪入道，遇柏山寶老，禪教雙通」，「法師高超凡聖，平昔無分文蓄貯。」〔註23〕覺體禪師住持王山十方圓明禪院，兼領天寧禪寺，盡心竭力，種種勤苦，化故為新，營建殿堂，刻塑瑞像，盛為莊嚴。「觀□□自河東禪課罕遊之地，專尚講學，所謂北律者也。自師倡導，汾晉禪流可與江左比。」〔註24〕智照禪師作大法會，「空中慶雲皆成寶色，又有樂音來自云際，四眾讚歎，異口同音，得未曾有。」〔註25〕詩僧奇異的臨終徵象有臨終預知、示現祥瑞、色身變化等表現，如靈巖寺法雲禪師「忽語其徒下缺可以久居，意欲脫然高引，而有事於遠遊也。眾雖疑之，而不知其所以然爾。前八月十六日，師密遣人詣府陳狀，求退。……越十有四日，告疾。眾召醫治之，師曰：『因緣至此，醫者奚用焉？』在疾五日，書頌以別眾曰……」〔註26〕善浦禪師「師曰：『大丈夫當去住分明。』及午刻，師遂整衣命筆，□□一□云……付以覺道，

〔註19〕王新英輯校《全金石刻文輯校》，長春：吉林文史出版社，2012年，第70頁，《靈巖寺雲禪師塔銘》。
〔註20〕王新英輯校《全金石刻文輯校》，長春：吉林文史出版社，2012年，第196頁，《王山十方圓明禪院第二代體公禪師塔銘並序》。
〔註21〕王新英輯校《全金石刻文輯校》，長春：吉林文史出版社，2012年，第383頁，《濟州普照寺照公禪師塔銘》。
〔註22〕王新英輯校《全金石刻文輯校》，長春：吉林文史出版社，2012年，第423頁，《謙公法師靈塔銘》。
〔註23〕王新英輯校《全金石刻文輯校》，長春：吉林文史出版社，2012年，第423頁，《謙公法師靈塔銘》。
〔註24〕王新英輯校《全金石刻文輯校》，長春：吉林文史出版社，2012年，第197頁，《王山十方圓明禪院第二代體公禪師塔銘並序》。
〔註25〕王新英輯校《全金石刻文輯校》，長春：吉林文史出版社，2012年，第383頁，《濟州普照寺照公禪師塔銘》。
〔註26〕王新英輯校《全金石刻文輯校》，長春：吉林文史出版社，2012年，第71頁，《靈巖寺雲禪師塔銘》。

結跏而化。」〔註 27〕覺體禪師「荼毗之日，白雲滿山，香風馥郁，現舍利無數。」〔註 28〕

詩僧出家的因緣，修證的過程、駐錫度化以及臨終遷化的種種表現，詮釋了他們潛心向道，刻苦修行。詩僧以僧侶和詩人的雙重身份在詩歌創作中觀照、吟詠自然風物、與道友士子交遊，提煉一生行持，集中展現了他們的精神特質。

### （二）遊學參訪，經歷豐富

金代詩僧並不拘泥於刻板的苦修生活，而是遍歷名山大剎，轉益多師，求學參訪不輟，這對於詩僧開闊眼界、增長學識、陶冶詩情、提高詩藝頗有幫助。

法雲禪師曾經受業於化度禪院，受到德璿禪師賞識，稱其為「釋氏之神駒」。「後至大倫山梵天禪寺孜禪師會下……叩請甚勤」「師每與同參論道，相約曰：雖佛法只者是，然名山大剎，不可不遊；□師碩德，不可不訪。遂率諸道友遍歷祖席。」〔註 29〕善浦禪師「十餘年間，雲門、雪峰，一皆參歷」〔註 30〕覺體禪師轉益多師，「禮當縣汾陽裏□眾院淨慧大德為師……初謁定林開禪師……又至南京法雲禪師處……又至東平謁普照月禪師……末至靈巖寶和尚處」〔註 31〕智照禪師出家即禮蓮峰山主朗公為師，後謁裕公於聊城，又參加沈上皓公禪會，隨其至濟上，「至是方與皓公有密契處。一言之下，心華發明；十方世界，無非淨土；大體大用，莫不得之。」〔註 32〕法秀禪師「遍歷諸方，所至不留，隨儀扣激，歷參親教，密公印許……內明一心，外通三藏，把住放行，全由自己。」〔註 33〕萬松行秀十五歲禮邢州淨土贇公，業五大部，後

〔註 27〕王新英輯校《全金石刻文輯校》，長春：吉林文史出版社，2012 年，第 78 頁，《浦公禪師塔記》。
〔註 28〕王新英輯校《全金石刻文輯校》，長春：吉林文史出版社，2012 年，第 197 頁，《王山十方圓明禪院第二代體公禪師塔銘並序》。
〔註 29〕王新英輯校《全金石刻文輯校》，長春：吉林文史出版社，2012 年，第 70 頁，《靈巖寺雲禪師塔銘》。
〔註 30〕王新英輯校《全金石刻文輯校》，長春：吉林文史出版社，2012 年，第 78 頁，《浦公禪師塔記》。
〔註 31〕王新英輯校《全金石刻文輯校》，長春：吉林文史出版社，2012 年，第 196～197 頁，《王山十方圓明禪院第二代體公禪師塔銘並序》。
〔註 32〕王新英輯校《全金石刻文輯校》，長春：吉林文史出版社，2012 年，第 383 頁，《濟州普照寺照公禪師塔銘》。
〔註 33〕王新英輯校《全金石刻文輯校》，長春：吉林文史出版社，2012 年，第 469 頁，《汝州香山秀公禪師塔銘》。

「挑囊抵燕，歷潭柘、慶壽、謁萬壽，參勝默老人，復出見雪巖滿公於磁州大明。」（（嘉慶）《邢臺縣志》卷七《仙釋》所錄《萬松舍利塔銘》）金代五臺山鐵勤寺的創立者慧洪（字子範）他深悟佛理，對《楞嚴經》的領會達到了一人發真，十方斷回的境界。他參訪河朔汶禪師，陳述自己對禪學看法時，獲得了汶禪師的首肯。

遍遊諸方、歷參親教使得詩僧們增長了佛學知識、積累了佛教活動經驗，豐富了人生閱歷，不斷穎悟自心，道眼分明。以偈頌形式與師友反覆參扣、辯詰問難也使詩僧心華發明，詩才增長。

### （三）家世不凡，頗有學養

金代詩僧中有的出身名門世家，有的家財鉅萬，富甲一方，使其具備優厚的文化修習條件。法雲禪師世居泉州同安縣，氏族甲於泉南，師之伯仲齒於□紳，世率相繼。〔註34〕善浦禪師是五代宰相可道六世孫。寶瑩禪師出身於太原府陝州的白氏家族，白氏家族是金代有名的望族，也是詩禮簪纓之家。寶瑩之父白全道累贈中大夫、輕車都尉、南陽郡伯，中年耽嗜佛書，皆成所誦。二哥白賁，字君舉，泰和三年中詞賦進士，懷寧主簿、岐山令。此人禪學道書，岐黃之說，無不精詣，有詩集《茅亭詩》。三哥白華，貞佑三年進士，仕至樞密院判官、右司郎中，金哀宗智囊。一門兩進士，在當時是非常了不起的。寶瑩雖出家為僧，卻同兄長一樣頗有文才，「以詩筆見推文士間，有集行於世」。〔註35〕

有的詩僧通儒學，早年有業儒經歷，這使得他們受到儒家詩書禮樂的教化，具備較高的文化素養。如釋法寶出家前在私塾學習儒典，兩年；釋和公幼習儒業，甫冠應舉；僧性英，弱冠作舉子；萬松得聖安澄公和尚評價「儒釋兼備，宗說精通，辯才無礙」，並能夠以儒學誘導儒士入其門下，再教以佛道之廣大，吸引了不少文士。他還曾經在與耶律楚材的書信中稱「不行萬里地，不讀萬卷書，毋閱工部詩。」〔註36〕萬松行秀的俗家弟子耶律楚材常將詩作寄贈萬松行秀，並贈給萬松行秀承華殿春雷琴和種玉翁悲風譜，這說明萬松行秀嫻於詩書禮樂，故而得文士欣賞信服。

---

〔註34〕王新英輯校《全金石刻文輯校》，長春：吉林文史出版社，2012年，第71頁。
〔註35〕閻鳳梧編《全遼金文》，太原：山西古籍出版社，2002年，第3006～3007頁。
〔註36〕〔宋〕天童正覺頌古，〔元〕萬松行秀評唱，尚之煜點注，《從容錄》〔M〕北京：宗教文化出版社，2013年，第10頁，《評唱天童從容庵錄》之《寄湛然居士書》，第10頁。

## （四）佛學素養深厚，深得社會認同

宋金元時代三教合流、禪教一致已經成為大勢所趨。金代詩僧自然能夠兼習佛教禪宗不同教派，因而具備豐富的佛學知識，較高的佛學素養，致力於宗教事業，貢獻顯著，社會認同度很高。金代出現了萬松行秀這樣的一代宗師，兼習佛教禪宗不同教派，因而具備豐富的佛學知識，較高的佛學素養。

金代詩僧在宗教事業和社會事務中做出了貢獻，得到社會的普遍認同。其中萬松行秀和性英是代表人物。萬松行秀是金代中後期直至元代初期北方佛教領袖，屢次住持著名寺院，深受統治者禮遇，數次奉詔入宮演說佛法，具有廣泛的社會影響。他貫徹了儒釋融會貫通，發揚了「三教合一」的傳統，其門下接納趙秉文、李純甫、耶律楚材等儒士，並形成了居士集團。在禪宗內部，萬松行秀也主張兼收並蓄，融匯禪宗各派的理論。萬松在入元之後繼續致力於保存、光大佛教，為穩定社會秩序做出了貢獻。

性英住持少林寺期間，改變了東林誌隆所建少林藥局採藥、製藥後供患者自擇的狀態。他提高了藥局醫藥和療救水平。首先選取深通醫道，具有「實與廉」醫德的高僧主持少林藥局，又撰寫醫術《大醫王》，這是一部具有佛家醫書的特色的醫書，書中深入研究了藥性和病理。這些行動傳播了禪宗醫藥文化，向民眾傳達了普救一切的佛家理念。入元後，性英在佛教界的地位日益崇高。他與元代主管佛教事務的海雲禪師、那摩國師、少林寺住持雪庭福裕等人共同管理教務，也參與過元憲宗時期的佛道大論戰。被稱為「百年耆舊，一代宗師」。〔註37〕

## （五）文學交流、詩道日進

在前述基礎之上，金代詩僧與當時文人士大夫展開了文學交流。明代鍾惺於《善權和尚詩序》一文論述了詩僧創作及其與文人士大夫之間的交遊：「僧不詩，則其為僧不清；士大夫不與詩僧遊，則其為士大夫不雅。士大夫利與僧遊，以成其為雅，而僧之為詩者，得操其權以要取士大夫。」〔註38〕詩僧與文人士大夫進行文學交流，促進儒佛合流，僧人的世俗化和文人的居士化。詩僧與文人士大夫密切的詩歌酬唱往還，使詩僧站在較高的文學起點，並獲得了優越的文學才能發揮和展示的平臺，詩道日進。文士的推舉、獎掖更使詩僧聲名遠播。

〔註37〕 〔元〕魏初《木庵塔疏》，文淵閣《四庫全書》本，《青崖集》卷五。
〔註38〕 〔明〕鍾惺《鍾敬伯合集》下冊，《中國文學珍本從書》第一輯，上海貝葉山房，1936年，第187頁。

　　金代詩僧中以性英最具典型性。此人出家、從事文學活動都與文人士大夫密切相關，受到文人士大夫的深刻影響。性英，字粹中，號木庵，曹洞宗大禪師萬松行秀的弟子，曾住持洛陽龍門寶應寺，繼東林誌隆之後住持嵩山少林寺，金亡後住持仰山棲隱寺、大都歸義寺等名剎。性英青年時「與高博州仲常遊，得其議論為多，且因仲常得僧服」。〔註39〕而高憲其人，據《中州集》高憲小傳所記：「憲，字仲常，……仲常黃華（注：王寂）之甥，幼學於外家，故詩筆字畫俱有舅氏之風。天資穎悟，博學強記，在太學中諸人莫敢與抗。泰和三年登第」〔註40〕這表明，高憲在詩筆字畫等方面頗有造詣，且有避世思想，性英是受其影響而出家。在金廷為蒙古所迫南遷開封後，性英也來到洛西西南山區。當時不少詩壇名流都聚集在此地。《故規措使陳君墓誌銘》記載：「已而南渡河，永寧山水之勝……三縣士大夫所聚：賈吏部授之、趙漕使慶之、麻鳳翔平甫、劉鄧州光甫，日有觴詠之樂……女幾辛敬之、定襄趙宜之、邑子和獻之，皆高人勝士。」其中洛西宜陽的三鄉被稱為溽南詩老的辛願（字敬之）、趙元（字宜之）、劉昂宵（字景玄）等人「皆天下之選」（《遺山集》卷三七《張仲經詩集序》）在當時詩名甚盛。尤其是辛願，不但業專而心通，而且敢以是非白黑自任」，被當時稱為「特立之士」。此人「每讀劉（名昂宵字景玄）、趙（名元字宜之）、雷（名淵字希顏）、李（李獻能字欽叔）、張（張澄字仲經）、杜（杜仁傑字仲梁）、王（王屋字仲澤）、麻（麻九疇字知幾）諸人之詩，必為之探源委，發凡例，解絡脈，審音節，辨清濁，權輕重，片善不掩，微纇必指，如老吏斷獄，文峻網密，絲毫不相貸。」〔註41〕趙元曾在李純甫所作《愚軒賦》裏被贊為「落筆突兀無黃初」。此人雙目失明，萬慮一歸於詩，南渡後往來洛西山中。〔註42〕劉昂宵博聞強記，半月能背誦《太平廣記》，又善談論，作文章，「淵綿密致，視之若平易，而態度橫生，自有奇趣，他人追之不能到者。」〔註43〕正是在洛西居子蓋山時期，參與文人盛集，與之相往還，詩道益進，時

〔註39〕〔金〕元好問《遺山集》，文淵閣《四庫全書》本，卷三七，元好問《木庵詩集序》。
〔註40〕〔金〕元好問《中州集》，北京：中華書局，1982年，卷五，第261頁。
〔註41〕〔金〕元好問《中州集》，北京：中華書局，1982年，卷一○《辛願小傳》，第484頁。
〔註42〕〔金〕元好問《中州集》，北京：中華書局，1982年，卷五《愚軒居士趙元》，第265頁。
〔註43〕閻鳳梧《全遼金文》，太原：山西古籍出版社，2002年，第2997頁，《劉景玄墓銘》。

人以詩僧目之。(《木庵詩集序》)此外,與其唱酬的還有趙秉文、楊弘道、劉祁等人。入元後繼續與文人士大夫頻繁交往,如耶律楚材、劉秉忠及金遺民詩人。性英的詩集《白雲集》得到元代趙孟元作序:「詩禪從三昧出,不可思議。拈花微笑,夢草清吟,曷常有二哉?實存英上人,夙悟於禪而發於詩……有泉石心,造清虛冷淡之境,掃塵腐麤率之談,唐人所謂中宵吟有雪,空屋語無燈。涉此地後有後詩,有此詩即悟此禪。」〔註44〕

　　在所有的這些交遊之中,尤為引人注目的是性英與元好問之間的交誼。貞祐四年,性英與流寓三鄉的元好問訂交。住持寶應寺後還邀請元好問遊賀。元好問為此寫下《龍門雜詩》二首。第二首詩中寫到元好問因為金末戰亂而憂時傷世,「胸中滿塵泥」,在鬱塞難當之際,與木庵英禪師「西窗一握手,大笑傾冠巾」,相逢的喜悅使詩人忘形,與性英一同欣賞山中佳景,無間的交談都激發詩人的詩興高情。元好問也如當年的白居易,「高情留詩軸,清話入禪版」。興定二年(1218),元好問移居嵩陽,在《寄英禪師,師時住龍門寶應寺》〔註45〕一詩中有「前時得君詩,失喜望朝餐」這說明性英與元好問繼續保持詩歌往來。而性英寄贈元好問的詩歌內容,也何以從此詩中得知:「愛君《梅花》篇,入手如彈丸。愛君《山堂》句,深靜如幽蘭。」在元好問所撰《木庵詩集序》一文中,也提到這兩首詩,並記錄了這兩首詩經元好問傳往京師,在詩壇激發強烈的反響,贏得了趙秉文、楊雲翼、李純甫、雷淵、李獻能、劉從宜、王若虛等文壇名流極高的讚譽:「有『山堂夜岑寂』及《梅花》等篇,傳之京師,閒閒趙公,內相楊公,屏山李公及雷、李、劉、王諸公,相與推激,至以不見顏色為恨。吾嘗以詩寄之云:『愛君《山堂》句,深靜如幽蘭。愛君《梅花》詠,入手如彈丸。詩僧第一代,無愧百年間。』曾說向閒閒公,公亦不以予言為過也。」〔註46〕

　　金代詩僧正是由於與文人士大夫評作論道,切磋詩藝,增進了詩藝水平,又受當時詩壇巨擘獎掖推激,僧侶的詩才獲得了權威認證,詩名遂伴隨其詩作傳揚詩壇,這無疑穩固了詩僧的詩壇地位,使其進一步獲得社會的認可。

---

〔註44〕〔元〕趙孟元《白雲集》序,影印文淵閣《四庫全書本》。

〔註45〕薛瑞兆,郭明志編纂《全金詩》,天津:南開大學出版社,1995年,第四冊,卷一一四,第32頁。

〔註46〕閻鳳梧編《全遼金文》,太原:山西古籍出版社,2002年,第3249頁,《木庵詩集序》。

## 五、金代僧詩的特徵

作為詩與禪相融合而產生的僧詩，因金代詩僧這些創作主體在生活環境、學識修養、心理定勢等方面的特殊性，使其所創作的詩歌在內容的表現、意象的選擇、意境的營構以及語言、風格等方面都具有佛禪獨特的品格，顯現出禪學的深刻影響。

### （一）僧侶詩作主題取向

金代僧侶詩作從題材、內容方面可劃分為禪理詩和世俗詩。

#### 1. 智慧的禪理詩

禪理詩其旨歸在於唱誦佛理，揭示經義，垂訓後學，諷世勸俗。金代僧詩中有不少以偈頌詩的形式為義、法、方便智、解脫性，宣揚佛理教義，顯示了獨特的宗教境界。

#### （1）偈頌詩

偈頌詩是僧侶宗教活動的重要組成部分，是僧侶的文字般若，重在表現「實證、悟道、警策」，〔註47〕即承載闡釋佛教思想和自家風氣的功能，殷殷囑咐學佛者修行依歸。作為佛教與文學的融合體，偈頌詩以鮮活生動的詩語闡釋抽象玄奧的佛理，以審美的意韻展現宗教的佛性。貫穿著禪的理趣、禪的精神，體現著禪的境界的偈頌詩最能體現詩禪合一，同時彰顯了佛教和文學的雙重意義。

金代僧侶偈頌詩主要可以分為開悟偈，示法偈，傳法偈，宗綱偈四種，它們或表現僧人開悟過程，描述證悟境界，或闡述法要，指點迷津，或表明對生死的達觀情懷。這些詩偈既能在參學路徑上起到指點、警策後學的作用，也因其深刻的思想意蘊，較高的藝術價值，為後人帶來審美愉悅。

偈頌詩包括以下幾種：

① 開悟偈

僧人因特殊的因緣際會而開悟，運用詩偈來敘述開悟過程，描述證悟境界的偈頌詩。這類偈頌詩思想意蘊深刻，能在參學路徑上指點後學，同時藝術價值也較高，能夠為人帶來審美愉悅。金代遺存的僧侶詩中有《虛明禪師塔志》（興定三年）所載虛明禪師開悟偈。

---

〔註47〕林清玄《鳳眼菩提》，北京：作家出版社，1993 年，第 54 頁。

虛明禪師（1150～1219 年）諱教亨，號虛明，濟州任城（今山東省濟寧市）王氏子。據說此人號稱「紅蓼花」，文章談吐皆佳，有「雄文逸翰，咳玉噴珠」之譽，頗得金章宗賞識。虛明禪師七歲（1156 年）出家，十三歲（1162年）受大戒，十五歲（1164 年）時，教亨西上鄭州，投普照寶公法席。「一日，師因雲堂靜坐，忽聞板聲，霍然親證。呈頌曰：『日面月面，星流電轉。若更遲疑，面門著箭。咄！』寶公遂記莂，曰：『「吾謾汝不得也。」』」〔註48〕從此，教亨出世說法，五坐道場：嵩山之戒壇（會善寺）、韶山之雲門（在澠池縣北）、鄭州之普照，林溪之大覺、嵩山之法王。後又曾住持潭柘寺，慶壽寺和少林寺。

邊元勳所撰《王山十方圓明禪院第二代體公禪師塔銘碑》記載體公禪師開悟偈：大盡三十日，小盡□十九。木人來借問，石女來招手。四維上下雪漫漫，溪華嫩竹和煙柳。這首詩體現的是洞山宗風。〔註49〕

② 示法偈

示法偈既是指禪師在與學人應機對答中，向學人闡述法要，指點迷津時所說之詩偈，也可以指學人向禪師申說自身對禪法的理解時所說的詩偈。在金代僧侶詩中，這樣的詩作有釋志益（1139～1214）的《參頌》，釋智照（1150～1195）《應對皓公偈》、《得傳衣偈》等。

釋志益（1139～1214）《參頌》云：「跛躄萎羸鈍復癡，口如鼻孔眼如眉。自從一吸西江盡，天上人間更不疑。」〔註50〕「跛躄萎羸鈍復癡，口如鼻孔眼如眉。」跛與躄，指跛腳。萎與羸，指乾枯瘦弱。鈍與癡，指愚笨無知，不靈活。口如鼻孔則是無法說，眼如眉則是沒法看。宋代釋智朋的《對月了殘經二首》也曾應用這個典故：月在天，字在紙。於此經，了也未。口如鼻孔眼如眉，依前坐在光影裏。《禪宗頌古聯珠通集》中用到這一典故時記述略有不同：木禪庵畔定光老兒，非銅非鐵，無相無為。有擎天之力，有拔地之威，有射雕之手，有齧鏃之機，□如大海眼如眉，人間天上許誰知。（南堂興）世人目視世間萬物，□言世間萬千道理，因而受縛於紅塵，心中不得平衡，故將萬事弄個紛紜。「□如鼻孔眼如眉」也好、「□如大海眼如眉」也罷，都是超越相對，做到「無相無為」的必由之路。跛腳而不能健步如飛，乾枯瘦弱而不是豐腴健碩，

---

〔註48〕王新英輯校《全金石刻文輯校》，長春：吉林文史出版社，2012 年，第 540 頁，《虛明禪師塔志》。

〔註49〕王新英輯校《全金石刻文輯校》，長春：吉林文史出版社，2012 年，第 196 頁。

〔註50〕薛瑞兆，郭明志編《全金詩》，天津：南開大學出版社，1995 年，第二冊，卷四一，第 2 頁。

愚笨無知而非充滿智慧。嘴巴變成與鼻子一樣，只能呼吸，不會說話，因而也就不能再賣弄道理。眼睛變成與眉毛一樣，不具備視物的功能，看而不見，眼前皆為空無，因而也就不能看出事物的分別。釋志益用口不能言，目不能視這樣人人所恐懼、無能為力之事，目的是說明要泯滅二元對立思維，外息諸緣，內心無喘，泥牛入海無消息，浮生穿鑿不相干。一如體玄，兀而忘緣。「自從一吸西江盡」，語出宋代釋道原《景德傳燈錄》卷八《襄州居士龐蘊》馬祖道一禪師與居士龐蘊的一段禪機對話：「（居士龐蘊）後之江西，參問馬祖云：『不與萬法為侶者是什麼人？』祖云：『待汝一口吸盡西江水即向汝道。』居士言下頓領玄要……」〔註51〕萬法指世間一切事物，一個人所見、所用、所思全都是法。人只要生存著，就離不開現實生活，即離不開「萬法」。究竟什麼樣的人能夠脫離萬法，不在萬法變化之中呢？西江之水代表了相對的世界，一切相對的事物。一口吸盡西江水在現實生活中絕對不可能實現，這樣就使得提問者龐蘊的期待心當下消失，進而離開諸如是非、善惡、利害、得失、大小等一切相對的觀念與事物，放下對內、對外的揣測、依賴與追求，悟境現前，不待言說。這種與大全合一，見性成佛之人貫通萬法，無罣無礙，大徹大悟，獲得了解脫自在。「自從一吸西江盡，天上人間更不疑」，正是對修習佛法者超越一切相對的事物和觀念，達到惟一絕對的境界的言說。

《全金詩》載有釋智照《應對皓公偈》：「枯木生花日，寒灰發焰時。玄微都及盡，何似眼如眉。」〔註52〕釋智照（1150～1195）其人言貌齊偉，器宇宏廓，遊學四方，轉益多師，他離開自己住持的谷山禪寺，「之沁上皓公禪會」，皓公一日出一句偈曰：「枯木生花。」師對之曰：「寒灰發焰。」時皓公深許之。足成一偈云：「玄微都及盡，何似眼如眉。」〔註53〕枯木生花，寒灰發焰，禪宗以此謂息絕妄想、別有證悟的境界。《五燈會元·洞山價禪師法嗣·疏山匡仁禪師》：「（匡仁）遂造洞山，值山早參，出問：『未有之言，請師示誨。』……山他日上堂曰：『欲知此事，直須如枯木生花，方與他合。』」〔註54〕「玄微都

---

〔註51〕〔宋〕道元輯，朱俊紅點校《景德傳燈錄》（點校本），海口：海南出版社，2011年，第213頁。

〔註52〕薛瑞兆，郭明志編《全金詩》，天津：南開大學出版社，1995年，第二冊，卷五五，第209頁。

〔註53〕王新英輯校《全金石刻文輯校》，長春：吉林文史出版社，2012年，第383頁，《濟州普照寺智照禪師塔銘》，第383頁。

〔註54〕〔宋〕普濟著，蘇淵雷點校《五燈會元》，北京：中華書局，1984年，第798頁。

及盡」，玄微之玄，深邃莫測之意。微，微妙難言也。佛法微妙高深，眼如眉，眼睛不具備看的功能，看而不見，眼前皆為空無，這是說要像嬰兒一樣，不被外色轉掉。意謂不再看到事物的分別。

趙渢撰《濟州普照寺智照禪師塔銘》（明昌七年）記載了釋皓公和智照禪師在傳衣之時的應機對答：一日復歸蓮峰，皓公謂師曰：『汝霜墜果熟時也。固難冷坐孤峰，當接物利生報佛恩耳。』師於是傳衣嗣法，仍有偈付之曰：『黃龍正派湧波濤，走電奔雷意氣高。雲洞何人著精彩，好將鈯斧振吾曹。』師得法衣，亦有偈曰：『雞足山中藏不定，此回拈出更新鮮。展開不費纖毫力，免得黃梅半夜傳。』」〔註55〕《全金詩》第二冊卷五五也記載了這兩首詩偈。

釋皓公這首《傳衣偈》是向嗣業弟子傳授師法，勉勵弟子繼承師業，表達希望弟子光大本派的願望。而釋智照（1150～1195）《得傳衣偈》〔註56〕則引用迦葉入定雞足山的傳說和黃龍慧南禪師付法傳衣的典故，向師尊闡釋了自己對禪法的理解。雞足山，古代又稱九曲山、青巔山、蓮花峰。有傳說迦葉將入寂滅之時「抱金襴袈裟，攜舍利佛牙，入定雞足山，闢華首門為華化道場」。「黃梅」即黃檗希運，也稱黃龍慧南禪師。黃梅半夜傳，是說黃檗希運臨歸寂滅，傳衣之時，七顛八倒，落二落三。知幻即離，不作方便。這首《得傳衣偈》言說的仍然是大乘佛教，尤其是禪宗的教義，即倡導自性自度，自力成佛之道，本來無須傍他家。勿求勿營，直下便是。

③　傳法偈

傳法偈是禪師在入寂前對弟子們交代禪法或者表明自身對生死的達觀情懷的詩偈，是禪師禪學思想的結晶。一般交代如何刊落聲色，護持本心，出離煩惱，明心見性，解脫生死。從而寄託對後輩學人的希望和關懷。在金代僧侶詩中，這樣的詩作留存五首。

法雲《臨終書頌》：「秋八月兮船回波頭，日卓午兮雲塢，橫牽玉象兮，何有何無？倒騎鐵馬兮何賓何主？撒手清風滿四維，凝眸皓月超千古。」〔註57〕佛偈表述了三層意思，「秋八月兮船回波頭，日卓午兮雲塢」是第一層，是迷境，「卓午」即正午。秋日正午時分船塢被雲霧籠罩，航船在波浪中回頭，以

---

〔註55〕王新英輯校《全金石刻文輯校》，長春：吉林文史出版社，2012年，第383頁。
〔註56〕薛瑞兆，郭明志編《全金詩》，天津：南開大學出版社，1995年，第二冊，卷五五，第209頁。
〔註57〕王新英輯校《全金石刻文輯校》，長春：吉林文史出版社，2012年，第71頁，《靈巖寺雲禪師塔銘》。

自然景象比喻心的迷失和覺察;「橫牽玉象兮,何有何無?倒騎鐵馬兮,何賓何主?」是第二層,是覺悟。橫牽玉象,用的是香象渡河而能徹底截流的典故。這兩個問句,是說踏破虛空,截斷眾流(意識念頭),徹悟有無、賓主之類的名相,心才是真正的主人;「撒手清風滿四維,凝眸皓月超千古」,是第三層,是悟境。指開悟之後領略到的精神境界,心如清風明月,超越時空,一無掛礙。傳遞出了「萬古長空,一朝風月」的時空觀念。消泯二元對立,凝眸之剎那與萬古之永恆了無差別,渾然一體。在生死關頭,一切情識知見都被掃除,返照本心,圓融不二。體悟諸法無常,了無自性,獲得解脫自在。

金代五臺山鐵勤寺創立者慧洪禪師,字子範,精研《楞嚴》,閱《楞嚴》而悟道,「諸佛心印,本無玄妙。今日始為無事人矣。」其臨終偈曰:「六十春光又八年,浮雲收盡露青天。臨行踢倒須彌去,後夜山頭月更圓。」〔註58〕這首詩偈談的是生死問題。「浮雲」喻指虛幻不實的現世色身,不知自性本來清淨,顛倒妄想,執幻為真。「青天」則喻指真如本性,本來具足的如來智慧。禪師畢生修法,精進不怠,詩偈以形象說法,踢倒須彌,浮雲收盡,闡明只有一念心歇,心境兩空,行無執著,心無掛礙,就能破邪顯正,徹悟本然生命,回歸於纖塵不染的清淨本心,了悟萬法真諦,無求無證,心與道冥,自在逍遙,如雲出岫,如月行天,光輝朗潔,湛然圓滿。

釋智照(1150～1195)《辭世偈》:濟水灘頭厭世歸,黃粱夢裏盡成非。轉身不守虛明地,懶看庭前片月輝。〔註59〕因為體味到人生在世猶如船行急灘般危困,而世間種種都不過是黃粱一夢,因而產生厭倦之情。不必刻意去追求所謂內心的清虛純潔,也不再流戀庭前那輪明月的光輝。這裡是指放下執著黏滯,對境無心,進入朗潔高華的生命情境,獲得大解脫、大自在。

《王山十方圓明禪院第二代體公禪師塔銘碑》記載體公禪師傳法偈曰:「住世五十三年,更無一法留傳。誰信強名曰道,又言玄之又玄。入海泥牛消息斷,嘶風木馬我不然。」〔註60〕展現禪宗絕對本體不可言說,不求玄妙,凡聖一如,人法雙忘,能所雙遣,直契本體的禪悟觀照,強調徹底否決語言、知性,大休大歇,回歸純真本元。

---

〔註58〕〔明〕鎮澄撰,康奉、劉可興等點校《清涼山志》,北京:中華書局,1989 年,162 頁,卷三。

〔註59〕薛瑞兆,郭明志編《全金詩》,天津:南開大學出版社,1995 年,第二冊,卷五五,第 209 頁。

〔註60〕王新英輯校《全金石刻文輯校》,長春:吉林文史出版社,2012 年,第 196 頁。

其他文獻所見臨終偈頌詩還有若干。自稱為藏唯識門人的趙仲先於泰和元年所撰《謙公法師靈塔銘》（即《石經山雲居寺故提點法師靈塔》記載了謙公法師辭世頌曰：「古言一物中，今舉一□（番麼）可。臨行分付諸人，且道喚個什麼。」〔註61〕文林郎、前長葛縣令、賜緋魚袋李□□於泰和七年所撰《汝州香山秀公禪師塔銘》記載了釋法秀辭世頌曰：「地水火風，四大放下，全無罣礙。如□撒手還鄉，始信虛□壞壞不壞，青山淥水依然在。」〔註62〕元代耶律楚材《湛然居士文集》卷八《燕京崇壽寺禪院故圓通大師朗公碑銘》記載釋祖朗（1149～1222）《臨終留頌》：咄遮皮袋，常為患害。繼祖無能，念佛有賴。來亦無來，去亦無礙。四大各離，一時敗壞。浮雲散盡月升空，極樂光中常自在。〔註63〕元耶律楚材《湛然居士文集》卷一三《和公大禪師塔記》）釋和公《臨終作頌》：「臨行一句，當面不諱。皓月清風，不居正位。」〔註64〕（曹山本寂，不居正位）。《浦公禪師塔記》記載善浦禪師《臨終書頌》：「清風自清風，明月自明月。白雲消散後，老僧無可說。」〔註65〕等等。馮國相所撰《遐齡益壽禪師塔記》（正隆元年）記載遐齡益壽禪師（字天空，諱禪悅）示寂前所作偈云：「名利光如水月，慧辯恰似鏡痕，今朝消除夢幻，法界出入天門。」〔註66〕《翁同山院舍利塔記》（大定九年）記載釋圓覆臨終偈：「白駒易過，幻化匪堅。一切有為，終歸寂滅。」〔註67〕

金代僧侶這些傳法偈頌詩無一不體現以「無生」思想泯滅生死界定，超越生死的時間界限。「從悠悠生死中了悟無生，就是在短暫中體認永恆，消除短暫與永恆的隔閡。」〔註68〕僧人偈頌「以詩為佛事」，反覆申說、宣揚的都是禪宗的最基本目的，即了脫生死大事，破解人生短暫與宇宙永恆的矛盾，平復人內在心靈的不安與痛苦，獲得精神自由，體現佛禪的生命超越意識，同時闡

〔註61〕王新英輯校《全金石刻文輯校》，長春：吉林文史出版社，2012年，第424頁。
〔註62〕王新英輯校《全金石刻文輯校》，長春：吉林文史出版社，2012年，第469頁。
〔註63〕薛瑞兆，郭明志編《全金詩》，天津：南開大學出版社，1995年，第二冊，卷五五，第208頁。
〔註64〕薛瑞兆，郭明志編《全金詩》，天津：南開大學出版社，1995年，第三冊，卷九七，第367頁。
〔註65〕王新英輯校《全金石刻文輯校》，長春：吉林文史出版社，2012年，第77頁。
〔註66〕王新英輯校《全金石刻文輯校》，長春：吉林文史出版社，2012年，第94頁。
〔註67〕王新英輯校《全金石刻文輯校》，長春：吉林文史出版社，2012年，第157頁。
〔註68〕方立天《禪宗精神——禪宗思想的核心、本質及其特點》//方立天文集：第2卷，北京：中國人民大學出版社，2006年，第469～479頁。

釋了無相性空、真如佛性等佛教義理以及不重表象之修行之道，也完成了禪門達者弘法形象的塑造。

④ 宗綱偈

宗綱偈是中國禪宗進入「分燈禪」時期隨著五家宗風的形成而出現的，旨在闡明各家立宗宗旨的偈頌。在金代，曹洞宗第十三代法嗣，曹洞宗的中興之祖萬松行秀之師雪巖善滿禪師（1136～1206）有《五位頌》傳世。

> 正中偏，鼇洞沉沉鎖翠煙。午夜碧空清似鏡，一輪明月上層顛。
>
> 偏中正，欲曉雲濃封野景。雪屋靈明夢未醒，冥然又若寒宵永。
>
> 正中來，木人攜錫下崔嵬。縱橫不履今時地，石徑祥蓮襯足開。
>
> 兼中至，懶提妙印無真偽。碧莎叢裏恣情眠，一任巖前花雨墜。
>
> 兼中到，突兀三光曾未照。夢手敲空聽者稀，迴然不墮宮商調。
>
> 〔註69〕

「偏正五位」是曹洞宗洞山良價禪師的創說，是曹洞宗「五位說」（有正偏、功勳、君臣、王子四種）的基礎，《五燈會元》卷十三記載有洞山良價「偏正五位頌」，包括正中偏、偏中正、正中來、兼中至、兼中到等五部分。雪巖善滿禪師正是在偶然讀到洞山良價禪師「偏正五位頌」中「折合終歸炭裏坐」一句才豁然省悟的。雪巖善滿的《五位頌》，是在充分理解洞山「偏正五位頌」基礎之上所作，故而深切曹洞玄旨。

「偏」與「正」這兩個基本概念，按照曹山本寂禪師的解釋乃是「正位即空界，本來無物；偏位即色界，有萬法形」（《撫州曹山本寂禪師語錄》卷上）正是空，是體，是理，常常用陰、靜、黑、暗等表示。偏是色，是用，是事，常常用陽、動、白、明等表示。

正中偏即「背理就事」，就是由空生色，從體起用。「鼇洞沉沉鎖翠煙」，象徵混沌未分之原初狀態，此為暗，為靜，是正位，也是理，是空。「午夜碧空清似鏡，一輪明月上層顛」，碧空了無雲翳，清如明鏡，皓月懸空，清輝普照，世間森羅萬象盡顯，這是明，是動，表偏位。這三句象徵由空入色，由體起用，構成正中偏，揭示本體隨眾緣生起種種現象。

正中偏是由空入色，背理就事，從體起用。偏中正則為由色入空，捨事入理，攝用歸體。「欲曉雲濃封野景」，天將大亮，即將由暗入明，此是偏。然而

---

〔註69〕〔清〕聶先編撰，心善整理《續指月錄》，成都：巴蜀書社，2005 年，第202頁。

卻是「雲濃封野景」，濃雲遮蔽，景色完全看不清。此是暗，是正。雪屋，雪光映照的房屋，此是明。靈明夢未醒，指屋中之人卻尚在夢中，處在精神沉睡的狀態。此是暗，是正。「冥然又若寒宵永」，昏然暗黑的境界猶如寒夜漫漫，無邊無際。這幾句都是暗喻由明入暗，即由偏入正。參禪者應該充分認識萬法是空，棄白就黑，由事相認識理體。

正中來意思是從正中而來，是指處於正和偏中間，在正偏五位的正中，向下有正中偏，偏中正，向上則有兼中至，兼中到。參禪到了這個境界，就會「不再感覺身心之存在，二者皆泯滅無餘，即本體已達無念之境，應萬象之差別，變現出沒自在之妙用」〔註70〕木人攜錫下崔嵬。縱橫不履今時地，石徑祥蓮襯足開。木人，本指癡呆不慧的人，這裡應該是息絕妄想，不為外物凡情所動，別有所悟之人，即有道之禪者。這樣的人從修煉的深山幽谷攜錫而下，來到紅塵濁世，但由於身心俱滅，能所皆泯，所以縱橫世間，佛教聖物蓮花在他踏足之處紛紛盛放，而禪者則片葉不沾，不惹塵埃，遺世而獨立。體現了禪者真如法性，功德境界和工夫作用。雪岩善滿在「正中來」一位以比興意味濃厚的詩句表現的是禪者由體起用，用不障體，兩者妙合無間。

兼中至，懶提妙印無真偽。碧莎叢裏恣情眠，一任岩前花雨墜。「兼中至」中兼是兼帶之意，曹山本寂禪師解讀為「冥應重緣，不墮諸有，非染非淨，非正非偏。」(《撫州曹山本寂語錄》卷上) 正偏兼帶，理與事渾融。這個階段是從萬相差別之妙用，到相與體冥合，最終達於無念之境。佛家三法印乃是諸行無常，諸法無我，涅槃寂靜。這是佛教闡釋宇宙人生的真理。只有符合這些真理的佛法才能指引信眾出離世間，走上解脫的康莊大道。懶提妙印一句是指真正放下生死與煩惱，證悟涅槃，又何所謂諸種佛理與修行實踐的真與偽呢？這樣的境界善滿禪師用「碧莎叢裏恣情眠，一任岩前花雨墜」情狀來比喻。閒者於碧草叢中恣情安眠，落花紛紛，成陣成雨，靜謐美好，這是喻指修行者離一切妄想，認識到萬法不生不滅，心中無所得無所失，無人也無我，已經做到真正解脫。

兼中到，突兀三光曾未照。夢手敲空聽者稀，迥然不墮宮商調。「兼中到」是對前四位的總收，最上最玄，代表曹洞禪理想境界，為威音那畔，同莊子所謂「反一無跡」的混然之境。理事全消，功位俱隱。以日月星辰之光未曾照臨喻指自性未曾染污，清淨圓明，也可指非正非偏，非淨非染，非色非空，非明

---

〔註70〕星雲大師監修，慈怡法師主編《佛光大詞典》，北京：書目文獻出版社，第3869頁。

非暗，體用圓融。夢手敲空，其音不墮宮商調，代表無跡可尋，無相可擬，根塵俱泯，內外混忘，不落有無。這幾句代表了曹洞禪最高境界，功位俱隱，事理全消，正是造道之極致。

雪岩善滿的《五位頌》，對偏正五位的解釋穩順綿密，以簡潔精闢、透徹清晰、生動形象的偈頌詩表述深奧的佛理，接引學人，勘驗修行實踐，在詩面上看不到禪語、禪事，注重在詩歌的意境中包蘊禪意，避免了直露，展現出獨特的禪僧詩偈的文學特質。

其他金代偈頌詩還有太原釋昭公《為虛明作塔偈》：「以塔為身，以鈴為舌；萬仞岡頭，橫說豎說。」〔註71〕昭公有語錄，好問為作序引。正大初年，昭公曾經請託元好問求趙秉文為虛明禪師書墓誌。「以塔為身，以鈴為舌」即是以佛塔、鈴聲宣說佛理，正是釋昭公為虛明作塔題偈的目的所在。佛塔雖是建築，卻是承裝佛教聖物的容器，代表佛陀的聖意、法身。佛塔的每個部分都揭示了成佛之道。世尊曾經說過任何看到佛塔、在佛塔附近感受到微風吹拂、在佛塔周圍聽到鈴聲的人，都將獲得解脫。「橫說豎說」，本希運禪師之語：「且如四祖下牛頭融大師，橫說豎說，猶未知向上關棙子。」〔註72〕多方取譬，旁敲側擊，畢竟不許一語道破，正是禪宗說「話頭」的特色。禪宗有頓悟的南宗和漸悟的北宗。橫說屬於頓悟，豎說屬於「漸悟」。禪宗以「頓悟」為主，自稱「宗門」，稱經教為「教門」。在這個意義上，「橫說」為「宗門」，「豎說」為「漸門」。不管以何種方式，都在傳播、發揚佛法，不論漸悟頓悟，只要能獲得解脫。這也是法不外求，自然明心見性之意。

禪僧還借讚佛、度人之詩宣說佛理。釋師偉《謹賦律詩九韻奉讚法門寺真身寶塔》詩云：寺名曾富布金田，塔字（宇）來從梵夾傳。可笑異宗閒鬥嘴，比乎吾道不同肩。世人朽骨埋黃壤，唯佛浮屠倚碧天。骨橐山爐煅勿壞，鐵錘霜斧擊尤堅。三千界內真無等，十九名中最有緣。百代王孫爭供養，六朝天子遞修鮮。倘能倒膝罪隨缺，或小低頭果漸圓。三級風簷壓魯地，九盤輪相壯秦川。經書談我釋迦外，今古煩君說聖賢。〔註73〕釋迦牟尼佛真身舍利對於弘法

〔註71〕 薛瑞兆，郭明志編《全金詩》，天津：南開大學出版社，1995年，第四冊，卷一二九，第260頁。

〔註72〕 〔宋〕道元輯，朱俊紅點校《景德傳燈錄》（點校本），海口：海南出版社，2011年，第223頁，卷九，《洪州黃檗希運禪師》。

〔註73〕 薛瑞兆，郭明志編《全金詩》，天津：南開大學出版社，1995年，第三冊，卷九九，第384頁。

意義重大，作為佛教最高聖物顯現佛陀的智慧與福德，獲得信眾虔誠瞻禮，使之發心生善。師偉在贊詩對此進行了高度評價和頌揚。

釋行秀（1166～1246）《和尚度陳公一絕句》：「清溪居士陳秀玉，要結蓮宮香火緣。賺得艄翁搖艣棹，卻云到岸不須船。」〔註74〕引用船子和尚度人的典故。《和友人詩》：贈君一句直截處，只要教君能養素。但能死生榮辱哀樂不能羈，存亡進退盡是無生路。〔註75〕養素，修養並保持其本性。無生是說所有存在之諸法無實體，是空，故無生滅變化。然凡夫迷此無生之理，起生滅之煩惱，故流轉生死；如果了悟無生之理，即可破除生滅之煩惱。這些詩作都宣說了解脫之道在於任運自然，頓見本性，無念無執，方能大徹大悟。

### （2）山居修行詩

除了直接闡釋佛理的詩作，金代詩僧也寫作反映山居修行生活的詩歌，詩中常常借山水表達對佛理的感悟。在詩僧筆下，山水呈現出的特色靜穆幽邃，恬淡古樸。選取的意象也多是泉流、雲朵、溪水、月亮、古松、白雪，顯現出幽冷、空靈、靜寂的特質，渲染出超凡入聖、通脫無礙、澄明靜遠的禪思詩情。

釋惠《山居吟》：山僧樂道無拘束，破衣壞衲臨溪谷。或歌或詠任情足，僻愛山泉伴麋鹿。水冷冷兮漱寒玉，風清清兮動疏竹。閒身悅唱長生曲，石鼎微煙香馥郁。幽居免被繁華逐，贏得蕭條興林麓。大道無涯光溢目，大用無私鬼神伏。知音與我同相續，免落塵寰受榮辱。浮生夢覺黃粱熟，何得驅驅重名祿。〔註76〕詩作摹寫僧侶生活與清風流泉相伴，歌詠任情，了無拘束的幽居生活，抒發了免受塵勞之苦，無名韁利鎖羈絆，一身閒悅之情趣。而這一切的獲得，來自於佛禪大道之信仰。

釋可道，號香嚴，與馬定國、張子羽（字叔翔，東阿人）為詩友。〔註77〕其詩《題比陽道邊僧舍》也是一首通過僧俗世間煩熱，佛界清涼之對比闡釋佛理的詩作。詩曰：「山頭翠色僧房靜，山下紅塵客路長。五月行人汗如雨，豈

〔註74〕薛瑞兆，郭明志編《全金詩》，天津：南開大學出版社，1995 年，第二冊，卷七五，第 545 頁。

〔註75〕薛瑞兆，郭明志編《全金詩》，天津：南開大學出版社，1995 年，第二冊，卷七五，第 545 頁。

〔註76〕薛瑞兆，郭明志編《全金詩》，天津：南開大學出版社，1995 年，第一冊，卷一八，第 242 頁。

〔註77〕〔金〕元好問《中州集》，北京：中華書局，1959 年，上冊，卷二《張子羽小傳》，第 58 頁。

知高處有清涼。」〔註78〕詩人先將山頭青翠山色之中僧房之靜謐與山下紅塵俗世中客途之漫長作以鮮明對比，再用漫漫客途中行人辛苦輾轉，揮汗如雨具體情狀的，喚出末句的理趣——高處有清涼。詩作構思方式的特色在於通過對比激發讀者的頓悟：勘破聲色世界流轉不息的表象，不可執虛為實，執幻為真，而要透脫生死，隨緣任運，了悟自性清淨，獲得大自在，大解脫。

釋寶瑩，白賁、白華之弟。少時有詩名河東，後出家為僧。人稱瑩禪師，以詩筆見推文士間。嘗有詩集行世。〔註79〕有《闕題》一首：「十日柴門九不開，松庭雨後滿蒼苔。草鞋掛起跏趺坐，消得文殊更一來。」〔註80〕文筆淡然，飄逸清雅，展現僧人寂寞、清幽的生活環境和追求解脫世網、自足其性的精神世界。

## 2. 鮮活的世俗詩

金代詩僧在禪道修行之外並非完全可以做到脫塵拔俗，《元史‧釋老傳》云：「釋老之教，行乎中國也，千數百年，而其盛衰，每繫乎時君之好惡。」〔註81〕為得到朝廷的護持必須獲取君主及官僚士大夫的青睞，為此，他們與駕臨之君主、貴戚，與來寺院遊賞、參訪的文人士大夫有了交集。同時，他們接觸民眾，進而受到世俗社會生活的感染。金代詩僧存世之作寥寥，我們看不到他們詩作中反映政治風雲、軍事衝突、民生疾苦的內容，但尚有應制、迎駕、詠物、題畫之作，有的還表現了節日人間氣象，傳達身處宗教體驗與人間境遇之中的微妙情感。

### （1）雍容典麗的應制、迎駕詩

釋重玉，大定、明昌時僧人。距離金朝都城西北九十里的潭柘寺有建於明昌五年的詩碑，上書重玉《從顯宗皇帝幸龍泉寺應制詩》：一林黃葉萬山秋，巒杖參陪結勝遊。怪石斕斒蹲玉虎，老松蟠屈臥蒼虯。俯臨絕壑安禪室，迅落危崖瀉瀑流。可笑紅塵奔走者，幾人於此暫心修。〔註82〕

〔註78〕薛瑞兆，郭明志編《全金詩》，天津：南開大學出版社，1995年，第一冊，卷三，第40頁。

〔註79〕閻鳳梧《全遼金文》，太原：山西古籍出版社，2002年，第3006頁，《善人白君墓表》。

〔註80〕薛瑞兆，郭明志編《全金詩》，天津：南開大學出版社，1995年，第三冊，卷一零五，第452頁。

〔註81〕〔明〕宋濂《元史》，文淵閣四庫全書本，卷202，《釋老傳》。

〔註82〕薛瑞兆，郭明志編《全金詩》，天津：南開大學出版社，1995年，第三冊，卷八〇，第78頁。

釋行秀（1166～1246）號萬松野老。是青州一辨之後曹洞宗最有影響力的著名高僧。泰和中，居仰山，為仰嶠叢林住持。明昌中，章宗秋獵幸寺，行秀手錄偈一章詣進，大蒙稱賞。有《龍山迎駕詩》：蓮宮特作內宮修，聖境歡迎聖駕遊。雨過水聲琴泛耳，雲開山色錦蒙頭。成湯狩獵恢天網，呂尚魚磯浸月鉤。試問風光甚時節，黃金世界菊花秋。〔註83〕

以上兩首詩是應制、迎駕詩，所以首聯先交代作詩的時間、緣由，頷聯和頸聯以禪寺環境、景色的描寫卻不完全等同於通常的清幽靜謐的特色，而是具有莊重、熱烈、歡欣的特點，彷彿深山幽寺也感染了人物的情感，為聖駕的來臨而倍感尊榮。

徐鐸《惠才禪師塔銘》記載了釋惠才（1118～1186）接待公主夫婦的詩作《唐國公主祈嗣施貲頌》，前有小序說明寫作緣由：「皇女唐國公主並駙馬都尉鎮國上將軍行大理卿，同入寺朝禮觀音后土祈嗣，謹施貲金□，命山野升座，推輪飯僧畢，焚香作禮求頌，遂成四韻，錄呈臺座。」詩作正文為：「九重才出動春風，寶馬香車謁聖容。祈禱殷勤朝寺岳，必應賢化感兒童。回途妙達長安道，始信無私用不窮。永泰悟明成正果，而今消息類還同。」〔註84〕

### （2）寄意深沉的題畫詩

釋圓基《題伊剌右丞畫》：「調燮之餘總是閒，閒中遊戲到毫端。而今亦有丹青手，猶在磻溪把釣竿。」〔註85〕調燮，宰相之意。典出《尚書》卷十六〈周書・君奭〉，猶言調和陰陽。古時認為宰相能調和陰陽，治理國事。詩作先言伊剌右丞相在公務之餘以繪畫自娛。下一句用姜太公磻溪垂釣之典故，仍有身負才華而無施展之地，只好繼續等待慧眼識才之人出現。

### （3）坦然熱烈的詠物詩

釋圓基《詠柳葉》：一氣潛通造化中，人間無處不春風。莫嫌冷地開青眼，試看夭桃幾日紅。〔註86〕這是一首詠物詩，詩僧通過柳樹雖生在冷僻之處，不

---

〔註83〕薛瑞兆，郭明志編《全金詩》，天津：南開大學出版社，1995年，第二冊，卷七五，第545頁。

〔註84〕薛瑞兆，郭明志編《全金詩》，天津：南開大學出版社，1995年，第一冊，卷一八，第241頁。

〔註85〕薛瑞兆，郭明志編《全金詩》，天津：南開大學出版社，1995年，第三冊，卷八七，第165頁。

〔註86〕薛瑞兆，郭明志編《全金詩》，天津：南開大學出版社，1995年，第三冊，卷八七，第166頁。

如豔麗的桃花更得人喜愛，但依然笑對春風，來表達出對生活坦然自在，樂觀自信的情懷。

（4）自然閒適的俗情詩

詩本是用來抒情言志的，在領悟佛性的過程中，金代僧侶那平凡的人情人心始終無法泯滅，其詩作中有即景抒情之作，表現對世事人生的真實情感體驗。

釋箕詩《元夕懷京都》：「一燈明處萬燈明，天上人間不夜城。前日惠林洪覺範，雪窗孤坐聽猿聲。」〔註87〕。詩作化用了宋僧惠洪《冷齋夜話》卷五上元寒岩寺懷京師詩：「上元獨宿寒岩寺，臥看青燈映薄紗。夜久雪猿啼嶽頂，夢回山月上梅花。十分春瘦緣何事，一掬歸心未到家。卻憶少年行樂處，軟風香霧噴東華。」後又有京師上元懷山中詩：「北遊爛熳看並山，重到皇州及上元。燈火樓臺思往事，管絃音律試新翻。期人未至情如海，穿市飯來月滿軒。卻憶寒岩曾獨宿，雪窗殘夜一聲猿。」如果讀者聯繫南宋胡仔以苕溪漁隱的身份在《苕溪漁隱叢話前集》卷第五十六中對洪覺範詩句的評論，就能判斷出這是一首雖為僧侶所寫，卻吟詠世俗情感的詩作：「忘情絕愛，此瞿曇氏之所訓，惠洪身為衲子，詞句有『一枕思歸淚』及『十分春瘦』之語，豈所當然。又自載之詩話，矜炫其言，何無識之甚邪！」釋箕這首詩也是描寫世俗節日裏的人間氣象。不是演繹佛禪之理，表述宗教體驗，而是吟詠性情之作，由其所引詩句的境界和情感可知，箕和尚也在有意無意透露出入寺修行者難以言狀的內心情思，形象包含無限情感，反映了創作者微妙真實的境遇和感受。

性英有感悟寄興之作《七夕感興》：「輕河如練月如舟，花滿人間乞巧樓。野老家風依舊拙，蒲團又度一年秋。」〔註88〕農曆七月七日夜（或七月六日夜），女人們要向織女星乞求智巧，稱為「乞巧」，乞巧的彩樓花兒繁盛，此時天上銀河如練，月如輕舟，映襯人間這一派熱鬧景象。與人間生活相對，禪僧的生活則是安坐於蒲團上參禪，任歲月流逝，一切並不掛懷。一鬧一靜，對比出禪僧徹悟禪旨，備極超逸。

性英《歸潛堂詩》充滿閒適野逸意識：「二陸歸來樂有真，一堂棲隱靜無塵。

---

〔註87〕 薛瑞兆，郭明志編《全金詩》，天津：南開大學出版社，1995年，第二冊，卷六五，第364頁。

〔註88〕 薛瑞兆，郭明志編《全金詩》，天津：南開大學出版社，1995年，第三冊，卷一零二，第423頁。

詩書足以教稚子，雞黍猶能勞故人。瑟瑟松風三徑晚，濛濛細雨滿城春。
因君益覺行蹤拙，又為浮名係此身。〔註89〕

此外，釋行秀又有幾聯與「月亮」相關的佚句，如《中秋日答問》：「此夜
一輪滿，清光何處無？」又「月色四時好，人心此夜偏。」又「萬里此時同皎
潔，一年今夜最分明。」〔註90〕行秀似乎特別鍾情「月亮」這個意象，詩句中
的表述既是真實地描摹人間一輪明月的皎潔美好，又總是容易使讀者從圓滿
清明之月亮聯想到佛家圓明之自性。

### （二）金代僧詩的風格特徵

劉禹錫《秋日過鴻舉法師院便送歸江陵引》曰：「梵言沙門，猶華言去欲
也。能離欲，則方寸地虛，虛而萬景入，入必有所泄，乃形乎詞，詞妙而深者，
必依乎聲。故自近古而降，釋子以詩聞於世者相踵。因定而得境，故翛然以清；
由慧而遣詞，故粹然以麗。」〔註91〕其論僧家之詩確乎的論。正因為金代僧人
為詩，與其離欲修禪的思想和生活基礎密切相關，又能夠將禪心詩心打成一
片，因而產生了金代僧詩的獨特風格和魅力。

### 1. 正宗的蔬筍氣

自從蘇東坡《贈詩僧道通》一詩中以「語帶煙霞從古少，氣含蔬筍到公無」
提出「蔬筍氣」的概念〔註92〕之後，評論僧詩的高下優劣，常以有無「蔬筍氣」
為標準之一。而元好問在評論自己的好友金代詩僧性英時以完全肯定的態度
認為「詩僧之詩所以自別於詩人者，正以蔬筍氣在耳。」〔註93〕「蔬筍氣」之
「蔬筍」概指蔬菜，「蔬筍氣」就是所謂菜氣，以僧人素食，蔬筍為必不可少，
可代表僧人之氣質。雖然對歷代批評家對「蔬筍氣」正負面評價不同，但基本
可以認為「蔬筍氣」的詩風應是指僧人詩作受其生活環境影響，視野、題材狹
窄逼仄，「多述山林幽隱之興」〔註94〕。元代詩僧釋英曾經在自己的詩中列舉

〔註89〕　薛瑞兆，郭明志編《全金詩》，天津：南開大學出版社，1995年，第三冊，卷
　　　　一零二，第423頁。
〔註90〕　薛瑞兆，郭明志編《全金詩》，天津：南開大學出版社，1995年，第二冊，卷
　　　　七五，第545頁。
〔註91〕　劉禹錫《劉夢德文集》，卷七，四部叢刊本。
〔註92〕　〔宋〕蘇軾撰《東坡全集》，影印文淵閣《四庫全書本》，卷二十五。
〔註93〕　閻鳳梧編《全遼金文》，太原：山西古籍出版社，2002年，第3249頁，《木庵
　　　　詩集序》。
〔註94〕　永瑢等《四庫全書總目》下冊，北京：中華書局，1965年，第1277頁。

了李白、杜甫、孟郊、賈島、許渾等各家詩風的不同，不強分軒輊：「禪月懸中天，古風扇末世。專門各宗尚，家法非一致。……長吟復短吟，聊以寄我志」〔註95〕，只要能夠寄託詩人之志，入禪門而得言外意，又有何不可呢？金代詩僧作為佛門參悟者，脫然入空趣，以詩語禪，詩禪合一，談說佛理，境界清寂超拔，體現水邊林下氣象，乃是佛禪本分家風。由前述金代僧詩之內容分析可知，金代詩僧能將僧人之神情物鏡與詩相合，不捨方外之宗，不失本來面目，其詩作幽寂玄淡、清逸脫俗，天然禪悅恰恰體現了僧詩之正味。這一點尤其體現在金代詩僧的世俗詩之中。

### 2. 濃厚的偈頌氣

元好問評價詩僧性英「境用人勝，思與神遇，故能遊戲翰墨道場，而透脫叢林窠臼，於蔬筍中別為無味之味。皎然所謂『情性之外不知有文字』者，蓋有望焉。」〔註96〕然而能做到性英之詩作水平的金代詩僧尚付闕如。以文人之審美趣味來看前文所述多數偈頌詩，從形式層面看，詩歌語彙、聲調、體格都顯得較為單調少變化，多佛禪典籍中的話語。從內容層面看，選取之意象只有少數林泉雲月之類可資空明，適合宣說佛理，體現萬法皆空信條之物；詩歌境界方面則因道性情而類乏蘊藉，常常借禪宗思維和方法，或痛切直截，或以超理性，非語言的方式啟悟，這也是道性戰勝詩情的結果，也正是僧詩運用佛禪思維方法與佛禪語言的獨特魅力。

其實，僧人創作詩歌與文人創作詩歌不論從創作者身份，還是從創作動機上，都存在著根本的差異。清涼文益就闡釋過這兩者之間的不同。「論曰：宗門歌頌，格式多般，或短或長，或今或古，假聲色而顯用，或託事以申機，或順理以談真，或逆事而矯俗。雖則趣向有異，其奈發興有殊，總揚一大事之因緣，共贊諸佛之三昧，激昂後學，諷刺先賢，主意在文，焉可妄述。」〔註97〕清涼文益的論述告訴我們，詩僧作偈頌詩也好，作世俗詩也罷，其目的是「總揚一大事之因緣，共贊諸佛之三昧」，即揭示佛禪之理，成佛之道。這與詩人的創作詩歌的目的完全不同。禪門中人是以詩為方便工具闡明法旨，傳播法

〔註95〕〔元〕釋英《白雲集》，清武林往哲遺著本，卷三《言詩寄致佑上人》。

〔註96〕閻鳳梧編《全遼金文》，太原：山西古籍出版社，2002年，《木庵詩集序》，第3250頁。

〔註97〕前田慧雲，中野達慧等編《卍續藏》，京都藏經書院刊行，第六十三冊，第38頁，《宗門十規論‧不關聲律不達理道好作歌頌第九》。

教，「以詩句牽動，令入佛智，行化之意，本在於茲」〔註98〕。並非如世俗世界的詩人一般注重藝術手段與藝術價值。所以「主意在文，焉可妄述」，不能對禪門詩歌妄下斷語。

　　如同反覆念誦佛經，僧侶正是通過所作目的純粹，境界純粹的佛理詩反覆傳佈佛禪之理，達到慣性的信仰。然而這恰恰表現了僧人的當行本色，僧詩的本來特徵。

---

〔註98〕〔宋〕贊寧撰，范祥雍點校《宋高僧傳》，北京：中華書局，1987年，第728頁，卷二十九，《唐湖州杼山皎然傳》。

# 第四章　金代全真道「援禪入道」及其文學體現

　　金代全真道是突破了舊道教的理論和實踐缺陷，以三教合一為理論基石，廣泛吸納、融攝儒釋理論精華而構建出的新道教。尤其是對禪宗思想觀念和修證方法的借鑒與吸收，極大地豐富、深化了全真道的宗教理論與宗教實踐，使全真道在北中國大放異彩。全真道道士的詩文創作充分反映了全真道這種佛禪交融的狀況，成為宗教與文學相互交融的典範。

## 一、融攝佛禪的思想基礎與現實困境

　　中國道教的發展是與佛教中國化交錯行進的。最初，中國人將佛教與道家視為一類，採用道家詞彙翻譯佛經，以老莊學說詮釋佛教思想，甚至有「老子入夷狄為浮屠」的傳說。被稱為「法中龍象」的東晉僧肇大師精通老莊思想的精髓，六朝時期曾有人將維摩詰與莊周的人格精神等同看待。佛道兩教初期由於所標義旨間有相同，所以頗相利用。魏晉以來佛教廣泛流傳，佛道交流日益密切，佛道學說交流互通，這使佛家與道家之學具備了混融與借鑒的可能。在道教典籍中融入佛教思想時有表現，佛教的因果報應，地獄輪迴之說在道教經典中可以找到借鑒的痕跡。如《太真玉帝四極明科經》所載：善惡因緣，莫不有報，生世施功布德，救度一切，身後化生福堂，超過八難，受人之慶，天報自然。〔註1〕該書認為，人並非只有一次生命，死後可以繼續轉世再生，善善

---

〔註 1〕《道藏》，文物出版社，上海書店、天津古籍出版社聯合出版，1988 年，第 3
　　　　冊，第 416～417 頁，《太真玉帝四極明科經》。

惡惡，因緣有自，報應現象是存在的，因而生命存在時應該做善行，施功德，這樣才會有福報。《太上洞玄靈寶本行宿緣經》也有類似的觀念：「惡惡相緣，善善相因，……罪福之報，如日月之垂光，大海之朝宗」〔註2〕不僅肯定了輪迴報應的存在，而且以極富修飾藝術的筆調力圖彰顯報應的狀況。在佛教典籍裏也屢屢出現道教的語彙，如全真一詞，宋代守端《後住潭州雲蓋山海會寺語錄》裏就有「繁興大用，舉步全真」，宋代普濟著《五燈會元》卷一七載雙嶺化禪師上堂講說佛法，偈頌有「翠竹黃花非外境，白雲明月露全真」。此類情形表明佛道相互滲透，佛教的諸多理念已經被道教吸收、利用，成為道教文化體系中不可缺少的部分。

傳統道教發展到宋金時期，面臨著諸多理論和實踐上的困境。服食外丹損體傷命，神仙信仰遭到了懷疑。姦佞道士惑主擾政、欺民斂財，激發了世人的反感。北宋耗盡王朝鉅資大興齋醮保社稷，卻終於遭到迅速滅亡的下場，更使符籙派道教陷入空前的信譽危機。在這樣的背景下，道教迫切需要革故鼎新，北方全真道應時而起。教祖王喆（道號重陽子）順應當時「三教融合」的思想潮流，以「三教合一」、「三教圓融」作為創教之宗旨，以道教為本位，注重吸收、融攝儒、佛二家尤其是禪宗思想理論，「以識心見性，除情去欲，忍恥含垢，苦己利人為之宗。」〔註3〕。在道教理論建構和修行實踐的深層上做出了卓有成效的改革，傳播廣遠，道徒眾多，在北方產生了廣泛影響。元好問《紫微觀記》云：「南際淮，北至朔漠，西向秦，東向海，山林城市，廬舍相望，什百為偶，甲乙授受，牢不可破」〔註4〕元代王守觀在《玉華觀碑》中也描述：「近代全真教祖，又出山陰，紹玄聖之真風，續無為之古教，道宏方外，教闡寰中，上而王公大人，下而黃童白叟，莫不欽崇其道而尊奉之。當是時也，山林城郭，宮觀相望，什伯為居，甲乙授受，靡然不勸而自勉，道化之行，自三代而下，未有如是之盛也」。〔註5〕全真道後來被尊為道教北宗，這是中國道教發展到新高峰重要表現。

全真教吸收佛教的宗教思想、修持方式的狀況全面反映在全真教三教融合的立教主張，內丹思想的核心——心性理論，以及修持方式等方面。由於原

---

〔註2〕 《道藏》，文物出版社，上海書店、天津古籍出版社聯合出版，1988年，第24冊，第667頁，《太上洞玄靈寶本行宿緣經》。
〔註3〕 〔元〕李道謙《甘水仙源錄》，明正統道藏本，卷二。
〔註4〕 閻鳳吾編《全遼金文》，太原：山西古籍出版社，2002年，第3217頁。
〔註5〕 陳垣編纂《道家金石略》，北京：文物出版社，1988年版，第724頁。

本就具有儒生背景、具備相當程度的文學文化水平，全真道士們，尤其是全真教祖王重陽、全真七子馬鈺、丘處機、譚處端等人，在立教、修持、傳教的一系列過程中，將他們吸納、融攝佛禪的狀況以詩文創作進行了深刻精彩的傳達。筆者根據這些詩文創作文本，對此深入分析和探討。

## 二、「三教融合」的立教原則

金代全真道創教祖師王重陽吸收、融攝了傳統道教、儒家、佛教禪宗學說，以「三教融合」為基本的立教原則，以「三教合一」、「識心見性」、「性命雙修」、「功行雙全」、「獨全其真」為基本教義，構建了新的全真道理論體系。這是全真道在創教初期，在佛道競爭中佛教明顯占上風的客觀形勢下做出的必然選擇。

全真道創教祖師王重陽原本業儒，熟讀佛書，九經聖典都研習過，儒家教育背景是優秀的。後由儒入道，並且兼修佛經，自言徹悟心經，研習過許多佛教經典。王重陽儒釋道皆通曉的背景使他能夠順應時代三教合一的大潮流，打破門戶之見。在創立全真道之初，王重陽以三教共尊的「道」為切入點，把本源性的「道」作為三教合一的基礎。王重陽《重陽真人金關玉鎖訣》云：「三教者，如鼎三足，身同歸一，無二無三。三教者，不離真道也，喻曰：似一根樹生三枝也。」〔註6〕「人各認祖宗科牌：太上為祖，釋迦為宗，夫子為科牌。……三教者是隨意演化眾生，皆不離於道也。」〔註7〕王重陽《答戰公問先釋後道》詩云：「釋道從來是一家，兩般形貌理無差。」〔註8〕其《孫公問三教》詩又云：「儒門釋戶道相通，三教從來一祖風。」〔註9〕在全真道看來，儒、釋、道三教雖名稱不同，鼎足而立，但皆本於聖人心體實證之「道」，同根而生，因此三教同源而一致。

以此，王重陽在尊重儒釋的基礎上，力倡「三教平等」、「三教同功」。他認為既然三教的義理從根本上是相通的，而且各具妙理，都起到佐時宣化，誘

---

〔註6〕　《道藏》，北京：文物出版社，上海書店、天津古籍出版社聯合出版，1988年，第25冊，第802頁。

〔註7〕　《道藏》文物出版社、上海書店、天津古籍出版社1988年聯合出版，第19冊，第780頁，王重陽《金關玉鎖訣》。

〔註8〕　薛瑞兆，郭明志編《全金詩》，天津：南開大學出版社，1995年，第一冊卷一○，第144頁。

〔註9〕　薛瑞兆，郭明志編《全金詩》，天津：南開大學出版社，1995年，第一冊卷一○，144頁。

掩眾生的社會作用，所以三教不必區分高低優劣，三教中人也應三教為一家，不能存門戶之見，憑空製造紛爭。王重陽許多詩詞創作強調了三教融通、不分高下的觀點。《臨江仙·目貽》一詞云：「三教幽玄深遠好，仍將妙理經營。麒麟先悟仲尼觥，青羊言尹喜，舍利喚春鶯。」〔註10〕他在《爇心香》中自稱「諢號王風，實有仙風，性通禪釋貫儒風」〔註11〕，也要求道徒融通儒、釋，並通三教：「真人勸人誦《般若心經》、《道德》、《清靜經》及《孝經》，云可以修證。」〔註12〕

其《臨江仙·道友問修行》：

> 潔己存心歸大善，常行惻隱之端。慈悲清靜亦頻觀。希夷玄奧旨，三教共全完。
>
> 別子休妻為上士，悉捐財色真餐。長全五臟得康年。功成兼行滿，真性入仙壇。〔註13〕

《望蓬萊》：

> 重陽子，飲水得良因。洗滌塵勞澄淨至，灌澆根本甲芽伸。滋養氣精神。　　下片恬淡好，甘露味投真。滴滴潤開三教理，涓涓傳透四時春。流轉一清新。〔註14〕

詩作中也有表現。如：《贈道眾》「盡知長與道為鄰，搜得玄玄便結親。悟理莫忘三教語，全真修取四時春」〔註15〕，《崔千戶求聰明以詩贈之》「為教同其閔，延年共比彭。並通三教理，遠遠得期程」〔註16〕，他有勸道徒學佛經的詩作《呂善友索金剛經記》「金剛四句首摩訶，其次須尋六字歌。仗起慧刀開般若，能超彼岸證波羅」〔註17〕

王重陽廣交儒士僧侶，常與禪僧一起談經論道，與之和諧共處：「雲朋霞

---

〔註10〕唐圭璋編《全金元詞》，中華書局 2000 年版，上冊，第 233 頁。

〔註11〕唐圭璋編《全金元詞》，北京：中華書局，2000 年，上冊，第 263 頁。

〔註12〕《道藏》，文物出版社、上海書店、天津古籍出版社 1988 年聯合出版，第 19 冊，第 725 頁。

〔註13〕唐圭璋編《全金元詞》，中華書局 2000 年版，上冊，第 232 頁。

〔註14〕唐圭璋編《全金元詞》，中華書局 2000 年版，上冊，第 180 頁。

〔註15〕薛瑞兆，郭明志編《全金詩》，天津：南開大學出版社，1995 年，第一冊，卷一三，第 198 頁。

〔註16〕薛瑞兆，郭明志編《全金詩》，天津：南開大學出版社，1995 年，第一冊，卷一三，第 212 頁。

〔註17〕薛瑞兆，郭明志編《全金詩》，天津：南開大學出版社，1995 年，第一冊，卷一〇，第 153 頁。

友每相親，滑辣清光養氣神。滿座談開三教語，一杯傳透四時春」。〔註 18〕
《禪門初洪潤乞無相》、《老僧問生死》、《僧淨師求修行》、《與傅長老分茶》、
《和玉長老古調》、《贈劉蔣村僧定院主》等詩都寫到與禪僧的交往，其中不
乏引用佛禪之理。王重陽也勸僧人悟道旨，「禪道兩全為上士，道禪一得自真
僧」〔註 19〕

　　王重陽還將三教合一、三教平等一思想貫徹在全真道民間教團的名稱上。
這些全真道教團皆冠以「三教」之名，如「三教七寶會」、「三教金蓮會」、「三
教三光會」、「三教玉華會」、「三教平等會」。

　　王重陽的弟子們也繼承、貫徹了他三教合一、三教平等的思想。其言論、
詩詞作品對融通儒釋二教尤其是佛禪之說做了豐富充分的表現。

　　王重陽大弟子馬鈺對於儒釋道三教毫無門戶之見，他自稱三教門人都是
自己的師父」丹陽真人語錄》中言：「師（馬鈺）在東牟道上行，僧道往來者，
識與不識，必先致拜。從者疑而問之曰：『彼此俱昧平生，何用拜之？』師曰：
『道以柔弱謙下為本，況三教同門異戶耳。』，〔註 20〕在《敬三教》詩中，馬
鈺說：「待士非凡俗，崇僧性不凡。再三須重道，決要敬麻衫。」〔註 21〕其《清
心鏡‧勸僧道和同》詞云：「道毀僧，僧毀道。奉勸僧道，各休返倒。出家兒、
本合何如，了性命事早。好參同，搜秘奧。煉氣精神，結為三寶。真如上、兜
率天宮，靈明赴蓬島。」〔註 22〕其《贈李大乘兼呈淨公長老》詩云：「雖有儒
生為益友，不成三教不團圓」〔註 23〕又有一首詩言：「證佛得無量，修仙道有
玄。仙佛歸一趣，道德在兩全。」〔註 24〕《清心鏡‧詠三教門人》云：九陽數，
盡通徹。三教門人，乍離巢穴。探春時、幸得相逢，別是般歡悅。　　也無言，

〔註 18〕薛瑞兆，郭明志編《全金詩》，天津：南開大學出版社，1995 年，第一冊，卷
　　　　一〇第 158 頁。
〔註 19〕薛瑞兆，郭明志編《全金詩》，天津：南開大學出版社，1995 年，第一冊，卷
　　　　一〇，151 頁，《詩‧問禪道者何》。
〔註 20〕《道藏》，文物出版社、上海書店、天津古籍出版社 1988 年聯合出版，第 23
　　　　冊，第 701 頁。
〔註 21〕薛瑞兆，郭明志編《全金詩》，天津：南開大學出版社，1995 年，第一冊，卷
　　　　二二，第 311 頁。
〔註 22〕唐圭璋編《全金元詞》，中華書局 2000 年版，上冊，第 371 頁。
〔註 23〕薛瑞兆，郭明志編《全金詩》，天津：南開大學出版社，1995 年，第一冊，卷
　　　　二二，第 293 頁。
〔註 24〕薛瑞兆，郭明志編《全金詩》，天津：南開大學出版社，1995 年，第一冊，卷
　　　　二三，第 371 頁。

也無說。執手大笑，無休無歇。覺身心、不似寒山，這性命捨得。〔註25〕馬鈺《滿庭芳・答藹戒師師父》奉答僧人，勸三教中人各應「忘人我，宜乎共處茅廬」。〔註26〕

丘處機兼學三教經書，認同佛禪，對佛教禪宗有很深的造詣。陳時可《長春真人本行碑》載，丘處機不但「於道經無所不讀」，而且「儒書梵典亦歷歷上口」他贊同三教歸一。「儒釋道源三教祖，由來千聖古今同。」〔註27〕「心為禪，行為道，行行步步知多少。」「禪為宗，道為祖，打破金木水火土。」〔註28〕認為三教無高下：《沁園春・贊佛》詞云：「圓成無礙無知，信法界空空寂滅跡。又勿勞習定，安禪作用，偷閒終日，打坐行治。大理無時，真功非相，動靜昏昏合聖規。無高下，但能通般若，總證牟尼。」〔註29〕丘處機把儒學和佛學融入全真道：他把道教的「清心寡欲」、「清淨無為」與佛家大乘的「普度眾生」及儒家的核心思想「仁」融在一起。《神光璨》詞云：「推窮三教，誘化群生，皆令上天合為。」〔註30〕把儒、釋兩家中有利於自己的內容納入全真道，正如他在《先天吟》詩中所說：「因時設教從人樂，三皇五帝皆宗祖。」〔註31〕

其他全真道士的言論、著作中，有關三教歸一的思想有很多。全真教第三代祖師譚處端言認為三教因為都強調清淨，歷來就可以看做是一家，他有題為《三教》的詩：「三教由來總一家，道禪清靜不相差，仲尼百行通幽理，悟者人人跨彩霞。」〔註32〕劉處玄亦主張三教無分，三教歸一，不去爭論道禪異同。其《玉堂春》詞云：

> 仙觀靈虛，二年來來去。破了重修，星冠養素。應有真無，齋科救萬苦。達理忘言清靜居。

〔註25〕唐圭璋編《全金元詞》，中華書局2000年版，上冊，第371頁。

〔註26〕唐圭璋編《全金元詞》，中華書局2000年版，上冊，第282頁。

〔註27〕《道藏》，文物出版社、上海書店、天津古籍出版社，1988年聯合影印，第25冊，第815頁，《磻溪集》卷一《師魯先生有宴息之所，榜曰「中室」，又從而索詩》。

〔註28〕丘處機《丘長春祖師語錄》，《三乘集要》中卷，第24頁。

〔註29〕唐圭璋編《全金元詞》，北京：中華書局2000年版，第456頁。

〔註30〕唐圭璋編《全金元詞》，中華書局2000年版，上冊，第459頁。

〔註31〕薛瑞兆，郭明志編《全金詩》，天津：南開大學出版社，1995年，第二冊，卷五十二，170頁。

〔註32〕薛瑞兆，郭明志編《全金詩》，天津：南開大學出版社，1995年，第一冊，卷二十六，第339頁。

道釋儒寬，通為三教，戶外應五常，敬謙賢許。四相心無，自
然樂有餘。出了陰陽現互初。〔註33〕

王處一祖師還有《敬三教》詩：

三教同興仗眾緣，真空無語笑聲連。

放開法眼全玄理，蓮葉重重作渡船。〔註34〕

又有《贈眾道友》詩，其中有「天和地理與人安，三教三才共一般。」
〔註35〕之句。

詞作方面，王處一《滿庭芳‧贈盧宣武二首》：

日裏金雞，月中玉兔，變通玄象盈虧。無形斡運，三界現慈悲。
長養諸天大地，資三教、天下歸依。真明瞭，觀天之道，清淨更無為。

十方諸道眾，回頭猛悟，拂袖雲歸。養神胎靈骨，鍛滅陰屍。定
是回顏易質，通玄奧、物外精持。丹圓滿，根源了了，皆作度人師。
〔註36〕

白雲子王丹桂詩作王丹桂詩作《滿庭芳‧詠三教》仍能典型地體現全真道
儒釋道同源、復又合一，不分高下的教旨：

釋演空寂，道談清靜，儒宗百行周全。三枝既立，遞互闡良緣。
尼父名揚至聖，如來證大覺金仙。吾門祖，老君睿號，從古至今相傳。

玄玄，同一體，誰高誰下，誰先誰後，共扶持邦國，普化人天。
渾似滄溟大海，分異派、流泛諸川。然如是，周遊去處，終久盡歸
源。〔註37〕

以上列舉的這些詩詞內容中，不僅繼續倡導弘揚了重陽祖師三教一家的
思想，而且概括指出了全真教與佛、儒二教的契合之處。所有這些都充分說明，
全真道士對儒佛二教的推崇與尊敬。全真七子都繼承了王重陽的三教合一思
想，仍然把其作為全真道的立教宗旨。

作為全真道的理論根基，全真道的「三教合一」理論順應了時代發展潮流，
迎合了金統治者利用三教的需求，吸納儒釋兩教的優秀因子，在全真道的宗教

〔註33〕唐圭璋編《全金元詞》，北京：中華書局，2000年，上冊，第430頁。

〔註34〕薛瑞兆，郭明志編《全金詩》，天津：南開大學出版社，1995年，第二冊，卷
四十二，第29頁。

〔註35〕薛瑞兆，郭明志編《全金詩》，天津：南開大學出版社，1995年，第二冊，卷
四十二，第13頁。

〔註36〕唐圭璋編《全金元詞》，北京：中華書局，2000年，上冊，第436頁。

〔註37〕唐圭璋編《全金元詞》，北京：中華書局，2000年，上冊，481頁。

理論和宗教實踐的各方面得到了貫徹，使全真道融會儒釋的特點始終如一。在文化競爭中展現了對於時代的價值，獲得了生存和發展，也為全真道其他教義、教理的構建與深化奠定了基礎。

## 三、內丹思想核心──心性理論

佛教之心性乃稱為佛性，全真道之理論乃稱之為道性，這兩者之間究竟怎樣發生了聯繫，為什麼說在全真教創教初期，王重陽師徒在心性理論上顯現出充分吸納、融攝了佛教禪宗心性本靜、見性成佛、捨妄歸真等理論呢？

佛教的心性問題是佛教基本問題。從慧遠「法性論」、南朝梁武帝「真神論」再到竺道生的佛性學說，中國佛教對佛性的探討終於發展到了了「一切眾生皆有佛性」，以此為基礎形成了從抽象佛性論到具體活潑的人心、人性。而南宗禪法所言的佛性，恰恰是人的本心，本性。眾生能否成佛，關鍵在於能否破除迷妄，要自識本心，自見本性，本性即佛，即心即佛，非心非佛。而全真道內丹核心理論也在心性論上。何為道心，何為道性？道性是指潛藏在宇宙萬物和生命中的潛在性的道，它是一切眾生修道的基礎。〔註38〕從漢代的道法自然到隋唐時期的「修己之心性」的道性論，再到唐宋以後內丹心性論，「一切眾生悉有道性」，王重陽提出「心本是道，道即是心；心外無道，道外無心」〔註39〕這也是把道家心性歸結到具體活潑的人性上了，道性的載體是仁，道性即心性，修道就是修心。

丘處機他吸收佛教禪宗「眾生皆有佛性」觀念，提出「凡有七竅皆可成真」。丘處機的詞作善於以詩語比喻的方式表現真心、真性的境界。例如其《無俗念·月》云：「……皓月澄澄山上顯，天角輝輝初出。露結霜凝，金華玉潤，淡蕩何飄逸。清臨寰宇，發揚神秀資質。」〔註40〕「淡蕩飄逸，尤能寫出月之神韻。」〔註41〕丘處機以月亮象徵「真性」，詞作呈現的淡蕩飄逸的境界頗能表現佛禪理論。

---

〔註38〕胡孚琛主編《道教文化大辭典》，北京：中國社會科學出版社，1995 年，第 463 頁。

〔註39〕《道藏》，文物出版社、上海書店、天津古籍出版社 1988 年聯合出版，第 25 冊，第 808 頁。

〔註40〕唐圭璋編《全金元詞》，北京：中華書局，2000 年，上冊，第 454 頁。

〔註41〕況周頤《蕙風詞話》，唐圭璋編《詞話叢編》第五冊，中華書局 1986 年版，第 4487 頁。

《無俗念・性通》上片云：

　　法輪初轉，慧風生、陡覺清涼無極。皓色凝空嘉會，豁蕩塵煩胸

臆。五賊奔亡，三尸逃遁，表裏無蹤跡。神思安泰，湛然不動戈戰。

〔註 42〕

《玉爐三澗雪・暮景》其一：

　　杲日西沉遠隴，輕飆南起洪崖。飄飄逸興爽情懷，吹斷愁思俗態。

　　漸漸放開心月，微微射透靈臺。澄澄湛湛絕塵埃。瑩徹青霄物外。

〔註 43〕

其二：

　　日落風生古洞，夜深月照寒潭。澄澄秋色淨煙嵐，猶弄圓明寶鑒。

　　認得心田要妙，咄回世俗貪婪。自欣山谷臥松岩，情願被粗食淡。

　　分析到這裡，我們就必須考慮到王重陽對佛教經典有深入之研究。他瞭解
《心經》所宣揚的「色即是空；空即是色」，曾自述「七年風害，悟徹《心經》
無掛礙。」〔註 44〕「五千言，二百字。兩般經秘，隱神仙好事。」〔註 45〕這促
使他在創教過程中除了吸納《清靜經》遣欲澄心的觀念之外，透徹而深入地研
究禪宗心性理論，更融攝禪宗明心見性、不受六塵雜染的心性理論，主張通過
修煉心性而進入絕時自由世界。

　　這樣王重陽的心性理論認為心等同於道，上文所言「心本是道，道即是心，
心外無道，道外無心也。」中的心雖為本體之心，但本體之心依託、存在於人
心，只有遵循道性修煉人心，本心才會顯露。

　　王重陽《任公問本性》運用了比喻的方法描述了自心、本性的特質：

　　如金如玉又如珠，兀兀騰騰五色鋪。

　　萬道光明俱未顯，一團塵垢盡皆塗。

　　頻頻洗滌分圓相，細細磨揩現本初。

　　不滅不生閒朗耀，方知卻得舊規模。〔註 46〕

〔註 42〕唐圭璋編《全金元詞》，北京：中華書局，2000 年，上冊，第 455 頁。

〔註 43〕唐圭璋編《全金元詞》，北京：中華書局，2000 年，上冊，第 471 頁。

〔註 44〕《道藏》，文物出版社、上海書店、天津古籍出版社 1988 年聯合出版，第 25
　　　　冊，第 719 頁，《重陽全真集》卷五。

〔註 45〕《道藏》，文物出版社、上海書店、天津古籍出版社 1988 年聯合出版，第 25
　　　　冊，第 755 頁，《重陽全真集》卷一二《詞・紅窗迴》。

〔註 46〕薛瑞兆，郭明志編《全金詩》，天津：南開大學出版社，1995 年，第一冊，卷
　　　　十，第 150 頁。

那「如金如玉又如珠」的就是人之本心、自性，雖然常為塵垢所塗，光明未顯，但洗滌磨揩之後呈現出的本心、自性卻仍是「舊規模」不生不滅，永遠閃耀。這正是禪家關於自性，「本來面目」的觀點。

在王重陽的詞作當中，闡明心性的作品較多，例如：

《南鄉子》：

> 物物要休休。打破般般是徹頭。認得本來真面目，修修。一個靈芽穩穩求。　火裏好行舟。焰裏白蓮素臉幽。馥郁風前通遠迴，悠悠。透過青霄得自由。〔註47〕

《南鄉子》：

> 物物不追求。擺手行來事事休。返照回觀親面目，無憂。自在逍遙豈有愁。　乘此大神舟。玉棹瓊橈渡正流。剔出急波俱絕盡，機謀。超上十洲三島遊。〔註48〕

《西江月》上片：

> 養甲爭如養性，修身爭似修心。從來作做到如今。每日勞勞圖甚。〔註49〕

這些詞作，則是在教人明心見性的方法。想做到明心見性，必須「物物要休休，打破般般是徹頭，認得本來真面目」、「物物不追求，擺手行來事事休，返照回觀親面目」。能「清靜無為」自然能「認得本來真面日」，換句話說，要「認得本來真面目」就必須「清靜無為」。

以此為基礎，王重陽反對舊道教「誕誇飛昇煉化之術、祭教禳禁之科」，（王惲《奉聖州永昌觀碑》）在其《立教十五論·離凡世》篇中闡釋了自己的觀點，他認為所謂離凡世，絕世俗，並不是指身體離開凡俗世界，而是心地離開凡俗。身體就像藕根，心地就像蓮花，身體在俗世的泥淖之中，而心地在自性的虛空之中。得道之人，是指他們身在凡塵而心在聖境。現在所謂修道之人，想追求長生不死，羽化升仙，脫離凡俗，這是愚蠢不懂道理。全真道改變了舊道教符籙派追求肉體飛昇，而代之以內在精神對現實的超越而得道。

基於佛家緣起性空之說，王重陽認為萬物如泥土聚成土塊一樣乃假合而成，並不具備真實性，因而不必執著虛幻不真的外相。「胎生卵濕化生人，迷

---

〔註47〕唐圭璋編《全金元詞》，北京：中華書局，2000年，上冊，第173頁。

〔註48〕唐圭璋編《全金元詞》，北京：中華書局，2000年，上冊，第174頁。

〔註49〕唐圭璋編《全金元詞》，北京：中華書局，2000年，上冊，第250頁。

惑安知四假因；正是泥團為土塊，聚為身體散為塵。」〔註50〕「本來真性喚金丹，四假為爐煉作團；不染不思除妄想，自然衮出入仙壇。」〔註51〕通過不思不染，掃除妄念，能夠凸顯本來真性，返其本真。「真性」又被稱作「元初」，所謂「元初」，也就是「父母未生時真性本來面目」。《重陽立教十五論》論述道：「心忘慮念，即超欲界；心忘諸境，即超色界；不著空見，即超無色界。離此三界，神居仙聖之鄉，性在玉清之境矣。」〔註52〕《重陽真人授丹陽二十四訣》：「內清靜者，心不起雜念；外清靜者，諸塵不染著」〔註53〕《重陽真人授丹陽二十四訣》：「真性不亂，萬緣不掛，不去不來，此是長生不死也」，〔註54〕這與佛教所言心即本體，萬法盡在自心等等心性理論雖略有不同，但基本的內核是一致的。從王重陽的詞作中可見，全真道將清靜無為、自在逍遙與「歸禪定」、「親禪定」並提，表明全真道對心性的界定與禪宗並無太大分野。從以下詞作內容可以清晰地看到這一點。

《漁家傲》上片：

> 跳出樊籠尋性命。人心常許依清靜。便是修行真快捷方式。親禪定。虛中轉轉觀空迥。〔註55〕

《瑤臺月》上片：

> 修行便要尋快捷方式。心中常是清淨。搜攫妙理，任取元初瞻聽。四象內、只用澄鮮，湛湛源流端正。〔註56〕

《驀山溪·贈文登縣駱守清》上片：

> 守清守淨。各各開明性。兩兩做修持，你個個、心頭修省。虛虛實實，裏面取炎涼，尋自在，覓逍遙，漸漸歸禪定。〔註57〕

〔註50〕《道藏》，文物出版社、上海書店、天津古籍出版社1988年聯合出版，第25冊，第703頁。

〔註51〕《道藏》，文物出版社、上海書店、天津古籍出版社1988年聯合出版，第25冊，第701頁。

〔註52〕《道藏》，文物出版社、上海書店、天津古籍出版社1988年聯合出版，第32冊，第154頁。

〔註53〕《道藏》，文物出版社、上海書店、天津古籍出版社1988年聯合出版，第25冊，第807頁。

〔註54〕《道藏》，文物出版社、上海書店、天津古籍出版社1988年聯合出版，第25冊，第807頁。

〔註55〕唐圭璋編《全金元詞》，北京：中華書局，2000年，上冊，第201頁。

〔註56〕唐圭璋編《全金元詞》，北京：中華書局，2000年，上冊，第171頁。

〔註57〕唐圭璋編《全金元詞》，北京：中華書局，2000年，上冊，第163頁。

出處）

《和落花韻》：

> 不謀輕舉望飛昇，碧洞無勞閉玉扉。就厭世情名與利，素嫌人
> 世是和非。須知謹慎修心地，何必區區衒道衣。門外落花任風雨，
> 不知誰肯悟希夷。〔註58〕

## 四、佛教禪宗影響下的修持方式

卿希泰這樣總結全真道對自性本心的理解：「自心真性本來無欠無餘，只因被邪念遮蔽迷亂而不自覺，只要在心地上下工夫，於一念不生處體證真性，便可於一念間頓悟，乃至超出生死。」〔註59〕這個理解無疑是正確的。從真性即仙論出發，修性自然成為修行的首要任務。那麼，全真道修心見性的具體做法是怎樣的？是否受到佛禪影響呢？

### （一）識心修性

全真道強調識心見性的真功，所謂識心，就是要認識到「唯一靈是真，肉身四大是假」（王喆《金關玉鎖訣》及《授丹陽二十四訣》），而「真性不亂，萬緣不掛，不去不來，此是長生不死也」。這明顯是從禪宗四大皆空、明心見性之說借來的。在具體修持路徑上，全真道師徒吸納禪宗「以無念為宗」的攝心之法，認為可以忽略打坐的形式，不執著於內外二境，而將修道貫注到日常生活。王重陽強調「諸公如要真修行，饑來吃飯睡來合眼，也莫打坐，也莫學道。只要塵冗事屏除，只要心中清靜兩個字，其餘都不是修行。」〔註60〕這就是將舊道教的種種做法都打破了，轉向心定，向內求真，清除妄念、摒棄愛欲。只要定下心念，有為無為皆可，心念不定，有為不為皆不可。體徵真性只可在一念不生處。禪宗倡言「明心見性」與全真道所言「性命雙修」中修性之說相比，除了全真道強調的清淨自然，其餘在頓修方式和精神上的內在超越等方面幾乎一樣，就連王重陽的話語方式都與禪宗及其相似。

全真教煉內丹性命雙修，成仙證真的基本法門是修習先性後命、以修性為主。即在修命之前先修性，即明心見性，要超越生存困境，獲得精神自由，達

---

〔註58〕薛瑞兆，郭明志編《全金詩》，天津：南開大學出版社，1995年，第一冊，卷十，第146頁。

〔註59〕卿希泰《中國道教史》，成都：四川人民出版社，1996年版，第三冊，第60頁。

〔註60〕《道藏》，文物出版社，上海書店、天津古籍出版社1988年聯合出版，第25冊，第747頁。

到心性了悟。實際是強調以內省的方式體驗玄妙境界。全真視「形骸為逆旅」「衣絮帶索，面垢首蓬」，毫不介意。《悟真歌》：《全真教祖碑》「置家事不問，半醉高吟，曰：『昔日龐居士，今日王害風。』」他拋妻別女，挖活死人墓苦修，焚劉蔣村庵東行等等舉動，都顯示出脫略行跡，並不注重外在行為方式的姿態。這與特立獨行，道行高深的禪僧有異曲同工之妙，也與內丹宗旨有關。王重陽云：「賓者是命，主者是性。」〔註61〕丘處機稱：「吾宗惟貴見性，水火配合其次也。」（《長春祖師語錄》）又說該派內丹功是「三分命術，七分性學」〔註62〕（《大丹直指》）。所謂先性後命，乃是先收心降念，對境不染，明心見性，然後按鍾呂派傳統內丹法程序修煉精氣神，達到形神合同於虛。全真道首領有時也宣揚以性兼命的丹法，認為只要修性，或直接煉神還虛，即可自然了命。這種直接修性者被稱為頓法，且是最上乘法。《丹陽真人語錄》稱，做清淨心地工夫，「屏絕萬緣，表裏清淨，久久精專神凝氣充，三年不漏下丹結，六年不漏中丹結，九年不漏上丹結，是名三丹圓備，九轉功成。」〔註63〕很顯然，儘管全真道內丹學說在形神觀上與佛教禪宗還有根本區別，修行者的道果也不同，但這種全真道先性後命、以修性為主，或以性兼命的丹法受禪宗影響很深，是與禪宗行法基本相通的，甚至被稱之為「釋氏金仙之道」（牧常晁），可謂一語破的。

王重陽《重陽授丹陽二十四訣》：是這真性不亂，萬緣不掛，不去不來，此是長生不死也。〔註64〕其他全真高道也都以對如何修持有過相關論述。馬鈺認為學道之人，沒有必要廣看經書，那樣做只會讓人心思繚亂，妨害修道。「行住坐臥皆是行道，諸公休起心動念，疾搜性命，但能澄心遣欲，便是神仙。」〔註65〕譚處端《瑞鷓鴣》云「修行非易亦非難。應物慈悲認內閑。意上有塵山處市，心中無事市居山。」〔註66〕還有一首《瑞鷓鴣》：休外覓，識取自菩提。

---

〔註61〕《道藏》，文物出版社、上海書店、天津古籍出版社1988年聯合出版，第25冊，第807頁。

〔註62〕《道藏》，文物出版社、上海書店、天津古籍出版社1988年聯合出版，第23冊，第703頁。

〔註63〕《道藏》，文物出版社、上海書店、天津古籍出版社1988年聯合出版，第23冊，第703頁。

〔註64〕《道藏》，文物出版社、上海書店、天津古籍出版社聯合出版，1988年，第25冊，第807頁。

〔註65〕《道藏》，文物出版社，上海書店、天津古籍出版社聯合出版，1988年，第32冊，第155頁。

〔註66〕唐圭璋編《全金元詞》，北京：中華書局，2000年，上冊，第414頁。

有相身中成鍛鍊，無為路上證牟尼。指日跨雲霓。〔註67〕孫不二云「定心之道，常若湛然，其心不動，昏昏默默，不見萬物，冥冥杳杳，不內不外，無絲毫念想，此是定心」。〔註68〕只有心性清靜，靈根無掛礙，順其自然，無念無著，不以外境亂真心，自然證果佛菩提，才是真正的修行。

　　丘處機、尹志平還引入了禪宗「平常心」的概念。「平常心」蓋日常生活所具有的根本心，日常喝茶、吃飯、搬柴、運水處見根本心，此心皆與道一體。自唐代高僧南泉普願禪師接化趙州從諗禪師言「平常心是道」〔註69〕以及大寂道一禪師之示眾亦言平常心是道，並做具體闡釋後，「平常心是道」成為禪林習慣用語。「道不用修，但莫污染。何為污染？但有生死心，造作趣向，皆是污染。若欲直會其道，平常心是道。謂平常心無造作、無是非、無取捨、無斷常、無凡無聖。……只如今，行住坐臥、應機接物盡是道。」〔註70〕丘處機進一步將心與道化為同一範疇，明確了修道首先成為一種心性修煉：「心應萬變，不為物遷，常應常靜，漸入真道，平常是道也。世人所以不得平常者，為心無主宰，情逐物流，其氣耗散於眾竅之中〔註71〕。尹志平《北遊語錄》云：「道本無為，惟其了心而已。治其心得至於平常，則其道自生。」〔註72〕

　　丘處機將佛禪理論融入內丹心性理論和實踐中。《丘長春祖師語錄》中指出，「心定則慧光生」，「一念無生即自由，心頭無物即成佛」（《捨本逐末》）若性不壞，即是餓鬼畜生，皆堪成佛。「生滅者形也，無生無滅者性也，神也。有形皆壞，天地亦屬幻軀，元會盡而示終。只有一點陽光，超出劫數之外，在身中為性海，即元神也。」這是主張驅除心中雜念修煉心性進而達到識心見性，才能超越生死輪迴，成仙證真。這種內修路線近於佛禪之道。在具體修證上，丘處機還主張頓悟與漸修結合，從中亦體現佛教三世之說的影響：「所以道，剎那悟道，須憑長劫煉磨；頓悟一心，必假圓修萬行。今世之悟道，宿世之有

〔註67〕唐圭璋編《全金元詞》，北京：中華書局，2000 年，上冊，第 415 頁。

〔註68〕唐圭璋編《全金元詞》，北京：中華書局，2000 年，上冊，第 415 頁。

〔註69〕宋普濟著，蘇淵雷點校，《五燈會元》，北京：中華書局 1984.10，199 頁，卷四，《趙州章》。

〔註70〕宋道元輯，朱俊紅點校《景德傳燈錄》海口：海南出版社 2011，卷二十八，第 992 頁，《江西大寂道一禪師》。

〔註71〕《道藏》，文物出版社，上海書店，天津古籍出版社聯合出版，1988 年，第 33 冊，第 155 頁，《清和真人北遊語錄》卷一。

〔註72〕《道藏》，文物出版社，上海書店，天津古籍出版社聯合出版，1988 年，第 33 冊，第 166 頁，《清和真人北遊語錄》卷二。

功也。而不知宿世之因，只見年深苦志，不見成功，以為塵勞虛誕，即生退怠，甚可惜也。殊不知坐臥住行，心存於道，雖然心地未開，時刻之間，皆有陰功積累。」〔註73〕

## （二）禁慾

全真道重視心性的修養，王盤《玄門嗣法掌教宗師誠明真人道行碑並引》謂：全真之教，以識心見性為宗，損己利物為行〔註74〕，認為色相世界是虛幻的，若不能認識到這點，而執著外物為實相，必將為其所累，不得解脫。金代全真道吸取佛教的愛染緣起之說，將道教傳統的節欲思想發展到極端，王重陽及承教弟子認為成仙證真需要消散七情五欲，捨妄歸真，因此奉行絕對禁慾主義。全真道祖師王重陽要求其成員破斥的除了自身肉體、功名利祿，還有斬斷父母的天倫牽絆，妻兒的恩愛樊籠等等，要放下一切，出家專修。（《宋朝事實》卷七，《道釋》）在此過程中，人生諸多價值都被否定了。這些主張與佛教的主張如出一轍。

全真道成員詩詞作品將人身視為「臭皮囊」，比作「水中浮漚」、「草露」，稱父子夫妻親情為「金枷玉鎖」，把人間、家庭看成將人的身軀緊緊纏縛、思想深深壓抑，讓人在其間忍受痛苦煎熬的樊籠、火院。宣稱人身、家庭、親情、人世的虛妄，勸人摒棄「酒色財氣、攀援愛欲，捨盡爺娘，並妻骨肉」，在充滿象喻性的勸人早日醒悟、盡早修行的全真道詞作中，對此所做的闡釋常引用佛語。比喻也與佛經相同，只不過更細緻，更多鋪陳，深描細繪之下更能警醒世人。

如王重陽《蘇幕遮・勸世》上片：

> 歎人身，如草露。卻被晨輝，晞轉還歸土。百載光陰難得住。

只戀塵寰，甘受辛中苦。〔註75〕

《集賢賓》上片：

> 仔細曾窮究，想六地眾生，強攬閒愁。恰才得食飽，又思量、駿馬輕裘。有駿馬，有輕裘，又思量、建節封侯。假若金銀過北斗，置下萬頃良田，蓋起百丈高樓。兒孫自有兒孫福，莫與兒孫作馬牛。

---

〔註73〕閻鳳吾編《全遼金文》，太原：山西古籍出版社，2002年，第1741頁，丘處機《長春丘真人寄西州道友書》。

〔註74〕陳垣《道家金石略》，北京：文物出版社，1988年，第600頁。

〔註75〕唐圭璋編《全金元詞》，北京：中華書局，2000年，上冊，第179頁。

貪利祿，競虛名，惹機勾。豈知身似，水中浮漚。貪戀財氣並酒色，
不肯上、釣魚舟。〔註76〕

《驀山溪》：

水中漚起，來往相隨走。旋旋被風吹，便生滅、暫無還有。忽
亡忽聚，速沒人知，如浮世，不堅牢，名利難長久。　　諸公早悟，
休要迷花酒。養聚氣和神，更認取、三光靈秀。朝昏調攝，保護解
金丹，添真瑩，放光明，永得逍遙壽。〔註77〕

這些詞作傳達了人生如草上之露，晨暉一照，轉眼歸空，水面上的泡沫，
風一吹動，轉眼消散，世人卻只耽戀塵寰，甘受塵世一切煩惱痛苦。想要超越
塵世，脫離苦海，唯一方法便是尋求心靈的寄託，虔誠地真修真行。

《報師恩・法門李生求》：一團臭肉，千古迷人看不足。萬種狂心，六道
奔波浮更沉。　　天真佛性，昧了如何重顯證。寶範仙蹤，覺後憑君豁弊蒙。
〔註78〕

《六么令・法性》：一點如如至性，撲入臭皮囊。〔註79〕

《蘇幕遮・勸世》下片：告諸公，聽我語。跳出凡籠，好覓長生路。早早
回頭仍返顧。七寶山頭，作個雲霞侶。〔註80〕

王重陽《上兄》：同胞誰悟水中金，己卯壬辰各自尋。顧我已歸雲水老，
勸兄休起名利心。恩山愛海何時徹，火宅凡籠每日侵。莫為土坡牽惹住，蓬萊
別有好高岑。〔註81〕勸兄長也是勸世人，不要被土坡一樣的凡庸名利，恩山愛
海牽絆，因為這就像火宅凡籠，只有求道才能擺脫。

馬鈺《滿庭芳・贈塗山於先生》上闋：閑閑搜獲，人家兒女。生前住在何
處。有甚親親愛愛，與他相聚。生死不相替代，甚勞勞，為他辛苦。還醒悟，
便需當拆火，拂袖歸去。〔註82〕

這已經完全不同於中國傳統的親親的觀念了，甚至比中國化了的佛教走
得更遠。當然，也要考慮勸人入道的實際需要。

---

〔註76〕唐圭璋編《全金元詞》，北京：中華書局，2000 年，上冊，第 266 頁。
〔註77〕唐圭璋編《全金元詞》，北京：中華書局，2000 年，上冊，第 186 頁。
〔註78〕唐圭璋編《全金元詞》，北京：中華書局，2000 年，上冊，第 469 頁。
〔註79〕唐圭璋編《全金元詞》，北京：中華書局，2000 年，上冊，第 463 頁。
〔註80〕唐圭璋編《全金元詞》，北京：中華書局，2000 年，上冊，第 179 頁。
〔註81〕薛瑞兆，郭明志編，《全金詩》，天津：南開大學出版社，1995 年，第一冊，
　　　　卷十，第 148 頁。
〔註82〕唐圭璋編《全金元詞》，北京：中華書局，2000 年，上冊，第 274 頁。

　　王重陽在教義中規定「斷酒色財氣，攀援愛念，憂愁思慮。」〔註83〕其詞作《轉調醜奴兒》勸誡人們：苦苦勸愚人。被財色、投損精神。利韁名鎖休貪戀。韶華迅速如流箭。不可因循。早早出迷津。樂清閒、養就天真。性圓丹結，方知道。蓬萊異景、元來此處，別有長春。丘處機認為學道之人「眼見乎色，耳聽乎聲，口嗜乎味，性逐乎情，則散其氣」，尹志平認為「修行之害，食、睡、色三欲為重，多食則多睡，多睡情慾所由生。〔註84〕欲望不除，不但不利於煉精化氣，而且會體衰夭亡，學道應該「去聲色，以清靜為娛；屏滋味，以恬淡為美。」〔註85〕

　　《金雞叫・警劉公》）「愛獄恩山，把身軀緊縛住」。〔註86〕

　　王重陽和弟子們還善於從反面勸說信眾，這類作品往往受佛教的影響較大。如：王重陽《南鄉子・於公索幻化》云：「幻化色身繞，電腳餘光水面泡。忽有忽無端速甚，如飆。過隙白駒旋旋飄。」〔註87〕明顯接受《金剛經》「凡所有相皆是虛妄」的說法，又直接化用《金剛經》：「一切有為法，如夢幻泡影，如露亦如電，應作如是觀。」〔註88〕

　　譚處端「恩愛妻兒，都是宿世冤仇」，〔註89〕「這冤親繫腳繩兒一刀兩斷」〔註90〕，正因這種觀念，馬鈺有言「莫待豐都迫帖至，早歸物外住雲庵」〔註91〕「擺脫恩山祛愛海，得歸蓬島赴流洲」〔註92〕《重陽立教十五論》云：「凡出

〔註83〕《道藏》，文物出版社、上海書店、天津古籍出版社 1988 年聯合出版，第 25 冊，第 780 頁。

〔註84〕《秋澗文集・大宗師尹公道行碑》第 56 卷，《四部叢刊》初編本，上海涵芬樓藏武英殿聚珍本。

〔註85〕《道藏》，文物出版社、上海書店、天津古籍出版社 1988 年聯合出版，第 3 冊，第 388 頁。

〔註86〕唐圭璋編《全金元詞》，北京：中華書局，2000 年，上冊，第 187 頁。

〔註87〕唐圭璋編《全金元詞》，北京：中華書局，2000 年，上冊，第 174 頁。

〔註88〕賴永海主編，《金剛經》北京：中華書局，2010 年，第 112 頁，《金剛經・應化非真分第三十二》。

〔註89〕《道藏》，文物出版社、上海書店、天津古籍出版社 1988 年聯合出版，第 32 冊，第 853 頁。

〔註90〕《道藏》，文物出版社、上海書店、天津古籍出版社 1988 年聯合出版，第 25 冊，第 792 頁。

〔註91〕《道藏》，文物出版社、上海書店、天津古籍出版社 1988 年聯合出版，第 25 冊，第 595 頁。

〔註92〕唐圭璋編《全金元詞》，北京：中華書局，2000 年，上冊，240 頁，《望蓬萊・詠勸道友》之三）。

家者，先須投庵。庵者舍也，一身依倚。身有依倚，心漸得安，氣神和暢，入真道矣。」〔註93〕王重陽捨妻棄子，斷絕色慾，出家修煉內丹，其弟子們也貫徹了這條教規。

在全真道出現之前，傳統道家的學說裏還從未出現過如此厭惡人生、肉體的細膩描寫和深入議論。經由全真教的高道們以文學手法反覆鋪陳和渲染，肉體之可厭、人生之短促、世事之虛幻易變顯得那麼真切，逼人眼目、刺痛神經，對信眾形成了無比強烈的心靈震撼。

## （三）苦修

全真道創教初期，教主及弟子們以極端的僧侶禁慾主義為基礎，進行頭陀式苦修，旨在使全真教徒自我約束，防止受世情雜染。元好問《紫虛大師於公墓碑》曾言：「全真道有取於佛、老之間，故其憔悴寒餓，痛自黥劓，若枯寂頭陀然。」〔註94〕

全真道士所進行的修煉，除了內修心性，還有外修功行的修煉。全真道徒斬斷人間情慾，居茅庵，省睡眠，乞食為生，不動不語，甚而觸風雨，犯寒暑，忍常人之所不能忍，踐行常人之所不能，煉身修心。苦修生活比常人苦百倍。如馬鈺夏不飲水，冬不向火，常年赤足，每日僅乞食一缽麵。據陳時可《長春真人本行碑》記載：「（丘處機）磻溪穴居，日乞一食，行則一蓑，雖簞瓢不置也。……晝夜不寐者6年。既而隱隴州七年，如在磻溪時。」〔註95〕。其《無俗念·居磻溪》云：「孤身蹭蹬，泛秦川。西入磻溪鄉域。曠谷岩前幽澗畔，高鑿雲龕棲跡。煙火俱無，簞瓢不置，日用何曾積。饑餐渴飲，逐時村巷求覓。選甚冷熱殘餘，填腸塞肚，不假珍羞力。好弱將來糊口過，免得庖廚勞役。裝貫皮囊，薰蒸關竅，圖使添津液。色身輕健，法身容易將息。」〔註96〕《無俗念·歲寒守志》上片云：「寂寞山家孤悄悄，終日無人談說。敗衲重披，寒控獨坐，夜永愁難徹。長更無寐，朔風穿戶淒冽。」〔註97〕《玉爐三澗雪·自詠》上片亦云：「夜宿磻溪古廟，曉登竹徑荒村。日中無事餂巡門。淡飯求它一頓。」〔註98〕丘

---

〔註93〕〔金〕王重陽，王重陽集，濟南：齊魯書社，2005年，第275頁。

〔註94〕閻鳳吾主編，《全遼金文》，太原：山西古籍出版社，2002年，第3123頁。

〔註95〕《道藏》，文物出版社、上海書店、天津古籍出版社1988年聯合出版，第19冊，第734頁。

〔註96〕唐圭璋編《全金元詞》，北京：中華書局，2000年，上冊，第452頁。

〔註97〕唐圭璋編《全金元詞》，北京：中華書局，2000年，上冊，第273頁。

〔註98〕唐圭璋編《全金元詞》，北京：中華書局，2000年，上冊，第471頁。

處機《芰荷香・乞食》上片云：「日奚為。信騰騰繞村，覓飯充饑。攔門餓犬，撐突走跳如飛。張牙怒目，待操心、活啃人皮、是則是教你看家，寧分善惡，不辨高低。〔註 99〕《無俗念・歲寒守志》下片云：「求飯朝入西村，臨泉夾道，玉葉凌花結。凍手頻呵仍自恨，濁骨凡胎為劣。晝夜參差，飢寒逼迫，早晚超生滅。須憑一志，撞開千古心月。」〔註 100〕王處一在礪石荊棘遍布的山中赤腳往來，在沙石中長跪而不起，膝部磨爛至骨。郝大通在趙州橋下不語不動，趺坐六年，即便寒暑風雨也不移其處。〔註 101〕這種艱苦卓絕的修煉方式在中土早期道教是不存在的，完全是參仿印度佛教初期的方式，如頭陀一般進行苦行苦修。該制度是與其成仙證真的信仰和內丹修煉的要求相適的。元好問《太古觀記》記載全真道士寂然舉女幾野人辛願敬之之言曰：「全真家，……其修習似禪」，「予…以敬之之言為然」〔註 102〕元好問《紫微觀記》，「又有全真家之教…參以禪定之習」〔註 103〕元代徐琰曾經在《郝宗師道行碑》闡釋過全真道「識心見性，除情去欲，忍恥含垢，苦己利人」的修持理念，認為與禪宗十分相近。今人也認為全真道「主要受佛教禪宗的影響，道禪交融的成分大」〔註 104〕是「似道非道，似禪非禪的新道教」〔註 105〕可見，不論在元代還是當今，人們對全真道修習之道與禪家接近，是一以貫之的。

全真教否定了早期道教追求肉身不死的目標，轉而追求精神超越，進入生命昇華的崇高境界，從而成仙證真。其在禁慾、苦修的修持方式之後，又發展出頓修的方法，並引入平常心之觀念，與慧能禪法、洪州禪法一脈相承。全真道修持方式的發展路徑基本上與中國佛教從北宗禪到南宗禪所走過的發展路徑基本一致。這可能與中國人特有的思維方式與生活方式有和千絲萬縷的聯繫。

## 五、其他佛教觀念的影響和佛禪意象的運用

王鶚《雲山集序》：「宋末金初，有所謂全真家者，以心傳心，不立文字。

〔註 99〕唐圭璋編《全金元詞》，北京：中華書局，2000 年，上冊，第 463 頁。

〔註 100〕《道藏》，文物出版社、上海書店、天津古籍出版社，1988 年聯合出版，第 33 冊，第 172 頁。

〔註 101〕《道藏》，文物出版社、上海書店、天津古籍出版社 1988 年聯合出版，第 25 冊，第 866 頁。

〔註 102〕閻鳳吾編《全遼金文》，太原：山西古籍出版社，2002 年，第 3215 頁。

〔註 103〕閻鳳吾編《全遼金文》，太原：山西古籍出版社，2002 年，第 3217 頁。

〔註 104〕卿希泰《中國道教史》，成都：四川人民出版社，1996 年，第三卷，第 57 頁。

〔註 105〕葛兆光《道教與中國文化》，上海：上海人民出版社，1987 年，第 260 頁。

然重陽祖師以降，急於化人，皆有教言，以惠後學。」〔註106〕全真教自王喆開始突破了傳統道教輕文字的傳統，以詩詞傳道，文道並進。歎世書懷之作不少。全真道高道依附佛教經典，鑽研佛理，使釋道哲理上相互通融，糅混起來。當全真道高道以詩詞文章的形式詮釋教義教理時，就會常常借用佛教禪宗語言來闡釋。

### （一）全真道文學作品中的佛教地獄、輪迴、三世觀念

早期道教經典已經肯定佛教的因果報應、地獄輪迴之說，並以藝術筆調渲染、彰顯報應的狀況。如上清經與靈寶經系列。在佛教宇宙觀的影響下，道教對於天界及地獄的論述，更豐富了其內容。南北朝時代，道教吸收佛教地獄報應等說法。佛經說有八大地獄，有閻羅王；全真道則稱閻羅王充「冥官之任」，由上帝任免。〔註107〕萬般不由人，唯有業隨身。人在死後四大分散，肉體歸空，只有自性本體「隨業流轉」。在三世因果循環中，造善業得善報，造惡業得惡報，在未能證成佛果之前，自性實體只能在六道（天、人、阿修羅、畜生、惡鬼、地獄）中輪迴，輪迴苦海，處處是苦，唯有證真成仙，才能超脫生死輪迴。

全真道在詩詞作品中借助了佛教地獄、輪迴觀念、三世之說，激發民眾信仰。在王重陽詞作中佛教之地獄與道教之陰曹地府、閻王小鬼交織在一起，極力鋪寫地獄種種慘相，叫人觸目驚心，以達到勸人為善，免墮三惡道（畜生、惡鬼、地獄）受苦。

《川撥棹》詞云：

> 酆都路。定置個、凌遲所。便安排了，鐵床鑊湯，刀山劍樹。
> 造惡人有緣覷。造惡人有緣覷。
>
> 龜使勾名持墨簿。沒推辭、與他去。早掉下這屍骸，不借妻兒
> 與女。地獄中長受苦。地獄中長受苦。〔註108〕

王重陽涉及「輪迴」觀念的作品有《南柯子·會歎風中燭》〔註109〕

> 會歎風中燭，能嗟水上漚。一生一滅幾時休。恰似輪迴，來往
> 業輪流。

---

〔註106〕姬志真《雲山集》，吳氏雙照樓景刊元延祐本。
〔註107〕唐圭璋編《全金元詞》，北京：中華書局，2000年，上冊，第272頁。
〔註108〕唐圭璋編《全金元詞》，北京：中華書局，2000年，上冊，第170頁。
〔註109〕唐圭璋編《全金元詞》，北京：中華書局，2000年，上冊，第176頁。

知有驢和馬，非無騾與牛。等閒撲入怎抽頭。幸得人身，急急
做真修。

《憶王孫・長安為甚便歸來》：

長安為甚便歸來。使我蓮華五葉開。別有清光舊鎮醅。獨傾盃。
免了輪迴九獄災。〔註110〕

《望蓬萊・逢九變》：

逢九變，逢九變，需用寶刀裁。陰魂莫隨魔鬼轉，陽魂合趕好
梨來。今已免輪迴。

公聽取，公聽取，道眼正堪開。四假身軀宜鍛鍊，一靈真性細
詳猜。有分看蓬萊。〔註111〕

《漁家傲・兄去後贈侄兒元弼元佐》：

元弼前來並兄佐。尊親遞攢還知麼。昨日笑兄心轉破。休催挫。
後番決定安排我。

這個傳來唯這個。輪迴生死如何躲。棄墓趀墳離枷鎖。除災禍。
無生路上成因果。〔註112〕

這些詞作有勸親人的，有向道眾宣傳的，不做真修，墮入輪迴，受九獄
之災。隨業流轉，也許會託生為驢馬騾牛，墮入畜道，不得為人。只有潛心
修道，才會成仙證真。在勸人入道的宣傳中運用了地獄、三生、輪迴的佛家
觀念。

### （二）全真道文學作品中的佛教經典意象

與成仙證真的宗教信仰、內丹修煉的要求相適應，全真道在傳統道教節欲
思想的基礎上，奉行僧侶禁慾主義，模仿了印度佛教初期之制，要求修道之人
苦行苦修，不娶妻，乞食為生。家庭被稱為「牢獄」、「火宅」、「火院」，稱父
子夫妻親情為「金枷玉鎖」，要消散七情六欲。絕慮忘機，澄神養浩。全真道
詩詞中出現了不少具有比喻、象徵意味的佛教意象。這些意象早在佛教禪宗的
經著中屢屢出現，且具有固定的內涵。全真道士繼續沿用這些具有象喻性、具
有特殊內涵的意象，因而可以明顯見出其借鑒佛禪之處。比如、「夢幻泡影露
電」之喻，「骷髏」、「火院」之喻。

---

〔註110〕唐圭璋編《全金元詞》，北京：中華書局，2000 年，上冊，第 245 頁。
〔註111〕唐圭璋編《全金元詞》，北京：中華書局，2000 年，上冊，第 265 頁。
〔註112〕唐圭璋編《全金元詞》，北京：中華書局，2000 年，上冊，第 201 頁。

### 1. 夢幻泡影露電之喻

《金剛經》宣稱「凡所有相皆是虛妄」,「一切有為法,如夢幻泡影,如露亦如電,應作如是觀」〔註113〕,一連串的比喻揭示了宇宙萬物、人生世事的虛幻、短暫。中國的文學作品裏充斥著這類比喻。全真道毫無例外也運用了這一串比喻。

王重陽《南鄉子·於公索幻化》上片:

> 幻化色身繞,電腳餘光水面泡。忽有忽無遄速甚,如飆。過隙白駒旋旋飄。〔註114〕

《浪淘沙·歎虛颼颼》:

> 石火不相饒。電裏光燒。百年恰似水中泡。一滅一生何太速,風燭時燒。　　公等在浮囂。悟取虛韶。福油好把慧燈挑。光焰長生明又朗,返照芝苗。〔註115〕

以上兩首詞所用夢幻泡影露電之喻,《金剛經》影響顯而易見。

### 2.「骷髏」之喻

佛教認為俗世中人由於不能捨棄人間情愛、功名利祿,沒有修持、了悟,四假凡軀死去後骸骨只能被風吹日曬,被泥沙剝啄,原來擁有的一切終不過是一場空罷了。佛教密宗利用骷髏說法。其金剛、明王、護法神等造像佩帶有骷髏冠或骷髏瓔珞飾品,或象徵世事無常,或象徵戰勝惡魔和死亡。有一種密宗儀式就是對骷髏念誦真言咒語,被稱為「骷髏成就法」〔註116〕王重陽以「骷髏」為喻警醒道眾凡軀是假,一切皆空,應及早修道獲得解脫。這樣的詞作有十幾處之多。如專詠骷髏的《摸魚兒》:

> 歎骷髏、臥斯荒野,伶仃白骨瀟灑。不知何處游蕩子,難辨女男真假。拋棄也,是前世無修,只放猿兒傻。今生墮下,被風吹雨泡日戀,更遭無緒牧童打。
>
> 余終待、搜問因由,還有悲傷,那得談話。口銜泥土沙滿眼,堪向此中凋謝。長曉夜。算論秋冬,年代春和夏。四時取寨。人家

---

〔註113〕唐圭璋編《全金元詞》,北京:中華書局,2000 年,上冊,第 150 頁。

〔註114〕唐圭璋編《全金元詞》,北京:中華書局,2000 年,上冊,第 174 頁。

〔註115〕唐圭璋編《全金元詞》,北京:中華書局,2000 年,上冊,第 185 頁。

〔註116〕康保成《〈骷髏格〉的真偽與淵源新探》,文學遺產,2003 年第 2 期,第 99~106 頁,《佛說妙吉樣最勝根本大教經》卷三。

小大早悟，便休誇俏騁風雅。〔註117〕

《畫骷髏警馬鈺》：「堪歎人人憂裏愁，我今須畫一骷髏。生前只會貪冤業，不到如斯不肯休。〔註118〕

馬鈺因王重陽所畫骷髏醒悟而做兩詞。《滿庭芳·師父畫骷髏相誘引稍悟》上闋云：

> 風仙化我，無限詞章，仍懷猶豫心腸。見畫骷髏醒悟，斷制從長。欲待來年學道，恐今年、不測無常。欲來日，恐今宵身死，失卻佳祥。〔註119〕

> 得遇來來散盡愁，忻然更悟這骷髏。從今便是逍遙客，打破般般事事休。〔註120〕

馬鈺還做過專詠骷髏詞作《滿庭芳·歎骷髏》，譚處端亦做過《骷髏歌》。除了以骷髏喻指俗世虛妄之外，王重陽《自畫骷髏》甚至還以骷髏自喻：此是前生王害風，因何偏愛走西東。任你骷髏郊野外，逍遙一性月明中。〔註121〕靜心修煉了全心性之人，不是「口銜泥土沙滿眼」，而是「逍遙一性月明中」。死亡不是其終點，而是逍遙涅槃之起點。

道家本來就有莊子借與骷髏的一段對話表現理想的聖人之境，借骷髏傳達無始無終、無時無事的永生與自由。王重陽師徒以此為基礎，吸收佛教禪宗元素宣揚全真道教義，以骷髏為喻勸誡世人捨世俗求全真，成為全真道傳教引人注目的特徵。

### 3.「火院」之喻

火宅是《法華經》中七則最著名的比喻之一。火宅是人世，《法華經·譬喻品》以「火」比喻五濁、八苦等，以「宅」比喻三界，謂三界眾生為五濁八苦所逼迫，不得安穩，猶如大宅被火所燒，而不得安居。「三界無安，猶如火宅」成為禪宗時時標舉的名言。《楞伽師資記·達摩》：三界久居，猶如火宅。有身皆苦，誰得而安？全真道詞作中有不少火院之喻。

---

〔註117〕唐圭璋編《全金元詞》上冊，北京：中華書局2000年版，上冊，第167頁。

〔註118〕〔金〕王重陽著，白如祥輯校，《王重陽集》，齊魯書社2005年版，第237頁，《重陽教化集》卷一。題目為《警丹陽夫婦》。

〔註119〕唐圭璋編《全金元詞》上冊，北京：中華書局，2000年，第287頁。

〔註120〕〔金〕王重陽著，白如祥輯校，《王重陽集》，齊魯書社2005年版，第237~238頁，《重陽教化集》卷一。

〔註121〕〔金〕王重陽著，白如祥輯校，《王重陽集》，齊魯書社2005年版，第153頁，《重陽全真集》卷十。

例如王重陽《心月照雲溪》上片：

> 無常二字，說破教賢怕。百歲受區區，細思量、一場空話。躭
> 他火院，剛恁苦熬煎，早收心，採黃芽，藥就難酬價。〔註122〕

馬鈺《水雲遊‧繼重陽韻》上片：

> 不住不住。火院當離，深宜別戶。……〔註123〕

這些從佛教經典中脫胎而來的比喻，豐富了全真道說理的語彙，由於形象生動，更增添了全真道傳道的力量。

王重陽創立的「全真家風」吸納、融攝佛禪理論，刺透了肉身的枷鎖和俗世的虛妄，以心性學說為思想核心和乞衣覓食、不尚符籙、不事燒煉、精進苦修的修行常態，走向了信仰的高峰。元好問稱儒者所行之禪為孔門禪，那麼基於全方位吸納、滲透了佛禪的理念與修持方式的全真道則完全可以在某種層面上稱之為全真禪。這個界定恰當反映了金元異代之際，三教合一的時代文化背景下，佛禪向全真道滲透的深度與規模。通過他們留下的文學作品我們可知，全真教高道們的修行成聖之道在離亂之世為許多人提供了一個心靈的皈依之處，全真道閃爍著佛禪思想光輝的文學創作也啟迪著後來者。

---

〔註122〕唐圭璋編《全金元詞》，北京：中華書局1979年版，上冊，第255頁。
〔註123〕唐圭璋編《全金元詞》，北京：中華書局1979年版，上冊，第298頁。

# 結　論

　　「遼以釋廢，金以儒亡」，且不論說法是否正確，但金以儒立國，儒家在社會思想文化中佔據絕對正統地位是毋庸置疑的。金代江湖之遠處，民眾的佛教信仰或許與前代有共同的趨向和表現，廟堂之高處的社會上層人士們在思想上接納佛教，濡染佛禪，社會生活中崇信佛教，修行禪道，在文學創作中表現佛禪之理，佛禪之思，佛禪之趣，都表現出了金代獨有的較為節制、較為理性和世俗化、生活化、進而生命化這樣相互矛盾而相輔相成的特徵。宗教世界中佛教禪宗和全真道也都顯示了處於金代這個三教大融合時代的新特點。《金代詩文與佛禪研究》就是在這樣一個宗教和文學背景下展開的。

　　《金代詩文與佛禪研究》將文學的外部規律與內部文本分析相結合，以共時性與歷時性相結合的方法，研究了上至皇室貴族下至文人士大夫，再到詩僧、道士的詩文創作。第一章對金代統治者採取的佛教政策和皇族涉佛作品的研究，考察了金代對佛教進行政治利用、宗教政策宣傳，逐步轉變、深入化解皇族成員生存苦悶、提升人生境界這個過程。尤其是海陵王完顏亮御賜遐齡益壽禪師的七言詩，不見於全金詩，而是出自《北京遼金史蹟圖志》中的石刻資料，這樣，看似簡單的女真皇族與佛教的文學交流就從金世宗大定時期向前推進到完顏亮正隆時期，宗教交流、文學交流串聯成為一個完整的鏈條，不但反映出了金代皇族涉佛詩文創作是金代最高統治者加強文化思想統治的政治策略的組成部分，而且也是女真皇族在思想文化方面漢化逐步加深，女真與漢族不斷進行民族融合的重要體現。對這些涉佛文學創作的深入分析也將有助於對金代皇族的思想與形象的全面認識。

　　第二章金代文人士大夫與佛禪部分，筆者在探討文人士大夫習染佛禪的原因和對佛教的態度之後，按照詩——文——人——理這個思路分為四個部分展開論述。詩文選取了最能代表金代文人士大夫習染佛禪的寺院遊觀詩和塔銘，在詩歌部分清理了全金詩中所有的文人士大夫創作的寺院遊觀詩，發現其中佛禪話語的廣泛運用，對佛禪義理的領悟和佛禪情趣的表現，並總結出凝聚佛禪文化特質的寺院遊觀詩展現了金代文人士大夫儒釋人生觀的整合與交融。

　　在敘事學的視域之中考察金代文人士大夫創作的高僧塔銘應該是本書的一個特色。筆者梳理了石刻史料以及全遼金文，首先對金代文人士大夫所撰高僧塔銘的地域分布與文本流傳進行考察，然後分析塔銘的敘事結構，將其分為結構完整型、重修持求道型、重化度行道型和突出個體特色型四個類型，再次分析塔銘的敘事視角與敘事時序，將敘事視角按照全篇第三人稱非聚焦型、局部第一人稱內聚焦型、局部第三人稱內聚焦型和局部第三人稱外聚焦型進行分析，敘事時序則分析了倒敘、補敘、預敘的運用情況。最後分析金代塔銘中的高僧形象。首先從外貌形象、思想性格、人物語言、動作行為描寫四個方面分析塔銘作家塑造高僧形象的藝術手段，其次對金代塔銘中高僧按照參悟成道型、嚴持戒律型、興福宣化型三個類型進行分析。得出結論為金代高僧塔銘按照塔銘敘事模式書寫，調動了各種敘事手段，塑造了理想高僧形象。讀者對某一個高僧形象感到面目模糊，產生強烈印象的是高僧群像。這也正是高僧塔銘這種敘事模式規約下的必然結果。

　　深受佛禪影響的典型文人士大夫，筆者選取了王寂來論述，先比較他與趙秉文、李純甫之不同，再從文本細加分析，得出這是一個將佛禪生命化的文人士大夫，表現出佛禪對文人士大夫人生觀、世界觀、文學創作的深刻影響。

　　創作理念方面，筆者選取了詩禪會通說、師心說以及圓成說這三個金代最重要的文學批評觀念加以論述，這三大觀點分別從詩歌本質論、詩歌創作論，作品構成論三個方面體現了金代文人士大夫在文學批評觀念上受到佛禪的深刻影響。

　　第三章討論金代詩僧及其創作部分。通過比較前人各種不同的觀點，結合金代僧侶創作實際，對詩僧與僧詩進行界定，提出「詩僧是作詩之釋子」的界定。在此基礎上，探討金代詩僧創作分為個人因素和社會歷史因素兩個方面原因。對以詩明佛的宗教因素，以詩道情遣懷的藝術因素，以詩才獲取名利的人

生動機以及社會歷史因素都進行了分析。結論為詩僧乃是應劫而生，亂世動盪，王朝更迭，大道失，大義失而使文人能士逃禪為僧。

其次，筆者翻檢全金詩、全金元詞、全遼金文、全金石刻輯校等文獻資料，對金代詩僧的地域分布及存世詩作進行了統計分析。得出金代詩僧遍布金朝所轄全境，在政治、經濟、文化發達地區尤其集中。有詩作遺存的詩僧一般駐錫於名剎大寺，身份地位崇高。金代有詩作傳世的僧人及其詩作的總體狀況為：金代詩僧沒有留存至今、有案可查的詩集，也沒有集團化的發展，形成詩僧集團。詩僧中以性英成就最高。金代詩僧的特徵，歸結為夙備善根，虔心向佛；遊學參訪，經歷豐富；家世不凡，頗有學養；佛學素養深厚，深得社會認同；與文士交流、詩道日進。

最後集中討論金代僧詩。對金代詩僧的詩作主題取向和風格特徵做了深入分析。從正面肯定了金代僧詩的蔬筍氣和偈頌氣，認為這與其離欲修禪的思想和生活基礎密切相關，又能夠將禪心詩心打成一片，這正體現僧詩的當行本色。

第四章金代全真道「援禪入道」及其文學體現。筆者在分析全真道融攝佛禪的思想基礎與全真道面臨的現實困境的基礎上，以全真道成員創作的文學文本為基礎，探討全真道「援禪入道」的三個方面：三教融合的立教原則，內丹思想的核心──心性理論，佛教禪宗影響下的修持方式。

從全文來看，筆者按照作家社會身份的不同，全面研究了金代社會從上至下四大群體的文學創作與佛禪之間的關涉，深入細緻地分析金代作家的佛禪情結以及作品的佛禪意蘊，展現佛教禪宗對金代作家心靈的浸潤，金代作家對佛禪的獨特解讀和現實性期待，從而歸納、總結了金代詩文與佛禪之間的關係，揭示出佛教禪宗影響了金代作家的思想，豐富了金代文學表現的內容和方式，催發了某些金代文學批評觀念，對整個金代文學具有重要意義。

金代文學與佛禪關係研究尚待繼續深入開掘，筆者期待繼續努力，提高自己的學識，為拓展、加深佛禪與金代詩文研究盡微薄之力。諸多不足之處懇請方家指正。

# 參考文獻

## 一、總集

1. 薛瑞兆，郭明志，全金詩〔M〕，天津：南開大學出版社，1995。
2. 唐圭璋，全金元詞〔M〕，北京：中華書局，2000。
3. 閻鳳梧，賈培俊，牛貴琥，全遼金文〔M〕，太原：山西古籍出版社，2002。
4. 張金吾，金文最〔M〕，北京：中華書局，1990。
5. 元好問，中州集，〔M〕，北京：中華書局，1962。
6. 王慶生，金代文學家年譜〔M〕，南京：鳳凰出版社，2005。

## 二、別集

1. 魏道明，蕭閒老人明秀集注〔M〕，中華再造善本。
2. 房祺，河汾諸老詩集〔M〕，北京：中華書局，1985。
3. 劉祁，崔文印點校，歸潛志〔M〕，北京：中華書局，2007。
4. 王若虛著，胡傳志，李定幹校注，滹南遺老集校注〔M〕，瀋陽：遼海出版社，2006。
5. 李澍田主編，松漠紀聞，扈從東巡日錄，啟東錄，皇華紀程，邊疆叛跡〔M〕，長春：吉林文史出版社，1986。
6. 王寂，張博泉注釋，遼東行部志注釋〔M〕，哈爾濱：黑龍江人民出版社，1984。
7. 王寂，拙軒集〔M〕，北京：中華書局，1985。

## 三、其他基本文獻及工具書

1. 脫脫，金史〔M〕，北京：中華書局，1975。

2. 宇文懋昭，崔文印校證，大金國志校證〔M〕，北京：中華書局，1986。

3. 惠能，六祖壇經〔M〕，南昌：江蘇古籍出版社，2002。

4. 贊寧，宋高僧傳〔M〕，北京：中華書局，1997。

5. 賴永海主編，佛教十三經〔M〕，北京：中華書局，2010。

6. 張美蘭，祖堂集校注〔M〕，北京：商務印書館，2009。

7. 陳繼生，禪宗公案〔M〕，天津：天津古籍出版社，2008。

8. 鍾陵，金元詞紀事會評〔M〕，合肥：黃山書社，1995。

9. 黃寶華，宋遼金詩鑒賞〔M〕，上海：上海古籍出版社，1998。

10. 王步高，金元明清詞鑒賞辭典〔M〕，南京：南京大學出版社，1989。

11. 唐圭璋，金元明清詞鑒賞辭典〔M〕，南京：江蘇古籍出版社，1989。

12. 田軍，王洪，金元明清詩詞曲鑒賞辭典〔M〕，北京：光明日報出版社，1990。

## 四、論著

1. 王樹海，禪魄詩魂：佛禪與唐宋詩風的變遷〔M〕，北京：知識出版社，1999。

2. 王樹海，詩禪證道：「貶官禪悅」和後期唐詩的「人造自然」風格〔M〕，北京：新星出版社。

3. 方立天，佛教哲學〔M〕，北京：中國人民大學出版社，1986。

4. 杜繼文，魏道儒，中國禪宗通史〔M〕，南京：江蘇人民出版社，2008。

5. 呂澂，中國佛學源流略講〔M〕，北京：中華書局，1979。

6. 麻天祥，中國禪宗思想史略〔M〕，北京：中國人民大學出版社，2007。

7. 馮友蘭，中國哲學史〔M〕，上海：華東師範大學出版社，2000。

8. 李澤厚，中國古代思想史論〔M〕，天津：天津社會科學院出版社，2003。

9. 牟永生，智慧與解脫：禪宗心性思想研究〔M〕，北京：中國社會科學出版社，2005。

10. 任繼愈，任繼愈禪學論集〔M〕，北京：商務印書館，2005。

11. 龔雋，禪史鈎沉〔M〕，北京：生活·讀書·新知三聯書店，2006。

12. 許蘇民，禪的十大人生境界〔M〕，湖北：湖北人民出版社，2009。

13. 吳言生，禪宗思想淵源〔M〕，北京：中華書局，2007。

14. 吳言生，禪宗哲學象徵〔M〕，北京：中華書局，2007。

15. 吳言生，禪宗詩歌境界〔M〕，北京：中華書局，2007。

16. 曾議漢，禪宗美學研究〔M〕，臺北：花木蘭文化出版社，2009（民98）。

17. 陳堅，煩惱即菩提：天台「性惡」思想研究〔M〕，北京：宗教文化出版社，2007。

18. 顧隨，顧隨說禪〔M〕，上海：上海古籍出版社，1998。

19. 錢穆，宋明理學思想概述〔M〕，北京：九州島島出版社，2010。

20. 南懷瑾，禪宗與道家〔M〕，上海：復旦大學出版社，1996。

21. 周裕鍇，禪宗語言研究入門〔M〕，上海：復旦大學出版社，2009。

22. 潘雨廷，易與佛教 易與老莊〔M〕，上海：上海古籍出版社，2009。

23. 祈志祥，中國佛教美學史〔M〕，北京：北京大學出版社，2010。

24. 詹石窗，道教文化十五講〔M〕，北京：北京大學出版社，2003。

25. 劉浦江，二十世紀遼金史論著目錄〔M〕，上海：上海辭書出版社，2003。

26. 王德朋，金代漢族士人研究〔M〕，北京：中國社會科學出版社，2006。

27. 胡傳志，金代文學研究〔M〕，合肥：安徽大學出版社，2000。

28. 李承貴，儒士視域中的佛教〔M〕，北京：宗教文化出版社，2007。

29. 孫昌武，佛教與中國文學〔M〕，上海：上海人民出版社，2007。

30. 孫昌武，禪思與詩情〔M〕，北京：中華書局，2006。

31. 陳允吉，古典文學佛教溯源十論〔M〕，上海：復旦大學出版社，2002。

32. 李壯鷹，禪與詩〔M〕，北京：北京師範大學出版社，2001。

33. 孫昌武，道教與唐代文學〔M〕，北京：人民文學出版社，2001。

34. 鄧紹基，金元詩選〔M〕，北京：人民文學出版社，2005。

35. 吳梅，詞學通論〔M〕，南京：江蘇文藝出版社，2008。

36. 張培鋒，宋詩與禪〔M〕，北京：中華書局，2009。

37. 胡遂，佛教與晚唐詩〔M〕，北京：東方出版社，2005。

38. 張晶，遼金元文學論稿〔M〕，北京：北京廣播學院出版社，2004。

39. 吳文治，遼金元詩話全編〔M〕，南京：鳳凰出版社，2006。

40. 劉達科，遼金元詩文史料述要〔M〕，北京：中華書局，2007。

41. 王樹林，金元詩文與文獻研究〔M〕，北京：中華書局，2008。

42. 左洪濤，金元時期道教文學研究〔M〕，北京：人民出版社，2008。

43. 申喜萍，南宋金元時期的道教美學思想〔M〕，成都：巴蜀書社，2009。

44. 詹杭倫，金代文學思想史〔M〕，成都：成都科技大學出版社，1990。

45. 李藝，金代詞人群體研究〔M〕，北京：首都師範大學出版社，2008。

46. 王斐，心哉美矣：中國藝術裏的道悟禪韻〔M〕，武漢：武漢大學出版社，2009。

47. 葛曉音，山水田園詩派研究〔M〕，瀋陽：遼寧大學出版社，1997。

48. 張隆溪，道與邏各斯〔M〕，南京：江蘇教育出版社，2006。

49. 張廷琛，接受理論〔M〕，成都：四川文藝出版社，1989。

50. 詹丹，情僧〔M〕，上海：百家出版社，2004。

51. 邱美瓊，黃庭堅詩歌傳播與接受研究〔M〕，南昌：江西人民出版社，2009。

52. 吳汝鈞，遊戲三昧：禪的實踐與終級關懷〔M〕，臺灣：臺灣學生書局，民82。

53. 朱曉鵬，道家哲學精神及其價值境遇〔M〕，北京：中國社會科學出版社，2007。

54. 蕭馳，佛法與詩境〔M〕，北京：中華書局，2005。

55. 張海沙，曹溪禪學與詩學〔M〕，北京：中國社會科學出版社，2009。

56. 孫進已等，女真史〔M〕，長春：吉林文史出版社，1987。

57. 賈敬顏，五代宋金元人邊疆行記十三種疏證稿〔M〕，北京：中華書局，2004。

58. 都興智，遼金史研究〔M〕，北京：人民出版社，2004。

59. 鈴木大拙，佛洛姆，禪與心理分析〔M〕，中國民間文藝出版社，1986。

## 五、學位論文

1. 丁放，詞學研究〔D〕，保定：河北大學博士論文，2001。

2. 張文利，理禪融會與宋詩研究〔D〕，西安：陝西師範大學博士論文，2003。

3. 牛海蓉，元初宋金遺民詞人研究〔D〕，西安：陝西師範大學博士論文，2004。

4. 王永，金代散文研究〔D〕，上海：華東師範大學博士論文，2006。

5. 王定勇，金詞研究〔D〕，揚州：揚州大學博士論文，2006。

6. 沈文雪，宋金文學整合研究〔D〕，杭州：浙江大學博士論文，2006。

7. 鄧子勉，金元詞籍文獻研究〔D〕，上海：復旦大學博士論文，2006。

8. 沈文雪，宋金文學整合研究〔D〕，杭州：浙江大學博士論文，2006。

9. 黃俊銓，禪宗典籍《五燈會元》研究〔D〕，上海：復旦大學博士論文，2007。

10. 祁偉，山居詩研究〔D〕，成都：四川大學博士論文，2007。

11. 李聞，金代全真道士詞研究〔D〕，濟南：山東師範大學碩士論文，2003。

12. 張增吉，金代女真詞人研究〔D〕，蘭州：蘭州大學碩士論文，2005。

13. 谷春俠，金賦論考〔D〕，長春：吉林大學碩士論文，2005。

14. 奚劉琴，儒士排佛思想探微──以著名排佛文獻為例〔D〕，南昌：南昌大學碩士論文，2005。

15. 胡梅仙，金代大定、明昌詞研究〔D〕，廣州：暨南大學碩士論文，2005。

16. 禤志德，隱者的情懷 遺民的哀歌──論李俊民詞〔D〕，廣州：暨南大學碩士論文 2005。

17. 張秋爽，金代詩人與詩學視野中的陶淵明〔D〕，長春：吉林大學碩士論文，2006。

18. 於慧，金代全真教文人馬鈺研究〔D〕，廣州：暨南大學碩士論文，2007。

19. 曾定華，蔡松年研究〔D〕，南寧：廣西大學碩士論文，2007。

20. 邵鴻雁，金遺民詞研究〔D〕，長春：吉林大學碩士論文，2007。

21. 趙建華，論唐宋豔情詞興盛的佛因禪緣〔D〕，蘇州：蘇州大學碩士論文，2008。

22. 李碧竹，金元少數民族和域外詞人研究〔D〕，廣州：暨南大學碩士論文，2008。

23. 張懷宇，王寂詩歌研究〔D〕，哈爾濱：黑龍江大學碩士論文，2008。

24. 李楠，金代文學家王寂研究〔D〕，通遼：內蒙古民族大學碩士論文，2010。

## 六、期刊論文

1. 范甯，金代的詩歌創作〔J〕，文學遺產，1982.4。

2. 趙廣勤，王廣超，元好問詞藝術初探〔J〕，徐州師院學報，1983.1。

3. 余蓋，王若虛寫作理論初探〔J〕，杭州大學學報，1983.12。

4. 周惠泉，金代文學家李純甫卒年考辨〔J〕，社會科學戰線，1984.3。

5. 陳書龍，論元好問的「喪亂詩」〔J〕，文科通訊，1985.3。

6. 張博泉，趙秉文及其思想〔J〕，學習與探索，1985.3。

7. 周惠泉，金代女真族詩人完顏璹簡論〔J〕，社會科學戰線，1985.2。

8. 唐圭璋，讀金詞札記〔J〕，社會科學戰線，1985.2。

9. 周惠泉，金代散文淺論〔J〕，晉陽學刊，1985.3。

10. 張博泉，趙秉文及其思想〔J〕，學習與探索，1985.3。

11. 周惠泉，王若虛生卒年辯證〔J〕，文學遺產，1986.1。

12. 李峭侖，造就詩人元好問的幾個重要因素〔J〕，忻州師專學報，1986.1。

13. 劉澤，元好問癸巳之變中的思想轉折〔J〕，忻州師專學報，1986.1。

14. 趙興勤，元好問詞藝術再探〔J〕，晉陽學刊，1986.3。

15. 唐景凱，金元明詞派〔J〕，語文月刊，1986.5。

16. 周惠泉，金代文學家王寂生平仕歷考〔J〕，文學遺產，1986.6。

17. 趙廷鵬、郭政、宮應林，賦到滄桑句便工──論元遺山的紀亂詩〔J〕，文學遺產，1986.6。

18. 張克，陳曼平，試論女真詩人完顏亮〔J〕，湖北師院學報，1987.1。

19. 張晶，金代詩歌發展的獨特軌跡〔J〕，遼寧師大學報，1987.2。

20. 周惠泉，宇文虛中及其文學成就論略〔J〕，社會科學戰線，1987.3。

21. 馬赫，略論金代遼東詩人王庭筠〔J〕，社會科學輯刊，1987.5。

22. 張倉禮，金代詞述略〔J〕，吉林社會科學，1987.6。

23. 黃幼珍，柳詞與全真道士詞〔J〕，甘肅社會科學，1988.4。

24. 張晶，都興智，金代詩人王庭筠摭談〔J〕，文學遺產，1988.5。

25. 繆鉞，論金初詞人吳激〔J〕，四川大學學報(哲學社會科學版)，1989.4。

26. 李正民，元好問金亡之後活動的評價〔J〕，山西大學學報，1990.1。

27. 周惠泉，元好問研究發微〔J〕，社會科學戰線，1990.3。

28. 劉澤，元好問晚年詩歌創作論略述〔J〕，文學遺產，1990.4。

29. 趙慧文，元遺山詞概論〔J〕，晉陽學刊，1990.5。

30. 董國炎，金代文壇與元好問〔J〕，文學評論，1990.6。

31. 史禮心，賦詩言志、出語倔強──金海陵王完顏亮詩詞創作〔J〕，民族文學研究，1991.1。

32. 張晶，金詩的北方文化特質及其發展軌跡〔J〕，江海學刊，1991.2。

33. 周惠泉，元明時期金代文學研究論略〔J〕，晉陽學刊，1992.1。

34. 周惠泉，元明時期金代文學研究論略〔J〕，晉陽學刊，1992.1。

35. 周惠泉，論元好問〔J〕，山西師大學報，1992.2。

36. 劉達科，曹之謙及其詩歌〔J〕，山西大學學報，1992.2。

37. 周惠泉，金代文學經緯（上）〔J〕，山西大學學報（社會科學版），1992.2。

38. 周惠泉，金代文學經緯（下）〔J〕，山西大學學報（社會科學版），1992.3。

39. 趙山林，從詞到曲——論金詞的過渡性特徵及道教詞人的貢獻〔J〕，山東師大學報（社會科學版），1992.3。

40. 王慶生，蔡松年生平仕歷考述〔J〕，徐州師範學院學報，1993.1。

41. 周惠泉，清人論金代文學〔J〕，文學遺產，1993.1。

42. 周惠泉，金代文學研究的歷史回顧〔J〕，社會科學戰線，1993.2。

43. 王琦珍，金元散文平議〔J〕，文學遺產，1994.6。

44. 張晶，論遺山詞〔J〕，文學遺產，1996.3。

45. 胡傳志，論金初作家蔡松年〔J〕，社會科學戰線，1996.6。

46. 崔廣斌，金代佛教發展述略〔J〕，黑河學刊，1996.5。

47. 都興智，金代女真人與佛教〔J〕，北方文物，1997.3。

48. 王錫九，關於金代詩歌的幾點認識〔J〕，江蘇教育學院學報（社會科學版），1998.4。

49. 馬志強，金代文學家李純甫和雷淵論述〔J〕，唐都學刊，1998.3。

50. 章必功，元好問詩歌簡論〔J〕，深圳大學學報（人文社會科學版），1999.8。

51. 么書儀，面對佛道二教的耶律楚材〔J〕，文學評論，2000.2。

52. 狄寶心，任立人，元好問對佛教文化的弘揚兼蓄〔J〕，忻州師範學院學報，2000.12。

53. 周惠泉，20世紀金代文學研究鳥瞰〔J〕，民族文學研究，2000.1。

54. 周惠泉，金代文學論〔J〕，社會科學戰線，2000.2。

55. 劉達科，百年來遼金元詩文綜合研究專著管窺〔J〕，山西教育學院學報，2001.2。

56. 陶然，論北宋詞與金詞的傳承關係〔J〕，浙江學刊，2001.4。

57. 左洪濤，論丘處機的道教詞〔J〕，華東理工大學學報（社會科學版），2002.1。

58. 劉達科，女真族文學研究百年掠影〔J〕，民族文學研究，2002.1。

59. 高良荃，略論金元之際全真道的社會影響〔J〕，甘肅社會科學，2002.3。

60. 錢建狀，尹羅蘭，南渡士人的佛教因緣與文學創作〔J〕，浙江大學學報，2003.5。

61. 左洪濤，論金元時期全真道教詞興盛的原因〔J〕，新疆大學學報（社會科學版），2004.3。

62. 李聞，從道士詞向文人詞的轉變——丘處機詞略論〔J〕，濟寧師範專科學校學報，2004.8。

63. 李正民，牛貴琥，試論佛教對元好問的影響〔J〕，民族文學研究，2005.3。

64. 王文明，中國古典詩歌中哲理與禪意的相融相通性〔J〕，青海民族學院學報（社會科學版），2005.7。

65. 霽紅，史野，李純甫儒學思想初探〔J〕，社會科學戰線，2006.2。

66. 劉瑋，鄉關之思與出處之痛——金初詩人心態淺析〔J〕，哈爾濱工業大學學報（社會科學版），2007.1。

67. 劉鋒燾，論「吳蔡體」〔J〕，北京大學學報，2007.5。

68. 祁偉，周裕鍇，從禪意的「雲」到禪意的「屋」〔J〕，文學遺產，2007.3。

69. 劉達科，金人正統觀及其文學表現〔J〕，民族文學研究，2008.1。

70. 方旭東，儒耶佛耶：趙秉文思想考論〔J〕，學術月刊，2008.12。

71. 王耘，金熙宗文治措施述略〔J〕，黑龍江史志，2008.13。

72. 劉曉，萬松行秀新考——以《萬松舍利塔銘》為中心〔J〕，中國史研究，2009.1。

73. 張毅慧，論趙秉文詩歌中的儒道佛思想〔J〕，山西煤炭管理幹部學院學報，2009.2。

74. 王輝斌，金元詩人與唐詩的關係探論〔J〕，江淮論壇，2009.2。

75. 周惠泉，宇文虛中新探〔J〕，文學評論，2009.5。

76. 封樹禮，李純甫佛學思想初探〔J〕，遼寧工程技術大學學報（社會科學版），2009.11。

77. 劉達科，遼金詩文話語與佛禪〔J〕，晉中師範學院學報，2009.12。

78. 劉達科，佛禪與遼金文人〔J〕，江蘇大學學報（社會科學版），2009.12。

79. 劉達科，佛禪話語與金代詩學〔J〕，社會科學戰線，2009.12。

80. 劉達科，遼金文學中的佛禪話語〔J〕，忻州師範學院學報，2010.2。

81. 劉達科，佛禪與金朝文學的藝術表現〔J〕，太原師範學院學報 2010.3。

82. 劉達科，金詩中的佛禪意蘊〔J〕，齊魯學刊，2011.1。

83. 劉達科，金詩中的佛禪情趣〔J〕，運城學院學報，2010.6。

84. 劉達科，佛禪與金詩中的閒適野逸意識〔J〕，山西大同大學學報，2010.6。

85. 劉達科，李純甫與孔門禪〔J〕，忻州師範學院學報，2012.4。

86. 劉達科，耶律楚材與孔門禪〔J〕，江蘇大學學報，2011.1。

87. 劉達科，金朝全真禪法及其文學體現〔J〕，忻州師範學院學報，2010.6。

88. 劉達科，遼金詩僧與僧詩〔J〕，江蘇大學學報，2012.1。

# 附錄 金代文人士大夫所作高僧塔銘

| 題　　名 | 濟南府靈巖山第□代……法妙空大師塔銘 |
|---|---|
| 撰文、書寫、篆額 | 文林郎、差充濟南府節度掌書記張岩老撰。<br>文林郎、新授□□陽軍日照縣令夏曾書。<br>文林郎、新差濰州司戶參軍韓杲篆額。 |
| 寫作緣起 | 皇統元年六月二十八日，管勾濟南府十方靈巖……也。後十有五日，門弟子禮源等，葬師於本山之西。……接聞師之道行甚久，因得熟師之容貌，愛師之議……下勝絕之地，相甲乙者，不過二三處。故前後主僧……舉堪充其任者。時師方住汝州南禪，眾以師名聞……緇素迎送者，肩摩接踵，光顯宗門，為一時美事。既……人者也。 |
| 出身世系 | 師諱淨如，俗姓陳氏，福州候官縣人。 |
| 出生瑞現 | |
| 形貌性格 | 天姿…… |
| 捨俗出家 | 老旋湛落髮為僧，即受具足戒於州之開元寺。 |
| 修持求道 | 乃……隱英之徒，無有出其右者，密授薦福之印。由是法……因佛日禪師惟岳有天下大名，王公大人日夕造……虛，眾僧仰師名行，禮請住持。 |
| 化度行道 | 師□誘進後學，敷暢……殿，經營輪免，皆出□□為眾□利□，不憚勞人，以此……之爭，而論之以理，皆盡歸所□田，其度量過人。類皆……如常，盜賊無有犯者。豪右之家，依師得脫者甚眾。 |
| 臨終遷化 | 師……辟穀，所食者，為果實、菜茹者十餘年。殊不見其腰瘠，則……亂，作頌辭眾云；四大幻形，徒勞□別。緣會而生，緣…… |
| 補敘讚歎 | 人之所難及。□□□宗門係出臨濟。初聞道於薦……也。師兩席度弟子百有餘人．學道者以斯□道者……世弊於文□□□□西方聖人□□□實□或……七世，爰有達摩，達磨□來，於意云何？面壁不言，要……上士相 |

| | 繼。偉哉如公，得大智慧。南禪靈巖，四眾具……具陳。見者聞者，以真得真。因葬有塔，豈資設飾，因……有銘豈事篆刻本無冀人不能忘尚有斯文愈□彌光。 |
|---|---|
| 立石刊刻 | 皇統二年歲次壬戌六月一日，住持傳法沙門道詢立石。<br>布衣田初刻。 |

| 題　　名 | 濟南府十方靈巖禪寺第九代住持定光禪師塔銘 |
|---|---|
| 撰文、書<br>寫、篆額 | 濮陽李魯撰。<br>濟南高鯉書。<br>儒林郎、行臺大理寺丞韓淦篆額。 |
| 寫作緣起 | 皇統壬戌中秋，定兄侍者走書於魯，曰：「先師頃自普照來住靈巖道場，鋤墾荒蕪，爰立規矩。不幸席未暖，遽示寂滅。智月忝出門下，荷潤特深，報效蔑聞，彌增惕懼。遂躬率諸門人，營建梵塔。厥功告成，銘志未備。共念先師疇昔交契之厚，誰如公者？今輒以昌黎韓淘通仕所敘行狀，請銘於公，能無意乎？」魯始錯愕，顧陋學無以表其高風。既而，曰：「樂道人之善，聖人之訓也，尚何讓？」 |
| 出身世系 | □□道詢，俗姓周，揚州天長義城人也。世為鄉里大姓，產業雄一方，歲入不貲。 |
| 出生瑞現 | |
| 形貌性格 | 幼孤，事祖母以孝聞。及長、性豪邁，姿貌魁偉，喜施與，好鷹犬，馳騁田獵，割鮮染輪，不忘旦旦。鄉人畏愛，以任俠處 |
| 捨俗出家 | □□無何，臂鷹牽黃，過故人家，見讀方冊。師挺前奪取欲視，故人曰：「是豈公所能知？」師氣懾，徐更讀之，乃智望禪師《十二時歌》也。閱未竟，面熱汗下，歎曰：「報應若此，可奈何？」故人曰：「審如是，早自□□！」師茫然謝歸。放黜鷹犬、遊獵之具，杜門飯脫粟，布衣芒履，體膚饑悴，而祝髮之念萌芽胸府矣。家人以為狂，初加訶禁。師志益堅，竟禮本縣興教寺常住院首座僧德安為師，納戒於本州□□，實政和改元之歲也。 |
| 修持求道 | 師在眾持頭陁行，精嚴齋戒，平治心地。其師召謂之曰：「懷與安，實敗名，汝器識遠大，未可量也！盍遊方以廣學問？」師即詣本州建隆寺，依住持因禪師為侍者。未幾，參□□室，頗領玄妙。建隆語師曰：「汝將騰踔萬里，詎可於此久淹？當務遍參，以卒遠業。」師稟命，至龜山，見慈禪師坐禪，次聞靜板有省，以頌投龜山，深蒙印可。遂入舒州見甘露卓禪師。卓識師根□□，常謂曰：「法華寺禪師為一時郢匠，盍往謁焉？」師忻然領命。及一見，師資道契。駐錫四稔，舉作座元。因為師小參，舉二祖竟心了不可，得馬祖「即心即佛」機緣，於是徹證傳心之旨。 |
| 化度行道 | 太湖真乘□□人，諸禪舉師名德，郡委縣令齎牒勸請。師謝曰：「吾始捨緣，私自為盟，不願住持。矧茲末法，祖道榛棘，宜得吾門龍象，提宗印 |

| | |
|---|---|
| | 以振衰墜，庶幾有益。詎可妄欲以此事付田家子？是猶資越□□□甫計亦左矣！」因固辭。令請益堅。師計窮，碎牒投諸地。令駭曰：「斯罪也，奈法何？」眾以師屬志純一，本無慢心，禱令得不白州，聽舉自代者，因得遁去。師以名蹟為眾指目，乃歸義城。距祖第數□□、得佳泉石處曰「冶山」，構精舍，號「定光庵」，將終老焉。鄉里子弟執侍瓶錫、願度為弟子者五十餘人。建炎二年，大軍度淮，尋陷天長，師處倉卒無撓色。太尉薛公異之，入白統軍，迎置軍中，□□□養，且下令曰：「爾等當善護持，勿致失所！」泊旋軍至沂，聽師自便。名士劉郊子機雅聞其名，虛懷接納，一叩真機，定交方外。尋於泗水靈光山，卜築自晦。阜昌六年，濟南普照虛席，府帥劉□□□嗣事者，眾以師應選，乃給帖弛疏敦請。師確守前誓，專使薦來，勢不獲已，以五月十三日到寺。首請惟素禪師為座元，希蹤□丈，一切以清規從事，晨參夕請，鍾鼓一新。其於誨道，尤示慈□，□子仰之為指南。既暇既徐，視殿宇圮毀者，改建完葺，侈而不逾舊，儉而中禮。道力所攝，人自樂施。皇統元年，住靈巖妙空淨如禪師示寂。府帥都運劉公謂：「一時尊宿，德行純備，無如師者！」為□□府屬寄居士夫僧正綱維詣寺勸請。師曰：「靈巖巨剎，未易遽治。」府帥曰：「師負重名，當暫屈一往。不勞指顧，眾自悅服。」師猶形謙讓，府帥懇請久，乃應命。以九月五日開堂演法，漸欲樹立□□。□於府曰：「常住撥賜田上，親力播植，所得僅足飽耕夫。又供僧歲費，無慮三千萬。丐依舊例，原免科役，庶獲飯僧福田，上報國恩，實遠久之大利益也。」府可其請。師乃推擇十方勤舊□□事，喻之曰：「世間萬事，欲一一如法，即無有是處。至於處叢林、掌常住錢穀，要當先事潔己，錙銖不欺。非惟目下明白，抑亦過後得力。」眾化其德，無不盡心。師玄學淵深，勤於接物，初機請□，□□忘倦。於是四方翕然，謂獲宗匠。學者鄉慕道風，踵至篝室。自兵火以來、未之有也。 |
| 臨終遷化 | 明年春，師至府求退。且曰：「昔黃龍心禪師云：『馬祖、百丈己前無住持事，道人相求於空閒寂寞之濱，其□□□住持皆王臣尊禮，為人天師。』今則不然，掛名官府，遂同編氓，是豈久寓之地耶？」爰引至理，詞義切當。府帥喻之曰；「非意相干，可以理遣，師當還坐道場，勿恤也。」時又迫近結制，師乃強留，□□□曰：「汝等勉之，吾將逝矣！」因日為眾普說入室，勤劬不替者彌月，眾亦莫測。俄有野蜂集於寢室，鴉鵲百數，悲鳴上下，識者異焉。夏六月二十三日粥罷，顧謂侍者，收缽置方丈。即令撾鼓□□□座垂語，詞旨哀切，特異常日。既下座，示有疾，眾咸怖惕，而師神色恬然，屢欲趺坐。眾悲泣，救藥，不克如志。有問疾來者，但目視之，豈非葉落歸根、來時無□□。獨提全提之旨者乎？第後學□□□之領也。二十四日，右脅而化。時暑氣炎猛，居六日，如始逝。二十九日，以遺命茶毗，得五色舍利百餘粒。翌日，瘞靈骨於當山後興塔之右，即其上示窣堵焉。 |
| 補敘讚歎 | 閱世五十七，坐夏三十二，門□□□有餘人，傳道於四方，以名著者十餘人。有示眾廣語、遊方勘辯頌、古偈頌、贊流通於世。師先在淮甸，嘗膺槠服之賜及師名「禪定」泊北來，絕口不言，唯號「定光庵主」。自臨濟義元禪師凡十□□□出黃龍慧南，南出照覺常總，總出廣鑒行瑛，瑛出舒 |

|  | 州法華證道禪寺住持永言，言即師嗣法師也。師常歎今時傳法紹嗣者，往往開堂有橫費，及居普照，因上堂便為法華和尚拈香，□□□飯堂眾，酬法乳而已。性不積財，住靈巖才十月，所得書付常住為供僧用。特喜賓客，一時名卿鉅公慕其道行，莫不願為友，至千里走介問安否。師待人以誠，不視貴賤高下其心，恤□□□動推惻隱，數於道路解衣，以遺寒者，噤凍而歸。又好儲諸良藥，拯救患難，見有疾苦，如出諸己。於是感恩懷惠與其參學問法者相半，所至交口稱譽，出於自然。聞者歡喜，願居門下，奔□□□，唯恐其後。可謂道重一時，名高四遠者矣。趣寂之日，遠邇莫不哀歎。師故人孫力智彥周聞師示滅，亟走諸山，宿中道，夢師若平生，來告曰：「山僧兩來靈巖矣。」即指其藏骨所在。驚窹，見□□□光粲然，移時方滅。既抵寺，僧或告寺有故延珣禪師塔，其銘文有「意捨浮華，情耽定慧」之語，良符彥周之夢。是知師應跡世間，豈偶然哉！<br>銘曰：饑鷹摩空，得肉乃飽。韓盧待嗾，志厲霜草。追飛逐走，聊以自娛。陷心潰腦，衣袖為朱。定光老人，少年如此。勇猛悔悟，是真佛子。一瓶一缽，誓堅志願。石頭路滑，請益無倦。傳心得妙，為眾□□。□跡空谷，人不我遺。兩坐道場，接物利生。事有固然，逃名得名。眾仰其德，岡不自鬻。歷以至誠‧不嚴而治。優游請退，從吾所好。使君眷厚，竟莫之報。死生常事，戲劇有情。於我何有，擺手便□。□□萬仞，靈塔百尺。山低塔高，不俟他日。 |
| :-- | :-- |
| 立石刊刻 | 淄州崇勝禪院住持嗣法小師慶悟、徂徠山崇慶禪寺住持嗣法小師惟素。皇統二年歲次壬戌十月庚申朔初十日己巳起復昭武大將軍、陝西諸路轉運使劉益立石。<br>歷山任升刊。 |

| 題　　名 | 前□□十方妙德禪院浦公禪師塔記 |
| :-- | :-- |
| 撰文、書寫、篆額 | 登仕郎□□陽府□□□□撰。<br>登仕郎、耀州司侯溫□書。 |
| 出身世系 | 師諱善浦，京兆城東人也。俗姓馮氏，五代宰相可道六世孫。 |
| 出生瑞現 | 母祿氏夜□□□□光貫胸，覺而有娠，祿氏心許出家。 |
| 形貌性格 | 師既生，天姿醇厚。始絕乳，弗喜□□□□□□ |
| 捨俗出家 | □□□□□□京兆臥龍禪院主僧慧初為師， |
| 修持求道 | 克勤持誦。至二十二歲，試經削□□□□□□□僧者，本欲越愛河、登彼岸，豈反修飾人事，趨競齋供，如繭自縛。□□□□□□十餘年間，雲門、雪峰一皆參歷。及再歸，依香嚴謹禪師□□□□公□□□□□□孟嘗門下，新添劍客。首座進曰：「莫邪未用，利鈍焉知？」公曰：「伯□□□□□是知音者。若善浦□開正眼了見根□但□欲傳，非子不可。」翌日，□□□法。 |

| 化度行道 | 時宋宣和元年，董待制知府事，請師□修聖壽。自是之後，或住天□，或居□□，爰經兵火，歷更數郡禪剎。至皇統三年，知耀州李寧遠以妙德珂□告□□□其人。一日，幕屬以師舉之，公欣然具禮，就京兆還居妙德。開堂之後，郡中□□□可其志者，或勸師以安眾為言。師曰：「雲房無鎖鑰，□莫惹塵埃。」□是妙□□□僧少造其室者，惟師自處，寂無纖翳。不半載，閭閻父老，雲集座下。師□□□□修葺堂殿，表裏一新，殊未常化人以施財為念。惟是郡民之誠持□□□□□而□□門人一名曰覺道。 |
|---|---|
| 臨終遷化 | 至天德二年，忽感疾，於當年二月十三日□□□□□皆侍左右。師曰：「大丈夫當去住分明。」及午刻，師遂整衣命筆，□□一□云：「清風自清風，明月自明月。白雲消散後，老僧無可說。」付以覺道，結跏而化。 |
| 補敘讚歎 | 享年六十有六，僧臘四十有四。當月十五日，覺道舉師喪，葬於華原縣流□鄉待賓村宋家莊，而起塔焉。工告畢，覺道煮茗謂余曰：「先師自提祖印，六座道場，今既歿，忍以平昔之善與草木俱腐？欲書之堅石，以示後學。一以□和尚之美，一以表覺道之誠，可乎？」余既哀其誠，又惜其善，何辭以讓？因書其實，而係之以銘云：<br>嗚呼浦公，模範禪叢。雲門雪竇，正眼皆同。久提祖印，開鑿盲聾。今其何在？明月清風。 |
| 立石刊刻 | 承仕郎、充耀州軍事判官王□立石。<br>參學善友劉深、元真、劉本□、李□□彥徐□王本顯、張本□、□本唐、辛革、樊本淨、張本固、勇本檜、安本曇、史本曄、□□、王本□、□本□、雷本□。楊本法、黨本□、秦典、劉本省、陳本復、□本近、同本言、李本應、黃本□、王本□、□本□、姜本兆、張氏。劉皋、謝勝、劉本浩、惠本性、本見。<br>施墳地弟子曹本仁、曹□□、王□、公孫本有、□觀李自然、李本修、秦本震、馬立、王本玉。會首郭本迪等。<br>小師僧。<br>承事郎、充耀州軍事判官□□。 |

| 題　　名 | 大金故慧聚寺嚴行大德閒公塔銘並序 |
|---|---|
| 撰文、書寫、篆額 | 銀青光祿大夫、翰林學士承旨劉長言撰。<br>玉山張楷書。 |
| 出身世系 | 嚴行大德悟閒，白霫人，姓張氏，初名偉，字保之。幼失所怙。 |
| 出生瑞現 | |
| 形貌性格 | 而宿植善囡，蚤慕真諦。十歲，從天慶即伸大師受經業，日數百千言。十七返親舍，更讀儒書，工辭賦，才譽籍籍，一舉中進士第。歷官州縣，縣北京都市令以選入樞密院通。任職六年，出補香河令。更兩考，有能聲。先是，民間有冒耕官閒田，公被檄與府官撿括。時夏麥且熟，恐民不得獲。既行，涉積水，陽失轡墜而溺，從者驚援之。及出，即移病歸臥，請 |

| | |
|---|---|
| | 展期。比愈得報,再行則皆獲矣。邑戶佃圭田,凡留守要人者,率藉形勢免科調。問之,以例對。公曰:「皆王民也、例誰為者。」一以法令從事,役以故均。而大忤權貴,至檄召詣府,屢加摧表。公執不改,卒依行之。其守如此,累階至尚書郎。 |
| 捨俗出家 | 一日讀《首楞嚴經》十習六交因報之說,感悟發心,取香三瓣,炷於頂門及兩肩,爇之,默禱自誓。又以詩寄平生友人兼平章曰:「萬緣躁惱叢如發,試看臨時下一刀。」從此不近妻妾。猶身為権鹽官,遵於推擥,故則奸吏並留□□公至□□□□絲毫不敢加。公資剛毅有志,略切於行道而疾惡如仇。有使□者□抑不能忍見,跪拜□謂有以計歲月立。功名屬世,多故復不能委曲軒輊以徇權勢,或時劉欣長孤傲睨曰放知有耿介不勝言者,浸不得意。於是,慨然欲求出世間得,自拔流俗。獨念老母恩不可報也。來問,跪曰:「言有為皆幻,惟一大事,可以於塵垢脫生死,願允耳於親,歸近聖道。以答敬勞。」母曰:「汝志如是,吾顧不能耶。」欣悅聽許,公拜謝。未幾,先命二妻一子相繼出家。乃以天會六年正月,棄官人鞍山之慧聚寺。親友聞者爭勸止,朝省亦遣人趣召,竟不至。執僧悟柔自言:「偉誤罹世網,崎嶇半生,今喜親許出家矣。願從壞削,用道修典,惟師攝受,為我落髮。」柔與其徒愕曰:「府君睿學有聞,且通朝野,斯言謂何,豈紿我乎。」公曰:「斷之於心久矣。」』語一出□,天地諸聖實臨之。□□選理□齋□誠書之制度。公乃取鞍山先師畫像置堂中,焚香作禮,自稱門人。而易□□□□□□□□□□□□□□□□□以訪□來眾。 |
| 修持求道 | 昔天會元年□□□□□□□□□□□□□□□□□□□□□□□□□而誦所為漁人辭□□□□□□□□□□□□□□□□□□□□□□□□□上京復從今平章政事開府儀同□□□□□□□□□□□□□□□□□□□□□□□□ |
| 化度行道 | 昔嘗訪師之居門人宛然如潮□□□□□□□□□□□□□□<br>□□□傾聽二人皆其□□□□□□□□□□□□□□□□□<br>□□□□□嚴肅己若是先□□□□□□□□□□□□□□□<br>□□□□□□□德之及充坐□□□□□□□□□□□□□□<br>□□□□□□□思得歸乃上竹□□□□□□□□□□□□□<br>□□□□□□□論語孟子言□□□□□□□□□□□□□□<br>□□□□□□□言囊以不果□□□□□□□□□□□□□□<br>□□□□□□□□□徑山禪師弟子也。□□<br>□□□□□□□□□□□□□□□□□節母氏亦從剎<br>□□□□□□□□□□□□□□□□□□謁青州<br>希辯禪師<br>律韜光匿影趣公□□□□□□□□□□□□□□□□□<br>□□□已至忘□□足□□□□□□□□□□□□□□□□<br>□□□□□心太湖雨道院□□□□□□□□□□□□□□<br>□□□□□□□體制當如諸公以下□□□□□□□□□□<br>□□□□□□□□□寺堂廡院數十椽怠焉□□□□□□□□ |

| | |
|---|---|
| | □□□□□□□□□□□□□□□□□□辨師為一出施者□□□□□□□□<br>□□□□□□□□□□□□□□□如懷古人緇素耆舊□□□□<br>□□□□□□□□□□□□□□□□□□□ |
| 臨終遷化 | 日趺坐順化， |
| 補敘讚歎 | 閱世六十八年□□□□□□□□□□□□□□□□□□□□照服<br>勤訓誨□□□□□□□□□□□□□□□□□□□□□□□□□<br>□丈夫矣。銘曰：道無異致，教或因時。會其有極，孰將同之。語大丈夫，<br>惟嚴行師。剛克厥愛，勇出於慈。甞學四方，閱世泡幻。誰無厥論，日<br>曷以憂。萬緣絲紛，益久愈亂。智錠為訪，慧恂你立斷。心境雙融，親疏<br>等施。云何於此‧焉恃從□、示人方便、躬履實地。破暗導迷，如樺月□。<br>問師安歸，應現十方。視斯歸然，即大道場。浮雲去來，孰在孰雲。有不<br>還者，巍巍堂堂。 |
| 立石刊刻 | 貞元元年五月二十四日。<br>開府儀同三司、平章政事、上柱國 沈 王、食邑一萬戶張通古建□□□。 |

| | |
|---|---|
| 題　　名 | 遐齡益壽禪師塔記 |
| 出身世系 | 師字天空，諱禪悅，昌平柳村鄭氏之子也。 |
| 出生瑞現 | |
| 形貌性格 | |
| 捨俗出家 | 童年依安樂寺道首上人祝髮，年滿於靈峰淨老人座下受具。 |
| 修持求道 | 太宗癸卯，來山居臥雲庵二十餘載，蔬食苦行，常修百舟三。 |
| 化度行道 | 上聞其德昧，下詔。師辭，連詔者三，遂應詔入都。上甚悅之、欽師戒行，<br>就宮供養，遂開闡《護國仁王般若尊經》。九旬克備，辭歸，賜號遐齡益<br>壽禪師。御贊云：「古人修隱上遊訪，涉水登山步林莽。禪衣露濕煙霞明，<br>掛杖橫拖風月爽。餐霞服氣度春秋，白雲秋水空悠悠。有時危坐入禪定，<br>不關名利輕王侯。湯湯逝水盡流東、塵寰萬慮皆為空。識得浮生這四景，<br>百般技倆總銷融。頓息塵緣坐來靜，劈破鴻蒙見真性。常生不死度流年，<br>萬古高風起人敬。」 |
| 臨終遷化 | 丙子季秋甲子示寂，作偈云：「名利光如水月‧慧辯恰似鏡痕，今朝消除<br>夢幻，法界出入天門。」 |
| 補敘讚歎 | 繼門弟子超賢奏上，降旨遣祭，藏於西峰之側，春秋九十有七，法臘六十<br>二。上賜白鏹三百兩，為之建塔樹碣，以紀之云爾。 |
| 撰文、書<br>寫、篆額 | 正隆丙子九月三日，朝議大夫、文華院大學士馮國相撰。 |

| 題　　名 | 通慧圓明大師塔銘 |
|---|---|
| 撰文、書寫、篆額 | |
| 出身世系 | 師名洪願、世為遼陽大族。觀察使李侯之女，太祖皇帝第三子許王之室，崇進東京留守鄭國公之母。 |
| 出生瑞現 | |
| 形貌性格 | 師在家，以孝友聰明為父母所偏愛。得所歸，能輔佐君子，內助之功為多。既有子，又能教之以義方。嗚呼。可謂賢也。 |
| 捨俗出家 | 已王既捐館，一日謂所親曰：「吾聞諸瞿曇氏，天地之覆載，日月之照臨，萬物之生死皆幻也。富貴於我何有哉。」乃削髮為比丘尼。依佛覺大禪師，受具戒。既聞於上，詔以通慧圓明為號，錫紫衣以褒之。師乃建大道場於都城丹鳳門之左，詔以大清安禪寺為額，從所請也。營建之詳，載於寺碑。 |
| 修持求道 | |
| 化度行道 | |
| 臨終遷化 | 正隆六年五月戊子，感微疾而逝。門世六十有八歲，僧夏一十有七。始師未病，告諸禪侶曰：「吾將逝矣。」乃命立浮圖於都城之北、寺圃之東，以為葬所。甫來而化。嗚呼，可謂達也。 |
| 補敘讚歎 | 已六月庚申、其子鄭公奉迎其骨歸其所而安厝之。乃序其始終行跡之著聞者，示其屬北平李彥隆曰，敢囑以銘。銘回：嗟唯李氏，世載淑美。有女嗣慶，宜歸帝子。爰初在室，孝於其親。既配君子，輔之以仁。於□王家，至富至貴。師於是時，克自抑畏。王之下世，泰山其頹。師乃自悟，不為利□。遺世超俗，依於佛覺。篤志學問，久而彌確。其號維何，通慧圓明。衣易紫，禪林之榮。始建清安，擬請其額。天子□□，以從其索。師勤佛事，載在寺碑。觀碑之文，可得而知。始未有疾，前□化日。命立浮圖，以為葬室。師之遺行，有初有終。勒石刻銘，期□□窮。 |
| 立石刊刻 | 正隆六年□□□□□□九日，崇進東京留守、鄭國公、男完顏褒建。 |

| 題　　名 | 天竺三藏吽哈囉悉利幢記 |
|---|---|
| 撰文、書寫、篆額 | |
| 出身世系 | 三藏沙門吽哈囉悉利，本北師度末光閣國人，住雞足山， |
| 出生瑞現 | |
| 形貌性格 | |

| 捨俗出家 | |
|---|---|
| 修持求道 | 誦諸佛密語，有大神力，能祛疾病，伏猛虎，呼召風雨輒效。 |
| 化度行道 | 皇統，與其從父弟三磨耶悉利等七人。來至境上，請遊清涼山禮文殊，朝命納之。既遊清涼，又遊靈巖，禮觀音像，旋繞必千匝而後已，匝必作禮，禮必盡敬無間日。日受稻飯一杯，座有賓客，分與必遍。自食其餘，數粒必結齋。始至濟南，建文殊真容寺，留三磨耶主之。至棣，又建三學寺。 |
| 臨終遷化 | 大定五年四月二十三日，示寂於三學， |
| 補敘讚歎 | 年六十三，僧夏則未聞也。 |
| 立石刊刻 | |

| 題　　名 | 翁同山院舍利塔記 |
|---|---|
| 撰文、書寫、篆額 | |
| 寫作緣起 | 竊聞舍利者，佛之真骨也。雖烈焰百鍊，不能成灰；污津久湮，不能掩彩。至堅至確，動有殊異者，何也？蓋以佛之功德法力所薰故也。迄今仍有存者，覆公法師靈塔是也。 |
| 出身世系 | 師法諱圓覆，俗姓李氏，燕都渤海人也。 |
| 出生瑞現 | |
| 形貌性格 | |
| 捨俗出家 | 方剛時，作守門綱，官至保義校尉，遂住漁陽之西。逮天會中，予告歸沉潛故里，問道於翁同西院。削髮衣褐，隨緣化導。皇統二年二月間，遇恩具戒，給得度牒，恭禮香林西堂柔光為師。 |
| 修持求道 | |
| 化度行道 | 後住翁同西院，重修上院府君祠並觀音殿，金碧宏麗，甲於幽薊。一日，有數僧不知何來，手授佛牙二顆，炫明鮮潔，璣珠流溢。而師朝暮設敬，數僧倏然而沒，於是珍藏二十餘載。 |
| 臨終遷化 | 大定甲午四月初九日，謂門弟子曰：「白駒易過，幻化匪堅。一切有為，終歸寂滅。」又曰：「余宿珍藏佛牙及《般若金經》，當於上寺之西誅蕪構塔，以安其上，餘骨即置其下。」又曰：「生死無常，各宜珍重。」語訖就枕，奄然而逝。 |
| 補敘讚歎 | 春秋八十有五，僧夏三十有三。其弟溫公素與僕善，祝之再四，不能辭，據實而書之。 |
| 立石刊刻 | 大定九年三月十五日。 |

| 題　　名 | 濟南府長清縣……十一代寶公禪師塔銘並序 |
| --- | --- |
| 撰文、書寫、篆額 | 相州林□仙岩□軒居士程炳撰並書。<br>□□□尉、真定府醋同監閻崧篆額。 |
| 寫作緣起 |  |
| 出身世系 | 師姓武氏，磁州里人。 |
| 出生瑞現 |  |
| 形貌性格 | 師自童丱，挺立不群，骨相有異。 |
| 捨俗出家 | 六歲，依里中王氏居舍學儒典。八歲，告父出…… |
| 修持求道 | 玄言，人皆敬畏。既久，無守株之心。一日，乃約里人朱、賈二人為方外之遊，二友從之。遊之既久，復還……州聞座處性樸古，少許親近，師往□誠問道，座示禪林古德機語。請益猶同素習，侍瓶錫三載。會……云為若白圭飾素，則青煙不迷。嘗見宗匠，適投師意。後，師年十九歲，投本州寂照庵，禮祖榮長……昔三年，試經、具戒。榮一日驀問師：「紙衣道者四料揀話得趣否？」師陳機應答，速於影響。榮深肯之。……再四懇請。榮問云：「子將何之？」師云：聞青州希辯禪師傳洞下正法眼藏，演唱燕都萬壽禪寺，禪侶……述長歌而之。師至燕，辯一見而奇之，□□門之龍象也。師乃異待，請充知藏。辯一日室中問師……恍惚歸堂、頓然大悟。翌日證明，默契其意。辯加以「浮浮然，般若光中流出」之句，沐師俾亡寢餗。禮……辯以法衣、<u>三頌付之</u>。 |
| 化度行道 | 師乃遁跡山東泗水靈光。會靈巖虛席，府尹韓公為轉運使康公淵保申行省……示寂仰天。太師、尚書令、南陽郡王張公浩運使齋疏，命師住持仰天、棲隱禪寺，續焰傳芳，靡所不……還滏陽，郡人迎師，遠近趨風，踵相接野。眾捧師於均慶西寺舊基，還為精廬，權以宴處，侍養榮……一日，遂將己俸三千萬持買大明寺額，並給付符文。行下相磁，仰師住持。師悉以文室殿堂輪藏……省命。王侯景慕，衲子雲臻；法遍諸天，名飛四海。師之緣法既成，書頌狀告退，隱於紫山、拱峪兩處，韜…… |
| 臨終遷化 | ……十三年七月七日也。 |
| 補敘讚歎 | 師俗壽六十，僧臘三十四。師嗣法門人當山住持惠才、蔚州人山持善……持性璘、磁州大明住持圓智，潛符密證者，莫知其數。及落髮門人宗明等五十有三，授法名俗弟子……峪紫山四處建塔。於是才公長老遣侍者慶證，持孫居士實錄求銘於炳。炳與禪師為方外之友，……嘗囑炳為銘，義不可辭，乃作銘曰：<br>大有禪師，為祥為瑞。化作昂昂，不勝尊貴。建刹匡眾，道傳性悟。子夜獨……三關密密，五位元。湛然歸真，示寂滅相。雪月混融，水天晃漾。分建此……大金大定十四年歲次甲午七月朔日 |
| 立石刊刻 | 當山住持嗣……惠才建。<br>……住國、金源郡開國公、食邑二千戶……顏卜立石。 |

| ……將……軍、節度使□兗州管內觀察使、附馬都尉、上護軍、彭城郡開國侯、食邑一千戶、實封壹……察……鼎壽同立石。 |
| --- |
| 鎮國上將軍、濟南府判、護軍、金源郡開國侯、食邑壹阡戶、食封壹百戶完顏樅木無亦同立石。 |

| 題　　　名 | 王山十方圓明禪院第二代體公禪師塔銘並序 |
| --- | --- |
| 撰文、書寫、篆額 | 中奉大夫、行石州刺使、兼知軍事、陳留郡開國候、食邑一千戶、食實封一百戶、賜紫金魚袋邊元勳撰。 |
| 寫作緣起 | 自達磨西來傳佛心印於中國，至盧能六代，遂敷枝布葉，各化一方。源析流分，別為五派。五派之中，唯洞山孤硬，銅頭鐵額，不妄嗣人。本朝奄有區寰，北方禪派得五之三。於中鐫諭未悟，唯青州一瓣香，雲覆廣被，非二派所及。 |
| 出身世系 | 師青州之嫡孫，磁州之驥子也。俗姓郭氏，太原交城縣卻波社里人。家世業農，富累千金。 |
| 出生瑞現 | 師生之夕，白氣充廬。 |
| 形貌性格 | 後值兵革，父喪母亡，居產蕩盡，師與兄俱鞠於族人。髫居圓覺邑，覽裴□序，性深信入。時與群兒牧牛郊坰，則聚砂成塔而禮，敷草為座而禪，見者無不驚異。而里人加以□境試之，調謔屢至，師終無喜慍，但呼空王佛而已。 |
| 捨俗出家 | 弱冠出俗，禮當縣汾陽里□眾院淨慧大德為師，訓名覺□。□統三年，誦經通，授僧服。 |
| 修持求道 | 詢諸耆舊，知母不死，乃哀歡曰：「吾幼不夭，長□緇流，豈可終遺吾親哉。」遂誓於神明，願求母四方，不計寒暑，期必得之。不半載，行至趙，果獲母所在。時母年耆頤，寄食它人。師購負□□，菽水重歡，增輝桑梓。人謂師之孝，感動天而天弗違矣。於是囑兄終養，□下行腳。初謁定林開禪師，林舉僧問曰：「地□□之，且道彼悟處。」師云：「悟與不悟，總不干它。」林云：「實則得。」□云：「和尚眼在甚處。」林彈指□□。師云：「□將石火。」當天明遂行，至衛，禮浮圖山平禪師。一日，觀佛牙次，師□：「此何佛牙。」山云：「請尚座與它安名。」師云：「蓋天蓋地。」□便休去。又至南京法雲禪師處。一日，因雨入室，雲問：「簷前滴雨聲。」師便摑掌。雲□：「□□麼□且道落甚處。」』師又摑。雲云：「一夜落花雨，滿城流水香。」師云：「雲收□出時如何。」』雲呵呵大笑，師作禮而出。又至東平謁普照月禪師。照問：「世尊拈花，迦葉微笑，章旨如何。」師便撼禪床。照乃豎起拂子。師□：「□□如何。」□乃掛起拂子，便出。明日，照又問：「昨日公案巨止。今日事作莫□。」□繞禪床一匝，便出。照云：「已有三千棒□。」師云：「□尚道甚麼。」照拈棒便打。師以手承云：「和尚年尊，恐煩神用，且容轉身通氣。」拂袖便□。照云：「只恐□是玉，是玉也太奇，別有機緣。」末至靈巖寶和尚處。執侍久之　岩□：「如何是空劫前自己。」師云：「無人□得□。」□云：「□存向背，已落今時。不犯功勳，子何不道。」師擬裾對。岩云： |

| | |
|---|---|
| | 「待汝開口，堪作甚麼。」且□。它日入室，岩□速道。師云：「向上一路，千聖不傳。」岩云：「畫餅不充饑。」自後室中多□不會。岩遷住仰山，問師：「是所□□□□佛祖無因識得渠，汝作其生會。」師不對而出。山執之云：『妝其急□對我耶。」師云：「鶴騰霄漢出銀籠。」山□：「又向何處去。」師拱而立。山云：「子將謂別有邪」師遂下拜。從此孜孜問道，不間寒暑，師事寶公。初□□□□仰山，終□大明。三棲叢林，曾無異意。一日，入水僚，睹掛柱香□□然頓徹目。述偈曰：「大盡三十日，小盡□□□□十九。木人來借問，石女遙招手。四維上下雪漫漫，溪花嫩竹和煙柳。」明乃□可，洞山宗風，玉線金□□□室中最□□細。師以道望軼群，升為座首。且禪宗禮制，指□□□□綱矣。正隆五年重九日，辭大明，時□三十有九。明以玉環贈及，其頌曰：「十年同在釣魚船，倚岸隨流但信緣。今□獨攜勾線去，萬重山裏□頭邊。」囑送達曙。 |
| 化度行道 | 至離城，遂過上黨遁跡□□山屬南北兵踞，寺中僧徒□難解散，金界祇園，鞠為茂草。師□覽勝概，彷徨止息。芟梗疏泉，頓還舊貫。六年，鄉中緇素願開發耳目，拳拳懇請。師因感睦州省母，翻然而來棲息是山。未久，訪道之士雲臻鱗集，疊魚粥鼓。香雲燈月，儀設具備。□□法味，無不厭飫。是剎創自漢乾佑間，續有信公開山於皇統，雖粗加增修，而未有名額。大定二年，朝遷賜號曰十方圓明禪院。師為營建普光堂、明秀軒、觀音西堂、牲壽僚、涅槃堂，甓門膏腴幾三百畝。五年，受太原府運官債、僧道錄疏請出世，為國開堂。續受汾陽節使烏公之請，兼領天寧禪寺。是剎乃無業佛院之故基，至師十三代也。歷□年深，淨土蕪沒。師盡志竭力，□故為新，刻塑瑞像及觀音三士，盛為莊嚴。觀□□自河東禪客罕遊之地，專尚講學，所謂北律者也。自師倡導，汾晉禪流可與江左比。復十一年，退居天寧。 |
| 臨終遷化 | 十三年七月，有僧智□者，欲遷治開山信公先師靈塔。師笑謂曰：「且止，候九□，當與予同葬。」至九月二日，果□成，沐浴跏趺而逝。留偈曰：「住世五十三年，更無一法留傳。誰信強名曰道，又言玄之又玄。入海泥牛消息斷，嘶風木馬我不然。」茶毗之日，白雲滿山，香風馥郁，現舍利無數。 |
| 補敘讚歎 | 十五日，門人建舍利塔，面院西□□以□□之側□公亦預焉。從治命也，壽五十三，僧臘三十四。嗣法二人，曰圓光、善□。□眾九人。董華岩、般若二會，問道者二千餘人。有《語錄》一編，《華岩規兼帶集》一編，現行於世。元勳與師為空門友，嗣法光禪師□□十五年，□請銘之。銘曰：汾水之陽，子夏之東。有山穹崇，□泉淵沖。不陋不豐，禪伯之宮，作之者誰，倚唯體公。凡今之人，執有□空。師之□道，□□非中。飯青州髓，攝大明胸。汾晉講學，□為長雄。人海數沙，自瞽自聾。法雨一潤，既了巳聰。如甘露味，飲者不同。師之□兮，□□麗穹。師之去兮，變化猶龍。誰為去來，繫之吉凶。誰其有之，得似清風。勒銘貞石，傳載無窮。 |
| 立石刊刻 | 大元至元□年歲次丙子八月吉日建。<br>自在王山十方大圓明禪寺第二十八代住持、傳法嗣祖沙門野雲海印立石書篆。<br>本縣楊玉、長男潤美刊。 |

| 題　　名 | 西庵院智崇禪師塔銘 |
|---|---|
| 撰文、書寫、篆額 | |
| 寫作緣起 | 佛有內教、外教、頓漸之機，其來尚矣。內外兼通者，西庵師其人也。 |
| 出身世系 | 師諱智崇，俗姓王氏，文德護塞里人也。 |
| 出生瑞現 | |
| 形貌性格 | |
| 捨俗出家 | 師七歲，志樂釋門，卓然不可奪，禮宣德法雄傳妙大師出家，受其記莂。 |
| 修持求道 | 既遊諸方，聽學不倦，諸經律論，悉精究焉。爾後棲息禪林，間於西京西堂。後歸雷首顯老、磁州寶老，造形悟道，所謂人中菁龜、佛法中龍象也。父母即沒，遂歸里中，起庵於塋側，及時進道，以為追薦。 |
| 化度行道 | 天眷中，增廣其庵，遂成道院。構堂數間，莊嚴聖像。復建雲堂。香積併餘僚舍數十間，使先塋之前，皆布金之地。十年未嘗出院，三年不與人交語，遠近無不皈仰。 |
| 臨終遷化 | 天眷中，增廣其庵，遂成道院。構堂數間，莊嚴聖像。復建雲堂。香積併餘僚舍數十間，使先塋之前，皆布金之地。十年未嘗出院，三年不與人交語，遠近無不皈仰。大定十八年九月二十日，卒於院。春秋六十八，臘三十七。死之前五日，戒其門徒曰：「時將至矣。」又二日，天大雨雪，川原草木，皆成瓊瑤、琪樹之狀。死之後三日，雨雪成瑞，亦復如是。茶毗既畢，齒不灰者二十有五，其上覆以祥雲，終宵不滅。 |
| 補敘讚歎 | 以戊戌十二月七日丙申葬於庵溝，門徒裕辨、裕基、裕金等共建靈塔，走告予，請銘。因刪其所錄行狀，為銘曰：<br>頓漸之教，異途同歸。孰稱龍象，崇公禪師。以戒定慧，滅貪嗔癡。德行可仰，福緣可資。貝多音在，窣堵波巍。若稽景教，請視斯碑。 |
| 立石刊刻 | |

| 題　　名 | 汝州香山觀音禪院第十代故慈照禪師塔銘 |
|---|---|
| 撰文、書寫、篆額 | 少中大夫、尚書吏部侍郎、兼翰林直學士、知制誥同修□史□輕車□□滎陽郡開國□食邑七百戶、賜紫金魚袋鄭子聃撰。<br>中憲大夫、尚書禮部郎中、兼修起居注□騎□□□陽縣開國子、食邑□□戶、賜紫金魚袋□長□書。<br>明威將軍□□上閤門使、兼行太廟署令□□□都□平□開國□食邑□□戶左□篆額。 |
| 寫作緣起 | 昔釋迦文，以無上微□□密圓明真實正法眼藏，傳付上首，迦□分派別。要之，大概同歸於治慧□將炬，代不乏人。若夫永其悟入，則精進匪□。 |

| | 及其有得，□□□聖諦□落□級□空中之空，象外之象。而因緣時節、關機語言、日用不窮、為人天導師者，逾四紀□其 |
|---|---|
| 出身世系 | □姓□氏成都靈泉人也，累□仕官，父嘗為郡牧， |
| 出生瑞現 | |
| 形貌性格 | 師生而驚悟，不喜偶流俗。 |
| 捨俗出家 | 年方幼學，即出家，師□受其通楞嚴法界觀乃起信等論。 |
| 修持求道 | 年十九，乃遊四方，參善知識，皆承印可。時黨公禪師者，住持□湊，師為之侍者，立於其側，幾十餘年，未始有惰容，每夜分乃寢，至於髀肉腫潰，流血盈器，而□隨例入室。黨公問曰：「如何是汝自己？」師云：「咬定生薑呷著酢。」又問錦江濯□落色，問汝先遍參知識還□處否。師云：「問□見膽。」黨公首肯之曰：「汝徹矣。」 |
| 化度行道 | 於是印□道源，心地□澈，遂監其寺，為之竭力於寺事，種種□就佛智。既退席，寺僧與郡僚士庶以□餘三千□範□丞者守鄧州，遂請諸朝，錫以紫方袍，號曰慈照。皇統季年，故參□韓□寺，師辭以丹霞緣事有未既者，不往。天德二年，汝守慕師之道行，□還房丹霞，丹□天然禪師之後。三百年間，能嗣宗風者□行具吾死後□哭泣，無衣白。 |
| 臨終遷化 | 四年十二月五日，謂侍者祖□住□明□戶牖無瑕翳，一片空凝亙古今，置筆而逝。 |
| 補敍讚歎 | 春秋□法林祖俊等二百三十人，乃奉其靈骨於丹霞香□窣□鋒□十有一人。尼慧深者，偏得師之道，開堂於南都妙慧禪院，深明□戒□修著□上召至都，選居於禁中惠明禪院□遂摭其實以書，且為之銘曰：苾芻之修行不利已□粗則□凡聖□亦□龍同波堂堂老禪伯，入真諦第一。初無退□亦不落階級□四象□務集潮音洞寥廓法□千，遊戲人間世，□十部三年□浮雲□其去脫屣，然香山妙高峰丹霞峰利門人卜真樓。巍巍□塔，□揖遺□，聊說有為法。 |
| 立石刊刻 | 大定十九年三月望日□大內慧明禪院住持嗣法小師比丘尼惠□建。<br>保義校尉□顯模刊。<br>中奉大夫、禮部尚書、兼翰林學士承旨、知制誥、修國史、上護軍、開國侯、食邑千戶。食□壹百戶張景仁立石。 |

| 題　　名 | 圓公馬山主塔記 |
|---|---|
| 撰文、書寫、篆額 | |
| 寫作緣起 | 自兩儀分判之始，即有全渠歷萬劫生滅，而來略無纖缺。 |
| 出身世系 | 師之命諱頗露斯機，故曰性圓，示其真覺。師姓馬氏，其先北京富庶縣之豪族也。 |

| | |
|---|---|
| 出生瑞現 | |
| 形貌性格 | 師夙悟生知，異於凡童，聚沙嬉戲便有佛性。 |
| 捨俗出家 | 父母知其然，以廣寧名藍精剎、高緇碩德於諸郡為最，遂挈師徒居焉。師年十一落髮，二十九受具。 |
| 修持求道 | 堂堂然七尺之偉，眉宇俊秀，丰姿峻整，遇物慈善，處己介潔。文章兼子美之奇，翰墨盡元章之美，《大藏》經論不啻萬帙，覽之殆遍。其於《華嚴》奧義尤為精通。敷演玄微，開導愚知，化所未化，覺所未覺，利物接人，德亦大焉！師一日忽有擔板之悔，回視從來經學，徒為塵跡，遂棄筌蹄，往參閭山蘭陵虎頭和尚。才一二歲，深有省悟，不求人知，獨善自樂，良賈若虛，猶極至妙。 |
| 化度行道 | 貞元三年，又從仰山南遊滏水。滏即仰山，父母之邦也。於是建議寶公，謀於耆舊，卜道場之地創精舍，而起叢林、振曹洞之宗風，使學佛者知有頓門。偶於城西南隅有隙地六十餘畝，廣設方便，或化或鬻而得之。填凹剪凸，大興上木之功，一時達官、顯宦、豪民、富商願來贊助者不可勝紀。是以堂殿、樓閣、大室。僚舍連亙數百間，不日而成。莊嚴具足，規模壯麗，皆師智力之所經畫也。寶公倚賴如此，師亦未嘗有矜色。寺成，朝廷賜以大明禪額，雄壓諸方，遂令天下衲子聞風而輻湊，會食者日有千眾。監寺十餘年，財務過手豈可數計？無一錢私於己，而囊橐空空，布衲之外，羊皮一被而已。人服其公，咸為景仰。禪學則寶公久為印可，屢欲推出，奈何師於拈錘豎拂之事終非所願。其於韜光晦跡，苦己勞形，躬自化導，以瞻清眾，樂然為之，蓋本志也。及寶公就紫山之請，師亦從行。至大定十有一年，隨侍寶公遊我峴山寶嚴。僧法溫等自為院門凋敝，僧徒蕭索，廩無粒粟，廚不黔突，因請寶公庵居住持而未之施也。越明年三月，師先到峴山鑿壁構木，創營方丈，而迎寶公居焉。又明年正月，寶公留師而獨往紫山。九月復還，十月示寂。四方禪林爭託王公貴戚飛書而來，邀師住院。法溫等卻患師去而復臻前弊，遂具施狀，獻寺於師。師初不受，法溫等率僧俗數百人曳師衣而禮，請久之，方受。師於是往投四方善知識，厚載而歸者非一。遂用創新補弊，鬻質償逋，似有生意。舊僧志泉等拂法溫之旨，詣民曹而悔其施。師素喜舍，犯而不校，肯與渠爭？歸讓者數四。法溫自念徒弟不肖，又服師之德，憐師之勤，獨守前盟，執而不變，堅為勸率，遂有拒辭事係有司者二年。州為申請省部會妙祥例斷，歸於師作十方禪院，時大定十五年也。是能革故鼎新，終成先父之志；迴光返照，即契古佛之心。苟無改轍之□，豈有效顰之□，所以大定十有七年，濟海等亦獻嘉祐院於師。嘉祐階隤廢過於寶嚴之初，不數年，完葺一新。煽寒灰而再焰，扶危廈之將傾，竭力苦行，孰能繼踵？師又躬冒炎暑，履寒霜，不憚千里之勞。北走巉巇，東走齊魯，費餘百萬，訪求師德，席不暫安，僅能滌老。一至住未周載，雲歸舊山，復虛猊座。時當酷暑，天地如爐，師不以青山淥水、高堂大廈、披襟而坐、清風滿懷為自安計。又惶惶於塵埃之間。南渡大河，抵嵩洛，搜請宗伯，不克而還。幾為水所溺，曾之之恤，因是抱病、尚不遑寧處。承梁相鎮相之日，假其力，舉峴山之有，獻於大明崇老禪師住持、冀弗墜 |

| | |
|---|---|
| | 也。果見增光祖焰，山谷生輝，道蔭一方，僧俗受賜。崇老初自大定二十有一年夏，退大明而住峴山，俾師為山主。師亦避席下居。嘉祐至冬，有僧自北來齎資親王書疏，勸請崇老住持中都瑞雲寺。師恐崇老復以峴山還己而就請也，遂棄嘉祐而去，會紫山之請而往焉。可謂見幾而作，不俟終日，真大丈夫之脫灑也！ |
| 臨終遷化 | 師於大定二十有二年□月二十有四日，以舊疾終， |
| 補敘讚歎 | 遠近聞之莫不流涕，享年六十九，僧臘四十。後崇公命僧徒乞師靈骨於紫山，歸葬於峴山戒猴洞焉。按傳齊天保中，□廣禪師居之，有大猴日獻花果，聽經法，洞因得名，迄今七百載，偶葬師於此。嗚呼！師□□□廣之轉步耶？巨濟鳩工選石，起幢塔丈餘，語僕為之記。僕雖不才不能文，不足以發揚師之德，而義不可辭，姑直書平日所知，於師之萬一云爾。 |
| 立石刊刻 | 是年十二月九日張天祐記。<br>清信奉佛弟子郭泉建。<br>統制官雷雲、科糧史悅同建。<br>監寺圓德、首座德仁。<br>仙岩張琮書丹。<br>安陽呂訓刊。 |

| 題 名 | 中都顯慶院故蕭蒼嚴靈塔記 |
|---|---|
| 撰文、書寫、篆額 | 良鄉進士許珪撰。<br>大昊天寺比丘覺恕書。 |
| 寫作緣起 | |
| 出身世系 | 師諱妙敬，其姓蕭氏，本貫上京濟州人也。 |
| 出生瑞現 | |
| 形貌性格 | |
| 捨俗出家 | 自年七歲禮本州祥周院張座主為師，此乃訓其名也。 |
| 修持求道 | 后皇統元年就於上京楞嚴院，再禮弘遠戒師為師。其當年遇恩得度受戒，頭壇弟一引也。至皇統二年歲次壬戌，以具其戒卻乃復於濟州西尼院，與眾住持向義學開演《花嚴經》，方成其名，乃號蕭嚴也。後至正隆元年，追隨太后靈聖之車來於中都，以就右巡院長清坊顯慶院□眾住持□至於今。竊以師之父者，曾授武義將軍、充吏部令史，後出職離班之日告退身而閒居。切見何若，龐公之佐也。溫柔立性，德行著名，可乃傳名後世也。（親母太郡，繼母董氏，共有繼嗣六人，唯師者為長。今具弟五人，最大者曾授武功將軍行澤州沁水縣主簿，名工哥。次三系是曹王府皆也山謀克所管。弟二者，長壽。弟三弟，僧覺恕，居昊天寺。弟四者，福壽。最小者，添壽也。） |

| 化度行道 | 伏師者，演蒼嚴□經講玄談妙義並及義學擢為上也。曷以釋五蘊之真空，侶清風投其萬竅，演三乘之奧義，如皓月照於千潯。內持禪律若烋霜而冬雪，外奉尊慈如夏雨而春風，又乃三冬兮。龍□匡掌九夏兮。厗錫常聞，唯以香燈薦念，性同皎玉而無塵疏，論留情心似寒冰而何異。噫！寒暑者，天之常也；生死者，人之常也。嗚呼！生老病死若則釋氏，當流仁義禮智信則儒家，所立何異人之生者。憑於地水火風人之死者，豈論乎春烋冬夏。 |
|---|---|
| 臨終遷化 | 時大定廿七年歲次丁未四月二十日酉時，微有小疾，其師而逝， |
| 補敘讚歎 | 壽六十有七，戒臘四十有六。度門徒三人，具戒者廣惠，沙彌二人，一名燕兒、一名福嚴。其弟子廣惠三人等思師之念，憶師之恩，思師之念則哀而有慟憶師之恩，則捺捺而無容，故乃命功刊其礏銘也。又云生之可事也。盡孝而盡忠死之可遷也。盡心而盡節可以立於礏銘，以就百代之堅爾。 |
| 立石刊刻 | 佛嚴山比丘圓周刻<br>大定二十七年五月十八日，門資尼廣惠立石 |

| 題　　名 | 當山第十代才公禪師塔銘 |
|---|---|
| 撰文、書寫、篆額 | 朝列大夫、山東西路□□使□□食邑七百戶、賜紫金魚袋徐鐸撰。<br>將仕郎、□城縣□馮遵篆額。<br>當山比丘宗旨書丹。 |
| 寫作緣起 | 大定丙午，靈巖比丘廣方狀其師之行，謂僕曰：「先師之道價推重於人久矣。」廣方曩自交午歸宿於師，師不以顚蒙見片，以長以教俾至於有知，皆師之力也，亡何，示寂於東原。門人分其靈骨，塔於方山之陽，以慰其孝思，禮也。廣方念法乳之恩，了無所報，悼痛之際遂抽單而東之，至岱宗之麓，逢監寺宗旨，謂廣方曰：「先師靈骨有塔，而碑未立。子從先師學最久，其能已乎。」於是錄師之實而求銘焉。願刻諸石，昭示永久。僕應之曰：「師之教大，東州人人能言之，不特以文字而後顯也。何以銘為？」又廣方懇以為請，辭之不得，因擿其狀而次弟焉。 |
| 出身世系 | 師諱惠才，姓韓氏，睢陽人也。年甫十歲，適兵荒之難，父母昆季姐謝殆盡，唯余王母叔父存焉。 |
| 出生瑞現 |  |
| 形貌性格 |  |
| 捨俗出家 | 十五而志於道，自謂脫於萬死之餘念，罔極之恩非出世間法無以報，乞身於王母叔父，欲去家為釋子者屢矣，皆不能割愛以之許。後王母終堂，叔父憐其意而從之，乃去而之。許館於開元之經藏院，主僧智昭得之而喜。 |
| 修持求道 | 師獨掃一室，取上生肇論法界觀。晝夜服習而身之。皇統壬戌，恩齋普席，師乃依昭顧祝髮，受具戒。一旦謁昭曰：「釋子本以究明心地，欲遍 |

| | |
|---|---|
| | 遊諸方，求其所未至，乃宿昔之願也。敢以此告。」昭嘉歎，聽其去，時開封之法雲和單父之普照通，泊山東、河朔諸尊宿，悉往參之。最後聞磁州大明師唱道靈巖，不遠數百里造其法席。大明一見賞其法器，日切留師侍傍，遂服膺不去。大明有仰山之行，從太師張公浩之請也，師亦往侍之。安於問合之際，雖深信此事而尚未徹悟。忽一日凌晨聞開禪鐘聲，默有所得，悲生悟中，淚下如雨。徑詣文室，見大明。大明曰：「汝若忽遽有何事。」師曰：「意之所得非言可詮。」大明叩之曰：「洞山言切忌從他覓，又舉馬祖喚作如如，已是變也，若之何不變？」語未畢，師掩耳而出。大明笑曰：「汝入吾室矣。」自是玄開秘鑰無不洞解，默承付屬、罔有知者。 |
| 化度行道 | 己而，大明退仰山，師亦遠遊焉。有若琢之範老、獻之欽老、保之明老、鎮府之鍾老、罔不印可會。大明歸隱滏陽，師復詣參侍。大定之初長與專使請師住持，聞之，西走熊耳，尋復歸滏陽，以遂其本志。久之，大明記師曰：「汝道成，果熟可為人師。吾之正法待汝興行，汝其勉之。」於是辭大明，而隱於東平之靈泉。得一室於人境之外，行住坐臥，無非道場，閉影不受人事者數年。相臺節使必欲得師，使者三往返。屬府帥帥漕使勉之乃行。囊錐既露，厥問四馳，為法而來，戶外履滿。才一年，師倦於陪接，潛遁於濟、鄆間。明年，住大舟之延慶。又明年，住忻州之普照。既而靈巖虛席，敦請益至，師因往焉。緣益合。六年初，師之至也。以寺之重門及御書羅漢之閣薦獻之殿，歲壞月隳，瓦毀桷腐，無以風雨。師乃規其廣而易之，即其舊而新之。是功也，談笑而成，（注：「，」為筆者所加）其堅緻可支十世。東平興化禪院主僧明超以□□不能住持，懇請者再，遂從其請。 |
| 臨終遷化 | 居興化四年，師始得微疾，集其徒曰：「早暮及辰日，吾行矣。」遂跏趺而逝。翌曰，茶毗於東郊，得舍利百餘顆。 |
| 補敘讚歎 | 閱世六十八，僧臘四十七。自洞山既寂之後。再傳而得價，又九傳而得辯，而大明承其嫡派，師受大明之密印，即洞山十二世孫也。師六踞大剎，其嗣法東平之興化宗源，中都之萬安浦滌，益都之普照宗如，義州之大明善住，單州之普照道明，大舟之延慶圓明，潛符密證者莫知其數落髮。小師廣實而下十一有四人，噫。僕自惟疏謬，乖寡於道，何足以知師哉！弟因其所言，書而銘之，銘曰：<br><br>才公禪師，道茂德純。洞山之孫，鳴呼天乎！曾不憖遺，示寂於東原。學徒烝烝，得法衣是憑。惟法□是聽，大教以成如水之澄，如月之明，如玄石之堅。貞終古其承。 |
| 立石刊刻 | 大定二十七年十一月二十七日，小師比丘廣方立石。監守比丘宗旨、都監寺比丘廣琛同立石。<br>當山第十九代住持傳法嗣祖沙門玄□助緣 |

| 題　　名 | 中都潭柘山龍泉禪寺言禪師塔銘 |
|---|---|
| 撰文、書寫、篆額 | 皇子曹王次子、皇孫祖敬撰。<br>雲峰比丘□□書丹。 |
| 寫作緣起 | |
| 出身世系 | 如來以心法付大迦葉，不由語言，直指見性，自迦葉二十八傳至達磨大師，以心印東遊震旦，為第一祖。六代至大鑒禪師（注：即慧能），支分一源，百派競注。李唐以來師資之間，目擊悟道，俯為凡夫，仰為菩薩者不可勝數，是以名山勝地、大都通邑，外薄海隅，禪剎遍滿。而中都潭柘山龍泉寺實叢林之甲乙，故為之宗主者皆天下選，而言公禪師又其魁楚者焉！師諱政言，許州長杜人，姓王氏。 |
| 出生瑞現 | |
| 形貌性格 | |
| 捨俗出家 | 九歲出家，詣里中資福禪院師事主僧淨良祝髮，受具戒。 |
| 修持求道 | 侍師不去左右十餘年。一日告師欲遊學講席，許之。時浩公僧錄居南京講《唯識論》，師徑謁之，摳衣請益，決擇性相，造理深至。浩公知師偉器，居無幾何，命師主席。義學雲集，疑難鋒起。師應答如流，人人心服，聞所未聞。 |
| 化度行道 | 於是師甫年二十一，諸方聆風景仰，競請橫經，抉人之疑，過於卜筮。初講《唯識》、《因明論》，又取《上生經》交相發明，兼傳大乘戒，凡十有二年。一日思惟入海弄沙，自困何益？乃留心祖道，置文字，捐衣盂，飛錫遊方，飄然雲往。始居嵩山龍潭，禪寂歲久，後結茅於汝州之紫雲峰。是時，香山慈照禪師叢林大振，聞師清操，拓延相見。旋請師為首座。嘗與□□舉金剛云：如來者，即諸法如義，汝如何會？師於言下有省，即說偈曰：「諸緣不壞，了性無滅，雲散長空，碧天皎月。」慈照可之，遂為龍象之冠，乃命師遊方。至中都參竹林廣慧通理禪師，又參聖□圓通禪師皆為□□□□之東遊青社，請師出世，住仰天山。未幾，又請住益口口義安禪院。頃之，告退還鄉。後復詢眾意住鄭州普照，洎河南府法雲禪寺。既而（注：又「與夫」）潭柘專介馳□梁國大長公主□□□□□□□□□□大宗正府事曹王疏，請師住龍泉禪寺（即潭柘寺）。閱三歲，舉揚遊刃，制《頌古》、《拈古》各百篇，注禪說金剛□□□歌，又著《金臺錄》、《真心》、《真說》、《修行十法門》，□□□皆行於世。 |
| 臨終遷化 | |
| 補敘讚歎 | 所至崇□□籃要令完具，其後嗣□□□□□□□□□□□□□□□□□□□□□□□□□去不曾去簡裏分□□□□□住一點□□□□□□□□□□□□□□□□十五門弟子三十□□嗣法小師法慶住嵩山法王禪寺，重靖住盧岩，師安住羅漢，行修守走□明後三人授師遺付□□出世共六人，俗弟子幾千人。師之云亡，黑白悲愴，思慕無已，相與闍維，收靈骨塔於汝州香山之南，慈照浮圖之側，又分 |

| | |
|---|---|
| | 其頂骨葬於潭柘山，以銘紀師之道。銘曰：<br>世尊說法，四十九年。哀憫鈍根，執著於言。臨終拈花，示以廓然。□證無盡，祖祖相傳。猗歟潭柘，上承臨濟。入門即喝，家風不墜。霆發梭（？）機，寧容□議。能所貢高，落膽喪氣。勉從眾欲，五主叢林。龍泉告老，歸穎之濱。養真逍遙，布衲蔾羹。箕山高潔，復見於今。歲在龍虵，偈終坐滅。緇素悲淚，如渡亡栰。爰有法嗣，狀師行業。勒銘豐記，永表靈塔。 |
| 立石刊刻 | 大定二十八年歲次戊申六月丙寅朔，燕山王玉刊。<br>休休道者祖深建。 |

| 題　　名 | 大安山龍泉峪西石堂尼院第二代山主超師塔銘 |
|---|---|
| 撰文、書寫、篆額 | 涿郡石經義藏謹為銘。 |
| 寫作緣起 | 吾佛設八敬法，度苾芻尼已，懸記將來，有能稟受，有不能者。今山主超師，肅嚴妙行。禪律兼融，號能稟受奉行者，善繼其前，無忝於後，不可得而稱也。 |
| 出身世系 | 法名善超，姓劉，武清縣田□里人。 |
| 出生瑞現 | |
| 形貌性格 | |
| 捨俗出家 | 年二十九落髮。禮都城五華院開座主為師。 |
| 修持求道 | |
| 化度行道 | 皇統中，登戒品□花□□□□□明□觀清安大士，輔弼臨潢先山主益師，開山建院，助力居多。 |
| 臨終遷化 | 大定二十四年三月二十六日，以疾示化於西石堂院， |
| 補敘讚歎 | 壽八十有五。具戒門人圓通，為師崇建石塔，以藏靈骨於本院之陽。嗚呼！山主平生謙光老實，仁愛慈恕。山居五十餘年。誠諦之操，初無改節。此由天縱，不假外飾而已。於是，歸崇者浸廣，信向者弘多。其於荷眾精勤，惟恐行願不備。故得山門整飭，日愈月隆。門人圓通，繼主院事，慎終如始，或轉茂於前。次門人圓信、圓明、圓行，皆蚤世。義藏瞻風峭行為久。銘曰：<br>大□既□年世深，陽春白雪聲□□。龍華□尊雲□□，清安□□無弦琴。調高和寡無□音，阿師□煉求安心。八十五年功德□，瞥然一晌殊古今。□□□礙□瑤琳，本來□□諸相侵。 |
| 立石刊刻 | 大定二十九年三月十六日。<br>山主普淨、門人大眾等同建。 |

| 題　　　名 | 東京大清安禪寺九代祖英公禪師塔銘並序（大定二十九年） |
|---|---|
| 撰文、書寫、篆額 | 登仕郎沈州樂郊縣主簿楊訥撰。<br>里人進士大晦書。 |
| 寫作緣起 | 貞懿太后以內府金錢三十餘萬即東都建清安寺以祈冥福，乃延四方具眼衲僧為之倡導。 |
| 出身世系 | 師其九代祖也。師諱善英，字穎叔，大定興化縣民家子。姓趙氏， |
| 出生瑞現 | |
| 形貌性格 | 生不茹葷。 |
| 捨俗出家 | 十有九歲謝父母出家，師事鞍山仁智院僧智遵。 |
| 修持求道 | □不好小乘縛律之學。自爾求師問道，不見山川寒暑，嘗於薊北霧靈山參一禪衲，蓋有道而隱者也。知師是□器，以言叩之，曰：「曾到曹溪否？」師應曰：「曾到。」衲曰：「曹溪路極崎嶮，何由得到？」師曰：「路雖崎嶮，不礙道人行。」衲大□之。後掛錫於仰山棲隱寺，依長老通公而學道。因入水僚，側盆水有聲，聞而有得，遂告常入室，通公許焉。□□通謂師曰：「此非汝住處，萬壽聰公<br>汝師也。盍往問之？」既見，聰大喜，謂侍者曰：「此非安州小禪乎！」遂許□□□□拂子於地，曰：「兄家本欲求師，山僧亦欲求人。玄言□句皆不須用，便直言兄所得者。」師曰：「請舉□公安□□進之，否則退之。」遂問答數四，無不相契。聰密而可焉。會朝廷鬻度牒，遂受具，時師年二十九。後二載聰因舉猿心□□死前死，佛法莫於空後空之□，乃大徹。□□□頌曰：「識心不起萬機除，法界家山一物無。貧遇橫財難可說，萬潭千沼一輪孤。」聰遂仰□賜法衣並頌 |
| 化度行道 | □□□欲退席以萬壽界師，師知而逃焉。後聞萬壽得人，方受天香中盤□□□衲寺凡二十年，其安眾之心□□□鐘魚而粥，鐘魚而飯，來者息焉。清安隆和尚欲以師代己，凡三致書疏□□□，遂退居海山。事定，由□□□□盤山□□□□。大定二十有五年秋隆公歸寂，知事者聞諸□□□皇子曹王，王乃遣屬吏備禮，持書疏請住清安，辭不獲，乃受焉。既至，弘揚祖風，修飾規矩，寺門為之□□□□犯者皆面數其過而黜之，雖鄉黨舊契亦未嘗私焉。始清安寺以太后所建，有資鉅百萬，凡市易者十數，金帛如山，師末嘗留一錢。楮中有僮僕四百人，戒女使不得入。□□四百匹，例著僧二人主之。師曰：「是豈僧之所為也？能無敗道心乎？」留二十匹，余皆鬻之。土田之所得，不□□□□，遂分賜臧獲，而使歲入租□。寄資於庫而分其利者皆令去之。不踰年，坐享其利數倍□。舉措如此者□□□可毛舉。初，垂慶寺即太后所居者，其尼盡戚里貴人。舊例皆於清安入室。師至，首拒其請。師天資剛正，面目嚴冷，□雄偉器，胸□□耿不能容物，故多得謗譽，住寺凡三年，有過而出與不說而去者三分之一焉，師亦不為少貶。以大□□□□□ |

| 臨終遷化 | 十二月二十一日示微疾而終。初疾病，侍者欲與澡鹽淨髮，師曰：「不須。」復曰：「吾但欲臥坐，亡立」。脫又□□□□。茶毗之際，種種異相，舌不灰，有五色戒珠餘數合。 |
|---|---|
| 補敘讚歎 | 師閱世五十四，僧臘二十五。有門徒六人：道喜、道義、道□、□志、道藏、道寬。以二十九年二月辛酉朔建塔於東都之城北，而來乞銘，予與師友善，故不得辭，其行事皆目□覩者，因詳言之而且銘曰：<br>萬壽老聰，一產於菟。孤坐盤山，望隆萬夫。千里無人，草深一丈。呼吸風雷，蹴蹋龍象。既入清安，世界莊嚴。直行無傍，視猶耽耽。金帛山積，一芥不取。慈悲威怒，莫予敢侮。甫及三年，正令斯行。上下交足，方丈肅清。五十有四，珪璋無玷。為道標準，為法城壍。仰不愧天，俯不作人。白首一節，吾師有云。 |
| 立石刊刻 | 大定二十九年二月望日，監寺廣惠大德賜紫沙門了揆立石。<br>直歲小師比丘道義建塔。<br>知藏法弟比丘戒斌參隨比丘遵惠。<br>楊雋刊石。 |

| 題　　名 | 聖嚴寺禪師塔銘 |
|---|---|
| 撰文、書寫、篆額 | ……楊恕道撰。<br>……善福書。 |
| 寫作緣起 | |
| 出身世系 | ……東京遼陽縣渤海人也。祖為重職，俗姓高氏。 |
| 出生瑞現 | |
| 形貌性格 | 生不茹葷，志…… |
| 捨俗出家 | 出家不復返，顧遇……臨壇大德恒純為師。 |
| 修持求道 | 後往京南黑山道院，披尋肇論，一覽便解，心……名僧也。師往聽焉。性相法門，豁然而悟。講主一見器之曰：再來人也。……彥老實雲門之傑出也。法席鼎熾，遂徑造參訪焉。會下住經八年時時……言意欲傳法，師默而識之，志不在此。因彥公行化出外，遂不告而歸。即得……普說學者仰之如日星，囊錐既露，名播遼佐，其器業大略如此。正隆四年……建之寺不□□其頹替欲廢而復興。東京舊無渤海道院，遂改為禪剎。求其住……□推舉大安寺澄公禪師可為宗主……一千三百（？）貫……遂往訪焉。李銀清與其從行也。及見與語敷演禪教啟悟……昔參禪造其妙處……有是僧也，其推重如此。 |
| 化度行道 | 大定七年奉……雲堂涼堂廚位並兩廊為之一新。非師之名，實相副無以當此。自寺主事以來，規……力行之敬老慈幼而已。四方來者息焉。闔寺肅然無敢違教者，其德化大略如此。……施者多矣，積日累月，置成 |

| | |
|---|---|
| | 庫務，莊田其利蕃息奉給大眾，殊無私積。十五年餘不……心雖一日未嘗輟也，其志行大略如此。至於契諸佛心傳諸佛妙，則新戒不足……旬寺事一切付黑山諝禪為主。召門徒性淵、性寬，各勵其進修管勾寺門同…… |
| 臨終遷化 | 許令止靜再，趺坐而逝，形容不變。茶毗之際，無穢氣有煙霧成綠氣色。牙……僧臘四十九，葬於寺之西南，遂建塔焉。 |
| 補敘讚歎 | 非為之銘，章無以報恩也。佛說四……德闕此報則終身恥之。公能為我成之乎。嗚呼，吾夫子之喪諸弟子……近世往往不能行，子聞淵言慨然義之。時明昌元年仲春上旬……鑽仰雲門，宗風嗣有。請住勝嚴，為諸僧首。……不令而行，惟正是守。十五年餘，外齋弗受。……一旦坐亡，六十有九。視此銘章，綿綿不朽。 |
| 立石刊刻 | ……等立石並建塔。<br>門徒性明、性嚴、性圓、性周、性空、性臻。<br>楊讓造塔。<br>源仲興刊石。 |

| 題　　名 | 濟州普照寺照公禪師塔銘 |
|---|---|
| 寫作緣起 | |
| 出身世系 | 師諱智照，姓萬氏，泰安奉符人，世以農為業。 |
| 出生瑞現 | |
| 形貌性格 | 師自幼稚時，體貌溫雅如成人，性慕佛道，不樂世間榮利事。 |
| 捨俗出家 | 父母聽許出家，禮蓮峰山主朗公為師。大定十二年受具足戒，其後遊方。 |
| 修持求道 | 首訪沂陽真禪師，參叩玄機，朝夕忘倦。己而，謁裕公於聊城，見師顏貌奇偉，器寧宏廓，甚禮遇之。師既入參，機鋒迅捷，非眾人可及。欲請道要者凡數年、悟無所得，頗蒙印可。欲傳法衣，師拒不受，乃歸受業寺，即谷山禪寺也。因得省視，以全孝道。己而，主持寺事，發大誓願，設萬僧齋。歲閱再期，遂滿本願，乃辭眾，之沈上皓公禪會。皓公一日出一句偈曰：「枯木生花。」師對之曰：「寒灰發焰。」時皓深許之，足成一偈云：「玄微都及盡，何似眼如眉。」皓公遷居濟上，師從至郡為座元，至是方與皓公有密契處。一言之下，心華發明；十方世界，無非淨土；大體大用，莫不得之。一日復歸蓮峰，皓公謂師曰：「汝霜墜果熟時也。固難冷坐孤峰，當接物利生報佛恩耳。」師於是傳衣嗣法，乃有偈付之曰：「黃龍正派湧波濤，走電奔雷意氣高。雲洞何人著精彩，好將鈯斧振吾曹。」師得法衣，亦有偈曰：「雞足山中藏不定‧此回拈出更新鮮。展開不費纖毫力，免得黃梅半夜傳。」 |
| 化度行道 | 師抵蓮峰，惟日中一食，孤坐雲房，入寂照三昧，如是者數年。皓公退居鉤盤，太守劉公聞師道譽，遣人齎疏，請師住持。帥至濟上，官民緇素， |

| | |
|---|---|
| | 傾心歸仰，時大定二十九年也。師所住寺，久厥修飾。自知法道大振，可以成就盛事。始於正殿莊嚴西方三大士像，又□□□□□法輪寶藏，諸佛菩薩，天龍鬼神，四眾圍繞，諸天香雲，彌覆周帀，皆窮極巧麗，遂為東州瑰偉之觀。師猶以為未也，乃謂寺眾曰：「輪藏□□□□□□□，聞京師宏法寺有藏教板，吾當往彼印造之。」即日啟行，遂至其寺。凡用錢二百萬有畸，得金文二全藏以歸。一寶輪藏，黃卷赤軸，□□□□□□殿中安置。壁藏皆□梵冊，漆板金字，以為嚴飾。庶幾清眾，易於翻閱。凡此勝緣，若有神助。富者施財，壯者施力，匠者施巧，不四三年，鐘樓、門廡、僚舍、廚庫，無有不備。偉哉福田，遂為東州第一。落成之日，作大法會，空中慶雲皆成寶色，又有樂音來自云際，四眾讚歎，異口同音，得未曾有。 |
| 臨終遷化 | 師一日謂眾曰：「吾嗣有人，續佛壽命。又賴檀施，此等成就。種種勤苦，皆利後人。吾於佛門無愧矣。」忽示疾，留偈辭世云：「濟水灘頭厭世歸，黃粱夢裏盡成非。轉身不守虛明地，懶看庭前片月暉。」言訖，端坐而逝，實明昌六年八月十二日也。送葬者數萬人。無不感泣，茶毗已，爪甲不灰，舍利莫知其數，非師道德超邁能致是耶？信可謂死而不亡者矣。 |
| 補敘讚歎 | 師享年四十有五，僧臘二十有二。嗣法三人：曰宗能、廣慶、智寶；落髮門弟子八人：曰祖顯、祖正、祖了、感祐、廣安、祖義、廣琛、廣珍，皆精進辨道，具戒定慧，有師道風。起建靈塔於郡之北。監寺僧祖方暨廣琛，來京師謁文於黃山趙渢，欲刻諸石，以傳不朽。渢與師同鄉里，知師為詳，義不可辭，乃遂序而銘之。銘曰：堂堂照公，僧中之英。脫離情識，超出死生。傳持之餘，興大佛事。莊嚴道場，修建長利。煌煌金文，照映寶輪。於無相中，以法施人。了人了己，儼然示寂。我銘其塔，永世楷式。 |
| 撰文、書寫、篆額 | 承直郎、試尚事禮部郎中、兼秘書丞趙渢撰。翰林學士、朝散大夫、知制誥、兼同修國史黨懷英書並篆額。 |
| 立石刊刻 | 明昌七年三月□日，監寺僧通方同小師廣祐等立石。 |

| 題　　名 | 利州精嚴禪寺第一代蓋公和尚行狀銘 |
|---|---|
| 撰文、書寫、篆額 | 承直郎、北京路轉運支度判官趙秉文撰文並書。 |
| 寫作緣起 | 臨濟自佛果沿而下之，至於佛日；自四明溯而上之，至於佛鑒，俱出於五祖演。而佛鑒傳南華昺，昺傳四明遂。遂為今北京松林北遷第一祖師， |
| 出身世系 | 四明之孫，微公之子也。張其姓。諱圓蓋，永昌阜俗人。 |
| 出生瑞現 | |
| 形貌性格 | |
| 捨俗出家 | 十九棄俗而僧，廿棄律而禪，參玉泉名公□安寶公。 |

| 修持求道 | 以機緣不契，退而歎曰：「大丈夫擔荷佛祖未生前大事，直須全身放下始得。」遂退居靈巖佛髻山，結茅棲隱者數載。山空無人，以水流雲飛為受用。久之，梅子將熟，詣北京謁微公求印證。公初不之許，既而不參而參，無得而得。一日，舉黃龍心正不妄動話，師以頌舉，似有鐵樹花開之語。公曰：「可矣，汝其行乎！」 |
|---|---|
| 化度行道 | 大定六年，始開堂於精嚴，繼席松林靈感。 |
| 臨終遷化 | 明昌六年五月，預告終期，趺跌而逝。茶毗之日，瑞彰舍利，戒定力也。 |
| 補敘讚歎 | 俗壽六十有四，僧臘三十。師行竣而方，故學者遵其道而憚其律。所居不過一二載，尋返舊隱，晚得瓊嗣。銘曰：<br>黃龍一句，諸喪膽喪。極盡元微，全無伎倆。伶俐衲僧，剔足眉棱。鐵樹開華，炎天造冰。三上洞天，九到投子。一言相契，草鞋掛起。臨濟法將，松林道場。轉身就父，撒手還鄉。沒眼禪和，覓不可見。魚犀夜塘，鹿趁陽焰。松漠之北，利州之東。無縫塔樣，八面玲瓏。一時推倒，河清海晏。花落清嚶，月明秋雁。 |
| 立石刊刻 | 承安五年八月望，北京靈感禪寺住持傳法嗣祖沙門小師崇顯立石。 |

| 題　　名 | 石經山雲居寺故提點法師靈塔（謙公法師靈塔銘） |
|---|---|
| 撰文、書寫、篆額 | 藏唯識門人趙仲先謹草。 |
| 寫作緣起 | |
| 出身世系 | 師 姓嚴氏，世居范陽，先賢人也。父諱師顏，母邊氏，生四男，師最幼矣。 |
| 出生瑞現 | |
| 形貌性格 | 自童雉間，不留髻髮，天賦淵靖，性樂空門。 |
| 捨俗出家 | 又母察而異之，遂許出家於石經山雲居寺，禮禪師坦上人為師，訓法名義謙。年十有五，遇熙宗皇統恩登戒品，下後隨方德習妙悟。 |
| 修持求道 | 本寺，屢霑法雨，敷 法三祀，聽者忘歸。看《華嚴經》百部，寸陰不輟。中年已來，參禪入道，遇柏山寶老，禪教雙通。大眾請為提舉寺事，靡不推重。 |
| 化度行道 | 大定二十年，有茲院大眾，本裏壇信以施，狀請匡攝荒藍。師至日，改律為禪；罄巾錫衣，□兼化隨心。施者重修廊宇，別建僧庵，西序東廚，煥然頂新，皆參道力，特誘華嚴。經邑門徒，眾僅數千，供給齋糧，未曾有厥。香廚飲膳豐餘，安居二九載矣。法師高超凡聖，平昔無分文蓄貯。岐陽開化寺、長鄉城義井院、李河靈巖寺皆請為提 控宗主。 |
| 臨終遷化 | 嗚呼。浮世非堅，忽示微疾。承安五年三月二十七日，呼門人等全不句思，辭世頌曰：「古言一物中，今舉一可。臨行分付諸人，且道喚個什麼。」 |

| 補敘讚歎 | 具門人等哀痛無已。螺、鈸、幢、傘、緇白二眾，勿知其數。茶毗後，收師靈骨，伐它山之石，命工造塔。緒師行狀，□分之一。俾仲先紀事書石，仲先諾。乃孤陋寡聞，以文見囑，於何敢辭。銘曰：<br>謙公法師，范水先賢。出家雲居，戒品周圓。升霓揮塵，度日生緣。詣斯古刹，更律為禪。別興庵舍，廊宇重鮮。齋糧豐厚，門徒數千。如影如幻，世態非堅。右脅而卒，臥銳如禪。清風朗月．七十三年。即相離相，非言可宣。 |
|---|---|
| 立石刊刻 | 金泰和元年二月二十三日門人道成等建。<br>□□法嗣□禪沙門具列如後：<br>道琳、道成、道璞、道玢、道琦、道瑀、道初、道真、道珣、道玉、道琛、道玘、道堅、道蟾、圓信、尼道真、尼道應。<br>長發三人：道琮、道斑、道瑛。<br>俗侄嚴志、侄女降姐。<br>本裏壇信等：王八郎、嚴斌、嚴玲、李贇、王彥、初句、百忠、道秀、李仁初、趙守忠、李阿張、李阿孫。<br>長鄉城壇信：馬浩、陳大郎、趙秀才、張忠信、趙伯鈞、王四郎、李河、崔三郎、劉院使。 |

| 題　　名 | 汝州香山秀公禪師塔銘 |
|---|---|
| 撰文、書寫、篆額 | 文林郎、前長葛縣令、賜緋魚袋李□□<br>當山監院僧普澤書並題額。 |
| 寫作緣起 | 夫法惟不生，真心何滅。道高十哲，當山第十九代住持傳法嗣祖沙門玄□助緣成浪死之儔，有貪嗔癡沉溺之因，非妙用無方，而云力空。入廛□問佛祖□能□化塵，安有利生之潤？維師秀公，穎悟自心，本來清淨，無漏智性，本自具足，畢竟無異。修無修而行滿三祇，證無證而功圓萬德。 |
| 出身世系 | □京鄢陵人也，姓□氏。 |
| 出生瑞現 | |
| 形貌性格 | |
| 捨俗出家 | 幼不茹葷血，自誓出家大相國寺智海禪院，禮長老德密為師。訓名法秀。年一十七，於定壬午得度。 |
| 修持求道 | 結束前，邁其□自攜瓶錫，遍歷諸方，所至不留，隨儀扣激，歷參親教，密公印許。 |
| 化度行道 | 首住香峰叢林，聞見道眼分明。定辛丑九月□有五日□癸□唐國公主駙馬統年烏林答請住智海禪院，內明一心，外通三藏，把住放行，全由自己。至於甲辰，因香山火燼而成灰，□請住持□不數載，復建如初。至於丁未，灑心恬淡，倦於應接，拂衣退之。住持定公□大眾請師西堂。 |

| | |
|---|---|
| 臨終遷化 | 於承安戊午年壬戌月二十有八日，師□曰：「地水火風，四大放下，全無罣礙。如□撒手還鄉，始信虛□壞壞不壞，青山淥水依然在。」言訖安坐，日將昳而逝，報年五十有六，僧臘壽三十有九。茶毗。 |
| 補敘讚歎 | 門人有七，嗣法二人，孫有三。其洪□等建塔於山之陽，以文□乎信□易□是之本行故略由耳□□□□□首暨敘始末，遂為之銘曰：<br>幼離父母，捨愛欲苦。遍歷諸方，呵佛罵祖。發菩提心，已別地獄。大悲作鄰，觀音為侶。蕩蕩真如，巍巍是主。只履西歸，全身脫去。拈槌豎拂，□曰露步。金骨成灰，靈光……<br>泰和丁卯正月日 |
| 立石刊刻 | |

| | |
|---|---|
| 題　　名 | 中都竹林禪寺第十六代清公和尚塔銘 |
| 撰文、書寫、篆額 | 朝散大夫、充翰林修撰、同知制誥張□撰。 |
| 寫作緣起 | |
| 出身世系 | 師諱慶清，父通，母趙氏，大金汾州西河縣人也。俗姓席， |
| 出生瑞現 | 母趙氏夜□夢異僧錫食，用已腹娠從生。 |
| 形貌性格 | 自幼戲不群，多眠少語，不茹葷腥，□觀聖教，掌而藏之，令效藝業殊無所從。 |
| 捨俗出家 | 十歲辭親出家祝髮，禮本州崇仁寺僧善會為師。 |
| 修持求道 | □□十七試經得度。自發誠心，筵僧萬數，未逾周載，願利用圓有□仰山棲隱禪寺參訪秀公。無憚寒暑，晨參暮究，切切孜孜，十二時中未嘗懈怠，朝淘夕汰，日將月就，如斯九秋，頗有所得，緣不契斯。復參竹林海公，未越半載，偶因作禮忽然徹去。而後，父子投機箭鋒相柱，以至異宗別□□點難□嗣□□□□□□□□□□□□□□□□□□□□□□□□□□□□□□□□□□□□□□□□□□□□□□□□□□□□□□□□□□□□□□□□□□□□□□□□□□□□□□□□□□ |
| 化度行道 | 住持竹林禪寺，為國焚修，祝延聖壽，可謂寒林發□古木條□□□已來光先絕後，玄風密密聲。播神京道□綿綿名聞禁宇，朝無□□之根日荷□□□□□□王臣歸仰，仕庶欽崇，弗勞緣丐香積隆豐，若非大有因緣，何感聞達聖聽。崇慶壬申歲中冬二十有五日，特奉聖旨賜錢鈔二萬貫、麥四百石、粟三百石、監一百袋入寺贍眾，仍隸為官宣差提控，恒為給贍，無令失事。當此，師假幻質以示疾，寔遣人而屈，已退辭竹林。頌云：十字街頭開鋪席，九天門下作行頭。皇恩受了行頭滿，歸去來兮得解由。居移舊隱，保養上方。 |

| 臨終遷化 | 崇慶辛未中春望日，師為門人曰：「浮生夢質，四大非堅，幻殼無常，五陰安固，宜有所歸。」遂書遺偈曰：三十二年電掣了無，一法施設□須更話。玄微只與諸方無別，臨行踢碎虛空匝地。清風□□□□圓寂。次日茶毗，炎炎烈焰頂面無傷，爛爛薪□□□□□□□時遺身方□聚殖之□頂骨不□齒牙弗□□□□□□□ |
|---|---|
| 補敘讚歎 | 昨有侍僧袖封實狀來叩吾盧，徐而言曰□□□□□□□之為銘。再三再四獲託，無由義不當辭欸（？）。師平昔□□□□□□之銘。銘曰：□泉非鑿，源基本有。師甫妙年，□□□□。英猷天錫，玄機穎陡。踢碎虛空，氣沖牛斗。□□□□，鐵牛善走。破野狐撣，作獅子吼。弗滯縱橫，□□□□。棒喝齊行，了無容受。匪妨殺活，安存窠臼。三□□□，四八法壽。來也何先，去而焉後。照用同時，恒為□□。於戲迅寂，群靈之咎。 |
| 立石刊刻 | 至寧改元秋□望日□佛之真之□之立石。 |

| 題　　名 | 中京龍門山乾元禪寺杲公禪師塔銘並序。 |
|---|---|
| 撰文、書寫、篆額 | 徵事郎、守盧氏縣主簿樂詵甫撰。<br>紫徵僧性英書。 |
| 寫作緣起 | |
| 出身世系 | 師諱慧杲，俗姓張，其先河東太原人也，後徙汝陰梁縣。 |
| 出生瑞現 | |
| 形貌性格 | 家世尚農，孝養二親，冬溫夏清，晏寢早起，務勞其形骸。及其壯也，二親既喪，簠簋禮終。 |
| 捨俗出家 | 一日，喟然歎曰：「四大本空，身非我有，男女不待婚嫁。」遂求出家，依本縣寧國院秀公。於承安間，祝髮受具，服勤三年不怠。 |
| 修持求道 | 一日辭師，腰包遍歷叢林間，其有道者皆訪。末後至乾元，適丁照公住持，請執弟子之禮，摳衣入室。因看法眼捲簾因緣有省，照遂印可，付以頌拂，請為座元。照化緣西行，示寂於河中西岩。師潛居如眾，時出一二語不群，因斯囊錐始露，果熟香飄。眾命繼後住持，石抹知府孫鐸、劉之昂，敦請勸緣，以為外護。 |
| 化度行道 | 師之鼓揚，寺事日興，惟以坐禪為樂。少語而寡合，無求而樂施，篤實含光，鼎新其德。諸方雲奔海赴，常不啻二千指。與夫洗去蔬筍氣味，雕肝跕腎，搜索奇字，竊用古人之言，合於六藝，求知士大夫以取詩聲者，故有間矣。公之住持近十餘年，次住香山二年，退居葉縣講武堂，創寺一所，僧俗皆歸焉。厥功既成，拂衣長往，眾莫能挽。至寶豐大覺，作終焉之計。 |
| 臨終遷化 | 一日，因疾書頌示徒，怡然坐逝。師之春秋五十有六，僧臘十五。佛事三日茶毗，受其弟子五十有六，其十二分骨建塔。 |

| 補敍讚歎 | 珇鑒狀師之行，求塔銘於僕。僕筆硯久廢，文拙語陋，故不足以發揚令師之美。再三辭，不獲免，故為之銘曰：<br>落落呆公，僧中之龍。壯歲厭俗，以道是從。燀雞出湯，澤雉脫籠。祝髮依師，叢林著腳。末後乾元，得法於照。劉君之昂，請師鼓揚。寺事日葺，作大道場。雲奔四眾，海赴諸方。作獅子吼，如金剛幢。望之斂衽，其誰敢當。兩處住持，度人已畢。書頌示徒，怡然坐逝。雲散露晞，槁壤蟬蛻。其徒分骨，塔於龍門。山灰水涸，其師獨存。 |
|---|---|
| 立石刊刻 | 興定二年九月十五日，珇鑒、珇廣、珇周同建。 |

| 題　　名 | 大金重修京兆府咸寧縣義安院符秦國師和尚塔碑記 |
|---|---|
| 撰文、書寫、篆額 | 中山劉渭撰。<br>文林郎、京兆府臨潼縣令、賜緋魚袋張天綱書。<br>忠顯校尉、監耀州富平縣□□□□□□ |
| 寫作緣起 | 歲戊寅興定紀元之明年，予客居長安開元之僧舍。有具戒比丘□文玉踵門而告曰：「府城之南有義安院，實符秦國師之遺跡也，徵譽彌天□□□□□□塔兀然無一字可稽。使居者慊心，遊者傷目。聞夫子斧藻於文章，□健雄深，學古作者而誅奸，發潛能亦為釋氏良史耶。」辭不獲己，乃捃摭傳紀□□□□□。 |
| 出身世系 | 國師姓衛氏，諱道安，常山人也。家世業儒，早孤，為外兄孔氏所養。 |
| 出生瑞現 | |
| 形貌性格 | |
| 捨俗出家 | 年十二出家，神智聰敏，抱負不凡，而形貌甚陋，不為其師之所重。驅役田舍，至於三年，執勤服勞，曾無怨色。性篤精嚴，戒行無闕。 |
| 修持求道 | 一日啟師求經。師與辨意經可五千言，乃齎經入田，因息就覽，暮歸□□暗誦。明日復與經一編可萬言，暮還如初。□□驚異，為之受戒，恣其遊學。至鄴都寺，遇佛圖澄，澄見而奇之，與語竟日。眾見形貌不稱，咸輕侮之。澄曰：「此人遠識，非汝儔也。」澄講席之暇，安每復述，眾未之愜，咸言：「當難煞崑崙子」即謂安也。後更復講，疑難鋒起，安挫銳解紛，行有餘力，眾始歎服。 |
| 化度行道 | 後避難恒山，創立寺塔、改服從僕者中分。河北石季龍死，彭城王嗣位，於華林園廣修祠宇，懇請安居之。安以石氏國運將否，乃西渡河適陸渾山。復值寇盜縱橫，與同學□□□□弟子慧遠輩百餘人，遂投襄陽，復宣佛法。時經出已久，座譯頗謬。安乃窮究典籍，鉤深致遠，尋文比句，為初終之意，學問淵源，辭旨條暢，文理該通，經義著明，自安始也。滎陽太守襄陽習鑿齒，世為鄉豪，有志氣，博學洽聞，文筆著稱，聞安敀辯有高才。與安初相見，乃曰：「四海習鑿齒。」安曰：「彌天釋道安。」人以為佳對。鑿齒乃與謝安書曰：「比見釋道安，無變化伎術，可以感常人之耳目；無重威大勢，可以整群小之參差。」而師徒肅肅，自相尊敬。其人 |

| | |
|---|---|
| | 理懷簡衷，多所博涉，陰陽算數，亦皆能通。佛書妙義，故所遊刃，恨足下不同目而見。其為時賢所重如此。晉孝武皇帝承風欽德，遣使通問並有詔曰：「法師器識倫通，風韻標朗，居道訓俗，徽績兼著，豈直規濟當今，方乃陶津來世，給俸一同王公豪主。符堅素聞其名，每云：「襄陽有釋道安，是神器，方欲致之，以輔朕躬。」及襄陽陷於堅，安與習鑿齒俱見禮焉。堅賜諸鎮書曰：「昔晉氏平吳，利在二陸。今破漢南，獲士裁一人有半耳。」以鑿齒有蹇疾故也。既至長安，僧眾數千，大弘教法。有從蘭田得一大鼎，容廿七斛，人莫能識。堅以示之，安曰：「此魯襄公所鑄。」又有持一銅斛鬻於市者，形制甚異，傍有篆銘，後示之安，曰：「此王莽自言出舜，皇龍戊辰，改正即真，以同律量，布之四方，欲小大器，均令天下取平也。」一驗之款□□符堅乃敕朝臣有疑皆師於安。京兆諺曰：「學不師安，義不中難。」其博物多聞又如此。初，堅承石氏亂亡，之後至是民戶殷富。乃引群臣會議曰：「吾統一大業，垂二十載，□□□□，四方□安，惟東南一隅，未賓王化。吾每思天下不一，未嘗不臨食輟餔，今欲起天下兵以討之。略計兵仗精卒，可九十七萬五千□□□行薄伐南□於諸卿□□□。」太子宏、陽平公融偕群臣並切諫，終不能回。眾以安為堅信重，乃共請曰：「今上將有事於東南，公何不為蒼生致一言。」符堅遊於東苑，命安升輦。僕射權翼諫曰：「臣聞天子法駕，侍中陪輦，清道而行，進止有度，三代末主，或虧大倫，適一時之情，書惡來世，故班姬辭輦，垂美無窮。道安毀形賤士，不宜參穢神輿。」堅作色曰：『安公道冥至境，德為時尊。朕舉天下之重，未足以易之。非公與輦之榮，此乃朕之顯也。」命翼扶安升輦，顧謂安曰：「朕將與公南遊吳越，整六師而巡狩，謁虞陵於疑嶺，瞻禹穴於會稽，泛長江，臨滄海，不亦樂乎。」安曰：「陛下應天御世，居中土而制四維，逍遙順時，以適聖躬；動則鳴鑾清道，止則神棲無為。端拱而化，與唐虞比隆，何為勞身於馳騎，口倦於經略，櫛風沐雨，蒙塵野次乎。且東南區區，地下氣癘，虞舜遊而不返，大禹適而弗歸。何足以上勞神駕，下因蒼生。《詩》云：「惠此中國，以綏四方。」苟文德足以懷遠，可不煩寸兵而坐賓百越。」堅曰：「非為地不廣人不足也。但思混一六合·以濟蒼生，天生蒸庶，樹之君者，所以除煩去亂，安得憚勞。朕既大運所鍾，將簡天心以行天罰。高辛有熊泉之役，陶唐有丹水之師，此皆著之前典，昭之後世。誠如公言，帝王無省方之文乎。且朕此行以義舉耳，使流度衣冠之胄，還其墟墳，復其桑梓，止為濟難銓才，不欲窮兵極武。」安曰：「若鑾駕必欲親動，猶不願遠涉江淮，可暫駐洛陽，明授聖略，馳檄丹陽，開其改迷之路，如其不庭，代之可也。」堅不納，乃親率步騎百萬南伐。壽春之敗，單騎而遁，繼而國內大亂，如安所諫焉。 |
| 臨終遷化 | 安於秦建元廿一年二月八日，忽告眾曰：「吾當去矣。」是日，無疾而卒。 |
| 補敘讚歎 | 其年八月，姚萇縊堅於新平佛寺，實晉太元十年也。安未終之前，謂隱士王嘉曰：「世事方殷，行將及人，相與去乎。」嘉曰：「誠如所言，僕有小債，不得俱去。」及姚萇之得長安也，與苻登相持甚久，問嘉曰：「朕得登否？」答曰：「略得。」』萇怒曰：「得當言得，何略之有。」遂斬之。此嘉所謂負債者也。萇死，其子興方殺登。興字子略，即嘉所謂略得者 |

| | |
|---|---|
| | 也。安之深識遠見，固不可測，此其尤章章者。至於問答夢卜之事，釋史備紀，此而不錄，恐失之誣，是塔以碑石無存，漫不可考。慶曆中有尼智悟大師惠修者，斷肱厲志，行業清苦。為楚國公主所知，出入宮禁，賜予甚厚。悉以所藏，命甄工起二塔□□□之泗州，竹谷之壽聖院者，而重葺此塔焉。《長安城南記》云：此釋道安棲隱之所，薨瘞於此，信不誣矣。院倚西崗，東望玉山，南眺太一，殿塔宏麗，華木扶疏，真勝境也。子與東麓王□□、杜陵白庚，屢遊於此。是碑之立，王、百二公暨金源釋嘉卜實左右之主，文玉隆在極攘中，斧斤丁丁，日加營葺，是可尚也，故並書之。 |
| 立石刊刻 | 興定二年十一月十六日建。<br>尊宿□妙嚴大德儀林、住持文玉、弟子崇慶、崇喜、崇緣、崇演、師孫園融、園直、園誠、園通。<br>京兆奕世亨鐫。 |

| 題　　名 | 清涼相禪師墓銘 |
|---|---|
| 撰文、書寫、篆額 | |
| 寫作緣起 | 清涼，唐廢寺。大定中，第一代琇公開荊棘立之，在兩山間，初無所知名。琇歿後，遂虛席。久之，西岩德來居。德，輩流中號為楚者，又屏山李公為之護持。苟可以用力，則無不至，而亦竟無所成。蓋又一再傳，而得吾西溪師。西溪道行清實，臨濟一枝以北向上諸人，至推其餘以接物，則又以為大夫士之賢而文者也。山中人舊熟師名，及受請，無賢不肖皆喜曰：「相禪師來，清涼不寂寞矣！」當是時，諸禪方以賚雄相誇，齋鼓粥魚之聲，殷然山谷間。清涼儉狹僻左，僅庇風雨，石田不能百畝。師一顧盼而雲山為之改色，向之相誇者，皆自是缺然矣。 |
| 出身世系 | 師諱宏相，出於沂水王氏。 |
| 出生瑞現 | |
| 形貌性格 | |
| 捨俗出家 | 幼即棄其家為佛子，事沂州普照僧祖照。年十九，以誦經通，得僧服。 |
| 修持求道 | 乃恣讀內外書，凡十年，多所究觀。聞虛明亨和尚住普照，道價重一時，乃盡棄所學而學焉。虛明知其不凡，欣然納之。 |
| 化度行道 | 又十年，乃佩其印出世。住鄭州之大覺、嵩山之少林、沂州之普照，最後住清涼。師勤於接納，有諮決之者，為之徵詰開示，傾困倒廩，無復餘地。故雖退居謝事，而學者益親之。 |
| 臨終遷化 | 以某年月日示疾，終於寢室。 |
| 補敘讚歎 | 閱世六十有四，夏坐四十有六。所度十人，曰義、曰喆，而為上首。所證三人：曰顯，今嗣師席；曰靜，曰雋。所著文集三：曰《歸樂》，曰《退 |

| | |
|---|---|
| | 休》，曰《清涼》，並錄一卷，傳諸方。顯等以某年月日，奉師遺骨，塔於西溪之上，以狀來乞銘。凡此皆狀所言也。初予未識師。有傳其詩與文來者，予愛其文頗能道所欲言，詩則清而圓，有晚唐以來風調，其深入理窟，七縱八橫，則又於近世詩僧不多見也。及登其堂，香火間有程沂州戲名幡，問之恃者，云：「師與程遊甚款，歿後歲時祀之。」予用是與之交。嘗同遊蘭若峰，道中談避寇時事，師以為凡出身以對世者，能外生死，然後能有所立。生死雖大事，視之要如翻覆手然，則坎止流行，無不可者。此須從靜功中來，念念不置，境當自熟耳。時小雪後，路峻而石滑。師已老，力不能自持，足一跌，翻折而墜。同行者失聲而莫能救。直下數十尺，僅礙大樹而止。予驚問：『「寧有所損否？」師神色自若，徐云：「學禪四十年。腳跟乃為石頭所勘。」聞者皆大笑，然亦歎「境熟」之言，果其日用事而不妄也！予嘗論師之為人，款曲周密而疾惡太甚。人有不合理者，必大數之，怫然之氣不能自掩。平居教學者：「禪道微矣，非專一而靜，則決不可入。世間學。謾廢日力耳！」及自為詩，則言語動作，一切以寓之，至食息頃不能忘。此為不可曉者。今年西堂成，約予來習靜，度此夏。比京帥歸而師歿矣！惜予欲叩其所知而不及也。乃為之銘曰：<br><br>理性與融。物跡與通。不雷不霆，有聲隆隆。宴坐中林，薇蕨不充。朝詩有瓢，暮詩有筒。淡其無心，愈出愈工。處順而老，安常而終。覺海虛舟，莫知所窮。嘗試臨西溪揖層峰，萬景前陳，而白塔屹乎其中。悠然而雲，泠然而風。頹然而石，鬱然而松。彼上人者，且未泯其音容。孰亡孰存？孰異孰同？招歸來而不可待，耿月出兮山空。 |
| 立石刊刻 | |

| 題　　名 | 壙雲墓銘 |
|---|---|
| 撰文、書寫、篆額 | |
| 寫作緣起 | |
| 出身世系 | 南陽靈山僧法雲，往在鄉里時，已棄家為佛子。……（省略處如下文「遭歲饑，……然後為出家邪？」）師臨汾人，姓劉氏。 |
| 出生瑞現 | |
| 形貌性格 | 遭歲饑，乃能為父母輓車，就食千里。母亡，廬墓旁三年，號哭無時。父歿亦然。山之人謂之「壙雲」，旌其孝也。元光二年冬十二月夜中，僧給詣師求講《法界觀》，明旦出門，見庵旁近雨雪皆成花，大如杯碗狀。居民聞之，老幼畢集，其在磚瓦上者，皆持去。文士為賦詩道其事。又山之東水泉不給用，講學者患之。一日，寺西岩石間出一泉，眾謂純孝之報也。世之桑門以割愛為本，至視其骨肉如路人。今師孝其親者乃如此！然則學佛者亦何必皆棄父而逃之，然後為出家邪？ |

| 捨俗出家 | 七歲不茹葷，十一出家於洪洞之圓明，師僧智真。 |
|---|---|
| 修持求道 | 二十五旦戒，受義學於廣化僧慧，學禪於韶山義公。 |
| 化度行道 | 來南陽，主崇勝之觀音院。住靈山，為之起報恩寺。 |
| 臨終遷化 | 以正大三年冬十二月十五日，壽六十四，示疾而化。弟子四人，覺懿、行思、行了為上首。明年起塔於山前。 |
| 補敘讚歎 | 劉鄧州光父，師鄉曲也，知師為詳，託予銘其墓。予以劉為不妄許可者，乃為之銘。銘曰：<br>僧雲之來晉臨汾，六年居廬哭新墳。地泉膠沸天花紛，孝聲香如世普薰。何以表之今有文。 |
| 立石刊刻 | |

| 題　　名 | 華嚴寂大士墓銘 |
|---|---|
| 撰文、書寫、篆額 | |
| 寫作緣起 | |
| 出身世系 | 師諱惠寂，姓王氏，西河陽城裏人。 |
| 出生瑞現 | |
| 形貌性格 | |
| 捨俗出家 | 為童子時，白其父，求出家，父定以一子故難之。及長，於佛書無不讀，授《華嚴》、《法界觀》於汾州天寧主和尚。父歿，乃祝髮，居孝義之壽聖，時年已五十有一矣。 |
| 修持求道 | 崇慶初，以恩例得僧服，俄賜紫，遂主信公講席，學者日盈其門。避兵南來，居汝州之普照，又遷南陽之鄂城。師以《華嚴》為業，手鈔全經，日誦四帙為課。既客居，徒眾解散，獨處土室中而不廢講說。人有問之者，云：「吾為龍天說耳。」龕前叢竹，既枯而華，隨採隨生。人以為道念堅固之感。 |
| 化度行道 | |
| 臨終遷化 | 正大丙戌九月五日夜，說《世界成就》品，明日以偈示眾，告以寂滅之意，且曰：「何從而來，何從而去。」於是右脅而化，壽七十有九；會葬萬人，所得舍利及它靈異甚多，此不具錄。 |
| 補敘讚歎 | 起塔於普照、華嚴、廣陽之大聖、舞陽之宏教。傳《法界觀》四人：祖登、法昌、福柔、尼了遇，落髮三人。辛卯夏四月，昌等因比丘尼淨蓮，求予銘其墓。蓮即道學郝葉縣之甥，父尉南陽，秩滿棄官。翁媼及諸弟如漢上龐禪家。說師平生於禪那有所得，故不與他義學僧同。其言不妄也。乃為之銘。銘曰： |

|  | 大方無隅，涉跡則偏。攝一切法，歸頓漸圓。究竟云何？且實且權。彼上人者，言外之傳。於《華嚴》海，為大法船。一龕宴居，幽祇滿前。曾是枯株，秀穎鬱然。靈塔相望，有光觸天。鈴音演法，普為大千。 |
| --- | --- |
| 立石刊刻 |  |

| 題　　名 | 告山賛禪師塔銘 |
| --- | --- |
| 寫作緣起 | 龍興汴禪師為予言：「汴落髮於告山賛公，承事五六年，始避兵而南。北歸，賛公去世已久。師生於正隆初，而歿於興定之末年，年過六十。但以喪亂之後，時輩凋喪，師之行事無從考按，至於卒葬時日，亦不能知。今所知者，特某甲未南渡時事耳。吾子嘗試聽之。 |
| 出身世系 | 師諱法賛，出於兗州侯氏。 |
| 出生瑞現 |  |
| 形貌性格 |  |
| 捨俗出家 | 自幼出家，事嵫陽明首座。大定間，以誦經通得僧服， |
| 修持求道 | 即以義理之學從事。根性穎利，同學者少所及。遊參扣詰，洞見深祕。得法於告山明和尚，嗣法靈巖才師，即大明曾孫也。 |
| 化度行道 | 出世住告山。方世路清夷，禪林軌則未改，師道風靄然，為諸方所重。再往兗州之普照。州倅信都路公宣叔，文瀚之外兼涉內典，與師為淘汰之友。師開堂，宣叔具文疏，朝服施敬，繼為先大夫薦冥福，禮有加焉。其為中朝名勝所推服如此。汴老矣，尚能記師沉默自守，不以文字言語驚流俗。為門戶記，住持不勝營造。學者雖多，迄無授記者。行義如是，而使之隨世磨滅，門人弟子實任其責。竊不自揆度，敢以撰述為請，幸吾子惠顧之。」 |
| 臨終遷化 |  |
| 補敘讚歎 | 不肖交於汴公者三十餘年矣。汴南遷後，嗣法虛明亨公，在法兄弟最後蒙印可，於臨濟一枝，亭亭直上，不為震風凌雨之所催偃。龍興焚蕩之餘，破屋數椽，日與殘僧三四輩灌園自給，不肯輕傍時貴之門。予嘗以五言贈之，有「大道疑高謇，禪枯耐寂寥。蓋頭茅一把，繞腹篾三條」之句。意其孤峻自拔如此，必有所從來。循流測源，乃今知所自矣。因略記賛公遺事，故兼及之。 |
| 撰文、書寫、篆額 | 歲丁巳夏五月二十有五日，河東人元某書。 |

| 題　　名 | 徽公塔銘 |
| --- | --- |
| 撰文、書寫、篆額 |  |

| 寫作緣起 | |
|---|---|
| 出身世系 | 師諱澄徽，出於平定和氏。 |
| 出生瑞現 | |
| 形貌性格 | 弱不好弄，行值塔廟，如欲作禮然。 |
| 捨俗出家 | 七歲白其父求出家。父知其代值善根，送之冠山大覺寺，師宗圓大德洪公。 |
| 修持求道 | 一日，詣洪公言：「今釋子迥迥，率言誓求佛果。如經所說，沙門修行歷三數劫，以至大千世界，無一臥牛許地，非其捨身命處，乃得成道。信斯言也，世豈有一人可證佛果者？」洪雖心異之，而不知所以答也。崇慶初，以恩例得僧服。洪命師歷講習以求義學，不三四年，能為先學者指說。既久，厭抄書之繁，投卷歎曰：「渠寧老於故紙間也！」即拂衣去，依清拙真禪師於亳、泗間。真一見師，知其不凡，贈之詩，有「三尺枯桐傳古意，一根犁杖知歸程」之句。再參少林隆、寶應遷，最後入龍潭虛明壽和尚之室。虛明風岸孤峻，特慎許可。師扣請未幾，即以第一座處之。有為虛明言者：「公於徽首座推激過稱，不重加爐錘，則吾恐一軍皆驚將復見於今日矣。」虛明笑曰：「君未知之耳！我二十年不了者，渠一見即了，尚待爐錘耶？」癸未冬，佛成道日，眾以師心光煥發，有不可掩焉者，請於虛明，願為師舉立僧佛事。師不得已升座，舉岩頭奯法語云：「見過於師，方可傳授；見齊於師，減師半德。今日徽首座為是見齊於師，為復見過於師？若謂見過，辜負虛明老人；何止辜負虛明，亦乃喪身失命。若謂見齊於師，寧不辜負徽首座！何止辜負徽首座，雲門一枝，掃地而盡！然則究竟云何？」徐拈柱杖云：「一朝權在手，看取令行時。」虛明大喜，至以得人自賀。 |
| 化度行道 | 正大甲中，住陳留之東林。明年，開堂於亳州之普照。名士史內瀚季宏而下，為具疏。於是，師之道價隱然於東南矣。師以世將亂，從虛明於靜安，築室汴水上，五六年，杖策北渡。故吏部尚書張公履，留師住彰德之天寧。師天性簡重，且倦於迎接，不二年，遁於大名，閉門卻掃，人事都絕。雅善琴道，且於詩律有功，惟以二事自娛。而學人之來者日益多，編茅為屋，乞米為食，有依止歲久而不忍去者。師幡然曰：「今狂解塞路，誠羞於同列。然玄綱之墜久矣，將不有任其責者乎！」乃聽學人入室微詰，開示極為周悉。因師得證者繼有其人。俄以補印《藏經》，賜號寂照通悟大禪師， |
| 臨終遷化 | 以乙巳冬十一月之五日示微疾，卻後五日，沐浴更衣，留偈而逝。 |
| 補敘讚歎 | 得年五十有四，僧夏三十有三。度弟子於內得法者十有一人：智贇、子昶、善明、子廣、德澄、善惠、惠臻、普瓊、淨瑞、子源、道忠。所著《升堂語錄》、《解道德經》並詩、頌、雜文，傳於諸方。師沒之七日，遠近會葬，傾動州邑。茶毗之際，靈異甚多。起塔於二祖元符禪寺與山陽之白茅寺，遵遺令也。往予過大名，曾一謁師。予先世家平定，然未嘗語及之也。今年秋九月過平定，遊冠山，聶帥庭玉指似予：「此寺及徽上人落髮 |

| | |
|---|---|
| | 處也。渠已老，故瞻枌榆，有終焉之志，且夕往迎之矣。」時殿後一大松，盤礴偃蹇，高出塵表，予拊而愛之。庭玉又言：「此松先有虯枝，及地而起，畫工往往貌之以為圖。此夏忽為大風所折，松今非向比矣。」予私念言：「成都石筍折，隨有當之者。上人其不歸乎？」及到大名，而師之逝已三日矣。僧賷及瓊輩，以予師鄉曲，丐為塔銘。予正宗無淘汰之功，謝不敢當。賷三請，益勤。度不可終辭，因就師象前，問：「師能為我說法否？」寂聽良久，捧手曰：「法王法如是。」乃退而為之銘。銘曰：父無此兒，祖不渠孫。秘窟龍潭，孤奉佛恩。其生也坐斷水月之場，其沒也臥護稠禪之門。巋然一塔，如不動尊。渺冠山之雲，澹兮似無所存。異時觸石而起，又安知其下涵蓋乎乾坤。 |
| 立石刊刻 | 時大朝丙午年四月初十嗣法小師子昶建塔。<br>門人德澄立石。<br>施碑人翟評事，鐫字人張天才。 |

| 題　　名 | 渾源州永安禪寺第一代歸雲大禪師塔銘（元定宗元年） |
|---|---|
| 撰文、書寫、篆額 | 寂通居士陳時可撰文。<br>□然居士□德篆額<br>住持法侄懶牧野人悟歸書丹 |
| 寫作緣起 | |
| 出身世系 | 容庵老人得臨濟之正派，以大手股本爐搥鍛鍊，法子凡十有七人。其道行襟宇傑然有聞。足有光佛祖豢龍象者，渾源之永安第一代歸雲大禪師是也。師諱志宣，字仲徽，生廣寧李氏舍， |
| 出生瑞現 | |
| 形貌性格 | 資質不凡。 |
| 捨俗出家 | 少辭親出家，師□□容庵， |
| 修持求道 | □玉泉禪學不輟。繼而容庵應命領燕山竹林，師參事老人，日悟宗旨。會金氏幡□民難□□□□□□不□□，唯師供老人彌謹。道糧不足，己則□藜藿、噉松柏，以粥飯奉老人。□□□□之舉□□□席。 |
| 化度行道 | 明年，師畢大事於容庵之堂，淘汰既精，容庵退臥西堂，庚辰□也。燕京□□諱師□□傳□竹林，□□寂滅，遂謝事，應義州寶（叢？）林之請。既而渾源州長官高□聞師道，覆以本□之柏山請師居之。柏山洞下精舍，大隱□建者。夷門破，大隱之孫□公南堂竊錫未遂，師盡以其寺所有□之。遠近高其義，開山古香積北堂，今之永安也。棟宇□新，禪俗云集，久之，□□勝地。柏林增修堂廡，廣常住田園，追念臨濟、趙州二大老，俱以平常詣人□也。功成，乃住大□□□□□之白□。廣寧之薦福所，坐凡七；名剎退休之所有二：沒水則歸雲堂，西館則歸雲庵，處處唯以柱物利□為心。癸卯之春，燕京啟□戒會，天下禪教師德聚焉。師嗟祖令不 |

| | |
|---|---|
| | 振，召而不赴，其重正法也。此言其在薦福也，渾源高公□使□師復領永安，師嘉其誠，欲置公究竟常樂之地，不遠五千里而求。一日化緣將□□□□，門人道□為歸□□，此詎可強為哉？是必師以道然其心，有不可解者矣。 |
| 臨終遷化 | 丙午之季夏廿有四日，師召樂善居士高公，付之以法，其夜書偈辭世，云：「五十九年掣電，月鉤雲餌作伴。不合拋卻綸竿，星半一天炳煥。」擲筆而逝。茶毗日獲舍利百數□。 |
| 補敘讚歎 | 春秋五十有九，夏臘三十有三。得法子信亮、道因等如容庵之欲受戒者百餘□，□得子□□□宿開□殿□□三號□□一祭，以師之靈骨分葬四道場：永安、潭柘、玉泉、柏林也。遺文有《語錄》、《歸雲集》一。海雲神香（禪師？）來求潭柘塔銘，寂通居士（陳時可）歎曰：歸雲起，從醫無慮山，需為法雨，滋養燕趙雲中後覺，無負容庵矣！豈待老夫銘哉？但師住持柏林時，常以《空際語錄》寄老夫，其行狀有云：「吾去世之後，焚燒了，不用淨淘舍利。身且是幻，舍利何有？」此趙州真佛臨終戒群弟子之語，足知吾歸雲安有意於此也？蓋樂善高公護法精誠，暨一方信士志於奉佛致然。老夫謹以其始終銘之，曰：<br>「開堂竹林，春雷發音，于嗟乎歸雲！示寂北堂，□□□□，王德生光，于嗟乎歸雲！」 |
| 立石刊刻 | 丁未歲清明日法侄海雲印簡同嗣法小師道因立石 |

| 題　　名 | 開元寺重公大師壽塔銘 |
|---|---|
| 撰文、書寫、篆額 | |
| 寫作緣起 | |
| 出身世系 | 師諱永重，俗姓吳，京兆府櫟陽縣永豐鄉小寇人。 |
| 出生瑞現 | |
| 形貌性格 | |
| 捨俗出家 | 以有幻之色身，何不樂菩提之正路？年十五，主僧喜公和尚為師， |
| 修持求道 | 其朝夕侍奉之勤，未嘗懈。不數年之間，其經之奧妙之處，無所不通。二十為僧，至二十四歲，有武功大夫劉鈐轄捨賜紫宣持瑜伽秘密。 |
| 化度行道 | 年四十，遂住院。後緣經兵火之灰燼，而往往復欲修崇住持，而不能再立。師遂狼賊寇之患，遂日以緣化為生，而罄竭資材，修計二百餘間，並諸佛像壁畫之功，皆極精妙而至，豈能興復如此之功乎？ |
| 臨終遷化 | |
| 補敘讚歎 | 今年八十二，落髮六人，玄孫六人。師因修持、誦經之暇，嘗謂眾曰：「且於空門，稍有功勤□。一旦歸寂之後，豈不於後塔一所，置銘於上， |

| | 以為終身之地。」以此見師之樸，顧僕才之寡陋，不足以贊師之行業，辭之再（下缺）唯師之行，離垢出塵。自於年幼，特異常□。一無所戀，崇修精舍。備歷苦辛，輝華嚴□。以此為銘，傳之不朽。 |
|---|---|
| 立石刊刻 | |

# 後　記

　　終於要將多年前寫就的博士學位論文《金代詩文與佛禪研究》整理出版了。此時不由得感慨良多！

　　讀博之路出乎我意料的艱難曲折。選擇從佛禪角度觀照金代文學，是考慮到自己工作在少數民族地區，在少數民族地區高校研究少數民族文學，更切合民族地區文學研究方向，有利於確立今後學術研究特色，卻忽視了對金代文學、佛理禪機的不甚瞭解、更於金代詩文中分析佛禪題材、佛禪意蘊、佛禪話語等方面遇到了重重困難，對佛禪影響金代文人的文學思維，批評觀念更是一度覺得無從下手。接著是生活上一連串的打擊。我自己生病住院，長期陪護生病的親人成了生活日常。工作上則超負荷上課，創下了一周將近 30 節課的記錄，有完成期限的科研教學項目壓得人喘不過氣來。視物不清，頸椎、腰部的疼痛迫使我逐漸放慢了生活、工作節奏。

　　恩師王樹海先生寬容，憐我體弱多病，工作冗繁，家累頗多，雖然論文一拖再拖，從不加以斥責，如此更使我慚愧不已。論文所幸有恩師王樹海先生一路鼓勵扶持，即便是片言隻語也常常有豁然開朗之效果。如今看來，選擇這樣的題目來做，即便頗費周折，也是值得的。此前由這一研究做出的相關成果有部分已經發表，我也因此獲得了一些立項和榮譽，進一步堅定了民族文學研究之路。

　　感謝導師王樹海先生，您的人格、學識令學生欽仰，我會在以後的日子裏無限感念。感謝導師組的沈文凡先生、王洪先生，從您二位那裏得到的知識，受到的褒獎與鼓勵一直滋養、陪伴著我。向曾經求教過的詹福瑞、張國星、薛

瑞兆等先生表示感謝。感謝吉林大學宮波師兄，孫豔紅師姐，劉春明、李明華、王贇馨師妹，也感謝內蒙古民族大學於東新師兄，郝青雲院長，馮淑然老師，王雙梅師妹，王立平姐姐、胡麗心姐姐，感謝諸位從各方面給了我指導、支持。

未來之路，依然多艱。

我將謹慎自律，不斷開拓學術新路。

我將珍惜擁有，追求更好！

孫宏哲

2024 年 3 月 8 日